医院管理学

Hospital Management

经营管理分册

—— 第 **2** 版 ——

主　编　曹荣桂

分册主编　陈　洁　王　羽

编　者（以姓氏笔画为序）

　　王　羽（卫生部医政司）
　　李宏为（上海交通大学附属瑞金医院）
　　陈　洁（复旦大学公共卫生学院）
　　应向华（上海交通大学附属第六人民医院）
　　周　虹（海南医学院管理学院）
　　胡爱平（上海交通大学医学院）
　　赵列宾（上海交通大学医学院）
　　曹建文（上海交通大学附属第六人民医院）
　　薛　迪（复旦大学公共卫生学院）

人民卫生出版社

图书在版编目（CIP）数据

医院管理学. 经营管理分册/陈洁等分册主编. —2 版.
—北京：人民卫生出版社，2011.7
ISBN 978-7-117-14367-7

Ⅰ.①医…　Ⅱ.①陈…　Ⅲ.①医院-管理学②医院-经济管理-管理学　Ⅳ.①R197.32

中国版本图书馆 CIP 数据核字（2011）第 078256 号

门户网：www.pmph.com	出版物查询、网上书店
卫人网：www.ipmph.com	护士、医师、药师、中医师、卫生资格考试培训

医院管理学
经营管理分册
第 2 版

主　　编：曹荣桂
分册主编：陈洁　王羽
出版发行：人民卫生出版社（中继线 010-59780011）
地　　址：北京市朝阳区潘家园南里 19 号
邮　　编：100021
E-mail：pmph @ pmph.com
购书热线：010-67605754　010-65264830
　　　　　010-59787586　010-59787592
印　　刷：三河市富华印刷包装有限公司
经　　销：新华书店
开　　本：787×1092　1/16　印张：14
字　　数：345 千字
版　　次：2003 年 5 月第 1 版　2011 年 7 月第 2 版第 6 次印刷
标准书号：ISBN 978-7-117-14367-7/R·14368
定　　价：32.00 元

打击盗版举报电话：010-59787491　E-mail：WQ @ pmph.com
（凡属印装质量问题请与本社销售中心联系退换）

《医院管理学》第2版编委名单

顾　　问：张文康　黄洁夫　张雁灵　马晓伟　王陇德　郭子恒
　　　　　顾英奇　殷大奎　朱庆生　张立平　白书忠　李建华
　　　　　傅　征　张自宽　迟宝兰　吴明江　刘益清

主　　编：曹荣桂

副 主 编：王　羽　张宗久　潘学田　张衍浩　朱士俊　戴建平
　　　　　张宝库　胡国臣

编　　委（按姓氏笔画为序）：

么　莉	于　冬	马　军	马家润	方素珍	王　农
王　羽	王　彤	王发强	王玉琦	王吉善	王治国
王树峰	王晓钟	邓利强	代　涛	冯晓源	叶文琴
田文军	刘　魁	刘义成	刘金峰	刘晓勤	刘海一
刘爱民	吕玉波	巩玉秀	成翼娟	朱士俊	朱同玉
祁　吉	何雨生	吴永佩	吴欣娟	张　钧	张宗久
张宝库	张衍浩	张焕春	张鹭鹭	李月东	李包罗
李淑迦	李清杰	杨炳生	沈　韬	肖十力	肖传实
陈　洁	陈文祥	陈励先	陈征友	陈春林	陈晓红
周凤鸣	孟建国	郑一宁	郑雪倩	胡国臣	胡燕生
赵自林	唐日晶	夏京辉	诸葛立荣	郭启勇	郭积勇
高树宽	曹荣桂	梁铭会	阎作勤	董　军	谢　红
韩全意	蒲　卫	潘学田	颜　青	薛万国	戴建平

《医院管理学》第2版总序

　　《医院管理学》第一版于2003年5月由人民卫生出版社出版,是在卫生部、解放军总后勤部卫生部数届领导的关怀下,由中国医院协会的前身中华医院管理学会和卫生部医院管理研究所组织全国医院管理界200多位专家学者,参考了大量文献资料,历时一年时间编写而成的。全书包括15个分册,总字数600多万字。这部专著密切结合我国医院管理实际,根据医院改革创新和发展建设的客观需求,系统总结了我国医院管理的理论、经验和方法,全面系统地介绍了当时国内外医院管理领域的最新理论和进展。本书出版后,受到业界广泛关注和广大医院管理工作者好评。多次重印,各个分册累计发行量达到17万册。

　　《医院管理学》第一版出版以来,我国医院管理与改革取得了很大的进展。医药卫生体制改革,尤其是公立医院改革与发展得到了党中央、国务院以及各级政府的高度重视,医疗服务的公平、效率和质量受到了全社会的广泛关注。特别是2009年4月发布的《中共中央国务院关于深化医药卫生体制改革的意见》及其配套文件,对于医药卫生体制改革,特别是医疗服务体系建设和公立医院改革提出了新的要求。自2005年起在全国开展的"以病人为中心,以提高医疗服务质量为主题"的医院管理年活动显著提升了我国医院管理水平。几年来,医院经营管理的内外环境发生了显著变化,医疗保险、患者安全、医患关系、医疗法制建设、医院文化、门急诊管理、医院社会工作乃至医院管理的各个方面都有了新的进展。医院改革的深入和医院管理学科领域的进展都要求对医院管理的新理论、新思想进行系统阐述,需要对成功的医院管理实践进行系统总结。在这种背景下,我们应人民卫生出版社之约,决定组织专家在第一版的基础上对《医院管理学》进行修订再版,同时应读者要求、医院管理学科的进展和医院经营管理实践的需要增设了《医院医院法律事务分册》。

　　作为本书的主编,在第二版的编写中始终强调把握三个问题:一是注意把握读者定位。据《2010年中国卫生统计年鉴》资料,2009年我国医院管理人员达到23.75万人,医院管理队伍人数众多;由于医院组织的特点和复杂性,医院管理往往涉及诸多学科领域,培训、教育和信息需求量大。作为一部面向整个行业机构管理人员的专著,既要作为医院管理领域各个专业管理人员岗位培训、继续教育的教材,也要作为医学院校卫生管理专业的教学参考,又要供广大医院管理人员日常工作中参考。所以要求所有参与编写的作者在编写中力图全面系统地反映国内外医院管理领域的最新进展,密切结合我国国情和医院管理实际情况,贴近医院管理实践。二是注意把握创新与袭承的关系。由于本次修订再版是在第一版基础上进行的,要根据第一版存在的问题和近年相应学科领域的进展情况进一步充实和完善,保持全书的系统性、权威性和实用性,使之继续保持该书作为中国医院管理领域的权威性著作的地位。三是注意把握分册之间的衔接与协调。医院管理是一项系统工程,医院管理涉及诸多要素和资源,实施多种手段和措施,经历许多环节和过程,协调多项人际和人机关系。因此各分册间在根据本学科领域的特点,相互清晰界定,内容协调的同时,从学科完整性和系统性的角度出发,允许内容有少量的交叉或重复。

在本书第二版即将付梓之际,再次感谢医院管理领域众多的专家、学者和实际工作者,大家的理论研究和实践成果为本书提供了丰富的信息资源;感谢对本书第一版提出宝贵意见和建议的有识之士,大家的真知灼见使本书更趋于充实和完善;感谢给本书修订和编写予以热情关心和大力支持的有关领导和朋友,大家的鼓励和鞭策激发了我们的工作热情和信心;感谢为本书出版、印制和发行做出贡献的出版社同仁和工作人员,大家的辛勤工作使本书如期呈现在读者面前。

我们有充分的理由相信,伴随着医药卫生体制改革的逐步深化,中国医院管理学科一定会生机蓬勃,中国医疗卫生事业一定会繁荣昌盛。

曹荣桂

2011 年 3 月

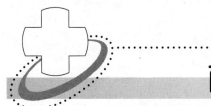

前　言

　　《医院管理学》自 2003 年出版以来，深受广大医院管理人员及医学院校卫生管理专业教学人员的欢迎，对该书的系统性、先进性和实用性给予了充分肯定。近年来，随着国内、外社会经济发展和医疗保险制度的改革，人群健康水平迅速提高，人口老龄化和疾病模式转变对医疗保健需求日益增长，对医院管理，特别是医院经营管理提出了更高的要求。医院经营管理应更好地与当前医疗卫生体制和机制改革相协调，以提高医疗服务质量和效率，控制医疗服务成本，促进医院经营的可持续发展，更好地满足人民对健康服务的需要。曹荣桂主编决定修改和再版《医院管理学》。本书作为《医院管理学》的一个分册，也对原分册进行了较大的修改。

　　修改后的《医院经营管理》共分九章。第二章和第三章重点介绍了当前影响医院经营管理的卫生政策和医院经营环境分析，包括了医疗机构分类管理、国家基本药物制度、临床路径与医疗质量、成本等方面；分析影响医院经营管理的政策和环境因素：医院补偿机制、医疗市场规则与竞争，以及医疗保险等因素。第六章介绍了医疗服务价格、医院流程管理、医院品牌管理等内容。第七章阐述了构建医疗协作联合体与区域卫生资源整合等改革实践，对医疗机构改革具有指导意义。最后一章则是介绍了现代国外医院经营管理的概貌，对中国香港、中国台湾、日本、新加坡、英国和德国的医疗机构设置及经营管理模式作了概要介绍，国外公立医院改革对我国的公立医院改革和经营管理有一定的借鉴价值。

　　医院经营管理学在我国还很年轻，尚属发展中的学科，经营管理和改革是一个系统工程，涉及内、外环境各方面政策的影响，尤其是待开拓的领域相当多。由于我们理论水平和实践经验有限，书中错误及不成熟之处在所难免，诚恳希望国内外读者、学者、同道们批评指正，以便在今后再版时进一步补充与修改。

《医院管理学·经营管理分册》编委会

2011 年 5 月

目 录

第一章

医院经营管理概论

第一节 医院经营管理概念与特点

一、医院经营管理的概念

(一)经营的概念

经营(management/operation/running),含有筹划、谋划、计划、组织、治理、管理等含义,泛指经营经济事业或经济实体。经营与管理相比,经营侧重于动态性谋划发展,而管理则侧重于使其正常合理地运转。经营和管理合称经营管理。经营管理就是企业、事业单位在市场经济条件下,进行"以效益为中心"的全面统筹和管理运转,把计划、生产或服务、业务管理、经济管理、质量管理、市场营销等各种组织功能有机地结合起来,以追求最佳的社会效益和经济效益。

不仅是以营利为目的的企业单位需要经营,非营利性的事业单位作为经济实体也需要经营。医院是以实现社会效益为最高准则,同样又是必须提高经济效益和效率的经济实体,同样应搞好经营管理。

医院经营管理既不能等同于企业经营管理,又有着与企业经营管理极其相似的脉络。作为一家现代医院,其先进性不能仅从医院的规模、设备、人员结构、技术实力等这些实体资源加以评判,更为重要的是经营思路、管理模式和领导素质,即医院的经营管理水平的高低才是决定这家医院前途和命运的根本要素。简言之,医院的经营管理就是根据医院的特性,结合医疗服务的一般规律,按照不断增长变化的患者的需求,通过领导者的谋划、管理者的有效运作和执行者的具体实施,最大限度地发挥医院的人力、财力、物力,有效利用时间、信息、公共关系等资源,不断适应医疗市场的变化,满足患者的需求,取得最大的社会效益和市场占有率,提升员工素质的科学过程。

换言之,医院经营管理是从它所具有的经济实体性的角度,将医院内部的经济管理与医疗技术与服务管理有机结合,使社会效益与经济效果相统一,公平与效率相统一,坚持政府主导与社会主义市场经济体制相结合的分类管理的经济管理活动和过程。

卫生改革与发展方针,建立政府主导的多元卫生投入机制和医院分类管理,把医院经营管理的重要性突显出来。医院必须注重经营管理,以适应社会对医疗卫生服务的需求,适应医疗保险的新环境。搞好医院经营管理,不仅是保证卫生改革发展的基本措施,也是医院自身发展的现实需要。

（二）营利性医院与非营利性医院管理模式的区别

医院营利性与非营利性两种管理模式的区别是：

1. 管理体制的区别 营利性管理体制需要授予医院经营自主权，医院内部也需要实行院科两级核算制度；而非营利性管理则基本上是计划管理体制。

2. 资源配置的区别 营利性管理模式的医院资源配置的特点，是资源渠道多元化，并以市场配置为主，配置的标准是医疗产出的质和量；非营利性管理模式主要由国家财政预算补贴，合理补充成本和适当按服务成本收费。

3. 管理手段的区别 营利性管理模式采用经济和法律手段进行管理；而非营利性管理则基本上是行政管理手段。

（三）医院经营管理与经济管理、财务管理的关系

医院经营管理与经济管理、财务管理有不可分割的联系，但也有职能上的区别，其关系是：

①医院财务管理是利用货币形式对业务收支进行综合管理，即"现金簿记"。②经济管理则是以财务管理为基础，制定经济活动目标，对单位全部经济活动进行协调、控制和决策管理，它是在经济领域比财务管理高一个层次的管理职能。③经营管理职能比经济管理更广泛，Henri Fayol 提出了经营的六种职能：技术活动、面向市场、财务活动、安全活动、会计活动和管理活动。

二、医院经营管理的基本特点

（一）坚持社会效益为首位

实现社会效益与经济收益相辅相成，以提高社会效益去增长经济收益；通过提高经济效果，增进经济实力，扩大再生产和发展医学科学技术，进一步提高社会效益。但是，应该看到，医院的组织目标和社会的目标不一定总是协调和一致的，甚至还存在着激烈的矛盾，因此经济利益的现实驱使，常常使医院的行为偏离社会效益的方向。因此，必须树立正确的经营思想，正确处理国家、社会、病人个体、医院集体及医院职工个人之间的利益关系，服从和执行国家有关的政策规定，不能自行其是。

（二）医疗服务的基本特征和医院经营策略

医院经营管理必须正确认识医疗服务的特殊性。人人享有基本公共卫生和医疗服务，提高全民健康水平是政府的责任，也是各级医疗卫生机构提供公平、高质量、价格合理的服务目标。完善健全科学合理的医药价格形成和管理机制，合理补充成本，兼顾群众的基本医保的承受能力。公立医院应坚持公益性。某些特需服务可考虑从公立医院剥离，通过制度规定，成立具有独立法人的特需服务体系。医疗服务的基本特征如下：

1. 医疗服务的伦理性 医疗服务的对象是人，其质量的优劣直接涉及社会道德和伦理，也折射出医院的服务理念和医务工作者的医德医风。医务工作者应当具备人道主义的救死扶伤的服务理念，人文关怀的爱心和责任心，能充分尊重患者的安全保障权、知情同意权、医疗选择权以及医疗隐私权，同时医务人员要克服自身"趋利"的局限，努力从病人的利益最大化出发，为患者提供优质、适宜的医疗服务。

2. 医疗服务的高风险性 鉴于医学科学发展的局限性以及疾病诊断的模糊性与经验性、疾病复杂性、病情发展与变化存在突变性、药品毒副作用等，使医疗服务具有高风险性。因此，医患双方都应该考虑如何规避医疗风险。

3. 医疗服务的无形性 医疗服务是一系列无形的医疗行为的连续过程。医疗服务的优劣,很大程度上取决于被服务对象的心理感受和主观评价。病人不仅仅是关注医疗结果,而且关注医疗过程。医院应提倡医务人员改善服务态度,并且营造温馨宜人的就医环境,让病人在接受医疗服务时有宾至如归的感觉,无形中增加对医院的信任和就医满足程度。

4. 医疗服务的差异性 医疗服务的差异性主要体现在两个层面。首先在科室层面,由于医生、护士专业技能、实际经验的差异,使患者得到的医疗服务有差异。其次在医院层面,各个科室的专科水平不一致,医院在财力上的投入也有限。因此,不同科室的医疗服务也有差异。

5. 医疗服务的不可储存性 医疗服务是即时生产、即时消费、不能储存的。从医疗服务营销的观点出发,医院管理者应该根据本医院的功能定位和床位数标准,合理配置医务人员,不但要去适应医疗市场需求的变化,更重要的是要创新,引导新的医疗需求,扩大医疗服务范围,使医院处于医疗服务的供给量和需求量相对平衡的良性循环状态。

6. 医疗服务受地理位置的限制 医疗服务的生产和消费在时间、空间上具有同一性。即一边生产、一边消费,产品不能通过运输、流通等环节进行异地销售。从需方来看,医疗服务范围的大小是根据就医方便程度来确定的,患者往往就近医疗。因此,医院设置要考虑这一特点,应尽可能设置在人口密集而医院相对较少的地区,一方面满足当地居民的需要,另一方面给医院创造效益,实现双赢。

7. 医疗服务经济主体特征 医疗服务的经济主体由医疗机构和家庭构成买方和卖方。随着医疗保险业的引进,医疗服务出现了第三个经济主体,即医疗保险机构,从而打破了传统的医疗服务中的医患双边关系而建立起三边关系。医疗保险机构能够在一定程度上代表消费者去控制和监管医疗机构的行为。

8. 医疗服务具有垄断性 由于消费者缺乏医学知识而使医患间信息不对称,消费者主权不充分,因此在医疗服务中,医患之间不存在平等的商品交换关系,同时医疗服务实行严格的准入制度,医疗服务被具有行医资格的个人或机构所垄断。在医疗服务中,由于存在供方垄断,供方有控制价格和控制产量的能力。此外,由于存在诱导需求,医疗服务价值规律遭到破坏。从短期来看,医疗服务供给增加,不仅不会使价格降低,反而会引起价格上涨或价格不变。从长期来看,将会刺激医疗服务规模的不合理膨胀,造成社会资源分配与利用的低效率。

9. 医疗服务价格形成的特点 由于医疗服务产品的特殊性与消费者个体的差异,使医疗服务价格只能由有限的竞争形成,即在卖方竞争的基础上同行议价,或由医疗保险机构作为消费者的代理人与医疗机构谈判定价,或由政府领导下的各类专业人员组成的机构协商定价。

(三)医疗服务存在投入与产出的多元性和一定程度的不确定性

医院的投入,既有相对固定的政府投入,亦有来自自身经营收入的投入;就服务过程而言,有固定资产和职工基本工资的相对固定的投入,也存在因服务对象、病种等变化的非固定的随机投入。医院的产出,不仅指病人的直接健康效益,还有间接效益(由于保障社会劳动力健康而引发的效应)和无形效益,既有生物(生理)效应,又有心理的、社会性的效应。上述特点,给医院经营管理增加了复杂性和动态性,需要采取相应的经营策略和方法。

(四)存在经营管理的内在缺陷

经营管理要求经济活动的各类指标必须明确、彼此相关,并可核算。然而,在医院中,医疗指标并不与医疗收入直接相关,医疗收入主要取决于诊疗技术投入和药品、设备使用的程度;医疗服务产出计量指标很难精确;在医疗产出价值中,几乎很少计入"预付资本价值",以及医疗收费制度的个体分解性,使之与社会医疗保险的付款制度难于匹配。这些内在的缺陷,在我国医院中仍较明显地存在着,即便是欧美国家医院,也不能认为都已消除。从而,要求医院经营管理要加强研究,力求消除这些缺陷或是采取相应的措施,减少它带来的影响。事实上,医疗服务的价格政策(如价格的高低)、社会医疗保险的付费制度(如预付制或后付制)等对医疗服务的提供量有很大影响。

第二节　医院经营管理的指导思想、目标及结构

一、医院经营的指导思想

医院的经营,在于满足人民群众当前和长远的医疗需求,保护社会劳动力,提高人民群众的健康水平和生命质量。坚持以人为本,把维护人民健康权益放在第一位,这是医院经营的根本宗旨,否则,就没有医院存在与发展的必要。由此,医院经营必须:

1. 遵循国家卫生工作的方针和政策,坚持社会效益为首,坚持服务质量第一以质量取胜。

2. 与当地社会生产发展水平相适应。既要根据社会生产的不断发展而适时地提高经营的水平,满足日益增长的人民健康保障的需求,又不能脱离其生产的水平而盲目地提高经营的档次,在我国还存在城乡之间、东部沿海发展较快地区与西部落后地区等之间明显的经济发展不平衡的情况下,切忌在经营上一个样,应当因地制宜,以保障人民健康为中心,使人人享有基本医疗卫生服务。

3. 充分调动医院全体成员的劳动积极性和创造力,充分发挥资源的效益。医务人员的劳动是脑力劳动,既有群体性更具个体性,医院经营必须坚持"人本"思想;在医疗活动中,各种物的资源的应用具有明显的动态性、随机性,易于出现浪费的现象,医院经营必须强调增收节支,提高资源的效益。

4. 遵循医院医疗活动规律及其经济规律。医院经营,实质上就是医疗的经营。从而,要求管理者必须认识和把握医疗活动的规律及其经济规律,根据医院的性质和特点,建立一定的经济机制,提高投入和产出的效益。

二、医院经营的目标

所谓医院经营目标,是指医院经营活动在一定时期内所要达到的预期成果。按时期的长短,可分为长期目标与短期目标。长期目标带有战略性;短期目标为经营的具体计划要求。按医院经营目标的内容,大致包括:

1. 社会责任目标。亦可称为服务贡献目标,即医院对社会应尽到的责任和贡献,可以被社会利用的卫生服务程度、规模等。

2. 发展目标。包括医院发展的规模、技术水平、人才建设、资产增长,以及横向的国内外同类医院相比较而预期的目标等。

3. 服务目标。医院在一定社区范围内为人群提供的医疗保健服务,不仅优质、高效,而且人群有能力支付。

4. 经济目标。医院是一个经营实体,因此,医院的业务收入和收支关系,直接关系到医院的生存和发展。它表明医院欲达到的收入水平,亦包括开拓医疗服务市场的程度,以及医院职工待遇和福利的改善程度。

5. 市场目标医院医疗服务的市场占有率、营销的目标市场、医院竞争力、医疗市场开发和渗透的潜力都可列为医院的目标。

三、医院经营结构

医院是以医疗业务为中心的经济实体,医疗业务是主营业务,同时有科研与科技开发、教学、预防保健服务、医药器材物品生产与加工,以及其他产业活动。由于医院类别、规模等的不同,上述业务在具体内容亦有所差别。然而,普遍的经验是应当形成特色,富有竞争力。医院经营结构主要由五个方面的经营活动构成:

1. 医疗资源经营活动包括医疗资源的筹集与开发、积累和投入。医疗资源包括资金、建筑、设备、药品、器械、物资,以及卫生人力资源、科技资源、信息资源等。医疗资源经营活动目标就是谋求医院的发展和增强经济活力与科技实力。这一经营活动旨在保证资源的来源与医院工作及其发展相适应,合理配置和使用资源,谋求增强医院的实力。医疗资源的经营要求有预见性、动态性,并从其活动过程中不断反馈与调整。

2. 医疗生产经营活动这是医院日常经营活动的基本内容。主要有:建立和健全医疗护理活动的规章制度,完善医疗服务功能;提高医疗服务质量,发展医疗服务项目;开展医疗服务公关、改善服务态度、提高医院信誉,开拓医疗服务市场;扩大医疗协作,促进医院发展等。这些活动无不贯穿着一定的经济活动内容,从而建立于完善相应的经济机制和制度,加强经济管理是十分必要的。

3. 医疗产业及其成本经营管理医疗产出主要指各种医疗指标的实现程度,既有质又有量的指标,以及取得的货币价值和非货币价值。在医院的经营结构中,是否重视和完善医疗产出管理,是衡量其经营结构的完善性和经营管理水平的主要尺度。医疗产出管理是包括医疗产出病例组合(case mix)、产出档次、产出数量和质量及其产出的货币价值与非货币价值的综合性管理。相对于产出的是用于医疗的消耗和消费。医疗消耗单指医院的资源消耗;医疗消费是指医疗活动的全部消费水平(包括医疗消耗)。两者有联系又有区别。它们构成医疗活动的耗费,即医疗活动中活劳动和物化劳动的耗费。医疗服务所耗费的这些社会必要的劳动,构成医疗服务的价值。当扣除医务劳动者为社会劳动所创造的价值(即剩余价值)时,就是医院的医疗服务费用。它是构成这一服务的成本基础。对医疗成本的管理,是医疗经营管理的关键环节。医疗成本负担具有双重性,一方面成为服务对象和国家的经济负担,另一方面,也可能是医院自身的经济负担。在医疗价格与医疗服务价值背离情况下,超过国家和服务对象经济负担的医疗成本负担首先落在医院,医院为了摆脱这种困境,医院和医务人员可能利用其医疗消费的垄断地位,采取使服务对象在一些价格远高于价值的项目上过度消费。这是目前社会医药费用不堪重负的主要原因之一。要根本地解决这个问题,一是理顺医疗价格与医疗服务价值的关系;二是抑制畸形的过度医疗消费。社会医疗保险制度的建立、医药分家、按优化病种临床路径设计的病种医疗质量和成本的标准化管理等措施将有助于抑制这种现象。医院经营管理必须加强医疗成本的管理显得更为重要,否则难于适应这一态势。

4. 医院收益分配管理医院收益包括医疗市场收益、计划补偿收益及其他收益。其分配去向有三个方面:一是活劳动消耗的补偿性分配;二是维持医疗等简单再生产的物化劳动消耗补偿性分配;三是扩大再生产的资源积累增值和生产活动消耗的分配。由此可见,分配起着经济杠杆的作用,是关系到医院合理经营及调动职工经营积极性的敏感问题,以及医院生存与发展的问题。医疗工作是一个高责任、高技术、高风险的职业。医院经营管理必须充分重视分配问题,根据医疗服务绩效制订合理分配的政策,运用一定的机制,使分配发挥更大的良性激励作用。

上述经营活动内容及其过程,都要涉及到经营意识、经营组织及方式的问题。只有将意识、组织、结构、方式有机构成为一个系统,医院经营管理才能卓有成效地运行。

第三节　医院经营管理体制

一、经营体制的内涵及其决定因素

医院经营体制包含三个层面的内涵:一是医院的经营自主权及其内部经营管理层次划分和经营权的分配;二是经营管理手段方法的选择;三是医院内部各科室、部门之间行政性的和经济性的相互关系。

医院领导干部和职工一旦进入经营者角色,他们就会自觉不自觉地研究:

(一)经营权

医院有没有经营自主权及其自主权大小,是决定医院经营体制的根本问题。因此,建立医院经营体制首先取决于医院的上级主管部门授予医院经营自主权的大小;其次,取决于医院领导授予科室、部门经营自主权的大小。

(二)经济核算组织层次及经营管理责任中心的划分

医院经营管理,可以是一级经营体制,也可以是院、科两级经营体制,即两级经济核算制。同时,还应该明确各科室、部门谁是"成本-效益责任中心";谁是"投资责任中心";谁是"经营服务中心"等。所谓"成本-效益责任中心",是指那些对提高综合效益和降低成本负责的科室和部门;所谓"投资责任中心",是指对批量投资项目负责的科室和部门;所谓"经营服务中心",是指经营管理职能部门和院内"信用服务部门"。

(三)经营管理手段

如果医院经营管理只采用单一的行政手段,而不能充分运用经济手段和法制手段,上下之间和各科室、部门之间不能形成经济上的相互交换、相互制约关系,而且没有法制、法规、规则的保障,那就不可能建立起成熟的经营管理体制。

二、国内外医院的几种经营体制

国内外医院的经营体制,大致分为三种:第一种是集权经营体制;第二种是高度分权经营体制;第三种是集权、分权平衡的经营体制。

(一)集权经营体制

集权经营体制一般都与计划经济体制相联系,就是医院上级主管部门按国家财政计划对医院实行计划经济控制,所以,首先在医院的上级主管部门就是高度集权的。在这种集权体制之下,医院当然也要实行集权经营,即将仅有的一部分经营权完全集中在院级领导手中,而且采用单一的行政管理手段,从事医疗业务和掌握医疗技术决断的科室则没有经营的责任。故此,就必然形成经营管理与医疗业务和科技管理分离的局面。

(二)高度分权经营体制

国外某些医院曾实行一种高度分权经营体制。一种分权形式是医疗、护理、总务等部门按条条分权,即所谓"三权型"经营体制;另一种分权形式是将大部分经营权分配到各医疗部门,每个医疗科室都有一位经理。这种高度分权经营的医院实际是一种松散的医疗经营联合体。

(三)集权、分权平衡的经营体制

集权、分权平衡的经营就是将集权体制与分权体制结合起来,使集权经营与分权经营保持相对平衡,以便建立起授权和激励的经营机制。

各国医院经营体制的发展趋势都是或早或晚、不同程度地从高度集权经营或高度分权经营向着集权、分权平衡的经营体制转变。我国医院向经营管理转轨的体制改革,也应该是逐步实现从集权经营向集权、分权平衡的经营体制转变。

三、集权与分权平衡的经营原则

医院要建立集权、分权平衡的经营体制,应该坚持以下几项原则:

(一)目标一致原则

为实现集权经营与分权经营的相对平衡,医院院级领导必须把一部分经营权下放给各科室、部门,这是集权、分权平衡的前提。但是,下放部分经营权之后,还应该避免各自为政,而必须强调全院经营目标一致。

(二)责权一致原则

将部分经营权下放给各科室、部门,是为了使他们由非经营者转变为经营者角色,由他们承担经营管理责任。

正如美国德克萨斯州大学医院经济管理学教授赫克默所指出的,"传统的部门主任(科主任)已经过时,他们应该成为各部门(科室)内对卫生资源投入负有责任的管理人员……成为经济、人事、资源和设备的经理人员,使他们承担经营管理责任"。

坚持责权一致原则,就是要求任何科室、部门都不能只要经营权而不负相应的经营责任;更不能滥用经营决策权。

(三)利益一致原则

在医院经营活动中,利益分配和权力分配同样是十分敏感的问题,也是最容易偏离正确轨道走偏方向的问题。因此,必须坚持利益一致原则,就是院级经营决策与科室、部门经营决策,都必须兼顾全院集体利益与科室、部门利益,集体利益与个人利益,以及医院的利益与病人的利益等。绝对不准只顾局部利益、个人利益而损害整体利益,也不应该不考虑局部利益和个人利益,应该保证医院内部财务关系的协调一致;更不得损害病人利益。

(四)决策一致原则

下放经营决策权的原则是大权集中,小权分散。即全院经营战略决策要统一,大型的关键性经营决策要统一。在统一的经营战略决策和大型决策的基础上,将战术性经营决策交给各科室、部门,使之成为充实和落实战略决策和大型决策的实时性经营决策,以达到经营决策的总体一致性和全面配套决策的完整性。

第四节 医院经营机制

医院向经营管理转轨的过程首先是建立医院经营机制的过程。经营机制是在经营活动中,医院与外界各经营单位之间以及医院内部各个经营部门和经营环节上下之间的相互联系构成的经营关系,以及这些关系所产生的效果和影响的总和。按照经营关系的内容和性质,主要分为由医院适应市场经济环境所形成的市场经营机制和内部经营环节所形成的内部经营机制,包括经济补偿机制、经营竞争机制、分配激励和经营动力机制、自我约束机制、质量保证机制等。

一、医院经营机制的决定因素与构成要素

医院经营机制的决定因素是经营管理的客观规律和人们进行经营活动的市场环境、社会环境及经营者的主观意愿等。

医院领导干部和职工一旦进入经营者角色,他们就会自觉不自觉地研究经营策略,进行经营决策,采取种种经营行为。所有这些主观性的经营设计和行为连同其所处的社会环境和市场环境,都是形成某种经营机制的决定因素。由此可见,医院经营者的经营意识、经营决策的前瞻能力、决断性或滞后心态等是决定经营机制的内在因素,而医院经营所处的社会环境(包括宏观管理体制、有关政策等),以及社会经济状况和市场经济条件等则是形成某种经营机制的外在决定因素。

医院经营机制是由经营者主观因素参与决定而又是客观存在的经营管理规律的反映。医院经营机制有其正面或负面效应,有着完善程度的不同。正面性的、较完善的经营机制是指能产生良性循环效应的经营机制,反之,则是负面性的,即导致恶性循环效应的经营机制。

正面性和负面性两类经营机制,随着前述内在决定因素和外在决定因素的转变或改革,可以相互转换。因此,在医院改革中应该不断提高完善经营机制的自觉性。

任何经营机制都包含着不可缺少的基本内容,这就是经营机制的构成要素。

1. 心理行为要素人是经营管理系统的第一要素,人们在经营活动中的心理状态和行为取向就是形成一定的经营机制因果关系的基本因素。

2. 资源要素物质资源、科技资源、信息资源等,都是经营机制的基本要素,包括经营活动资金、经营活动所涉及的一切物质条件、科技条件和经营信息等。

3. 质量要素在医院经营机制中占有重要地位。因为质量不仅是某种经营机制的一定效应的显示,它也是与其他经营机制构成要素相互制约、相互转化的基本因素。因此,是以质量取胜为经营策略,还是以降低质量为手段进行经营,就是决定良性循环经营机制或者恶性循环经营机制的基本问题之一。

二、医院经营活动的经济补偿机制

经济补偿机制是任何一种经营活动中最基本的经营机制。医院不断地消耗各种人、财、物,提供医疗服务,需要同步地得到补偿,同时需要积累事业发展的基金。不同的补偿模式和补偿水平,就形成不同的补偿机制。

我国医院目前的经济补偿基本上是预算型和经营型的复合模式,前者指政府财政补贴,属计划补偿,后者是通过医院的经营活动,从医疗市场上得到经济补偿。

完善的经济补偿机制,一方面涉及经济管理体制、宏观卫生政策、医疗价格政策、医疗保险政策等外在决定因素;另一方面,也涉及医院本身的经营意识、经营策略及各个经营环节的相互关系。在医药体制改革的基础上,医疗价格政策的改革势在必行,完善经济补偿机制是医院经营管理必需的、首要的外部环境。世界卫生组织对190多个成员国的卫生服务绩效进行评估,证明了预付型的补偿机制对医疗资源的合理利用优于按服务项目后付型的补偿机制。

三、医院的经营竞争机制

医疗市场是一个特殊的市场,不同于一般的商品市场。医疗机构之间,在医疗服务质量、医疗技术发展、医疗价格和收费、医疗市场开拓等方面,必然有一定程度的具有约束条件的经营竞争。

医院的竞争机制有良性、恶性之分,形成良性竞争机制必须满足三个约束条件:一是公平竞争;二是竞争手段必须有法律、法规和道德的约束;三是以质量竞争、科技竞争和效率竞争为目标。经营需要良性竞争,竞争促进经营。

四、医院的分配激励和经营动力机制

医院经营需要有强劲而持久的经营活力,其关键是人才和医院职工的积极性,而积极性的取得,又和利益分配机制紧密地联系在一起。利益分配,是指工资、奖金、福利、职称晋升和其他精神激励等。分配激励机制和动力机制,必须通过完善的责、权、利统一的机制,实现效率优先,兼顾公平,切实打破"平均主义"。

五、医院经营的自我约束机制

医院的经营活动必须置于国家法律、社会规范和经营者的自我约束条件下,否则就步入无序经营的状态。自我约束机制,包括职业道德的自我约束、遵纪守法的自我约束、信守合同等经营交往规范的自我约束等。

六、医院经营的质量保证机制

在医院的经营机制中,必须包含质量保证机制。医院质量保证机制是在一定的社会条件、管理体制、有关政策、医疗资源利用等软硬环境下形成的质量保证决定因素,以及这些决定因素所造成的一系列连锁反应和综合效应的总和。

医院质量保证机制分为宏观和微观两个层次。宏观质量保证机制是指由社会条件、政府对医院的有关政策、法规、资源投入和医疗市场环境等宏观因素所决定的质量保证因素及其综合效应。这种宏观的质量保证机制也就是医院外界的质量制约机制。

外因是条件,内因是根据。医院经营的质量保证机制主要是指医院内部的微观质量保证机制。这种微观质量保证机制,是由医院领导班子的指导思想、职工的质量意识、院内经营体制质量管理体系的完善程度等所形成的质量保证决定因素,以及这些因素所造成的一系列连锁反应和综合效应。

医院质量保证机制与各种经营管理机制密切相关,不可分割。因为前述各种经营机制都包含着质量保证的内涵,而质量保证机制的建立则需要以各种经营机制的建立和完善为基础。

总之,医院向经营管理转轨的关键在于建立和完善医院经营机制,其主要途径就是深化改革和加强科学管理。

首先需要从宏观的卫生管理体制上,实行政事分开、管办分开、医药分开、营利性和非营利性分开,将医院经营自主权下放给医院。同时,通过改革社会医疗保障制度和医疗资源配置制度,以及加强宏观调控,建立规范化的医疗市场,强化政府责任和投入,完善国民健康政策,健全制度体系,加强监督和管理,创新体制机制。从而创造医院经营的良好环境,以使医院走上规范化的自主经营轨道。

另一方面,医院经营机制的建立和完善毕竟还要靠医院领导干部、职工经营意识的唤醒,深化医院内部管理体制改革,实行院级集权经营与科室、部门分权经营相结合的两级经营责任制,在经营活动中逐渐学会经营。还必须加强科学管理,实现医疗业务管理、质量管理、科技管理和经济管理一体化。

第五节　医院经营决策

一、经营决策的内涵和意义

经营管理学认为:"管理的中心是经营,经营的重心是决策。"采用科学方法,从若干方案中经过分析判断,选择一个合理、可行的方案,称为经营决策分析。决策分析的意义在于选出可行合理的方案,以达到未来行动目标。决策分析是把决策目标变为行动的关键。错误的决策分析可能使正确的决策目标不能实现。由此可见,科学合理的决策是医院经营管理的基础和核心,对于医院充分发挥社会功能,取得较好的医疗效果,提高社会效益和经济收益有着十分重要的意义。

经营决策分析的基本内涵:一是预测未来;二是多方案选优;三是以决策为动力形成经营活动的循环动态过程;四是必须付诸行动。

二、经营决策的分类

根据经营决策目标的不同,经营决策分析可分为两大类。

(一)经营战略决策

经营战略决策是指经营管理和经营活动的总体性、长远性战略方向的选择、决定和部署,是专门研究经营行为动机与实现总体的、长远的经营目标途径的决策分析,故称为"以过程为导向的决策理论"。

医院经营决策分析,应首先重视经营战略决策,主要内容是:

1. 经营方向和经营模式的决策;

2. 经营结构的战略决策,就是在对现实经营结构各项比例关系进行具体分析的基础上,对今后经营结构的全面调整和发展进行决策分析;

3. 经营体制改革目标的战略决策;

4. 中、远期经营目标的规划决策。

（二）规范性经营决策

所谓规范性经营决策，就是为了使某项经营活动取得理想的结果而研究选择最优方案的选择原理、原则的决策分析，故称为"以结果为导向的决策理论"。它是与战略决策相对而言，是战术性或具体经营项目的决策分析。规范性经营决策应受战略性经营决策的指导和制约，为战略性经营决策服务。

规范性经营决策，要对所能利用的资源（人力、物力、财力）进行可计量的决策分析，并且服从数学规律和运算程序，力求量化，以便在不同备选方案中进行定量选择。定量决策分析中，核心依据是不同备选方案的差量（亦称增量）。有些不易用精确可度量单位数值量化的经营项目，即可进行定性决策分析。

三、经营决策分析的程序和原则

经营决策分析大体有四个步骤：一是收集有关资料；二是进行预测；三是进入决策程序；四是决策计划实施。

决策分析程序是：确定经营决策目标→探求备选方案→对各备选方案进行评价、比较→多方案选优汰劣。以上程序包括六项内容：①提出问题，即首先设定该经营决策要解决什么问题；②探求备选方案，要制订两个以上备选方案，并对每个方案的利弊进行论证和比较；③计算相关联的成本、收入等资料数据；④在备选方案中选择最佳方案，并再次论证和进行风险分析；⑤考虑非计量因素和不易预测的情况；⑥确定决策方案及行动计划。

进行经营决策分析应坚持以下原则：

1. 最优化决策原则以较少的劳动耗费和资源消耗获得最大的社会效益和经济收益；同时，具有可行性和较小的风险。

2. 机会成本原则分析备选方案时，以舍弃原方案的"潜在利益"衡量所选用方案是否最佳。其"潜在利益"就是选定方案的机会成本。

3. 沉入成本原则沉入成本即历史成本，是既成事实和无法补救的成本，存在于会计账目中。在经营决策分析时，可作为未来期望成本的对照参数，并考虑选定方案可能形成的沉入成本。

4. 稳健原则就是要留有余地，以应付不可预见情况的发生和各方面的不确定性问题。

5. 资源限制性原则就是要充分估计所需资源及实有资源的限量，实事求是，量力决策。

6. 决策授权原则要按能级管理原则，由各决策层次授权下级自行决策；而不是事无巨细一律集权决策。

第六节　医院经营模式概念、类型及其特征

一、医院经营模式的概念

所谓医院经营模式，是从医院策略管理的角度，医院如何进行医院经营管理，包括经营目的、方向，经营规范和经营方式。我国的多数医院尚没有形成明确而成熟的经营模式。

根据经营目的,分营利性和非营利性医院。在我国,以国有医院、集体所有制医院为主体,因此医院的经营模式也以非营利性模式为主。但是,随着社会主义市场经济的建立,营利性的医院也正在出现。

所谓营利性经营模式,是指其经营以追求利润极大化为目的,其经营战略及经营决策完全从盈利出发,客观上也满足了部分人群的医疗需求。而非营利性医院经营模式,其经营目的是追求以社会效益为最高准则的综合效益,经营目的和宗旨是满足人民群众的医疗需求。

医院营利性与非营利性经营模式的区别,关键并不在于医院的实际经营结果有无一定的结余或亏损,主要区别是:非营利性经营的医院其结余资金只限于用在医疗资源积累和扩大再生产,而不是为私人的资本增殖,也不成为投资者(包括股份制的股份持有者)的红利;营利性医院的利润,则更多地为私人所有,或成为股东的红利。非营利性医院虽然也重视经济收益,但以社会效益为最高准则,因此得到国家减免税收的优惠;而营利性医院,没有盈利率的限制和约束,国家则通过征收税收来实现对其的经济制约。

二、非营利性医院和营利性医院的定价策略

在一个相互竞争的医疗市场中,营利性医院和非营利性医院为了争得病员,也不得不进行激烈的价格竞争。非营利性医院和营利性医院的定价策略是一个相互制衡的过程。

图 1-1 反映了非营利医院定价策略,右上角的象限表示医院的盈余或盈利,它是价格的函数。营利医院为了利润的最大化,其价格为 P_{FP},非营利医院则采用相近的或更低的价格(在相近的成本和需求条件下),而价格的水平则取决于医院的社区利益:是为无力支付医疗费用病人提供免费医疗服务?还是为其他社区病人提供价格低廉的服务。

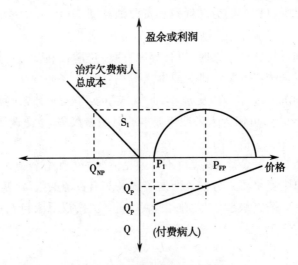

图 1-1 非营利医院的定价策略

如果非营利医院的目标是治疗欠费病人数量的极大化,它则倾向于制订较高的价格,接近营利医院的价格。在假设给定的非营利医院的需求曲线上,P_{FP} 对应于 Q_P^* 付费病人数,这些付费病人产生盈余 S_1,这可全部用于欠费病人 Q_{NP}^*。

如果非营利医院的目标是以较低的服务价格治疗付费病人数量的最大化,则它尽可能

定价在 P_1 水平,保持总体经营的盈亏平衡。在这种情况下,非营利医院的价格低于营利医院。在 P_1 水平,非营利医院服务付费病人 Q_P^1,但是它没有盈余来服务欠费病人。

现实情况,大多数的非营利医院既提供免费医疗又对价格打折,因此它的价格水平在 $P_1 \sim P_{FP}$ 之间。

在竞争的环境下,即非营利医院和营利医院相互进行全方位的竞争,同样反映在价格上(见图1-2)。医疗服务提供方的相互竞争,减少了可能的赢利。如果营利医院为赢得较多的市场,价格从 P_{FP1} 降为 P_{FP2},对于非营利医院来说,它们可支配的赢余越来越少。这也造成非营利医院提供免费医疗的最大数量从 Q_{NP1}^* 降为 Q_{NP2}^*;若非营利医院关注于提供低价服务,为使收支平衡,其价格不得不从 P_1 提高到 P_2。

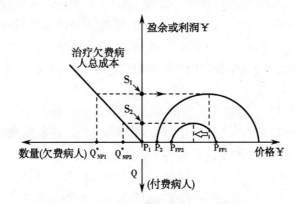

图1-2 竞争环境下非营利医院的价格反应

经济学理论显示,非营利医院和营利医院的价格差别越来越少,越来越相近,价格和医院的所有制、组织目标关系不大。当非营利医院企图:①为社区无法支付医疗费用的病人提供尽可能多的免费医疗;②激烈的市场竞争迫使非营利医院不得不提高价格来平衡收支时,非营利医院和营利医院的价格趋向相同。当营利医院试图在市场和声誉良好的非营利医院开展竞争,攫取较大市场份额时,它不得不降低其价格。总之,竞争的压力会对医院的价格、医院的利润率、边际与年均成本产生影响。

从以上经济学模型的定性分析,不难看出:在一个竞争的市场中,营利性医院不可能以极大化的价格来实现利润的极大化,非营利性医院也不可能一味价格极小化,两种类型医院的价格有相互集中、相互靠近的趋势。这对我国的医院分类管理也有参考意义。

因此,国外营利性经营模式,其生存的理论前提是:吸引更多的资本投入、经营的高效率。但是,我国医院分类管理制度初步实施的过程中,发现绝大多数的医院为了获得医疗保险、法律及税收方面的优惠,都想成为非营利性医院,而不愿成为营利性医院。

三、医院经营规范

医院经营规范是指医院经营管理应该遵循的正常轨道及其必备条件。

1. 建立现代医院制度或者按一定体制解决医院经营自主权问题建立现代医院制度或者按一定体制解决医院经营自主权问题是建立医院经营规范的前提。现代医院制度不是指医院内部规章制度,而是指公立医院产权制度以及所有权与经营权的分离。

在计划经济条件下,政府主管部门代表国家掌握医院资产所有权,并对医院微观的行政、业务进行全面具体的行政干预,因而使医院管理者既没有经济实体的真正法人地位,也没有经营责任。经过几年来的改革,已经向医院下放了部分经营自主权,对增强医院活力和转变其经营机制起到了一定的积极作用。然而,已有的改革措施尚有明显的局限性。

首先,公立医院尚未改变政府"附属物"的"思维定势";政府主管部门也没有进一步将对医院进行微观管理的职能转变为宏观调控职能。

其次,医院产权制度以及所有权与经营权分离的改革措施尚未提到议事日程上来。如果公立医院也需要同国有企业一样按照社会主义市场经济的要求改革医院产权制度,那就需要逐步采取三项深化改革措施:第一,将政府宏观调控的职能与作为所有者管理国有资产的职能分开。第二,建立对最终所有者(全体人民及其代表机构)负责,并能有效评价,监督国有资产经营状况的权威的国有资产管理机构。第三,实现医院所有权与经营权的分离,由自主经营的法人实体经营公立医院,承担起创造医院综合效益并使医院资产保值增值的责任。

医院应当建立明晰的产权管理制度,并实现医院所有权与经营权的分离,这是使医院走上经营轨道的基础。

2. 医院经营管理职能的规范化　一般地说,医院经营管理职能与传统的医院管理职能没有根本的区别,只是要求增加经营性职能。第一,是决策、计划职能规范化。过去非经营型医院管理的决策、计划职能主要是眼睛向内,考虑内部计划、决策问题。经营管理职能则必须对市场环境进行调查分析,加强科学预测,进行经营战略决策,确定经营目标,编制长期和短期经营计划。第二,在组织和指挥职能方面,必须加强经营活动各要素、各部门、各环节的有机组合,提高经营活动的指挥效率。第三,经营管理对控制的协调职能提出了新的、更高的要求,即要求将经济的、质量的、效率的以及科学技术等全方位控制有机地结合起来;把外部协调与内部协调、纵向协调与横向协调有机地结合起来。第四,要特别重视经营激励职能。要求将精神激励和物质激励与各科室、部门及个人的经营绩效紧密结合起来,做到多劳多得、少劳少得,调动全员经营的积极性、创造性。

3. 医院经营结构的规范　当前我国医院经营结构不够规范的突出问题表现在收益结构方面,即收益结构不合理。主要是技术劳务价值偏低,而医疗收入主要靠销售药品等收益。这种经营结构发展下去,很容易使医院经营失去它的本来面目,甚至会成为类似于商业性经营。上海市提出的"总量控制,结构调整"改革措施,其中"结构调整"就是对医院经营结构的调整。

4. 经营手段规范化　当前我国医院经营管理仍以行政手段为主,而经营手段运用力度不够,更缺乏法制手段。规范医院经营手段的关键在于建立规范的经济管理及其相应的法制和法规。

综上可见,医院经营规范的建立,不仅涉及医院的经营活动,还涉及上级有关部门的政府行为。所以,需要经过较长期的改革历程,才能使我国医院走上完全正常的经营轨道。

四、我国医院所有制结构类型

新中国成立后,医院所有制经历了一个曲折的演变过程。新中国成立初期,卫生事业面临着缺医少药,人民健康水平十分低下的困难局面。党和政府特别重视卫生事业的发展,先后对各类医疗机构进行了恢复、整顿和改造工作,形成以公有制为主体的多种所有制的医院。以后,随着国家经济的恢复和生产资料社会主义改造的完成,逐步将原有的私立医院过渡为全民所有制医院,将个体医院改造为集体性质的联合诊所或联合医院;在广大农村,依靠农业生产合用社的力量,办起了一批集体性质的医疗保健机构。从而,基本形成了以全民所有制为主体、集体所有制为辅的防治结合的城乡医疗卫生网络。但是在一味追求"一大二公"的思想作用下,急于将小集体过渡到大集体,大集体过渡到全民,用单纯的福利性事业和计划经济来管理全民和集体所有制医院,使我国医院所有制日趋单一化。这种由国家独办医院的路子,既超越了我国的经济发展水平,增加了国家财政经济负担,又造成了医院中的两个"大锅饭",压抑了医院的发展和医务人员的积极性,使医院的社会效益和经济收益受到严重的制约。党的十一届三中全会后,突破旧的思想和办院模式的束缚,医院的所有制结构发生了变化。主要为:一是打破了公有制一统天下的局面,出现了以公有制为主体的多种所有制并存的格局;二是出现了跨越不同部门、地区和所有制界线联合办医院的新路子。

(一)全民所有制医院

全民所有制医院是由全体社会成员共同占有生产资料的一种公有制形式,它是一种公有制形式。这是我国全民所有制医院创建的主要途径。全民所有制医院的一切活动首先必须服从国家的统一计划和政策,以增进全体社会成员的健康为根本宗旨,以提高社会效益为唯一准则,最大限度地满足社会对卫生保健的需要。

与此同时,在社会主义有计划商品经济的条件下,全民所有制医院,在服从社会主义基本经济规律的前提下,还必须按照价值规律的要求进行经营和服务活动,在不断提高社会效益的前提下,建立各种形式的技术经济责任制,提高医院的经济收益,使卫生劳务得到相应的补偿(这种补偿主要来自国家拨款和患者个人或患者所在的企业、事业单位支付的费用)。同时,全民所有制医院,仍具有相对独立的商品经济实体的属性。全民所有制医院的主要任务,在整个医疗卫生事业中居主要地位,决定着我国医疗卫生事业的发展方向。因此,加强全民所有制医院的建设,是坚持我国医疗卫生事业的社会主义方向,提高人民群众健康水平的根本保障。

全民所有制医院在我国医疗卫生事业中的主导作用是:①担负着我国主要的医疗保健任务。目前,我国全民所有制医院 13850 所(2010),占医疗卫生机构的 89%,拥有床位 3013768 张,约占床位总数的 63%,全民所有制医院还拥有较先进的医疗设备和仪器,如 CT、电子胃镜、直线加速器、γ照相机、核磁共振等。另外,全民所有制医院还集中了一大批高、中级专业医务人员,代表了国家和地区先进的医疗业务水平和技术水平,承担了大量的防病治病工作,是形成我国城乡三级医疗网络的主导力量。②是我国培养专业卫生人员的教学和医学科研基地。我国有一大批全民所有制医院的教学医院,它们为我国培养了大批的各级专业卫生人员,承担了国内医学科学研究工作,同时还负责培训国外医务人员的任务。③是实现社会主义医疗卫生事业现代化的根本保障。全民所有制医院以其强大的物质和技术基础,不仅从技术和业务上对其他所有制形式的医院进行帮助和指导,为他们培养各类专业人才,提高技术水平、管理水平和服务质量,促进其巩固和发展,促进我国医疗卫生事业现代化,而且又是保障其他所有制医院的社会主义方向和引导个体医院为提高人民健康水平服务的主导力量。

(二)集体所有制医院

集体所有制医院是由部分劳动群众共同占有生产资料的一种公有制形式。现阶段,我国集体所有制医院从地区上划分大致有两类:一是城填街道或集体所有制工商企业的卫生院、卫生所、医务室;二是部分乡村卫生院、卫生所等。集体所有制医院任务同全民所有制医院一样,都是社会主义卫生事业中的公有制经济,它们共同组成了社会主义卫生事业生产关系的基础,但集体医院又区别于全民医院。首先,集体医院的一切生产资料,归集体经济范围内的部分劳动群众共同所有,国家和任何其他单位或个人不得无偿调拨和侵占。其次,集体医院主要依靠自身的力量发展壮大,并接受国家少量的政策性补助或补偿。它的发展规模和服务能力的大小,装备条件的优劣,技术水平的高低,主要取决于该医院经济实力和经营管理水平。与全民相比,集体医院之间的各种条件差距较大。最后,集体医院具有更多的经营管理自主权。

集体所有制医院是社会主义卫生事业的主要组成部分,是我国农村卫生机构的主体,它在我国卫生事业中的作用主要表现以下几个方面:①集体医院是我国城乡卫生事业的基层医疗卫生组织和医疗预防中心,是做好防病治病工作的极为重要的力量,也是专业卫生组织和群众性卫生组织密切联系的纽带。城镇集体性质的街道医院是城市三级医疗网的基础单位,也是街道范围的预防中心,它在开展爱国卫生运动和计划生育工作方面充当街道办事处的参谋和助手。同时,它还担负着辖区内的妇幼卫生、食品卫生、传染病预防、职业病防治等任务。因此,它对于防病、治病、增强人民体质具有重要的基础作用。农村集体医疗机构担负着我国八亿多农村人口的医疗预防任务。我国广大农村普遍建立了县、乡、村三级医疗网。县医疗卫生机构属全民性质;全国乡卫生院 5 万左右,其中约三分之二属集体性质;村卫生所均属集体性质。在我国农村三级医疗网中,乡卫生院是我国农村卫生保健的枢纽,它是国家卫生事业面向农民的基层卫生组织和农村卫生工作的业务指导中心,它承担了农村常见病、多发病、流行性疾病和地方性疾病的防治任务,负责全面的卫生管理和培训乡村医生的工作,同时,也是乡政府开展广泛性的群众爱国卫生运动和计划生育工作的业务指导和助手。它介于市、县和广大农村之间,起着沟通市、县医疗卫生机构与村卫生所的桥梁作用。据统计,近几年乡卫生院诊疗人次占我国年诊疗人次总数的40%左右。②服务灵活,适应性强,方便群众。集体医院立足于为本地区居民和中小型企业服务,因此情况熟悉,群众就医方便。在医疗技术上能扬长避短,适应当地需要,形成各自的特色。不少医院除具备一般综合性医院的治疗科目外,还形成一些专科特长,有利于弘扬民间传统医术。他们普遍实行出诊制,开展巡回医疗,设立家庭病床,缓解了病人住院难的状况,减轻了患者的经济负担。③机构精干,费用低,开支少,适合我国经济发展水平。集体办医疗机构注意精打细算,一般费用低,机构人员精干,规模不大。所以具有投资少、见效快、容易办、效益高的特点。事实证明,集体性质的医院具有许多优越性,它在防病治病,增进人民健康方面日益发挥着重要的作用,是我国全民所有制医院的有力助手。

(三)股份制医院

1. 股份有限(公司)医院。股份有限(公司)医院是由一定人数以上的股东所发起组成,全部资本被划分为若干等额股份,并通过向社会公开发行股票(或股权证)筹集资本,股东就其所认股份对(公司)医院负有限责任,股票可以自由转让,医院以其全部资产对医院债务承担责任的企业法人。其特征是:①股份有限(公司)医院是法人。②股份有限(公司)医院的股东不得少于法律规定的数目。股份有限(公司)医院的最少股东人数为 7 人。这里的人既可以是自然人,也可以是法人。③股份有限(公司)医院的股东仅仅是股票的持有者,他们的人身性质没有任何意义。股东的所有权都体现在股票上,并随股票的转移而转移。股份有限(公司)医院必须预先有确定的资本总额,然后着手募股。任何愿意出资的人都可以成为股东,没有资格限制。④股份有限(公司)医院的资本总额平均分为金额相等的股份,以便于计算每个股东拥有的权利。出资大的股东只是占有股票数多,而不能增大股份的金额。这是股份有限(公司)医院的一个突出特点。⑤股份有限(公司)医院的股份可以自由转让,股票可以在社会上通过证券交易所或银行公开出售。但不能退股。⑥股份有限(公司)医院的股东承负有限责任,即只以其所认购的股份额对(公司)医院的债务承担责任,一旦(公司)医院破产或者解散进行清算时,(公司)医院债权人只能对(公司)医院的资产提出要求,而无权直接向股东起诉,只有(公司)医院法人才以(公司)医院本身的全部资产对(公司)医院的债务负责。⑦股份有限(公司)医院的账目要公开,必须在每个财政年度终了时公布(公司)医院年度报告,其中包括资产负债表和(公司)医院损益表,以供众多的股东和债权人查问。

2. 有限责任(公司)医院。有限责任(公司)医院亦称有限(公司)医院。一般指依法成立,由法律规定的一定人数的股东组成,(公司)医院不公开发行股票,股东以其认定的出资额对(公司)医院负责,(公司)医院以其全部资产对医院债务负责。其特征是:①股东人数具有严格的数量界限规定。一般(公司)医院内股东人数较少。许多国家公司法都规定股东人数必须在2~50人之间。如遇特殊情况超过人数上限时,须向法院申请特许或者转为股份有限(公司)医院。有限责任(公司)医院不仅股东人数较少,而且股东之间的关系也比较密切,一般都是亲朋好友或者相互了解和信赖的人员之间,通过认购股份组成的,(公司)医院一旦组建,非经全体股东同意不能随意增加新股东。②(公司)医院不公开发行股票。其股东虽然也有各自的股份额,但由于公司的资本可以不划分等额股份,所以各股东的出资额一般由其协商确定。股东在交付股金后,由(公司)医院出具股权证书作为他们各自在(公司)医院中的拥有的权益凭证,并把这种凭证称为股单。股单不同于股票那样可以在社会上自由流通。但在(公司)医院其他股东同意的条件下可以转让,转让时只需在(公司)医院办理手续。③(公司)医院的设立程序比股份有限(公司)医院简便。医院成立可以由一人或几人(自然人或法人)发起,所有股份金额在医院成立时必须交足。同时医院的成立无需像股份有限(公司)医院那样发公告,而且也不必公开它的营业报告。④(公司)医院内部组织机构设置灵活、简便。由于股东人数较少,可以不设股东会,有些问题可以通过征询的方式加以解决,股东亦可作为(公司)医院的雇员直接参加经营管理。⑤股东承负有限责任。这种有限责任包括两种情况:一是仅限于股东的出资额;二是可规定限于出资额的数倍(二、三、五倍等)。有限(公司)医院由于兼有资金私人会的特点,十分适宜于中小型医院。

3. 合资医院。合资医院是中外合资经营医院的简称。合资医院是由一个或几个外国公司、医院或其他经济组织和个人(简称外国合营者),经中国政府批准,在中华人民共和国境内、同一个或几个中国的公司、医院或其他经济组织(简称中国合营者)共同投资兴办的受中国法律保护管理辖的股权式合营医院。合资医院有如下四个特点:①合资医院的特点是"四共",即共同投资、共同经营、共担风险、共同收益。②合资医院必须是中方与外方合资经营的。合资方可以是双边的,即有两个合营者参加;也可以是多边的,即有三个以上合营者参加,但其中有一方必须是中国方。③合资医院的主体,外国合营者可以是外国公司、医院和其他经济组织和个人即外国的法人或自然人。④合资医院的成立地(医院注册登记地)和管理机构(一般指董事会)所在地必须在中国境内。合资医院有如下优势:资金较集中,医院仅负担员工的工资和资金,而工资外负担少,税收优惠,技术信息优势较大。

4. 私立医院。私立医院是由个人出资兴办的医院,医院的所有权归出资者所有,目前我国私立医院规模一般较小,多以专科医院出现,是其他医院医疗服务的补充,大部分属营利性质的医院或诊所,但政府也鼓励民营资本可投资经营非营利性医院。

(陈洁　周虹)

第二章

医院经营管理的卫生政策

第一节　医疗机构分类管理

2000年2月，我国国务院办公厅转发了国务院体改办等八部门制定的《关于城镇医药卫生体制改革的指导意见》（国办发〔2000〕16号），提出了建立新的医疗机构分类管理制度，促进医疗机构之间公平、有序的竞争，将医疗机构分为营利性和非营利性两类进行管理的改革举措。2000年7月，卫生部、国家中医药管理局、财政部、国家计委联合制定了《关于城镇医疗机构分类管理的实施意见》（卫医发〔2000〕233号），明确了非营利性医疗机构和营利性医疗机构的界定标准以及医疗机构分类的核定程序，对医疗机构分类管理进行了具体的安排，我国医疗机构分类管理改革进入了实施阶段，为我国医疗机构分类管理，深化改革打下基础。

2009年3月，按照党的十七大精神，为建立中国特色医药卫生体制，逐步实现人人享有基本医疗卫生服务的目标，提高全民健康水平，中共中央、国务院颁布了《关于深化医药卫生体制改革的意见》（中发〔2009〕6号），《意见》中进一步明确指出，我国要完善医疗服务体系，要坚持非营利性医疗机构为主体、营利性医疗机构为补充，公立医疗机构为主导、非公立医疗机构共同发展的办医原则，建设结构合理、覆盖城乡的医疗服务体系。《意见》还提出了"有效减轻居民就医费用负担，切实缓解'看病难、看病贵'"的近期目标，以及"建立健全覆盖城乡居民的基本医疗卫生制度，为群众提供安全、有效、方便、价廉的医疗卫生服务"的长远目标。为落实《意见》，国务院印发了《关于医药卫生体制改革近期重点实施方案（2009—2011年）的通知》（国发〔2009〕12号），该实施方案指出要"落实非营利性医院的税收优惠政策，完善营利性医院的税收政策。"

2010年2月，卫生部、中央编办、国家发展改革委、财政部和人力资源社会保障部制定了《关于公立医院改革试点的指导意见》，同年11月国务院办公厅转发了国家发展改革委、卫生部、财政部、商务部、人力资源社会保障部制定的《关于进一步鼓励和引导社会资本举办医疗机构的意见的通知》（国办发〔2010〕58号），两个重要文件中进一步明确，医改中我国要坚持公立医院的公益性质，把维护人民健康权益放在第一位，实行政事分开、管办分开、医药分开、营利性和非营利性分开，推进公立医院体制机制创新，调动医务人员积极性，提高公立医院运行效率；同时，要鼓励、支持和引导社会资本进入医疗服务领域，完善政策体系，为非公立医疗卫生机构经营创造公平竞争的环境，引导、鼓励和支持非公立医疗卫生机构发展，促进不同所有制医疗卫生机构的相互合作和有序竞争,加快形成多元化办医格局,满足群众不同层次医疗服务需求,推动不同所有制和经营性质的医疗机构协调发展。

这些推进不同医疗机构改革和发展的文件为我国医疗机构分类管理奠定了明确的政策和制度基础,也对各类医疗机构的规划、申办、经营、管理和发展产生了深远的影响。

一、我国非营利性医疗机构与营利性医疗机构的分类比较

根据 2000 年 7 月《关于城镇医疗机构分类管理的实施意见》,我们国家将医疗机构按机构整体划分为非营利性和营利性医疗机构。划分的主要依据是医疗机构的经营目的、服务任务,以及执行不同的财政、税收、价格政策和财务会计制度,其目的是促进医疗机构之间有效、有序、公平、充分的竞争,以激活医疗市场,达到降低医疗费用、提高医疗服务质量、减少政府财政负担、实现医疗卫生事业良性发展的目标。

根据 2009 年 3 月《关于深化医药卫生体制改革的意见》,我国政府提出要坚持非营利性医疗机构为主体、营利性医疗机构为补充、公立医疗机构为主导、非公立医疗机构共同发展的办医原则。非营利性、非公立医疗机构的提出,使得以前困扰医院分类管理的制度性缺陷有了突破。2010 年 11 月国家制定了《关于进一步鼓励和引导社会资本举办医疗机构的意见》鼓励和引导社会资本举办医疗机构,增加社会医疗卫生资源,扩大服务供给,满足人民群众多层次、多元化的医疗服务需求;建立公立、非公立医疗机构竞争机制,提高医疗服务效率和质量,完善医疗服务体系,消除阻碍非公立医疗机构发展的政策障碍,促进非公立医疗机构持续健康的发展。依据这些政策,我们将两种类型医疗机构具体属性的比较,详细列表如下(见表 2-1)。

表 2-1　非营利性医疗机构与营利性医疗机构属性比较

属 性 分 类	非营利性医疗机构 (包括公立医疗机构和非公立医疗机构)	营利性医疗机构 (非公立医疗机构)
定义	为社会公众利益服务而设立和运营的医疗机构,不以营利为目的,其收入用于弥补医疗服务成本,实际运营中的收支结余只能用于自身的发展,如改善医疗条件、引进技术、开展新的医疗服务项目等	医疗服务所得收益可用于投资者经济回报的医疗机构
举办者	公立机构:政府、军队、武警、国有企事业单位 社会资本:社会团体、股份制组织、中外合资机构、外资机构、个人	企业单位、社会团体、股份制组织、个人、中外合资机构、外资机构
政策和制度设计	占主导地位,政府主办的公立医院占主流力量 鼓励社会资本举办非营利性医疗机构。鼓励有资质人员依法开办个体诊所	处于补充地位,满足多层次的医疗服务需求。政策支持举办营利性医疗机构,鼓励有资质人员依法开办个体诊所
经营属性	政府、军队、武警、国有企事业单位举办的公立医疗机构,坚持公立医院的公益性质,履行公共服务职能,为群众提供安全、有效、方便、价廉的医疗卫生服务 其他单位及个人举办的非营利性也要以社会公众健康利益为主	以市场经营为主要目的

续表

属性分类	非营利性医疗机构 （包括公立医疗机构和非公立医疗机构）	营利性医疗机构 （非公立医疗机构）
医疗机构设置规划原则	符合本地区区域卫生规划和区域医疗机构设置规划。调整和新增医疗卫生资源时符合准入标准,优先考虑由社会资本举办非营利医疗机构	
服务内容	政府举办的公立医疗机构主要提供基本医疗服务并完成政府交办的其他任务,其他非营利性医疗机构主要提供基本医疗服务,这两类非营利性医疗机构也可以提供少量的非基本医疗服务	根据市场需求自主确定医疗服务项目
政府购买服务及政府指令性任务	鼓励政府购买非公立医疗机构提供的服务。鼓励采取招标采购等办法,选择符合条件的非公立医疗机构承担公共卫生服务以及政府下达的医疗卫生支农、支边、对口支援等任务。支持社会资本举办的社区卫生服务机构、个体诊所等非公立医疗机构在基层医疗卫生服务体系中发挥积极作用。各类医疗机构在遇有重大传染病、群体性不明原因疾病、重大食物和职业中毒以及因自然灾害、事故灾难或社会安全等事件引起的突发公共卫生事件时,应执行政府下达的指令性任务,并按规定获得政府补偿	
政府财政补助	公立医院享受同级政府给予的财政补助,其他非营利性医疗机构一般不享受政府财政补助,除非承担了政府下达的指令性任务	不享受政府财政补助,除非承担了政府下达的指令性任务
服务价格	公立医院按扣除财政补助和药品差价收入后的成本制定医疗服务价格,其他非营利性医疗机构执行政府规定的医疗服务指导价格	医疗服务价格放开,由医疗机构自主定价,政府备案
医保政策	公立医院执行政府规定的医疗服务和药品价格政策,社会资本举办的非营利性医疗机构,符合医保定点相关规定,人力资源社会保障、卫生和民政部门应按程序将其纳入城镇基本医疗保险、新型农村合作医疗、医疗救助、工伤保险、生育保险等社会保障的定点服务范围,签订服务协议进行管理	不享受医保政策,主要争取得到商业医疗保险市场的认可
税收政策	享受相应的税收优惠政策	参照企业单位依法自主经营,免征营业税
财务制度	执行财政部、卫生部颁布的《医院财务制度》和《医院会计制度》等有关法规、政策	参照执行企业的财务、会计制度和有关政策
资产管理	终止业务活动后,剩余资产由社会管理部门处置,出资者无权自行处置	由出资人自行处理
运行成本价格	公立医院与社会资本举办的非营利性医疗机构在用电、用水、用气、用热方面实行相同价格	用电、用水、用气、用热方面实行市场价格
土地政策	医疗机构用地纳入城镇土地利用总体规划和年度用地计划,合理安排用地需求。社会资本举办的非营利性医疗机构享受与公立医疗机构相同的土地使用政策。非营利性医疗机构不得擅自改变土地用途,如需改变,应依法办理用地手续	医疗机构用地纳入城镇土地利用总体规划和年度用地计划,合理安排用地需求,土地使用政策依据市场政策

续表

属 性 分 类	非营利性医疗机构 （包括公立医疗机构和非公立医疗机构）	营利性医疗机构 （非公立医疗机构）
人才政策	医疗机构与医务人员依法签订劳动合同，按照国家规定参加社会保险。鼓励医务人员在公立和非公立医疗机构间合理流动，有关单位和部门应按有关规定办理执业变更、人事劳动关系衔接、社会保险关系转移、档案转接等手续。医务人员在学术地位、职称评定、职业技能鉴定、专业技术和职业技能培训等方面不受工作单位变化的影响	
学术环境	非公立医疗机构在技术职称考评、科研课题招标及成果鉴定、临床重点学科建设、医学院校临床教学基地及住院医师规范化培训基地资格认定等方面享有与公立医疗机构同等待遇 参加各医学类行业协会、学术组织和医疗机构评审委员会，保证非公立医疗机构占有与其在医疗服务体系中的地位相适应的比例，保障非公立医疗机构医务人员享有承担与其学术水平和专业能力相适应的领导职务的机会	
大型设备配置	支持非公立医疗机构按照批准的执业范围、医院等级、服务人口数量等，合理配备大型医用设备。非公立医疗机构配备大型医用设备，由相应的卫生部门实行统一规划、统一准入、统一监管	
信息获取渠道	政府保障非公立医疗机构在政策知情和信息、数据等公共资源共享方面与公立医疗机构享受同等权益。要提高信息透明度，按照信息公开的有关规定及时公布各类卫生资源配置规划、行业政策、市场需求等方面的信息	
监督政策	各类医疗机构要执行医疗机构管理条例及其实施细则等法规和相关规定，提供医疗服务要获得相应许可，严禁超范围服务，依法严厉打击非法行医活动和医疗欺诈行为。规范医疗广告发布行为，严禁发布虚假、违法医疗广告。卫生部门要把各类机构纳入医疗质量控制评价体系，通过日常监督管理、医疗机构校验和医师定期考核等手段，对医疗机构及其医务人员执业情况进行检查、评估和审核建立社会监督机制，将医疗质量和患者满意度纳入对医疗机构日常监管范围。发挥医疗保险对医保定点机构的激励约束作用，促进各类医疗机构提高服务质量，降低服务成本	
变更经营性质政策	社会资本举办的非营利性医疗机构原则上不得转变为营利性医疗机构，确需转变的，需经原审批部门批准并依法办理相关手续；变更后，按规定执行国家有关价格和税收政策	社会资本举办的营利性医疗机构转换为非营利性医疗机构，可提出申请并依法办理变更手续。变更后，按规定执行国家有关价格和税收政策

二、国际上医院的分类与管理

国外实行医疗机构分类管理的国家一般先根据医疗机构的产权划分为公立和私立，再依据医疗机构的经营目的将私立机构划分为营利性和非营利性两类，政府举办的医疗机构（即公立医疗机构）并不参与划分。多数发达国家营利性与非营利性医院的划分是建立在其私立医院和社会团体医院的经营规模、经济实力、设备档次、技术水平、服务质量等方面与公立医院不相上下，甚至强于公立医院的基础上。所以，按照国际通用的分类方法，国际上一般把医院根据所有权分可分为政府医院(governmental hospital)非政府非营利性医院(non-governmental nonprofit hospital)和营利性医院(for-profit hospital)三类(见图 2-1)。政府医院由国家、州或当地政府运营,由于他们的举办目的也是非营利性的,所以也可看做是非营利性医院。非政府非营利性医院由教会或其他非营利性组织运营。营利性医院由个人、多人合伙或公司运营并以营利为目的。

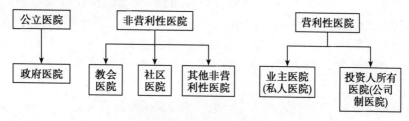

图 2-1 国际医院分类结构图

美国和德国是比较典型的公立医院、私立非营利医院和私立营利医院共存的国家。第二次世界大战以后,非营利医院蓬勃发展,经过 20 世纪 70 年代公共部门改革和第三方管理模式的兴起,非营利医疗机构更是成为与公立医院和私立营利医院并驾齐驱的重要力量。而在北欧国家和英国等国家,政府包办全部公立医院,这无疑抑制了社会资本兴办医院的趋势,私立的非营利医院发展相对滞后。但是,从 20 世纪 90 年代中期,英国开始公立医院的持续改革,实质就是按照非营利组织治理模式改造公立医院。

(一)美国医院分类管理的特点:非营利医院居于主导地位

美国是一个典型的市场机制发挥主导作用,以商业健康保险为主,社会医疗保险为辅的国家。截至 2008 年 11 月,私立非营利医院有 2913 家,私立非营利医院占全美医院的 59%,州和地方社区医院数 1111 家,联邦政府医院数 213 家;美国公立医院约占全国医院数量的 23%,而美国营利性医院约占全国医院数量的 15%。

从人力的配置情况看,美国营利性医院院均卫生人员数一直低于非营利性医院,从病床配置情况看,美国营利性医院院均病床数一直低于非营利性医院,从趋势看,营利性医院院均床位数逐年增加,而非营利性医院则逐年减少,政府医院尤其如此。80 年代以来美国很多公立医院转变成营利性或私立非营利性医院。公立医院的构成从 1975 年的 34% 降至 2008 年的 23%,非营利医院则从 53% 增加到 59%,营利医院从 12% 上升到 15%。从门、急诊服务量与住院服务量看,在美国医院中,非营利性医院的门、急诊服务量占全国的 90% 以上,非营利性医院的住院病人数占全国的 85% 以上。从医院效率看,美国医院每个卫生人员承担的门、急诊人次逐年增加,非营利性医院高于营利性医院,非营利性医院中政府医院高于非政府医院;美国营利性医院的平均住院日一直低于非营利性医院;营利性医院的病床使用率低于非营利性医院。

由此可见,在美国的医疗服务中起主导作用的是非营利性医院。非营利性医院平均规模大于营利性医院,特别是非营利性医院中的非政府医院;门诊服务和住院服务主要由非营利性医院提供;美国政府的主要职责不是直接投资办医院,而是花费大量的资金支持社会医疗保险,医院的收入主要根据其提供的服务由保险组织支付,这迫使医院不断提高服务质量和调整经营行为以赢得更多的市场份额。此外,美国非营利医院的工作效率仍较高。在竞争性方面,非营利医院越来越愿意通过医院联合和兼并来适应市场竞争的环境。在自治和公益方面,美国联邦政府和州、地方政府虽然不直接干预,但正在想方设法加强对非营利医院内部治理的监管。在公开透明度方面,非营利医院在信息披露方面不断完善,以提高社区居民的参与程度。美国的营利性医院的费用并不高,这可能与美国非营利性医院也非常重视经营管理及市场开拓有关,而营利性医院也非常重视降低医疗费用,也越来越积极以开展社区服务来吸引病人。即使在竞争激烈的美国,非营利性医院和营利性医院都依靠提供优质、高效率和低费用的服务,使自己在社会竞争中占有一席之地。同时,美国政府推行了以强化自治和责任为中心的公立医院改革,政府正在增强公立医院的自治性和竞争性。政府通过完善监督来加强公立医院对自身的管理,并倡导信息透明和服务对象的参与。同时,政府通过"政府购买服务"的形式鼓励各类医疗机构之间开展竞争。

(二)德国医院分类管理的特点:占主导地位的公立医院减少并进行"两权分离"改革

德国的医院分为三类:公立医院、私立非营利医院和私立营利医院。1990 年,公立医院、私立非营利医院和私立营利医院病床数各自所占比例分别为 62.8% ,33.5% ,3.7% ;到 2002 年,这一比例变为 53.9% ,37.7% 和 8.3% 。公立医院的病床数逐渐减少,而私立医院(包括营利医院和非营利医院)病床数的比重随之增多。德国的医院均按照"双重投入"(dual financing)原则获得资金支持,基本建设成本(investment cost)主要由政府承担,而运营成本(running cost)则由各类保险方支付。

非营利医院在德国占到 1/3,在医疗服务的提供中发挥了重要作用,德国非营利医院是独立于政府的自治组织,但也从政府获得基本建设所需要的资金,并接受政府对于医院规划、投入机制等方面的指导和监督。德国非营利医院一般归宗教组织或慈善团体所有,由独立的董事会对医院进行管理。非营利医院的筹资渠道非常广泛,收入来源于政府、疾病基金会、私人部门以及慈善组织。德国非营利医院要接受社会的监督。医院需要向政府有关部门提供信息,并由疾病基金会定期向社会公布。

德国公立医院面临的主要问题是床位数过多,效率低下,费用过高。为了控制费用、提高公立医院的效率,德国开始了公立医院改革。改革内容包括实现医院自治、提高医院的透明度和竞争性。德国公立医院改革的重点在于实现医院自治。德国政府还颁布了相关措施以增强公立医院的透明性和竞争性。

(三)日本医院分类管理的特点:非营利医疗机构主导和公立医疗机构改革并举

日本学术界一般将日本的医院分为公立医院和私立医院,私立医院包括民营医院和私人医院。民营医院主要分为四类:医疗法人开办的医院、私立大学和医科大学的附属医院、公益团体和宗教慈善团体举办的医院和私营保险团体举办的医院。2003 年,私立医院占 79.9% 。2004 年,在所有私立医院中,医疗法人医院占 61.7% ,为 5608 家。医疗法人医院即为典型的非营利医院。

日本《医疗法》中明确规定,禁止医疗法人医院以营利为目的。医疗法人医院由民间社团捐赠举办,在出资和行政隶属上与政府无关,社会化介入程度高。医疗法人被分为社团形式和财团形式两种。

日本公立医院改革——产权改革和"两权分离"。公立医院的人事权、财权、分配权都由政府控制,且完全享有国家财政投入。日本的公立医院多数都收不抵支,出现严重亏损,舆论对公立医院服务质量和服务可及性也有不少批评,这些都迫使对公立医院进行改革。公立医院通过引入民间资本来促进竞争。将公立医院转制成为民营医院,目标是增强自主性,提高服务效率,增加公开透明性和改善医疗服务质量。

(四)英国医院分类管理的特点:以非营利组织模式改造公立医院

英国在 1946 年颁布了《国家卫生服务法》,实施国民医疗服务体系(National Health Service,NHS)。政府投资创立并维持公立医院,而私人部门在医疗领域中主要服务于高端市场。所以,民间性的非营利医院几乎没有生存和发展的土壤。从 20 世纪 90 年代开始,英国政府一方面积极改造公立医院,另一方面,开始着眼发展私立非营利医院并提供支持。

英国公立医院的改革可以分为两个阶段。第一阶段始于 1994 年,主要针对政府包揽下公立医院效率低、政府负担重、管办不分的弊端进行改革。改革后,英国的公立医院成为政府医疗领域的第三方管理主体,初步具备了非政府性、自治性和竞争性。第二阶段开始于 2004 年,建立了 NHS 基金医院(NHS foundation trust)体系。大部分 NHS 基金医院是由公立医院改革而来,政府于 2006 年开始鼓励由私人资本创立、与政府签订合同的非营利医院。这次改革从根本上颠覆了英国延续近半个世纪的由政府包揽医疗服务的模式,是对全能型政府理念在医疗领域的一次全面审视和反思。自 2004 年出现第一个 NHS 基金医院以来,到 2008 年,仅英格兰已经有 109 个基金医院。改革后的 NHS 基金医院体系在更大程度上给予医院自主权,强化了医院的非政府性、竞争性和公开性。从英国医疗机构两次改革可以看出,公立医院的改革方向就是在公立医院非营利性的基础上,强化非政府性、独立自治性、竞争性和公开性,并逐步引入志愿公益性;同时引入社会资本,创立私立非营利医疗机构的趋势也开始显露。随着改革的进程,公立医院非营利组织特性愈发明显,英国实质上就是以非营利组织的模式改革公立医院的。

通过对几个典型国家医疗机构分类管理、发展和改革的分析,发现如下基本趋势。第一,非营利医疗机构作为一个必不可少的社会组成部分,应通过立法来对其设立、运行和发展进行保障。如美国、德国、日本等国都有相关法律对非营利医院的设立、治理结构等作出规定。第二,国际上普遍将医院分为三类:公立医院、私立非营利医院、私立营利医院。这反映出政府、企业和非营利组织在医疗领域的合理分工,是一个健全的市场经济条件下的必然结果。第三,从这些国家成功的经验来看,非营利性医院占 80% 以上、营利性医院占 20% 以下较为普遍,这反映了医疗保健服务的特殊性。非营利性医院中公立医院和非公立医院所占比例也不同,有的非营利性医院中以公立医院为主体,如法国、意大利等。有的以非公立医院为主体,如美国、加拿大等。有的公立医院与非公立医院所占比例大体相当,如德国。第四,各国进行公立医院改革的方式很多,如德国的"两权分离",日本的产权改革,英国将医院改为独立核算的自治机构等。虽然路径有所不同,但最终落脚点都是实现医院的自治,提高医院的独立性。

三、非营利性与营利性医院的医疗服务资源配置状况比较

(一)不同类型医院资源利用比较

根据《2010 年中国卫生统计提要》,2009 年共有医院 20291 所,非营利性医院 15724 所,其中有政府举办的医院 9651 家,社会企事业单位举办的医院 6046 家,非营利医院占到全国医院总数的 77.49%,营利性医院有 4543 所,占全国医院总数的 22.39%(见表 2-2),说明我国公立医院、非营利非公立医院、营利性医院占全国医院总数分别是:47.56%、30.02%、22.39%。从数量上看,我国的医院体系是以公立医院为主的。

表 2-2　2009 年各类医疗机构数和床位数

	政府办	社会办	私人办	非营利性	营利性	合计
机构数	9651	6046	4594	15724	4543	20291
床位数	2415546	501137	204090	2924597	195339	3120773

　　床位数是反映医院规模与医疗卫生资源量的重要指标之一。2009 年我国医院的总床位数是 3120773 张,其中我国公立医院、非营利非公立医院、营利性医院拥有的床位数量占全国医院床位总数分别是:77.4%、16.31%、6.26%(见表 2-2)。这和三者的机构数量比较形成巨大反差,这说明我国的非公立性医院和营利性医院的规模都很有限。2008 年非营利性医院的实际开放总床日数是营利性医院的 16.9 倍,床位使用率比营利性医院高出 35.3%(见表 2-3)。这说明非营利性医院的工作效率要比营利性医院高。

表 2-3　2008 年两类医疗机构床位利用情况比较

医疗机构分类	非营利医院	营利性医院
实际开放总床日数(日)	959585249	56915047
平均开放病床(张)	2629001	155932
实际占用总床日数(日)	800595419	27387767
出院者占用总床日数(日)	765968474	24042012
病床周转次数(次)	26.9	19
病床工作日(日)	304.5	175.6
病床使用率(%)	83.4	48.1
出院者平均住院日	10.8	8.1

(二)不同类型医院的医疗服务情况比较

　　2009 年在全国医院 19.22 亿诊疗人次中,政府医院占 15.9 亿人次,占 82.72%;在入院的 8448 万人中,政府医院入院的有 7186 万人次,占 85.06%(见表 2-4)。这说明公立医院在全国医院的诊疗和住院服务总量上占绝对垄断地位。非营利性医院的门、急诊和健康体检工作量远远超过营利性医院。医院的门、急诊诊疗量和健康体检总人次数量比较,非营利性医院的门、急诊和健康体检工作量远远超过营利性医院,医院的住院服务量、住院手术总人次数量及部分质量指标比较,非营利性医院在我国承担的更多的危急重和疑难病例的诊疗服务,是我国医院医疗服务的主力军。

(三)不同类型医院的医疗质量指标比较

　　2008 年非营利性医院的医疗服务质量情况与营利性医院比较(见表 2-5)。这些数据说明我国非营利性医院的总体医疗质量水平高于营利性医院。

(四)不同医院的大型医用设备、人力资源指标比较

　　医用设备尤其是大型医用设备是各级医院进行医疗服务的重要物质基础,也反映了医院实现经济效益和社会效益的能力。比较 2005 年营利性医院与非营利性医院拥有的万元以上医用设备台数。可以看出,非营利性医院拥有的医用设备无论是在总数量上还是平均每家医院拥有量上都明显超过了营利性医院。

表 2-4　不同类型医院医疗服务情况比较

项　目	非营利性医院	营利性医院
诊疗人次数	1701963058	78666009
门急诊	1660435178	75751239
观察室留观病例数	32847779	1145874
健康检查人数	94763985	5830961
急诊抢救成功率(%)	92.94	89.08
急诊病死率(%)	0.09	0.07
观察室病死率(%)	0.1	0.04
入院人数	70940904	2937352
出院人数	70735243	2956937
住院病人手术人次	21000580	1082574
危重病人抢救人次	5400270	82689
治愈率(%)	57.3	77.8
好转率(%)	38.9	20.2
病死率(%)	0.9	0.3
危重病人抢救成功率(%)	89.3	88.2

表 2-5　2008 年两类医疗机构服务质量与效率情况比较

医疗机构分类	诊断符合率(%)			医院感染率(%)	无菌手术(Ⅰ级切口)		急危重症抢救成功率(%)	医师日均担负	
	入院与出院	住院手术前后	病理检查与临床诊断		感染率(%)	甲级愈合率(%)		诊疗人次	住院床日
非营利性医院	98.3	99.2	92.3	1.3	0.7	96.1	91.2	6.4	2.1
营利性医院	98.1	99.0	88.8	0.3	2.3	91.3	88.8	5.0	1.2

　　在医院的经营活动中,拥有优质卫生人力资源是医院吸引患者就医的最主要因素。2002 年平均每家医院卫生技术人员数量非营利性与营利性医院之比为 3.92∶1,执业医师数之比为 4∶1,到 2005 年这两者的比例分别进一步扩大到 4.16∶1 和 4.4∶1。非营利性医院与营利性医院之间在平均拥有的人力资源量上的差距基本没有缩小的趋势。

　　综上所述,对营利性与非营利性医院资源配置情况的分析可以看出,我国目前不仅在资源拥有量上非营利性医院占据明显优势,而且总体上这种优势还没有缩小的趋势,我国医疗服务体系的发展并没有偏离"非营利性医院在医疗服务体系中占主导地位"的政策目标。而我国的营利性医疗机构在规模、实力、医疗技术水平等方面都缺乏竞争力,目前还形成不了政府期望的营利性医院和非营利性医院良性竞争的局面,长久以来会对营利性医疗机构的进一步发展造成较大伤害,从而不利于营利性医疗机构的发展,也难以形成"非营利性医疗机构为主体、营利性医疗机构为补充,公立医疗机构为主导、非公立医疗机构共同发展"多格局办医体系。同时,我国的非营利性医院中,政府举办的公立医院又占有绝对的数量,从资源占有到服务数量和服务效率上都比非公有非营利性医院高出很多,这说明在我国非政府举办的非营利性医院的发展还有很大空间,这需要政府在今后的医疗资源规划和行业发展政策中给予倾斜和扶持。

从这些数据中也可以看出政府主导的公立医院是在医疗资源、服务质量等方面仍占主导地位,是我国非营利医院的主要构成,也是群众看病就医的核心战场和医疗改革的领军旗舰,其公益性关系缓解群众"看病难、看病贵"问题的整体进程和历史走向,决定我国医改的生死存亡。

四、我国非营利性医院与营利性医院的经营管理特点比较

两种类型医院由于目的不同,所有制不同,营运模式不同,因此对医院管理者的要求和医院经营管理方式自然就会有差异。

非营利组织及非营利医疗机构是 20 世纪以来在国际社会发展过程中诞生的重要的社会组织,它在弥补市场缺陷,分担政府公共服务职能,提供公益性服务方面发挥了不可或缺的作用。政府设立非营利性医院主要解决的是公平性问题,是政府有形的手在配置资源。也就是说,要让大多数人看得到病和看得起病,主要解决的是基本医疗健康保健问题。非营利性医院由于不是以利润最大化作为医院运营的目标,因此,因经济利益而损害消费者的可能性较小。但同时由于其缺乏追求利润的动力,也使非营利性医院对市场信息,对如何强化内部管理、降低医疗保健成本、提高医院的工作效率与质量,缺乏足够的重视。我国的非营利性医院中有 61.38% 是政府举办的公立医院,而其床位占有量则达到了 82.59%。这说明我国由社会资源举办的非公立、非营利性的医院或医疗机构还没有形成真正的规模。而从国际上医院分类管理的经验看,随着社会的不断发展,市场经济的不断完善,非营利组织都得到了蓬勃发展,尤其是在医疗领域,非营利医院更是扮演着重要的角色。发展非公立非营利医院是社会发展的需要,也是弥补市场和政府缺陷的需要。我们国家医疗机构分类管理改革的政策应有利于非营利性医疗机构发展,从准入到税收及医疗保险,在改革的政策文件要有鼓励兴办非公立非营利性医院的优惠措施,国家应从投资、财政补贴、价格、税收、管理模式、分配制度、监督制度等多方面予以保证。

营利性医院,主要解决的是效率问题。谁的效率高,能为我带来利润,我就为谁提供医疗服务。营利性医院主要是通过市场这只无形的手在配置资源。所以,营利性医院以利润最大化为目标,容易发生为了追求利润而损害消费者利益的行为。同时营利性医院为了获取最大利润有比较强的动力去了解市场的信息,规避市场风险、利用市场的发展机会,努力转变服务模式、开拓服务领域、组织领导体制创新,强化内部管理,运用经济杠杆,使医院能发挥自身的优势,提供消费者需求的医疗保健服务。在社会主义市场经济的环境中,从2001~2010 年在短短的 10 年间,我国营利性医院从无到有,其发展不仅为自身争取了生存空间,也在一定程度上完善了卫生服务体系,满足了人们多元化的卫生保健需求,并通过营利性医疗机构的探索和努力,推动了我国医疗卫生事业的结构调整和制度创新工作。

五、我国医疗机构分类管理的主要特点及对医院经营管理的影响

(一)医疗机构分类管理的意义

医疗机构在客观上存在不同性质与类型,所以医疗机构的分类管理是必然的。我国政府对医疗机构的分类管理实质就是将医院分为营利性医院和非营利性医院,通过医疗机构的分类管理,引入市场竞争机制,倡导多种形式办医,发挥各类医院的优势与作用,满足人们对医疗服务的不同层次的需要,使医疗卫生服务优质、高效、费用合理。从我国目前的状况,

国家实行医疗机构分类管理是保证非营利性医疗机构在医疗卫生服务体系中占主导和主体地位,保证医疗卫生事业整体上的公益性。

(二)我国医疗机构分类管理的主要特点

医疗机构分类管理就是对不同类型的医疗机构进行不同的规范管理。社会可通过财务会计制度、资产处置和管理制度、社会监督制度、领导体制等对非营利性医疗机构与营利性医疗机构进行分类管理。其中,非营利性医疗机构是我国医疗机构的主体力量,其分类管理的重点内容包括如下几方面:

1. 财产制度。非营利性医疗机构具有独立法人财产权,其资产属于社会所有,捐赠者不得拥有其所有权。非营利性医疗机构的财产不受侵犯;不得被个人或营利性机构占有、控制,并为私人利益和目标服务;不得在市场上交易,不能被勉强兼并,但可自愿联合、合并和重组。非营利性医疗机构解散后,其财产不得归属任何个人或营利组织。国家要建立相应的制度确保其公共产权的完善和完全,保证这些资产被有效地为公众提供医疗保健服务。

2. 财会制度。非营利性医疗机构具有与营利性医疗机构(企业)完全不同的财务和会计制度。非营利性医疗机构对资源的取得、运用、处置等都要有详细的记录,在每个财务年度终结时,要根据执行情况编制年度财务报表和财务报告。通过这套制度,可以减少非营利性医疗机构管理者与政府、捐款人、社会公众信息的不对称,便于政府、捐款人和公众监督检查其筹资、运行和分配行为,减少内部人控制,更好地达到社会目标。同时,也便于政府有关部门确定和监督非营利性质,确定相应的税收、价格和财政政策;有利于客观公正地评估非营利性医疗机构管理的业绩。

3. 领导体制。非营利性医疗机构可以以董事会或理事会的形式进行管理。同时在董事会领导下引进经营管理人才参加医院的管理,通过集体决策机制和两权分离机制,既能保证其服从社会公共利益,又促进医院管理的职业化、专业化,提高其管理效率。董事会或理事会及行政管理班子的建立,实际上建立了医疗机构内部的制衡和监督机制。同时,通过委托董事会管理运营社会公共资产,并依法监督,政府可以真正政事分开,实现从举办医疗机构到管理医疗机构的职能转变。在实施医疗机构分类管理过程中,积极探索建立权责明晰、富有生机的医疗机构组织管理体制,如实行医院管理委员会、理事会、董事会等管理形式,使其真正成为自主管理的法人实体。

4. 监督制度。为保证非营利性医疗机构的服务符合社会公共利益、其公共产权不被非法侵占和利用,非营利性医疗机构必须有严密、全面的监督制度。从监督的主体看,包括政府监督、专门部门的专项监督(如会计师事务所、财务、审计、纪检、监察部门)、群众监督、舆论监督等。政府监督主要包括三个方面:一是卫生行政部门对医疗质量安全的监督;二是税务部门的税务监督;三是卫生部门和国有资产部门的资产和财务监督。对非营利性医疗机构最重要的监督应是财务监督,及医疗机构是否保证公共产权的安全和完善,是否有效地利用公共财产造福居民。因此,非营利性医疗机构要按照相应的财务和会计制度定期发布财务报告及工作报告,保证其运作的透明度和公开化,以便于社会对其进行监督。

六、实施医疗机构分类管理对两类医院的影响

两类医疗机构执行不同的财、税、价格政策以及不同的财务、会计制度等。在实施医疗机构分类管理中,如何明确非营利性医疗机构和营利性医疗机构的各自经营范围与运作方式,如何实施不同的投资、价格和税收政策,是人们关心和需要进一步研究的问题。

2011年2月28日,国务院办公厅《关于印发2011年公立医院改革试点工作安排的通知》(国办发〔2011〕10号)中明确指出,要推进营利性与非营利性分开,完善医疗机构分类管理制度。要建立健全不同经营性质医疗机构管理制度,完善非营利性医疗机构的资产管理制度、财务与会计制度、治理机制和监督管理制度。规范不同性质医疗机构的转换程序。严格界定社会资本举办医疗机构的经营性质,按照经营性质规范管理。

(一)改革政策引导医院建设和发展方向

1. 政府推进公立医院改革的方向。政府积极推进公立医院管理体制改革。从有利于强化公立医院公益性和政府有效监管出发,积极探索政事分开、管办分开的多种实现形式。进一步转变政府职能,卫生行政部门主要承担卫生发展规划、资格准入、规范标准、服务监管等行业管理职能,其他有关部门按照各自职能进行管理和提供服务。落实公立医院独立法人地位。

建立规范的公立医院运行机制。公立医院要遵循公益性质和社会效益原则,坚持以病人为中心,优化服务流程,规范用药、检查和医疗行为。深化运行机制改革,建立和完善医院法人治理结构,明确所有者和管理者的责权,形成决策、执行、监督相互制衡,有责任、有激励、有约束、有竞争、有活力的机制。推进医药分开,积极探索多种有效方式逐步改革以药补医机制。通过实行药品购销差别加价、设立药事服务费等多种方式逐步改革或取消药品加成政策,同时采取适当调整医疗服务价格、增加政府投入、改革支付方式等措施完善公立医院补偿机制。进一步完善财务、会计管理制度,严格预算管理,加强财务监管和运行监督。地方可结合本地实际,对有条件的医院开展"核定收支、以收抵支、超收上缴、差额补助、奖惩分明"等多种管理办法的试点。改革人事制度,完善分配激励机制,推行聘用制度和岗位管理制度,严格工资总额管理,实行以服务质量及岗位工作量为主的综合绩效考核和岗位绩效工资制度,有效调动医务人员的积极性。

国务院制定的《关于城镇医药卫生体制改革的指导意见》中,明确提出了政府举办的非营利性医疗机构的概念,它是一种公益性单位,完全不以营利为目的。这种理解与国外公立医疗机构(公立医院)的概念是等同的,这不仅有助于政府卫生行政主管部门划清与不同类型医疗机构的管理关系及政府管理医疗机构的责权利,也有助于今后医院分类管理的规范运作。

2. 减少政府举办的非营利性医疗机构的数量。在我国现有的财政能力下,政府不可能举办众多的医疗机构。为改变这种状况,应下决心通过破产、公有民营、组建医疗集团、兼并、在资产评估基础上公开出售、资产转贷款等多种形式,减少政府直接举办的医疗机构数量,打破政府对医疗服务的垄断,将有限的国有卫生资本集中用于真正体现公益性的方向。根据《关于深化医药卫生体制改革的意见》、《关于公立医院改革试点的指导意见》和《关于进一步鼓励和引导社会资本举办医疗机构的意见》政府要根据区域卫生规划,合理确定公立医院改制范围,鼓励、引导社会资本以多种方式参与包括国有企业所办医院在内的公立医院改制,积极稳妥地把部分公立医院转制为非公立医疗机构,适度降低公立医院的比重,促进公立医院合理布局,形成多元化办医格局。要优先选择具有办医经验、社会信誉好的非公立医疗机构参与公立医院改制。在改制过程中,要按照严格透明的程序和估价标准对公立医院资产进行评估,加强国有资产处置收益管理,防止国有资产流失;按照国家政策规定,制定改制单位职工安置办法,保障职工合法权益。

3. 鼓励民办非营利性医疗机构的发展。2010年11月,国务院办公厅转发了国家发展改革委、卫生部、财政部、商务部、人力资源和社会保障部制定的《关于进一步鼓励和引导社会资本举办医疗机构的意见的通知》（国办发〔2010〕58号）中进一步明确,政府鼓励和引导社会资本发展医疗卫生事业。积极促进非公立医疗卫生机构发展,形成投资主体多元化、投资方式多样化的办医体制。抓紧制定和完善有关政策法规,规范社会资本,包括境外资本办医疗机构的准入条件,完善公平公正的行业管理政策。

2011年2月28日,国务院办公厅《关于印发2011年公立医院改革试点工作安排的通知》（国办发〔2011〕10号）中指出,各地在制定和调整本地区区域卫生规划、医疗机构设置规划和其他医疗卫生资源配置规划时,要给非公立医疗机构留出合理空间,鼓励社会资本依法兴办非营利性医疗机构。国家制定公立医院改制的指导性意见,积极引导社会资本以多种方式参与包括国有企业所办医院在内的部分公立医院改制重组。稳步推进公立医院改制的试点,适度降低公立医疗机构比重,形成公立医院与非公立医院相互促进、共同发展的格局。支持有资质的人员依法开业,方便群众就医。完善医疗机构分类管理政策和税收优惠政策。依法加强对社会力量办医的监管。大力发展医疗慈善事业。制定相关优惠政策,鼓励社会力量兴办慈善医疗机构,或向医疗救助、医疗机构等慈善捐赠。

对非营利性医疗机构也要改变单纯由政府投资的做法,鼓励民间兴办非营利性医疗机构,开拓个人捐款、基金会和慈善机构出资等渠道。财政对政府办的医疗机构应保证必要的投入,对民办非营利性医疗机构承担的公益性服务也应有一定的经费补贴(可以看作政府代患者购买医疗服务)。民办非营利性医疗机构也可享受与政府医院同样的信贷优惠政策。

4. 适当发展营利性医疗机构。目前,从满足居民医疗需求的角度看,我国医疗卫生资源总量仍然不足,且配置极其不合理,80%的卫生资源集中在城镇和政府直接举办的医疗机构中。因此,为满足居民的医疗需求,应促进发展营利性医疗机构。营利性医院要占到所有医疗机构的适当比重,在规模、功能、技术和人才等方面与非营利性医院差距不很悬殊的情况下,才能与公立医疗机构、非营利性医疗机构形成有效竞争。

5. 允许境外资本举办医疗机构。我国政府将进一步扩大医疗机构对外开放,根据《关于进一步鼓励和引导社会资本举办医疗机构的意见》将境外资本举办医疗机构调整为允许外商投资项目。允许境外医疗机构、企业和其他经济组织在我国境内与我国的医疗机构、企业和其他经济组织以合资或合作形式设立医疗机构,逐步取消对境外资本的股权比例限制。对具备条件的境外资本在我国境内设立独资医疗机构进行试点,逐步放开。境外资本既可举办营利性医疗机构,也可以举办非营利性医疗机构。鼓励境外资本在我国中西部地区举办医疗机构。简化并规范外资办医的审批程序。中外合资、合作医疗机构的设立由省级卫生部门和商务部门审批,其中设立中医、中西医结合、民族医医院的应征求省级中医药管理部门的意见。外商独资医疗机构的设立由卫生部和商务部审批,其中设立中医、中西医结合、民族医医院的应征求国家中医药管理局的意见。香港、澳门特别行政区和台湾地区的资本在内地举办医疗机构,按有关规定享受优先支持政策。

6. 鼓励有条件的非公立医疗机构做大做强。鼓励社会资本举办和发展具有一定规模、有特色的医疗机构,引导有条件的医疗机构向高水平、高技术含量的大型医疗集团发展,实施品牌发展战略,树立良好的社会信誉和口碑。鼓励非公立医疗机构加强临床科研和人才队伍的建设。

（二）税收政策支持不同类型医疗机构的发展

为鼓励民办非营利性医疗机构和营利性医疗机构的发展,应加大对它的扶持力度。《关于进一步鼓励和引导社会资本举办医疗机构的意见》明确指出:社会资本举办的非营利性医疗机构按国家规定享受税收优惠政策,用电、用水、用气、用热与公立医疗机构同价,营利性医疗机构按国家规定缴纳企业所得税,免征营业税。同时要考虑到医疗机构具有治病救人的特殊性,在对营利性医疗机构3年免征税期后,应在税率、税种方面与其他营利性组织有所区别,适当降低税负,鼓励扶持其发展。同时,为优化卫生资源布局,应根据营利性医疗机构的投资地区,给以足够的政策优惠,鼓励非营利性医疗机构到医疗资源缺乏的地区发展。

(三)不同的价格政策刺激不同类型医院的发展

长期以来,我国医疗机构的收费价格由政府管制。实行分类管理后,对于营利性医院的价格管制放开,由这类医院依据市场供求自主定价。对于政府医院和民办非营利性医院,应当继续实行必要的价格管制,以适应群众的基本医疗需求。各级卫生行政部门要制定医疗服务价格管理的保证措施,核算医疗成本、强化医院管理、提高工作效率等,使新的医疗价格管理机制在改革初期有一个良好的调整空间,保证价格管理政策不断完善。

(四)营造公平竞争的市场环境,加强对两类医疗机构的监督

实行医疗机构的分类管理还需营造公平竞争的市场环境。卫生行政部门应鼓励营利性医疗机构与非营利性医疗机构在质量、服务、费用等方面展开公平竞争。对于非营利性医疗机构要确保其公益性,加强医疗机构运营的透明度;对于营利性医疗机构可以通过公平考核,合格者同样给予城镇基本医疗保险定点资格;对于非营利性和营利性医疗机构都要严格准入制度和同样尺度和标准的医疗质量监管。这样通过不同类型医院间的公平竞争,达到提高医疗服务的可及性、改善医疗服务态度、提高医疗服务质量、降低医疗服务成本,最终使人民群众受益。

第二节　国家基本药物制度

2009年8月18日,卫生部等九部委联合公布《关于建立国家基本药物制度的实施意见》(卫药政发〔2009〕78号),发布2009年版《国家基本药物目录(基层部分)》,标志着我国正式启动实施国家基本药物制度工作。

一、基本药物概述

基本药物是世界卫生组织于20世纪70年代提出的概念,是最重要的、基本的、不可缺少的、满足人民所必需的药品。1978年,《阿拉木图宣言》进一步把"提供基本药物"作为初级卫生保健的八大要素之一,其目标是通过基本药物的推行,使人人都有权利获得基本药物,实现基本医疗保健服务的公平可及。

1985年,世界卫生组织在内罗毕会议上发展了基本药物的概念:基本药物不仅是能够满足大多数人卫生保健需要的药物,国家应保证生产和供应,还应高度重视合理用药,即基本药物还必须与合理用药相结合。

1999年,世界卫生组织基本药物专家组对基本药物的概念进行了完善,提出"基本药物是满足大部分群众的卫生保健需要,在任何时候均有足够的数量和适宜的剂型,其价格是个人和社会能够承受得起的药品"。

2002年,世界卫生组织再次丰富了基本药物的概念,即基本药物是"满足人们基本的健康需要,根据公共卫生的现状、有效性和安全性,以及成本-效果比较的证据所遴选的药品,其在任何时候均有足够的数量和适宜的剂型,其价格是个人和社区能够承受得起的药品。"这个概念强调了基本药物遴选过程中循证的原则,使得遴选过程更加透明、公正、具有科学性。

综上所述,基本药物中的"基本"可以理解是动态的,根据经济社会发展、医疗保障水平、疾病谱变化、基本医疗卫生需求、科学技术的进步等情况,不断发展变化。世界卫生组织基本药物目录经历了 15 个版本的修订,第一版目录中的药品现在只有不到 45% 被保留。因此,应正确理解基本药物,与同类药物相比,基本药物具有疗效好,质量好且稳定、价格合理,不良反应小,使用方便等特点,应该是在经济条件允许下,治疗某种疾病的"首选药物""最适用药",而不是简单的便宜廉价药。1977~2002 年世界卫生组织先后 4 次更新定义内容,其目的是扭转基本药物等于廉价药的印象,强调基本药物是"满足居民卫生保健优先需要"的特征。

根据基本药物的理念,世界卫生组织提出建立基本药物制度的目标主要是两个:一是提高基本药物的可及性,维护健康公平;二是促进合理用药,通过提高药品使用的效率,来促进社会福利。在发展中国家,前一个目标更为优先,发达国家后一个目标更受关注。目前全球已有 160 多个国家制定了本国的《基本药物目录》,其中 105 个国家制定和颁布了国家基本药物政策。

在我国,基本药物是指适应基本医疗卫生需求,剂型适宜,价格合理,能够保障供应,公众可公平获得的药品。政府举办的基层医疗卫生机构全部配备和使用基本药物,其他各类医疗机构也都必须按规定使用基本药物。这个定义不仅阐述了对我国基本药物概念内涵,同时,对基本药物使用范围也作出了规定。即基层医疗卫生机构、医院和其他医疗机构都应使用基本药物。在我国,应正确理解基本药物的内涵,具体来说,适应基本药物卫生需求——是强调以优先满足群众的基本医疗卫生需求为根本,避免贪新求贵;剂型适宜——是指药品要易生产保存,依从性好,能够方便患者和临床使用;价格合理——是指个人和社会能够承受得起,负担得起,同时使经营企业有合理的利润空间;价格不是越低越好,导致生产企业缩小规模或质次,难以保证质量;能够保障供应——是对生产和配送的,在任何时候均有足够的数量,满足群众的用药需要;公众可公平获得——是指不区分个人情况,人人都有权获得药品的平等权益。

二、国家基本药物制度

(一)国家基本药物制度的概念

在我国,基本药物制度是指对基本药物的遴选、生产、流通、使用、定价、报销、监测评价等环节实施有效管理的制度,并与公共卫生、基本医疗服务、基本医疗保障体系相衔接。国家基本药物制度是为维护人民群众健康、保障公众基本用药权益而确立的一项重大国家医药卫生政策,是国家药品政策的核心和药品供应保障体系的基础。

(二)建立国家基本药物制度的原则

坚持以人为本,立足本国国情;坚持政府主导,发挥市场机制;突出改革重点,积极稳妥实施;创新体制机制,广泛动员参与的基本原则。

(三)建立国家基本药物制度的目标

国家基本药物制度以不断提高人民群众健康水平、满足公众基本医疗用药需求、实现覆盖城乡居民的基本卫生保健制度、促进人人享有基本卫生保健为总体目标。阶段目标是:

2009 年,每个省(区、市)在 30% 的政府办城市社区卫生服务机构和县(基层医疗卫生机构)实施基本药物制度,包括实行省级集中网上公开招标采购、统一配送,全部配备使用基本药物并实现零差率销售;到 2011 年,初步建立国家基本药物制度;到 2020 年,全面实施规范的、覆盖城乡的国家基本药物制度。

(四)建立国家基本药物制度的意义

建立国家基本药物制度是党中央、国务院为维护人民健康、保障公众基本用药权益实施的一项惠民工程,对于维护人民健康,体现社会公平,推动卫生事业发展具有十分重大的意义。

第一,建立国家基本药物制度是实现人人享有基本医疗卫生服务的迫切需要。当前,我国城乡、区域之间群众基本用药的负担重,保障水平差异较大,发展不平衡,医药资源浪费与短缺现象并存,是群众反映强烈的突出问题之一。胡锦涛总书记在 2006 年中央政治局第三十五次集体学习讲话时强调:"要建立国家基本药物制度,保障人民群众基本用药"。党的十七大报告将"人人享有基本医疗卫生服务"确立为全面建设小康社会的重要目标。要实现这一目标,就必须保障群众能够公平享有防治必需、容易获得、负担得起、使用放心的基本药物。通过建立国家基本药物制度,优化医药资源配置,保障群众基本用药,促进健康公平,同时,基本药物制度与公共卫生、基本医疗和基本医疗保障服务体系建设同步推进,才能切实缓解"看病难、看病贵"的问题,有效满足人民群众基本医疗卫生服务需求。

第二,建立国家基本药物制度是我国基本医疗卫生制度的重要组成部分。我国人口多,人均收入水平低,城乡、区域差距大,长期处于社会主义初级阶段的基本国情,决定了医药卫生事业发展必须立足国情,必须与国民经济和社会发展水平相协调,与人民群众承受能力相适应,必须坚持保基本、广覆盖、可持续的原则。实施基本药物制度正是以有限的资源争取最大的健康效益和健康水平,保障我国最广大人民群众的基本用药权益,随着社会经济的发展,不断调整完善。

第三,建立国家基本药物制度是重大体制机制的创新。我国从 1979 年开始在药品管理中引入"基本药物"的概念,到 2004 年国家基本药物目录进行了多次调整,但由于尚未建立完整的国家基本药物政策,基本药物制度处于"有目录而无制度"状态。通过建立国家基本药物制度,围绕基本药物的目录制定、生产供应、配备使用、价格管理、支付报销、质量监管、监测评价等环节制定一系列政策,保证基本药物足额供应和合理使用,改革医疗机构"以药补医"机制,促进药品生产流通企业资源的进一步优化和整合,建设有中国特色的医药卫生体系。

(五)建立国家基本药物制度将给群众带来实惠

建立和实施国家基本药物制度是从我国实际出发,着眼于实现人人享有基本医疗卫生服务的目标,同时着力解决人民群众看病贵问题,把减低群众基本用药负担、保障人民利益贯穿这一制度建设的每个环节,让人民群众得到实惠。

具体表现在:国家统一制订基本药物零售指导价格,药品价格较前相比将下降;在招标采购配送环节,各省(区、市)在国家零售指导价格规定的幅度内确定本地区基本药物统一采购价格,其中包含配送费用,减少中间环节;在基本药物使用环节,国家要求基本药物在基层医疗卫生机构全部配备使用,其他各类医疗机构须按规定使用并确定使用比例,必将促进医疗机构优先合理使用药物,规范用药行为,避免药物滥用。同时,政府办基层医疗卫生机构零差率销售,其他医疗卫生机构减少加成比例,改革"以药补医"机制,减低人民群众不必要的用药负担;在支付报销环节,基本药物报销比例要高于非基本药物,降低个人支付比例;在药品质量环节,国家对辖区内生产使用的基本药物品种实行定期抽检,保证群众基本用药更安全。

总之,随着制度的实施和完善,能够做到吃药更安全、用药少花钱,让群众最终受益。

三、国家基本药物制度的政策框架

目前我国基本药物制度的政策框架主要包括基本药物目录遴选调整管理、保障基本药物生产供应、合理制订基本药物价格和实行零差率销售、促进基本药物优先和合理使用、完善基本药物的报销、加强基本药物质量安全监管、建立完善基本药物制度绩效评估等多个环节内容,环环相扣,哪一个环节落实不到位、衔接不上都将影响到国家基本药物制度的实施效果。

(一)国家基本药物目录

1. 国家基本药物目录制定的原则。中央政府统一制定和发布国家基本药物目录。在充分考虑我国现阶段基本国情和基本医疗保障制度保障能力的基础上,按照防治必需、安全有效、价格合理、使用方便、中西药并重、基本保障、临床首选的原则,结合我国用药特点和基层医疗卫生机构配备的要求,参照国际经验,合理确定我国基本药物品种(剂型)和数量。

2009 年首先公布了国家基本药物目录基层医疗卫生机构配备使用部分。目录基层部分的制定,基本思路是突出近期改革的重点,即基本、基础和基层,使目录更好地适应基层医疗卫生机构的需要。目录药品包括化学药品和生物制品、中成药、中药饮片 3 部分,共 307 个药品品种。其中,化学药品有 205 个品种;中成药有 102 个品种;中药饮片不列入具体品种,首次纳入基本药物目录。

2. 国家基本药物目录管理。在保持数量相对稳定的基础上,国家基本药物目录实行动态调整,并根据社会经济的发展、医疗保障水平、疾病谱变化、基本医疗卫生需求、科学技术进步等情况,不断优化基本药物品种、类别与结构比例。国家基本药物目录原则上每 3 年调整一次。必要时适时组织调整。

《国家基本药物目录管理办法(暂行)》规定,属于以下情况的药品将不纳入国家基本药物目录遴选范围:含有国家濒危野生动植物药材的;主要用于滋补保健作用,易滥用的;非临床治疗首选的;因严重不良反应,国家食品药品监督管理部门明确规定暂停生产、销售或使用的;违背国家法律、法规,或不符合伦理要求的等情况。

(二)国家基本药物价格

国家物价主管部门制定基本药物全国零售指导价格。制定零售指导价格要加强成本调查监审和招标价格等市场购销价格及配送费用的监测,在保持生产企业合理盈利的基础上,压缩不合理营销费用。基本药物零售指导价格原则上按药品通用名称制定公布,不区分具体生产经营企业。

在国家零售指导价格规定的幅度内,省级人民政府根据招标形成的统一采购价格、配送费及药品加成政策确定本地区政府举办的医疗卫生机构基本药物具体零售价格。

鼓励各地在确保产品质量和配送服务水平的前提下,探索进一步降低基本药物价格的采购方式,并探索设定基本药物标底价格,避免企业恶性竞争。

国家发展和改革委员会于 2009 年 10 月 2 日公布了国家基本药物目录(2009 年版,基层医疗卫生机构使用部分)药品的零售指导价格,共 296 个品种,2349 个具体的剂型规格品种,涉及 3000 多家药品生产经营企业。没有公布价格的品种主要是基本药物目录中的公共卫生类用药,以及实行特殊管理的麻醉和一类精神用药。这些药品执行的是政府定价,与基本药物指导价的管理形式不同,且此前已制定公布过的价格。与现行政府规定的零售指导价比,约有 45% 的品种价格作了适当下调,平均降价 12% 左右;约有 49% 的品种价格未作调整,继续按现行价格执行;还有约 6% 的品种适当提高了价格。提价品种都是各方面普遍反映因价格低廉出现短缺的药品,提价的绝对额较小,目的是鼓励企业生产,保障供应,满足临床需要。

零差率销售政策是实施国家基本药物制度的核心内容,是转变"以药补医"机制、减轻人民群众用药负担的重要手段和途径。基本药物不实行零差率销售政策,就没有真正做到实施了国家基本药物制度。同步落实补偿措施是实施基本药物零差率不可缺少的重要前提和保障。为使基层医疗卫生机构能够实行基本药物零差率销售,防止基层机构出现较大收支缺口,保证其平稳运行和发展,调动基层医疗卫生机构和医务人员的积极性,确保基本药物制度顺利实施,2010 年 12 月 14 日,国务院办公厅正式印发了《关于建立健全基层医疗卫生机构补偿机制的意见》(以下简称《补偿机制》)。《补偿机制》提出建立健全长效的多渠道补偿机制,具体包括三个渠道:一是落实政府对基层医疗卫生机构现有的专项补助经费。基本建设和设备购置等发展建设支出,由政府根据基层医疗卫生机构发展建设规划足额安排。2010 年各级政府要按照不低于人均 15 元标准落实公共卫生服务经费,2011 年进一步提高人均基本公共卫生服务经费标准,按服务数量和质量按时足额拨付到基层医疗卫生机构,保障基本公共卫生服务的全面开展。基层医疗卫生机构承担的突发公共卫生事件处置任务由政府按照服务成本核定补助。基层医疗卫生机构人员经费(包括离退休人员经费)、人员培训和人员招聘所需支出,由财政部门根据政府卫生投入政策、相关人才培养规划和人员招聘规划合理安排补助。二是调整基层医疗卫生机构医疗服务收费项目、收费标准和医保支付政策,将基层医疗卫生机构现有的挂号、诊查、一般治疗费和药事服务成本合并为一般诊疗费(全国平均数为 10 元左右),并适当调整收费标准,调增部分全部由医保支付,不增加群众个人支付负担。此项政策在已实施基本药物制度并且实行医保门诊统筹的地区先行施行。同时,为了防止基层医疗卫生机构重复收费、分解处方多收费,《补偿机制》还提出要制定具体的监管措施,鼓励地方通过按人头付费等方式合理支付医保资金,引导基层医疗卫生机构主动控制成本,提高服务质量。三是对落实政府专项补助和调整服务收费后,基层医疗卫生机构经常性收入不足以弥补经常性支出的差额部分,由政府在年度预算中予以足额安排,实行先预拨后结算,并建立起稳定的补助渠道和长效的补助机制。各地根据政府卫生投入政策结合本地实际制定经常性收支核定和差额补助的具体办法。具备条件的地区可实行收支两条线。

村卫生室和非政府办的基层医疗卫生机构也是基层医疗卫生服务体系的重要组成部分,为保障群众健康发挥着积极的作用。《补偿机制》明确对村卫生室和非政府办的基层医疗卫生机构主要通过政府购买服务的方式进行合理补助。

对村卫生室,要在核定公共卫生服务项目和服务人口数量的基础上,安排一定比例的基本公共卫生服务工作量由村卫生室承担,并支付相应经费。各地在推进医保门诊统筹工作中,可以将符合条件的村卫生室提供的门诊服务纳入新农合报销范围。开展新型农村社会养老保险试点的地区要积极将符合条件的乡村医生纳入保险范围。鼓励地方在房屋建设、设备购置以及人员培养等方面对村卫生室给以一定扶持,并采取多种形式对乡村医生进行补助。有条件的地方可以将实行乡村一体化的村卫生室纳入基本药物制度实施范围并落实补偿政策。

对非政府举办的基层医疗卫生机构,各地要通过政府购买服务等方式对其承担的公共卫生服务给以合理补助,并将符合条件的非政府举办的基层医疗卫生机构纳入医保定点范围,执行与政府办基层医疗卫生机构相同的补助标准和支付政策。

此外,中央财政还将通过"以奖代补"等方式,支持各地实施基本药物制度,推进基层医疗卫生机构综合改革。

(三)国家基本药物生产供应

1. 保障基本药物的生产供应。保证基本药物及时、足量、保质供应,是建立基本药物制度、保障广大群众基本用药的重要环节。主要从以下四个方面搞好生产供应:

一是加强行业管理,了解掌握基本药物的生产现状,鼓励优势企业进行技术改造,提高基本药物的生产供应能力。

二是积极组织具备条件的生产企业和配送企业参与基本药物招标采购,对中标企业的产销情况进行重点监控,规范生产秩序,协调其正常生产和供应中标产品。

三是完善有关国家基本药物储备制度,有关部门共同协作解决临床必需、不可替代、用量不确定、企业不长年生产的基本药物的供应问题。

四是完善医药产业政策和行业发展规划,推动医药企业提高自主创新能力和医药产业结构优化升级,不断提高基本药物生产供应的保障能力。

2. 基本药物的招标采购。政府举办的医疗卫生机构使用的基本药物,由省级人民政府指定以政府为主导的药品集中采购相关机构按《招标投标法》和《政府采购法》的有关规定,实行省级集中网上公开招标采购。由招标选择的药品生产企业、具有现代物流能力的药品经营企业或具备条件的其他企业统一配送。药品配送费用经招标确定。

2010年12月9日,国务院办公厅印发了《关于建立和规范政府办基层医疗卫生机构基本药物采购机制的指导意见》(以下简称《采购机制》)。《采购机制》围绕基本药物的质量、价格和供应三个核心要素,提出了一系列有针对性的创新措施,主要包括:一是明确采购责任主体,由省级卫生行政部门确定的采购机构作为采购主体负责基本药物采购,与政府办基层医疗卫生机构签订授权或委托协议,与药品供应商签订购销合同并负责合同执行。二是坚持量价挂钩,通过编制采购计划,明确采购数量(暂无法确定数量的采用单一货源承诺方式),实现一次完成采购全过程,签订购销合同,并严格付款时间。充分发挥批量采购的优势。三是质量优先,价格合理。坚持把质量放在首位,采取"双信封"招标方式,确保信誉高、质量好、供货能力强的企业参与竞争。同时,对基本药物市场实际购销价格进行全面调查,原则上集中采购价格不得高于市场实际购销价格,确保采购价格合理。四是严格诚信记录和信息公开制度,对违反合同、出现质量不达标、不按时供货等违规企业一律记录在案,并向社会公布,实行严格的市场清退制度,逾期不改的,两年内不得参与全国任何药品招标采购。通过网上采购平台,提高交易透明度,基本药物采购价格、数量和中标企业等要及时向社会公布,接受社会监督,从制度和机制上营造公开、公平和公正的采购环境。同时,《采购机制》也提出了通过统一付款制度,由采购机构对药款进行统一支付,并将付款周期缩短到30天,企业不用再向各个基层医疗卫生机构催款,降低流通成本,提高资金流动率。

《采购机制》是国家基本药物制度的重要配套文件,将有力地推进各地尽快建立规范的基本药物省级集中采购机制,构建起比较完善的基层用基本药物供应保障体系,确保基本药物制度顺利实施。

(四)国家基本药物配备使用

1. 建立基本药物优先和合理使用制度。实现基层医疗卫生全部配备使用基本药物,是建立国家基本药物制度的关键环节,这在制度建立初期尤为重要。政府举办的基层医疗卫生机构全部配备和使用国家基本药物,并实行零差率销售。各地应根据医疗卫生机构的诊疗范围和确保服务功能在目录内配备药品。采取有效措施,规范基层医疗卫生机构用药行为,确保基本药物的合理配备使用。

为统筹城乡区域发展,兼顾各地用药水平习惯差异,积极稳妥地推进基本药物制度的实施,在建立国家基本药物制度初期,政府办基层医疗卫生机构确需配备、使用非国家基本药物目录药品,暂由省级人民政府统一确定,报国家基本药物工作委员会备案,并执行国家基本药物制度招标采购、统一配送、零差率销售等相关政策和规定。

其他各类医疗机构也要将基本药物作为首选药物提供给患者,基本药物的使用要达到一定比例。具体使用比例由卫生行政部门确定。要合理设定不同级别、不同类别医疗机构的基本药物使用比例。比例的确定既要满足人民群众的医疗用药需求,又要充分调动医务人员的积极性。

2. 规范基层医疗卫生机构使用基本药物。广大医师、药师不仅是人民群众用药服务的提供者,更是实施国家基本药物制度的重要参与者。为指导基层医务人员合理使用基本药物,卫生部、国家中医药管理局组织编写了《国家基本药物临床应用指南(基层部分)》(以下简称《指南》)和《国家基本药物处方集(基层部分)》(以下简称《处方集》),医疗机构要按照国家基本药物临床应用指南和基本药物处方集,加强合理用药管理,确保规范使用基本药物。

《指南》和《处方集》是根据《国家基本药物目录》2009 年版基层部分编写的,主要用于指导和规范基层医务人员合理使用基本药物治疗基层常见病、多发病,也可供其他医疗机构医务人员使用基本药物时参考。

《指南》介绍了在疾病诊断明确的前提下,具有处方权的医生应当如何使用基本药物,以便规范医生的用药行为。《指南》基本覆盖了目前基层医疗卫生机构日常诊疗工作中的常见病、多发病。《指南》各类疾病的编写简明扼要、科学实用,内容包括概述、诊断要点、药物治疗与注意事项四个部分。

《处方集》是根据《国家基本药物目录(化学药品和生物制品)》2009 年版基层部分收载的药物排列顺序进行编写的,由前言、使用说明、总论、各论、附录和索引等部分组成。基本药物剂型严格控制在国家基本药物目录所规定的剂型范围内,规格为临床常用规格。为便于医务人员检索所需信息,《处方集》还编制了附录和索引。

2010 年,卫生部下发了《医院处方点评管理规范(试行)》,通过处方点评将处方分为合理处方、不合理处方。不合理处方又分为不规范处方、用药不适宜处方、超常处方,将"无正当理由不首选国家基本药物"定为用药不适宜处方,加强对医疗机构基本药物使用的监管。

国家基本药物制度的实施不仅对医疗卫生机构运行模式有所改变,还将对医疗机构药事管理、临床药师制度、临床医师用药行为规范、患者用药权益等都将产生影响。

(五)国家基本药物支付报销

基本药物全部纳入基本医疗保障药品报销目录,报销比例明显高于非基本药物。《国家基本药物目录(基层部分)》内的治疗性药品已全部列入 2009 年《国家基本医疗保险药品目录》甲类药品。卫生部下发《关于调整和制订新农合报销药物目录的意见》中指出：为保证国家基本药物制度的落实，新农合对国家基本药物目录内的药品报销比例要明显高于国家基本药物目录外药品，各省（区、市）应根据实际情况将报销比例差距保持在 5% ~ 10%。

（六）国家基本药物质量安全监管

随着国家基本药物制度的实施，基本药物将会呈现大生产、大流通、使用量大的特点，要强化医药企业质量安全责任意识，明确各级药监部门的监管职责，进一步加强关键环节的质量监管。

在生产环节建立质量受权人制度，在流通、使用环节对基本药物实行全品种覆盖抽查检验，定期抽查检验，及时向社会公布基本药物的抽验结果等措施，加强对基本药物质量监管，确保基本药物的质量。

要依法对基本药物生产经营进行监管，提高基本药物质量标准，加强基本药物不良反应监测，建立健全药品安全预警和应急处置机制，完善药品召回管理制度，保证用药安全。

（七）国家基本药物制度绩效评估

充分利用现有资源，完善基本药物采购、配送、使用、价格和报销信息管理系统，发挥行政监督、技术监督和社会监督的作用，对基本药物制度实施情况进行绩效评估，发布监测评估报告等相关信息，促进基本药物制度的不断完善。

总之，建立国家基本药物制度是深化医药卫生体制改革的重要举措，要通过制订相关政策措施，推动基本药物配备使用，使医疗机构愿意配，医务人员愿意开，就诊人员愿意用，以切实减轻人民群众用药负担。同时，要充分估计制度实施的长期性、艰巨性和复杂性，要加强宣传引导，调动各方面的积极性，争取全社会的理解、配合和支持，确保国家基本药物制度顺利实施。

四、国家基本药物制度实施进展

自 2009 年 8 月国家基本药物制度正式启动实施以来，各级党委、政府高度重视，部门通力协助，不断完善配套政策措施，国家基本药物制度在基层稳步推进。

据有关部门统计，截至 2010 年 12 月底，全国超过 50% 的政府办基层医疗卫生机构实施了基本药物制度，安徽、天津、宁夏、江西、陕西、吉林、甘肃、海南等地政府办基层医疗卫生机构已全部实施，其他省份也确定了第二批实施基本药物制度的地区，共涉及 2058 个县（市、区），占全国总数（2859）的 72%。

全国绝大多数省份均成立或充实了省级药品招标采购领导小组，建立或完善了政府为主导的药品集中采购相关机构和省级非营利性药品集中采购平台，确定了基本药物品种、品规，启动了基本药物招标采购工作，保证了基本药物的供应。招标价格平均降幅在 25% ~ 50%，例如，内蒙古平均降了 32%，安徽平均降了 41.32%，江苏平均降了 47.7%，湖南平均降了 53.21%。

各地按要求严格管理基层医疗机构配备使用的基本药物，基层医务人员和患者逐步形成科学合理的处方行为和用药习惯，抗生素滥用等不合理用药行为正逐步减少，基层用药更加规范。江苏、湖北、陕西等近 20 个省份按相关规定适当增补基层非目录药品，增补药品数量大多在 100 ~ 300 种之间，并实行零差率销售；有的省份还规定了基层医疗机构非基本药物使用品种和金额的比例，将基本药物全部纳入了医保和新农合药品报销目录。2009 版《国家基本药物目录》首次纳入了中药饮片，使中医药得到广泛应用。甘肃、浙江等省份积极发挥中医药传统特色,在城市社区卫生服务机构、乡镇卫生院、村卫生室聘请经验丰富的中医师出诊,对现有医务人员开展中医药业务培训,推广中医药等适宜技术,受到了当地群众的欢迎。

江西省在稳步实施基本药物制度的同时,结合《国家基本药物临床应用指南》和《国家基本药物处方集》,着力开展了基层医疗卫生机构基本诊疗路径的试点工作。共编写糖尿病,高血压、冠心病、支气管哮喘,腹股沟疝、急性单纯性阑尾炎等24个常见疾病基本诊疗路径,基本诊疗路径更倾向于针对基层医疗卫生机构诊疗特点,以基层医疗卫生机构常见疾病、常用基本检查、基本用药(包括国家基本药物和各省增补药物)为主要内容,突出基本、基础、基层特色,强调合理首诊,安全转诊,着力构建公立医院与基层机构上下联系、分工协作、良性互动机制,促进"保基本、强基层、建机制"目标的实现,对于规范基层医疗卫生机构医务人员合理用药,降低医疗费用,进行了有益的探索。

安徽、江苏、宁夏等省份以实施基本药物制度为突破口,按照"保基本、强基层、建机制"的原则,制定了基层机构定性、定岗、定编、人事分配、绩效考核、多渠道补偿、乡村卫生服务一体化管理等相关政策,改革"以药补医"机制,调动基层医务人员积极性,提高基层医疗服务能力和水平,保证基层医疗卫生机构正常运转,促进基层医疗卫生机构综合改革。

各地在稳步推进政府办基层医疗卫生机构实施国家基本药物制度的同时,积极探索非政府举办基层医疗机构实施基本药物制度的途径和办法,取得了一定的成效。不仅调动了非政府办基层医疗卫生机构的积极性,同时又使没有设立政府办基层医疗卫生机构地区的居民享受到了国家基本药物制度带来的实惠和便利,提高了群众对基本药物制度的认可度。扩大基本药物制度受益面,进一步缓解了群众"看病难、看病贵"的问题。

据不完全统计,全国部分省份的非政府办基层医疗卫生机构实施了基本药物制度。涉及了非政府办社区卫生服务机构、乡镇卫生院和村卫生室。其中,村卫生室主要是实施一体化管理的村卫生室。在补偿措施上,各地也结合实际,采取多种方式。如在安徽省不论何种性质的社区卫生服务机构,为居民提供同等的卫生服务,政府考核后给以同等补助。

通过将基本药物全部纳入医保(新农合)药品报销目录,提高报销比例,并实行零差率销售,引导了患者到基层就医,基层医疗卫生机构不同程度地呈现门诊和住院人次增加,门诊和住院人次平均费用降低,初步实现了让群众得到实惠的目标。截至2010年10月,江西省实施基本药物制度的基层医疗卫生机构门急诊人次同比上升30.27%,住院人次同比上升14.75%,门诊平均人次费用同比下降32.25%;住院平均人次费用同比下降20.87%。江苏省到2010年5月底,37个试点地区的基层卫生机构基本药物使用量累计达3.55亿元,门诊平均人次费用同比降低了30%以上,减轻群众药品费用负担近1.8亿元。山东省从3月15日起,实施基本药物制度的基层医疗卫生机构门诊量平均增加30%左右。河北省徐水县基层医疗机构实行零差率销售后,卫生院门诊量明显增加。

各地实施制度取得的成效表明,建立基本药物制度的基本方向、总体思路和实施路径是正确的,在医改全局中形成了综合性影响日益凸显,当然,随着制度向纵深发展,各种深层次矛盾会集中暴露,一些新情况、新问题会逐步显现,因此,需要基本药物制度的建立必须与医改其他四项重点改革同步推进,相互衔接,才能保证其稳步实施。

第三节 城镇基本医疗保险制度

医疗保障制度是经济社会制度的组成部分,其模式和发展既以经济社会制度为基础并受制于其发展,同时,也对经济社会健康发展产生影响。由于我国经济社会制度在计划经济时期建立的城乡二元结构至今未能得到彻底改革,医疗保障制度在市场经济时代的改革,仍然带有城乡二元结构的烙印,形成了城镇和农村分离的医疗保障制度体系,即在农村实行新型农村合作医疗,在城镇实行基本医疗保险制度。即便如此,我们仍然不能否认我国医疗保障制度建设所取得的伟大成就,经过十几年的医疗保障制度改革探索,我国已经建立了覆盖城乡的以社会保险制度为主体,其他补充医疗保险、商业医疗保险等为补充的多层次医疗保障体系,并覆盖了绝大多数中国公民,朝着全民医保、公平和谐医保迈出了坚实的一步。

一、城镇基本医疗保险制度框架及主要政策

我国城市医疗保障体系,由具有社会保险性质的两个基本制度——城镇职工基本医疗保险制度和城镇居民基本医疗保险制度,以及公务员医疗补助、企业补充医疗保险、商业医疗保险和医疗救助制度等补充制度所构成。其中,城镇职工和城镇居民医疗保险制度是医疗保障制度体系的主体,是依法设立的、由政府主办的社会保险制度,是社会保险制度的重要组成部分;其承担了城镇居民绝大多数医疗服务的保障责任,以社会公平为原则为全体城镇居民提供同等的医疗保障机会并发挥促进社会分配公平的作用。城乡社会医疗救助等制度对困难群众参保和个人负担给以帮助,构成保底层;对于群众更高的、多样化的医疗需求,通过补充医疗保险和商业保险来满足。

(一)城镇职工基本医疗保险制度

城镇职工基本医疗保险制度由公费医疗制度和劳保医疗制度改革而来,以 1998 年国务院发布《关于建立城镇职工基本医疗保险制度的决定》(国发〔1998〕44 号)为全面启动改革的标志,在本世纪初已经在全国各城镇普遍建立。主要政策包括:

1. 覆盖范围。城镇所有用人单位,包括企业、机关、事业单位、社会团体、民办非企业单位及其职工,都要参加城镇职工基本医疗保险。随着原劳动保障部对于灵活就业人员、农民工、非公有制经济组织参保政策的明确,城镇职工基本医疗保险实际上覆盖了城镇全体从业人员。

2. 筹资标准。医疗保险费由用人单位和职工共同缴纳。用人单位缴费率控制在职工工资总额的 6% 左右,在职职工缴费率为本人工资的 2%。退休人员个人不缴费。具体缴费比例由各统筹地区根据实际情况确定。目前,用人单位缴费率全国平均水平约为 7.4%。最低为 3%,较高的如上海、北京分别达到 10% 和 9%;个人缴费全国平均为 2%。

3. 统筹层次。原则上以地级以上行政区为统筹单位,也可以县(市)为统筹单位,京津沪原则上在全市范围内实行统筹。目前,全国多数地区为县级统筹。

4. 待遇支付。城镇职工基本医疗保险基金由统筹基金和个人账户构成。个人账户主要支付门诊费用、住院费用中个人自负部分以及在定点药店购药费用。统筹基金用于支付符合规定的住院医疗和部分门诊大病医疗费用。起付标准为当地职工年平均工资的 10%(实际在 5% 左右),最高支付限额(封顶线)一般为当地职工年平均工资的 4 倍左右。2009年,职工医疗保险最高支付限额基本达到当地职工年平均工资的 6 倍左右。

（二）城镇居民基本医疗保险

以 2007 年 7 月国务院《关于开展城镇居民基本医疗保险试点的指导意见》（国发〔2007〕20 号）为依据，从 88 个城市试点开始，目前，已在各城市启动实施。城镇居民基本医疗保险在制度上实现了对城镇居民的全面覆盖。主要政策包括：

1. 覆盖范围。城镇中不属于城镇职工基本医疗保险制度覆盖范围的中小学阶段的学生、少年儿童和其他非从业城镇居民，都可自愿参加城镇居民医疗保险。按照国务院办公厅《关于将大学生纳入城镇居民基本医疗保险试点范围的意见》（国办发〔2008〕119 号）的要求，大学生也要参加城镇居民基本医疗保险。

2. 筹资标准。由各地根据低水平起步的原则和本地经济发展水平，并考虑居民家庭和财政负担的能力合理确定。筹资标准：成年人一般在 150～300 元/年之间，未成年人一般在 50～100 元/年之间。

3. 政府补助。为了引导和帮助广大城镇居民缴费参保，城镇居民基本医疗保险实行了政府补助的政策。政府对所有参保居民给以不少于人均 80 元/年的补助，对城镇特殊困难群体的参保缴费再给以不少于人均 60 元/年的补助。中央财政对中西部地区补助一半，对东部地区，参照新型农村合作医疗补助办法给以适当补助。2010 年各级财政对城镇居民基本医疗保险的人均缴费补助标准将提高到 120 元。

4. 管理制度。原则上与城镇职工基本医疗保险的规定一致。居民医保只建立统筹基金，不建立个人账户，基金主要用于支付住院医疗和部分门诊大病费用。有条件的地方，也可以探索门诊普通疾病医疗费用统筹的保障办法，目前，全国约有 30% 的地区开展了门诊统筹工作，将常见病、多发病的门诊医疗费用纳入医疗保险支付范围。

（三）城乡社会医疗救助制度

2003 年，民政部、卫生部、财政部联合制定了《关于实施农村医疗救助的意见》（民发〔2003〕158 号），对实施农村医疗救助作出了全面部署。2005 年 3 月，国务院办公厅转发了民政部、卫生部、劳动保障部、财政部《关于建立城市医疗救助制度试点工作的意见》。两项制度统称为城乡医疗救助制度。

1. 救助对象：全国县（市、区）基本覆盖。救助对象包括低保户、低保边缘户、低收入老年人、丧失劳动能力的重度残疾人等人群。

2. 资金筹集：城乡医疗救助主要采取财政资助、社会捐助、政府管理的办法。2008 年，各级财政策划城乡医疗救助投入共 94.8 亿元，其中中央财政补助 50.4 亿元，地方各级财政补助 44.4 亿元。此外，各地通过社会慈善和捐助也筹集了部分救助资金。

3. 救助方式：主要有三种，一是资助救助对象参加新农合和城镇居民医疗保险；二是对救助对象难以自负的医疗费用按规定给以补助。三是对患有重病的特殊困难群众给以临时性帮助。

（四）补充医疗保险

目前主要有公务员医疗补助、大额医疗费用补助和企业补充医疗保险制度等政策。

1. 公务员医疗补助：是公务员在参加城镇职工基本医疗保险的基础上由国家对公务员实行的一种医疗补助制度。补助对象为原享受公费医疗待遇的公务员和主要由财政负责运行经费的失业单位的人员及其退休人员。补助经费按单位工资总额的一定比例由各级财政承担。补助经费主要用于支付封顶线以上、个人自付和超过一定数额的门诊医疗费用。

2. 大额医疗费用补助：是为解决参保职工封顶线以上的医疗费用，由各地实施的一种医疗费用补助的制度。主要针对企业职工,也有部分地方与公务员医疗补助制度合并实施。补助资金由单位和/或职工定额缴纳,一般为 60~100 元/年,资金由社会保险经办机构管理。补助资金对职工超出封顶线以上的医疗费用按一定比例支付。

3. 企业补充医疗保险:是国家政策鼓励、由效益好的企业为职工建立的一种补充医疗保险,费用由企业提取,在工资总额4%以内的部分允许企业税前列支。主要用于解决基本医疗保险支付后个人承担部分。具体办法由各地制定,有些地方与大额医疗费用补助衔接或合并实施,有些企业建立于企业内部自我管理,有些企业用于为职工购买商业医疗保险。

(五)医疗保险医疗服务管理

医疗服务管理政策主要是"三个目录,两个定点,一个结算办法"。

1. 服务项目管理:人力资源和社会保障部会同其他有关部门制定相关标准和办法,研究确定基本医疗保险可以支付的医疗服务项目范围。主要包括基本医疗保险药品目录、诊疗项目、医疗服务设施标准,简称"三个目录"。参保人员在"三个目录"规定范围内发生的医疗费用,由基本医疗保险基金按规定支付。

2. 就医管理:基本医疗保险实行定点医疗机构和定点药店管理。人力资源和社会保障行政部门确定定点资格,由社会保险经办机构同定点机构签订协议,明确各自的责任、权利和义务。社会保险经办机构按照协议对定点医疗机构的服务行为进行监管。职工在定点医疗机构就医发生的费用,可以按基本医疗保险规定支付。职工可以选择若干包括社区、基层医疗机构在内的定点医疗机构就医、购药,也可以持处方在若干定点药店购药。

3. 结算管理:统筹基金支付的费用一般由社会保险经办机构与医疗服务机构直接结算,具体结算办法由各统筹地区确定。目前各地结算办法以按服务项目付费为主,下一步将积极探索按病种付费、按人头付费、总额预付制等多种结算方式。

(六)基本医疗保险的经办服务

按照社会化管理要求,根据我国行政管理体制的现实,我国城镇基本医疗保险的经办和服务管理体系,采取了政府举办机构负责基本医疗保险经办的模式。

1. 城镇基本医疗保险经办管理服务体系。与我国行政管理体制的层级相对应,城镇基本医疗保险在国家、省、地市、县市等层级或与其他社会保险统一或单独建立了经办机构,属于参照公务员管理的事业单位,运行经费由同级财政承担,负责基本医疗保险和部分补充医疗保障制度的管理和服务。隶属于人力资源和社会保障部的社会保险管理中心,是国家级负责包括医疗保险在内的社会保险管理机构,主要负责各项社会保险管理事务操作办法的制定、运行的分析监控以及对下属业务指导,不负责基金的收支和运营。其他各级经办机构同时还负责同级医疗保险基金的收支和运营。在一个统筹地区内,除了管理中心,在街道和社区都设立有分支机构或者业务平台,以方便居民便捷办理社会保险业务。

2. 基本医疗保险的基金管理。基本医疗保险的基金由各统筹地区社会保险经办机构或者地方税务机构负责征缴。基金存入财政专户管理。参保人员发生的医疗费用,除规定个人自己负担的部分外,由当地医疗保险经办机构与医疗机构直接进行结算。通过行政监督、审计和社会监督等方式,对医疗保险基金的运行进行多方位监督。

3. 基本医疗保险信息管理。每个统筹地区都建立了医疗保险计算机信息管理系统,并与社区平台、银行等建立联系,为参保缴费提供技术支撑,与定点医疗机构、定点药店等医药服务机构实行联网,实行医疗服务项目和费用的直接传输,为医疗服务的监督、审核、费用结算提供技术支持。通过实施国家"金保工程"项目,建立了地区之间社会保险信息传输高速网络。同时,还建立了逐级上报的信息统计、医疗保险运行分析、医疗保险医疗服务利用分析以及专项调查等构成的统计调查体系。

二、城镇基本医疗保险制度发展现状

(一)城镇基本医疗保险制度的发展成效

改革开放以来,医疗保障制度改革不断深入,特别是"十一五"以来,医疗保障制度进入了加速发展的阶段,取得了明显的成效,主要体现在四个方面:

1. 基本医疗保障体系框架初步建立,参保人数快速增加。城镇职工基本医疗保险、城镇居民基本医疗保险、新型农村合作医疗和城乡医疗救助分别覆盖城镇从业人员、未就业居民、农村居民和困难群体,从制度上实现了对城乡居民的全面覆盖。2010 年 6 月底,参加城镇职工基本医疗保险人数达 2.27 亿人,参加居民医疗保险人数达 1.86 亿人,新型农村合作医疗制度覆盖人数达 8.3 亿人。总覆盖人数超过全国人口的 90%,实现了从制度层面的全民医保到实际覆盖人群的全民医保的历史性突破。

2. 人民群众的医疗保障权益得到有效保障。职工医保制度的建立,从根本上解决了公费劳保医疗单位拖欠职工医药费的问题,建立了社会共济的机制;居民医保和新农合实行个人缴费与政府补助相结合的筹资方式,使城乡居民享受到了基本医疗保障待遇。近年来,随着我国经济社会发展,基本医疗保险待遇水平逐步提高,2008 年职工医保、居民医保和新农合住院医疗费用支付比例分别达到 70%,50% 和 38%。随着居民医保和新农合筹资水平和财政补助力度的加大,各项医疗保险制度之间待遇差距正在逐步缩小,部分地区积极探索统筹城乡的医疗保障体系,促进了社会公平,使人民群众共享改革发展成果。城乡医疗救助制度普遍建立,2003 年至今,全国城乡医疗救助累计救助 1.5 亿人次,支出资金 173.6 亿元。在基本医疗保险制度的基础上,各地通过建立公务员医疗补助、大额医疗费用补助和企业补充医疗保险等补充措施,满足了人民群众多层次医疗保障需求。

3. 医疗费用的管理制约机制逐步形成,医疗费用不合理增长势头得到抑制。医疗保险制度建立以来,通过对药品、诊疗项目、医疗服务设施标准实行目录管理,对医疗机构和药店实行定点管理,对医疗费用探索不同结算办法,初步形成了独立于医药卫生行业管理的第三方监管机制,医疗费用不合理增长初步得到控制,减轻了人民群众的医疗费用负担。据第三次国家卫生服务调查,医保人群与非医保人群 1993 ~ 1998 年(制度转轨前)人均住院费用分别增长 43.5% 和 29.7%,1998 ~ 2003 年(制度转轨后)则分别增长 66.9% 和 117.6%。据第四次国家卫生服务调查,2003 ~ 2008 年,城市次均住院医疗费用年增长率仅为 1.6%,其中医疗保障制度发挥了重要的制约作用。当前,人民群众对"看病难,看病贵"问题反映强烈,"看病难"问题主要是由于卫生资源配置不合理造成的,而对"看病贵"问题反映比较集中的主要是非参保人群,个人负担较重,希望纳入基本医疗保险覆盖范围。

4. 促进了经济社会发展和社会和谐。1998 年,城镇职工基本医疗保险制度作为国有企业改革的一项重要配套政策推出,对深化国有企业改革,均衡企业社会负担,维护社会稳定发挥了重要作用。居民医保和新农合制度的建立,体现了我党以人为本的执政理念,促进了社会和谐。近年来,从人民来信来访情况看,由于医疗保险问题引起的集体上访和群体性事件大大减少,从结构上看,主要诉求由要求纳入保障范围,转变为希望得到更好的保障和方便的服务。此外,我国医疗保障制度的建立和不断完善,消除了人民群众消费的后顾之忧,特别是在当前经济形势下,有利于提高群众信心,改善消费预期,扩大国内需求,促进经济平稳较快地增长。

（二）城镇基本医疗保险制度存在的主要问题

1. 保障水平总体不高，人群待遇差距较大。一是医疗保险从制度上实现了全覆盖，但仍有1亿多人没有纳入医保体系，基本医疗得不到保障。特别是城乡居民参保坚持自愿原则，每年一次重新参保（参合）登记，巩固和进一步扩大覆盖面难度很大。二是筹资和保障水平总体不高。基本医疗保障范围以住院为主，常见病、多发病的门诊医疗费用缺乏共济，难以适应群众的要求。住院医疗费报销比例不高，居民医保和新农合仅为50%和38%，部分重病患者参保后个人负担仍然较重。三是城乡之间、区域之间保障水平不均衡，居民医保和新农合低于职工医保待遇的情况较多，中西部地区与东部沿海地区待遇水平落差较大。四是多层次医疗保障制度不健全，补充保险针对特定人群，商业保险产品与基本医疗保障衔接不够。

2. 医疗保险关系转移接续困难，不适应人员流动性。一是参保人员身份发生变化时，如就业人员失业变为非从业居民、非从业居民就业、农民进城务工等，医疗保险关系难以接续。二是跨地区流动医疗保险关系难以转移，参保人员跨地区流动就业时，其医疗保险缴费年限等权益难以连续计算。三是异地就医问题突出，特别是部分异地安置退休人员反映就医报销不便，一些退休人员要求享受居住地医疗保险待遇。

3. 基金共济能力不强，基金支付存在较大风险。一是医疗保险统筹层次较低，以县级统筹为主，有的统筹地区参保人数只有几千人，基金抗风险能力差。二是地区间缺乏调剂机制。各统筹地区医疗保险基金自求平衡，地区间缺乏基金调剂机制，由于担心基金出现赤字，部分地区不得不提高当期结余水平，降低了基金使用效率。三是职工医保、居民医保、新农合3项制度分别建立基金，各自封闭运行，降低了基金共济能力，也增加了基金的不可预测性。四是我国在经济尚不发达的情况下迎来人口老龄化，医疗成本上升较快，医疗保险潜在的长期风险很大。

4. 医疗服务成本控制不到位，影响医疗保险的可持续性。一是资源配置方面，对于医疗机构设置、大型医用设备配备等对医疗保险参保人员权益、基金支出等有重大影响的事项，医疗保险管理部门缺乏参与。二是医疗卫生标准体系，如诊疗规范、临床路径等，由医药卫生行业主管部门制订，主要从临床角度出发，较少考虑经济承受能力，容易造成行业标准与支付能力脱节。三是医药价格由价格主管部门核定，充分考虑了生产方和服务提供方的诉求，而作为消费方利益集中代表的医保机构，对参保人员使用药品、医疗服务项目等的价格缺乏参与。四是将医疗保险机构与医疗机构定位为契约关系，依照协议对违约责任进行处理，对违规行为无权给以行政处罚，降低了违规成本。

5. 公共服务和社会管理不适应医保需要，制约事业发展。一是医疗保险公共服务能力严重不足，随着医疗保险随着覆盖面迅速扩大，服务对象由单位转变为个人，人员编制和经费不足的问题更加突出。目前，我国医疗保险机构人均服务对象超过1万人，是其他社会保险国家的2~5倍；工作人员年人均经费2.63万元，远低于其他社会保险国家。二是各项基本医疗保障制度分头管理，服务平台、信息系统、业务流程不统一，造成管理资源分散，制度间转换成本增加，影响了管理效率。三是社会管理系统不适应全民医保的要求，公民个人在医疗保障方面的责任不清晰，没有明确个人在登记、参保、缴费等方面的义务，医保机构无法准确了解居民个人医疗保障状况和参保需求，对灵活就业人员、城镇居民等存在扩面找不到人的情况。

产生这些问题原因是多方面的,既有制度政策的问题,也有管理体制机制、社会管理基础的问题。一是缺乏制度整合。我国的医疗保障制度采取渐进式改革方式,从部分人群开始设计制度,逐步推进改革,缺乏整体的制度设计。不同人群保障政策不统一,存在制度壁垒,人员流动、身份转换难以衔接;制度体系缺乏顶层设计,医疗救助、基本保险和补充保险等分工不明确,难以做到统筹协调;区域之间基金缺乏调剂,不同区域之间保障水平不平衡。二是管理体制分割。城镇医疗保险、新农合、城乡医疗救助分别由人力资源和社会保障、卫生、民政等部门管理,管理资源分散,管理效率不高。虽然国务院在"三定"方案中明确了人力资源和社会保障部对医疗保障体系负有整体规划的职能,但操作中由于部门分割、责权不统一,难以落实。三是医疗保险与医疗服务管理职能相互割裂。没有从公共管理的角度有效整合管理职能。医疗保险对医疗服务成本缺乏控制机制,对违规医疗服务行为没有处罚权,不利于维护参保人员合法权益,难以体现医疗保险政策的公共性。四是公共服务体系和社会保险服务管理基础薄弱。传统的以单位为服务对象的观念没有改变,人员编制、经费保障等不适应以个体为管理对象的需要,管理服务网络区域化不适应人的流动,信息系统建设滞后于事业发展。五是公共财政投入不足。政府对医疗保险制度的投入没有法定化,如按照财政支出的一定比例投入;公平性有待进一步提高;缺乏对医疗保障能力建设的投入,特别是中西部地区医疗保障经办管理能力薄弱,影响管理效率的提高。

三、下一步医疗保险制度建设的主要任务

医疗保障制度不仅要通过互助共济分担参保人员的风险,而且也要强化医疗需方在市场中的地位作用,引导医疗资源的合理配置,控制医疗费用的风险,这是当前和下一步医疗保障制度事业发展的两大重要任务。

(一)完善政策,巩固和扩大医疗保障功能,增强医疗保险需方在医疗市场上的主导力量

当前存在"看病难、看病贵"的问题,是医疗的供需双方在医疗资源配置上博弈能力失衡的表现,当前主要是医疗需方能力相对薄弱。增强医疗保障制度在购买能力方面的实力,最主要的是购买能力的稳定性和持续性。增强医疗保障制度购买医疗服务的能力,有三方面的任务:

一是巩固和扩大基本医疗保障制度的覆盖面。目前我国医疗保障制度的覆盖面从数据上来看覆盖了绝大部分人群,但是还有10%的人没有参保,考虑到此因素,这个数还要大,且主要是更需要医疗保障的弱势人群和灵活就业人群。当前稳固扩大医疗保障制度的覆盖面,需要采取以下措施:①充分利用政府在管理中的强大组织推动能力,动员各方面力量组织参保。②进一步完善促进流动性人口和贫困人口参加医疗保障制度的政策,使医疗保障制度有很强的包容性和对人口流动的适应性。③加大政府财政对需方的投入,特别是加大对困难人群参保的扶持力度。④健全公共服务管理体系,提高对全体社会成员公共管理服务的能力,使参保更加方便快捷。从长远来看,要通过法律的手段把参保政策确立下来,用法律手段推动实现全民覆盖。

二是提高保障水平。医疗保障制度提高待遇水平既要提高基金自付比例,也要扩展保障项目。从目前来看,三项基本医疗保险制度的保障水平整体不高。同时制度间存在巨大的差异,农村和城镇居民相对于城镇职工有较大差异。①在整体提高三项制度保障水平的同时,要重点提高新农合和城镇居民医保制度的保障水平,使差距逐渐缩小。②要扩展保障范围,目前三项制度主要保障住院和大病,对于普通门诊,特别是一般全科医师的保障没有

纳入保障范围。要通过建立门诊统筹,把医疗保障的保障范围扩展到基本门诊。

三是在制度之间进行城乡统筹,在基金管理方面进行纵向提升。①要统筹城乡基本医疗保险制度。当前应当首先推进城乡三项制度的经办管理实行统一,避免重复参保和重复建设,提高政府公共管理服务的效率。在此基础上,逐步统一基本医疗保险的管理体制。在制度层面,要积极推进新农合和城镇居民医疗保险制度的统一,打破城乡界限。长远来看,要逐步实现职工医疗保险和城乡居民医疗保险的制度框架统一,建立"一制多档"全民基本医疗保险制度。②提高基本医疗保险的统筹层次。目前医疗三个基本医疗保险制度的统筹层次较低,绝大部分是县级统筹,使医疗保障基金分散,互助共济能力不强。当前要尽快从县级统筹提升到地级统筹,今后逐步提升到省级统筹,在未来上升到全国统筹。

(二)创新机制,增强和扩展医疗保障制度的调控能力,强化医疗需方在医疗市场中的地位和作用

长期以来,我国的医疗卫生体制实行的是计划经济体制的管理制度和政策,到目前还没有得到彻底改革。适应市场经济体制的医疗保障制度建立之后,要抓住当前国家对医疗保障制度建设高度重视和转变经济发展方式的机遇,对计划经济体制下形成的医疗卫生管理制度和政策进行彻底改革,当前最主要的任务是建立符合经济规律的医疗服务提供方和医疗保障购买方之间的机制。

一是建立医疗保险与医药服务提供者的谈判机制,医疗服务供需双方就服务的内容、形式、标准和费用进行公平协商,达成协议,按契约提供和接受服务。当前建立医疗保障制度谈判机制,应该是建立医疗保险集团购买下的谈判机制。医疗保障制度和医药卫生服务提供体系之间是一个团购形式的买卖关系,医疗保险代表需方,不仅要与医疗机构、医生就技术服务进行谈判,也要与药品和医疗器械的供应商就医药等物耗品的提供方式和价格进行谈判。为确保谈判的进行,当前还需要解决三个支撑条件。①解决谈判双方的法人化地位问题。无论是医疗机构、医生还是医疗保险机构,目前都不具备独立的法人地位,机构是一个行政管理的一个部门,医生是属于一个机构的单位人,这是影响当前建立公平谈判机制的最大的制度障碍。②解决谈判专业技术能力缺乏的问题,包括专业知识和专业队伍的缺乏,需要在实践中逐步培养。

二是建立医疗保险参与的医药服务价格形成机制。当前医药价格形成机制是计划经济下的政府定价机制,需要尽快改革。建立以医疗保险团购需求为导向的,符合市场经济基本规律的价格机制,使医药服务价格,既能够满足医药服务提供方的利益,也能为医疗保险和病人所承受,实现医药服务供方和医疗保险需方的利益兼顾和共赢。

三是完善医疗保险的费用支付制度。医疗保障的支付制度是调节供需资源大小和流向的总闸门,是当前改革的重点,也是最大的难点。我国医疗保障的支付制度发展趋势是在总预算控制下,住院以DGR为主,门诊以人头付费为主,同时兼有按项目付费,按住院天数付费等多元化支付制度。同时,要使支付制度发挥应有的作用,还需要同步改革医生劳务分配制度和人事管理制度,建立与医疗保险支付制度相适应的对医生激励和制约相统一的机制。

医疗保障制度改革要与医疗卫生体制改革和医药流通体制改革同步推进,协调发展,实现"三改并举"。"三改并举"要有统一的目标,对医药卫生领域问题根源的认识要统一,改革的基本理念要统一,采取改革措施的思想方法要统一,以及改革节奏和发展步伐上要统一。三项改革不能单兵突进,任何一项改革滞后,改革的机制就难以正常运行,改革成效就难以发挥,甚至会动摇改革信心,偏离改革方向。当前,党中央、国务院对医药卫生体制改革已经作出决策部署,明确了我国医疗保障制度要走基本医疗保险为主的发展模式,只要坚定信心,大力改革,转换机制,建立公平和谐的医疗保障制度体系的目标就能够实现。

(中国医疗保险研究会　熊先军)

第四节　新型农村合作医疗制度

一、新型农村合作医疗制度的内容和特点

(一)制度定义

我国的医疗保障体系是以基本医疗保障为主体,以其他多种形式补充医疗保险和商业健康保险为补充,覆盖城乡居民的多层次医疗保障体系。基本医疗保障体系由城镇职工基本医疗保险、城镇居民基本医疗保险、新型农村合作医疗、城乡医疗救助共同组成。

新型农村合作医疗(以下简称新农合)是针对农村居民的基本医疗保障制度。由政府组织、引导、支持,农民自愿参加,个人、集体和政府多方筹资,以大病统筹为主,逐步向门诊补偿延伸的医疗互助共济制度。

(二)主要特点

与传统合作医疗比较,新农合制度的主要特点,一是加大了政府的支持力度,明确了中央和地方财政对参加新农合的农民给以一定补助的责任;二是农民以家庭为单位自愿参加,体现农民互助共济的合作原则,也表现了政府对农民意愿的尊重;三是以县为单位,部分人口较少的县(区)以省辖市为单位统筹和组织实施,增强了抗风险和监管能力;四是以大额医疗费用补助为主,重点减轻农民因患大病造成的经济负担,同时兼顾门诊费用的补偿,防止"小病"转为"大病";五是由政府负责指导建立组织协调机构、经办机构和监督管理机构,同时赋予农民知情权和监督权,提高制度的公开、公平和公正性;六是同步推进农村医疗救助制度,重点改善贫困人群的基本医疗卫生状况。

二、新型农村合作医疗产生的背景

(一)合作医疗制度的历史演变

我国农村合作医疗形成于50年代。1955年,山西省高平县在农业社保健站中,采取社员群众出"保健费"与生产合作社公益金补助相结合的办法建起了合作医疗,到1962年,合作医疗在全国的覆盖率已接近50%。1968年,毛泽东主席批示推广湖北省长阳县乐园公社办合作医疗的经验,掀起了兴办农村合作医疗的高潮。1979年,有关部门联合出台了试行的农村合作医疗章程,全国90%的行政村(生产大队)实行了合作医疗。在当时的环境和条件下,将卫生筹资、服务提供和监督管理统一在一起,用较低的投入基本解决了农村的基本医疗卫生问题。农村合作医疗制度同农村三级卫生网、赤脚医生队伍一起被称为农村卫生的"三大支柱",受到世界卫生组织和很多发展中国家的推崇。

进入80年代以后,农村的经济体制和社会状况发生了显著变化,农村合作医疗开始出现大面积滑坡,覆盖率锐减到5%左右。尽管在90年代国家再次提出要发展和完善农村合作医疗,但这项工作在大部分地区进展缓慢,农村人口覆盖率在10%左右徘徊。其主要原因,第一,原有的筹资机制不适应农村新的经济体制变革。实行家庭承包责任制,农村实行家庭联产承包责任制后,集体经济弱化,又缺乏政府资金支持,只靠农民个人出资,农民缺乏

积极性。第二,农村合作医疗自身存在缺陷。实行村办村管或乡办乡管,统筹规模小,筹资水平低,保障程度不高;同时管理层次低,管理制度不规范,使农民不信任。第三,在农村新形势下,对要不要办合作医疗、怎么办合作医疗的问题,相关部门认识不一致,政策不协调,制约了农村合作医疗的恢复和重建。

（二）新型农村合作医疗制度的提出

80 年代以来,通过改革与发展,广大农民温饱问题已经基本解决。但由于缺乏有效的健康保障制度,90% 左右的农民自费医疗,因病致贫、因病返贫逐渐成为突出的社会问题,影响到农村经济的发展和全面小康目标的实现。但是社会主义初级阶段的国情决定了我国在相当长的时期内,难以建立覆盖城乡的、统一的社会医疗保险制度,也不可能用商业医疗保险的办法解决农民的医疗保障问题。因此,以继承和发展的态度,认真总结既往合作医疗的成败得失,探索建立适应我国国情和农村经济社会发展需要的农村基本医疗保障制度,是迫切需要解决的重大课题。

三、新型农村合作医疗制度的建立

（一）主要政策

2002 年 10 月,中共中央、国务院《关于进一步加强农村卫生工作的决定》(中发〔2002〕13 号)明确提出:各级政府要积极引导农民建立以大病统筹为主的新型农村合作医疗制度,到 2010 年在全国农村基本建立起新型农村合作医疗制度。

2003 年 1 月,国务院办公厅转发了卫生部、财政部、农业部《关于建立新型农村合作医疗制度的意见》(国办发〔2003〕3 号),明确了建立新型农村合作医疗制度的目标原则,以及组织管理、资金筹集管理、医疗服务管理等政策,提出建立新型农村合作医疗制度要遵循以下原则:①自愿参加,多方筹资。农民以家庭为单位自愿参加新型农村合作医疗,按时足额缴纳合作医疗经费;乡(镇)、村集体要给以资金扶持;中央和地方各级财政每年要安排一定专项资金予以支持。②以收定支,保障适度。要坚持以收定支,收支平衡的原则,既保证这项制度持续有效的运行,又使农民能够享有最基本的医疗服务。③先实行试点,逐步推广。必须从实际出发,通过试点总结经验,不断完善,稳步发展。要随着农村社会经济的发展和农民收入的增加,逐步提高新型农村合作医疗制度的社会化程度和抗风险能力。提出从 2003 年起,各省(区、市)要选择 2~3 个县(市)进行试点。

2004 年 1 月,国务院办公厅转发了卫生部等 11 个部门《关于进一步做好新型农村合作医疗试点工作的指导意见》(国办发〔2004〕3 号),在认真总结试点经验做法的基础上,进一步明确试点的目标任务,细化有关原则要求,对制度探索的重点环节提出了指导性意见,完善了合作医疗的有关政策,推动了新型农村合作医疗的健康发展。

2005 年 8 月温家宝总理主持召开国务院第 101 次常务会议,专题听取了工作汇报,确定了今后几年新型农村合作医疗的发展目标,并加大了政府的支持力度,加快了发展速度。2006 年 1 月卫生部等 7 部委联合下发了《关于加快推进新型农村合作医疗试点工作的通知》(卫农卫发〔2006〕13 号),明确提出了新型农村合作医疗制度的年度发展目标,2006 年,全国试点县(市、区)达到全国县(市、区)总数的 40% 左右,2007 年扩大到 60% 左右,2008 年在全国基本推行。同时,要求进一步加大各级财政补助力度,扩大中央财政对合作医疗的补助范围,对加快推进合作医疗发挥了重要作用。

2009 年 3 月,中共中央、国务院发布了《关于深化医药卫生体制改革的意见》,明确提出了加快建设医疗保障制度,全面实施新型农村合作医疗制度,逐步提高政府补助水平,适当增加农民缴费,提高保障能力。在国务院印发的《医药卫生体制改革近期重点实施方案(2009～2011 年)》中,要求加快推进基本医疗保障制度建设,巩固完善新型农村合作医疗制度。

2009 年 7 月,为贯彻落实医改任务要求,卫生部等 5 部委联合下发了《关于巩固和完善新型农村合作医疗制度的意见》,对新农合全面覆盖后,加强制度建设、完善补偿方案、强化基金监管、规范医疗服务、改进结算方式、提高保障水平等方面,提出了明确的要求和指导意见。

在这些政策性文件的指导下,几年来,各有关部门为建立和完善新型农村合作医疗制度制定了一系列规范性、操作性的文件。财政部、卫生部制定了全国统一的新农合基金财务会计制度、关于新农合资金拨付、关于建立风险基金、关于财政专员办对合作医疗补助资金审核监督操作规程等文件;卫生部等相关部门制定了完善统筹补偿方案的相关政策,对各地统筹补偿方案的制订和调整提出指导性意见,规范和统一了新农合基金的使用和方案制订;卫生部、民政部提出了开展提高农村儿童重大疾病医疗保障水平试点的意见;卫生部制定了新型农村合作医疗信息系统建设规范,建立了新型农村合作医疗信息统计制度,推进新农合信息化建设;制定了加强新农合定点医疗机构医药费用管理的意见,规范医疗机构的管理;食品药品监督管理局、卫生部等 5 部门提出了关于加强农村药品监督和管理工作的意见,卫生部制订和调整新农合报销药物目录的意见,规范了农村药品的供应和合理使用。

(二)主要做法

1. 组织管理。建立了由政府领导,卫生部门主管,相关部门配合,经办机构运作,医疗机构服务,农民群众参与的管理运行机制。中央政府建立了由卫生、财政、民政、农业等 15 个部门组成的新农合部际联席会议制度,各级政府建立由相关部门组成的新农合协调领导小组,讨论决定新农合发展的重大政策。各级卫生行政部门内部设立合作医疗管理机构,负责新农合的综合管理,制定新农合政策并协调、组织、指导实施。各统筹区域设立新农合经办机构,负责新农合费用审核补偿、信息统计、医疗服务管控等具体经办业务工作,并成立相关部门和农民代表组成的新农合监督委员会,加强对新农合管理运行的监督。

2. 资金筹集。建立了以家庭为单位自愿参加,个人缴费、集体扶持和政府资助相结合的筹资机制。各地积极探索和创新农民缴费方式,许多地方已将过去由乡村干部和医务人员上门收缴,改为农民定时、定点主动缴纳,或委托信用社、定点医疗机构和乡镇财税所等机构代收,也有一些地方采取一事一议经村民代表大会通过后由村民委员会集中收取。筹资水平逐步提高,从最初的年人均 30 元,提高到 2010 年的人均 150 元,2011 年新农合筹资水平将进一步提高。

3. 统筹补偿模式。主要有两类统筹补偿模式,第一类是住院统筹加门诊统筹,即通过设立统筹基金分别对住院、一般门诊费用及部分特殊病种大额门诊费用进行补偿;第二类是大病统筹加门诊家庭账户,即设立大病统筹基金对住院和部分特殊病种大额门诊费用进行补偿,设立门诊家庭账户基金对一般门诊费用进行补偿。随着门诊统筹的推进,门诊家庭账户正在逐步减少。并探索有重点地针对儿童白血病、先天性心脏病等社会影响大,治疗费用高且疗效确切的疾病,探索采取单病种支付的方式,明显提高了一些重大疾病的新农合保障程度。

4. 费用结算。推行定点医疗机构即时结报的做法,参合人员在县域内定点医疗机构就医后,符合新农合报销药品目录和诊疗目录范围的医疗费用在出院当时进行结报。2009年开始,推行省市级定点医疗机构出院即时结报,实现参合人口异地就医即时结算。参合人员即时结报所需资金由定点医疗机构先行垫付(经办机构给以一定的预付资金),再统一与县级经办机构结算,经办机构和财政部门审核后由代理银行直接将资金转入医疗机构银行账户。参合人口在省外就医通常需要办理转诊或备案手续,出院后回当地新农合经办机构进行报销。

5. 基金管理。各统筹地区财政部门在社会保障基金财政专户中设立新农合基金专账,实行收支两条线管理,专款专用。统筹地区财政部门和卫生行政部门对基金进行管理监督,并由新农合经办机构具体负责基金的日常业务管理和会计核算工作。2008年,制定了全国统一的新农合基金财务、会计制度和新农合补助资金国库集中支付管理办法,规范了新农合基金管理,确保了基金安全运行。为了实现最大限度地发挥新农合基金保障参合人口健康权益的目标,要求各地科学地设计统筹补偿方案,确保新农合基金绝大部分用于当期参合人口的医药费用补偿,规定新农合统筹基金累计结余应当控制在当年统筹基金总额的25%以内,其中当年结余(含风险基金)应当控制在15%之内,结余的基金转入下一年度。基金收支、补偿情况列入村务公开、政务公开的内容,定期在县、乡、村公示,接受群众和社会监督。

6. 医疗服务管理。新农合实行定点医疗服务制度,通过申请、审核,确定符合医疗执业条件、执行新农合相关政策、制度和规定、接受新农合管理经办机构管理和参合人员广泛监督的医疗机构作为新农合定点医疗机构,为参合人员提供合理、规范的医疗服务。

7. 配套制度。在推行新农合制度的同时,加强了配套制度的建立和完善。一是同步建立农村医疗救助制度,资助贫困农民参加新农合,并对贫困农民在享受新农合补偿后仍难以负担的个人医药费用再给以适当的医疗救助,解决贫困人口看病就医和大病经济负担过重问题。二是健全农村卫生服务网络,提高医疗服务水平。各级政府加大对农村卫生的投入力度,改善农村医疗机构的服务条件;加强农村卫生人员培养和队伍建设,提高农村医疗机构的服务水平;强化农村医疗服务监管,努力降低医药费用。三是加强农村药品监督和供应网络建设,通过多种形式,保证农村药品供应质量,降低药品价格。

四、新型农村合作医疗制度的推进

(一)新农合的进展

2003~2006年是新农合的试点阶段,主要任务是探索适应经济发展水平、农民承受能力、医疗服务供需状况的政策措施、运行机制和监管方式,为全面建立新农合制度提供经验。从2003年7月开始,各地逐步开展了新型农村合作医疗试点工作,全国试点工作稳步推进。到2004年底,全国31个省(区、市)有333个县(市)开展了试点工作,覆盖农业人口1.07亿,参合农民8040万人,参合率为75.2%。到2006年底,全国开展新型农村合作医疗试点的县(市、区)达到1433个,占全国县(市、区)总数的50.1%,覆盖农业人口5.04亿,参合农民达到4.06亿人,参合率为80.5%。

2007~2008年是新农合全面推进阶段,结合试点的经验总结,新农合加大力度,加快进度,提高筹资水平,提出2007年全国开展新农合的县达到80%以上,2008年实现全面覆盖的目标。到2008年底,全国2729个县(市、区)建立了新农合制度,覆盖了全国所有含农业人口的县(市、区),参合人口8.15亿,参合率达到91.5%。新农合实现了全面覆盖,提前两年完成了中央确定的"到2010年新农合制度要基本覆盖农村居民"的目标。

2009年开始,随着深化医药卫生体制改革工作的大力推进,新农合制度建设进入巩固发展阶段,主要任务目标是完善制度建设,强化监督管理,提高受益水平,推动持续发展。2009年底,参合人口8.33亿,参合率达到94.2%。2010年参合人口为8.35亿,参合率达到95%以上。

(二)主要成效

经过多年的努力,新农合形成了符合中国国情和农村实际的制度框架和管理运行机制,成为我国基本医疗保障制度的重要组成部分,也成为世界上覆盖人口最多的一项医疗保障制度。

一是覆盖面扩大,筹资水平稳步提高。新农合实现全面覆盖,参合人口逐年增加,到2009年参合农民8.33亿,参合率达94%。筹资水平逐步提高,2003年参合农民人均筹资标准为30元,2006年、2008年和2010年分别提高到50元、100元和150元,中央财政对中西部参合农民的人均补助标准从10元分别提高到20元、40元和120元,并对东部省份参合农民给以一定补助;全国新农合基金规模从2003年的40亿元提高到2009年的944亿元,其中中央财政补助资金近270亿元,2010年当年基金总额达到1200亿元以上。

二是农民受益面和受益水平不断增加。从2003~2009年底,全国累计有22.68亿人次享受到新农合补偿,共补偿资金2176亿元,其中,住院补偿1.7亿人次,补偿资金1777亿元,有18.6亿人次享受到门诊医疗补偿,对2.3亿人进行了健康体检。参合人口次均住院补偿金额从试点初期的690元提高到2009年的1235元,实际住院补偿比从25%提高到41%;2010年政策范围内住院费用报销比例达到60%,统筹基金最高支付限额提高到农民人均纯收入的6倍以上,有超过60%的统筹地区开展了门诊统筹,有效地减轻了农民患病的经济负担。

三是农村居民医疗卫生服务利用率明显提高。根据国家第四次卫生服务总调查(2008年)数据显示,与2003年第三次国家卫生服务总调查比较,农村居民两周就诊率增加了0.5个百分点,两周患病未就诊的比例从44.7%下降到37.7%,下降7个百分点,其中,因经济原因未治疗的比例从40.4%下降到28.4%,下降了12个百分点;农村居民年住院率从2003年的3.4%提高到6.5%,增加了3.1个百分点,应住院未住院的比例从34.7%下降到27.9%,下降了6.8个百分点,其中因经济困难未住院的比例从76%下降到70.7%,下降了5.9个百分点。

四是农村卫生工作得到全面推进。新农合制度的建立,有效带动和促进了农村卫生服务体系的建设。2004~2008年,中央财政投入了169亿元,地方政府也加大投入,加强农村卫生服务基础设施建设,努力改善农村医疗机构服务条件。采取综合措施,加强人才队伍建设,提高服务质量和服务能力。在新农合工作中,积极探索开展单病种付费、总额预付等支付方式的改革,促进了农村医疗卫生机构的内部管理和激励机制的改革。2009年,新农合住院病人48.7%在乡镇卫生院,34.2%在县级医院,17.1%在县以上医疗机构,既方便了农民就近就医,降低了医疗费用,也促进了基层医疗卫生机构的发展。

(三)存在的困难和问题

经过几年的艰苦探索,新农合制度在我国农村已全面建立,但作为一项复杂的医疗保障制度建设,新农合还处在初级发展阶段,仍然很不完善,还面临着很多困难和问题。

一是新农合的筹资水平依然偏低,与农村经济社会发展和农民收入水平相适应的,稳定增长的筹资机制尚未建立,保障程度仍然不高,距离切实解决农村居民的疾病经济负担,满足农村居民的就医需求还有相当的差距。

二是虽然新农合的制度框架已经建立,随着筹资标准的提高和新农合从住院统筹向兼顾门诊统筹扩展,各统筹地区的补偿方案需要进一步调整和规范,全国性的规范和指导性政策还需要不断健全。针对重大疾病进一步提高保障水平的具体办法和措施还需要通过试点进行探索。

三是新农合基金监管任务艰巨,相关制度需要进一步健全,同时,新农合的管理经办能力还不能很好地适应新农合制度的快速发展,在人员数量和工作经费上还存在缺口,各地的新农合管理信息系统建设发展不平衡,管理经办能力还需要进一步提高。

四是农村医疗卫生机构的服务水平比较薄弱,医疗服务行为监管需要进一步加强。随着农村卫生基础设施建设的加强,农村基层医疗卫生机构卫生技术人才缺乏的问题进一步显现。另外,由于补偿机制不完善,医疗机构在一定程度上仍存在追逐经济利益的倾向,带来不规范的医疗行为和费用不合理上涨,极个别地方还出现了医疗机构弄虚作假、违规套取新农合补助资金的问题。

五是随着各项基本医疗保障覆盖面的增加,也带来如何缩小城乡差距,统筹城乡协调发展,如何加强各项制度间的衔接,做好农民工、流动人口的医疗保障关系转移接续等一些新的问题。

五、新农合对定点医疗机构的相关管理措施

医疗保障制度的稳定运行关键是对医疗行为的管理和医疗费用的控制。用比较低廉的费用,为参合农民提供比较优质的医疗卫生服务,是促进新型农村合作医疗制度可持续发展的关键。新农合制度能够在较低的筹资水平下提供相对比较高的保障水平,关键在于基金的充分、有效使用,一是建立合理的补偿政策,制定阶梯式补偿比例和共付比例,通过经济手段加之转诊、备案制度,引导参合人员更多在县域内以及基层医疗机构就医;二是通过新农合的经济管理与卫生行政综合管理相结合,比较有效地控制了医疗费用,规范了医疗行为。强化对定点医疗机构的管理,对落实新农合有关政策、保证参合人员切实受益,以及促进医疗机构自身的发展具有重要的意义。

各级新农合经办机构要改善管理手段,提高管理水平,严格执行新农合制度各项政策和基金管理制度,协助卫生行政部门做好定点机构的监管工作。定点医疗机构要加强医务人员医德医风建设,正确处理社会效益和经济效益的关系,提高医疗技术服务水平和服务质量,为参合农民提供质量优良、价格合理的医疗卫生服务,并通过良好服务,促进医疗机构自身健康发展。

(一)新农合对定点医疗机构的管控措施

1. 实行定点医疗机构协议管理。卫生行政部门实行定点医疗机构准入制度,新农合经办机构与定点医疗机构签订协议,将出入院标准、临床诊疗规范、支付方式、医疗费用控制、目录外用药控制、就诊信息统计协查等内容纳入协议范围,明确违约责任及处理办法,建立定点医疗机构的准入退出机制,进行动态管理。新农合定点医疗机构实行分级审核管理,由省、市(地)级新农合管理机构确定同级定点医疗机构,并实施监管。

2. 明确新农合的报销补偿范围。新农合由各省级卫生行政部门按照卫生部的有关政策要求,结合当地筹资总量、补偿方案、服务能力和疾病状况等因素,制定《新型农村合作医疗报销药物目录》和《新型农村合作医疗诊疗项目目录》。定点医疗机构要严格控制参合农

民自费药品、自费检查项目的使用,自付医药费用占总医药费用的比例应控制在合理范围。要采取措施控制定点医疗机构参合农民的年门诊、住院人次平均费用的增长幅度。

3. 规范定点医疗机构诊疗行为。定点医疗机构应严格执行诊疗护理规范、常规和出入院标准,实施临床路径管理,建立双向转诊制度;严格遵循用药规定,合理检查,合理用药,杜绝乱检查,大处方行为。在保证患者救治需要的前提下,临床用药应从一线药物开始选用。要充分发挥中医药在农村卫生服务中的特点和作用。定点医疗机构要建立健全内部管理,制定控制医药费用的各项措施,专人负责,定期检查,加强自我约束、自我管理。

4. 建立公示告知制度。定点医疗机构要对各种医疗收费项目及价格、药品价格、新农合补偿范围和比例、报销流程等进行公示。使用自费药品、自费检查需告知患者或其家属,经患者或其家属同意后方可使用。对大型或特殊检查实行审批制度。定点医疗机构应将住院病人每天发生的医药费用以适当方式告知病人,有条件的地方可实行一日清单制。

5. 建立定点医疗机构考核评估制度。根据协议内容建立考核制度,定期对定点医疗机构进行考核评价。将次均费用以及增长幅度、平均住院日、目录内药品使用比例、住院人次数占总诊疗人次等指标纳入考核内容并加强监测预警。对定点医疗机构所发生的医药费用,经审核符合规定的,必须按时全额给付;对不符合规定的医疗费用,不予支付。对滥开大处方、滥用抗生素、乱检查的医务人员,要按有关规定处理。对违反规定的定点医疗机构,卫生行政部门要提出警告直至取消其定点医疗机构的资格。建立通报和警示告诫制度,考核结果要以适当的方式定期公布,接受社会和群众的监督。逐步实施新农合经办机构与定点医疗机构计算机联网,对参合人员检查、用药、医疗费用等情况实时监控。

(二)积极推进新农合支付方式改革

支付方式改革就是从以按项目付费为主体的医疗费用后付制,逐渐过渡到按医疗机构预算总额、按病种、按人头、按疾病诊断相关分组等医疗费用预付制的过程。医疗保障支付方式改革可以控制医药费用不合理快速增长,提高医疗保障水平,推动医疗卫生机构规范服务和合理运行。

1. 主要作用和影响。第一,可以提高农村医疗保障水平。当前,医学科技快速发展和农村居民医疗消费需求快速提高,导致农村医药费用较快增长,同时,农村医疗机构补偿机制不健全带来的逐利行为也造成医药费用的不合理增长。在新农合筹资水平仍不高的情况下,开展支付方式改革可以有效控制医疗费用上涨,对控制基金风险,提高新农合保障水平,确保新农合持续健康发展具有重要意义。第二,推动农村医疗卫生机构运行机制改革。实行预付制的支付方式改革改变了医疗卫生机构的补偿机制,建立了医疗机构费用风险分担机制,增强了医疗机构主动控制费用的意识。通过经济杠杆促使医疗机构优化内部管理,规范医疗行为,实施临床路径,促进适宜技术、适宜设备和基本药物在医疗卫生机构的充分运用,做到合理用药、合理检查、合理收费。通过实施门诊总额预付,可以促使基层医疗机构主动由医疗经营向健康管理转化。第三,推动新农合经办管理能力的提高。从按项目付费向按服务单元、按人头、按病种等付费方式的改变,使新农合管理经办机构减少事后逐一审核患者处方、病历、收费清单等具体工作,重点是做好对定点医疗机构服务的规范、医疗质量的控制、基金监管和运行分析等管理工作,更好地维护参合人口的医疗保障权益。

2. 主要做法和进展。目前新农合支付方式改革主要形式是,对住院费用补偿采取按病种付费和按住院床日付费两种形式,通过新农合管理经办机构与医疗机构协商协议的形式,根据临床路径、出入院标准、医疗机构服务能力和历年费用情况等,合理确定病种收费标准和支付管理方法;对门诊统筹的地区,实行门诊费用总额预付的形式,按照服务人口、门诊服务量、实际费用、服务能力等情况,确定总额预付的支付标准和管理办法。

为了强化对定点医疗机构的管理,有效控制医疗费用不合理上涨,新农合在试点阶段各地就开始探索住院费用支付方式改革,也取得了明显的成效。2008年新农合全面覆盖后,随着门诊统筹的推进,门诊费用支付方式的改革也同步推进。2010年深化医药卫生体制改革明确要求各项医疗保障制度要推行按人头付费、按病种付费、总额预付等支付方式。到2010年底,新农合已有22%的统筹地区开展了支付方式改革的试点工作。

六、现阶段新农合重点工作

(一)基本原则

坚持广覆盖、保基本、可持续的原则,从重点保障大病起步,逐步向门诊小病延伸,不断提高保障水平。

(二)重点任务

1. 逐步建立稳定适宜的新农合筹资增长和分担机制。建立与社会经济发展和农村居民收入水平相适应的动态筹资增长机制,合理确定政府与个人缴费的比例,进一步提高新农合筹资水平。加大政府投入,逐步缩小政府在城乡医疗保障投入力度的差距。

2. 不断增强新农合保障水平。在国家的指导原则下,各省(区、市)制定相对统一的统筹补偿方案,避免同等级医疗机构补偿水平差异过大,提高统筹补偿方案的科学性和合理性,规范基金使用,提高基金使用效率,使有限的基金发挥最大的效益。调整完善统筹补偿方案,逐步提高住院报销比例和最高支付限额,适当扩大补偿范围。推动门诊统筹的开展,提高补偿水平,扩大门诊补偿范围。探索提高部分重大疾病医疗保障水平,减轻患者医药费用负担。加快推进新农合省市级定点医疗机构即时结报工作。

3. 加强新农合监督管理。全面加强对新农合的基金监管和定点医疗机构监管,推进新农合精细化管理。探索开展门诊总额预付、单病种付费、按床日付费等支付方式改革,引导医疗机构及其从业人员自觉规范行为,促进医疗机构健康发展,降低新农合基金风险。继续完善并坚持新农合的县、乡、村公示制度和群众举报、投诉办法,加强群众和社会监督。定期开展新农合专项督导,检查各地新农合制度的执行和落实情况。加强新农合基金的专项审计。研究制定新农合工作的奖励办法和违规违纪处罚办法。加强新农合工作的综合管理。加快推进新农合立法工作,把新农合纳入法制化、规范化管理的轨道。

4. 加强新农合管理能力建设。按照国务院"三定方案",指导各地落实好卫生部门负责新农合综合管理的要求。本着精简、高效的原则,推动各地新农合管理经办机构的建立健全,完善管理经办体系,加强建设和管理。有针对性地加强人员业务培训,提高管理能力。逐步完善新农合信息系统,提高管理水平。

5. 加强新农合与相关制度的衔接。进一步加强新农合与农村医疗救助制度在补偿方案上的衔接,推广两个制度在补偿报销的一站式服务,更加方便贫困农民就医。加强新农合与城镇职工和城镇居民医保的衔接,做好流动人口的基本医疗保障工作。合理划分两项制度的覆盖人群范围,尊重城乡居民的自主选择,防止重复参保和参合。

第五节　临床路径管理

临床路径管理是针对某一疾病建立的一套标准化治疗模式与治疗程序,是一种以循证医学证据和指南为指导来加强诊疗管理的方法。这一新的管理模式,极大地推动了我国医院经营管理模式从粗放式、经验式管理向科学化、规范化、专业化、精细化、信息化管理的转变。

一、临床路径的概念及起源

(一)临床路径的概念

临床路径,在国外的发展过程中曾使用过以下名称:健康照顾分类、健康服务管理、患者照顾管理、综合健康照顾、患者照顾计划、关键路径。它作为一种医疗管理的新模式,不同研究者考虑角度不同,对其定义侧重点有些差异,因此现阶段关于临床路径的定义有多种理解。

目前,我国学术界较为统一的定义为:临床路径是应用循证医学证据,综合多学科、多专业主要临床干预措施所形成的"疾病医疗服务计划标准",是医院管理深入到病种管理的体现,主要功能是规范医疗行为,增强治疗行为和时间计划性,提高医疗质量和控制不合理治疗费用,具有很强的技术指导性。它既包含了循证医学和"以病人为中心"等现代医疗质量管理理念,也具有重要的卫生经济学意义。

有的研究者认为:临床路径是指患者在相对应的时限安排上,经历一系列关键的医疗护理过程,在诊断关联群系统规定的住院天数内达到标准的预期结果。

有些研究者认为:临床路径是一种合作研发的假定方案,它代表了一个持续性的医疗照护过程,由医生、护士以及其他专业人员组成多专业小组,对特定疾病诊断或手术,根据治疗过程中关键时间点所介入的治疗措施,制订具有顺序性和时间性的最适当临床服务计划。

有些研究者则认为:临床路径是基于预期结果,并以病人为中心的个案管理工具,以促进多个专业的临床部门或科室之间综合健康服务的协调过程。一个临床路径对应一名患者,有计划地确定医疗服务措施及预期结果。

结合许多研究者给出的临床路径定义,以及其自身特点,可以将临床路径概括为:临床路径是医院里的一组人员共同针对某一病种的监测、治疗、护理、营养以及活动等所制定的一个有严格工作顺序、有准确时间要求的照顾计划,以减少康复的延迟及资源的浪费,使服务对象获得最佳的医疗护理服务质量。它包括了"多专业协调工作"、"预期结果的制定"、"服务的时限"、"服务的连续性"、"持续的服务品质改进"、"设计精密的临床服务计划"等特殊内涵。

(二)临床路径的起源

1957 年,美国杜邦公司将一种为新建化工厂而提出的网络图判定计划的管理技术称为"路径",在 20 世纪 70~80 年代该"路径"管理方法在建筑业和工业领域(如人造卫星、火箭的发射)广泛应用,即通过对生产线上主要关键阶段的管理,达到产品促进的目的,这正是临床路径概念的最初来源。

20 世纪 80 年代,美国人均医疗费用增长为 1710 美元,较 60 年代初增加了 20 多倍。美国政府为了遏止医疗费用不断上涨的趋势和提高卫生资源的利用率,率先耗资进行研究,借鉴工业领域的"路径"管理法,以法律的形式实行了以耶鲁大学研究者提出的诊断相关分类为付款基础的定额预付费制(DRGs-PPS)。DRGs-PPS是指按照国际疾病诊断分类标准将疾病按诊断、年龄、性别等分为若干组,每组又根据病种病情轻重程度及有无合并症、并发症确定疾病诊断相关组分类标准,结合循证医学依据,通过临床路径测算出病种每个组各个分类级别的医疗费用标准,同一种DRGs病人接受的医疗服务均按同一费用支付。在这种情况下,医院为了生存,必须探索和研究低于DRGs-PPS标准费用的服务方法与模式,以保证医疗质量的持续改进和有效控制成本。

1990年,美国波士顿新英格兰医疗中心医院选择了DRGs中的某些病种,按照预定的医疗护理计划——临床路径治疗住院病人,结果显示这种管理模式既保证了医疗质量,又有效地控制了医疗成本。因此临床路径很快受到美国医学界和各医院的重视,并逐步试行和推广。

(三)临床路径管理的重要意义

1. 临床路径管理有利于提高医疗质量,确保医疗安全,树立行业新风,改善医患关系。医疗质量和医疗安全是医院管理的核心,是医疗卫生工作的永恒主题。实施临床路径管理,搭建医疗服务标准化管理平台,是规范医疗服务行为,持续改进医疗服务质量,保障医疗安全的重要抓手。一是提供了多专业协作的工作模式,在提倡高效率、高品质、低费用的医疗服务氛围下,进一步规范了诊疗行为,提高了医疗质量;二是促进了医疗资源的有效利用,保证医疗、护理等措施在既定时间内实现,并达到预期的医疗效果;三是加强了医疗质量管理与控制的可操作性,有利于促进医疗机构加强内部管理,不断提高管理水平;四是促进了医患沟通,临床路径帮助病人及家属了解医护详细过程和时间安排,使患者和家属能积极配合和监督医院的工作,促进了医患之间的交流和沟通,增进医患信任,缓解医患矛盾,不断提高医疗服务质量。

2. 实施临床路径管理是控制不合理医疗费用,促进医疗资源合理利用的有效途径。开展临床路径的管理工作是做好医疗费用"源头控制"的有力保障之一。一是临床路径规范了医务人员的医疗服务行为,医务人员依据预先制定的最佳方式开展诊疗活动,减少不必要的医疗行为,合理利用医疗资源,控制病人不合理就医成本;二是临床路径规范了疾病的诊疗过程,明确了诊疗计划,细化了诊疗流程和步骤,减少医务人员额外的时间与劳动浪费,提高工作效率;三是临床路径管理的实施能够保证医疗服务高质量地开展,降低了并发症发生率和病人的再住院率,从而缩短平均住院天数,降低不合理医疗费用和成本;四是临床路径的实施,能够发现病人诊疗过程的"瓶颈",通过及时调整临床路径具体实施步骤,改进医疗服务流程,控制不合理医疗成本;五是临床路径为医疗成本/效益核算提供了客观依据,为进一步开展单病种费用控制工作打下了基础。

3. 实施临床路径管理是坚持质量、公平和效率统一的有力保障。提升医疗服务质量与提高工作效率,以及医院获得合理的经济效益三者之间并不矛盾,是可以相互促进、相辅相成的。实施临床路径管理,加强医疗服务行为的精细化管理,通过规范诊疗活动,提高效率、质量来进一步缩短住院天数,加快病床的周转速度,完全可以做到质量、公平和效率的统一,而且是良性的,更高层次的统一,实现"让老百姓得到实惠,让医务人员受到鼓舞,让监管人员易于掌握"的改革要求。其中的重中之重还是加强服务和管理。临床路径管理模式的应用有助于按岗取酬、按工作量取酬、按工作业绩取酬的奖金分配制度的建立,促进绩效管理与收益分配管理趋向科学化;临床路径的实施有利于医疗资源的合理配置,有利于医院更好地适应医保制度的发展以及扩大市场占有率等。随着临床路径在全国的试点与广泛推广,临床路径对医院经营管理模式的深远影响将极大地推进我国医疗卫生改革的进程。

二、国内外临床路径的发展应用情况

(一)国外临床路径的应用情况

美国于 1995 年成立了直接由美国西南外科协会(SWSC)领导的临床路径委员会,随后越来越多的医院开始实施了临床路径管理。临床路径作为一种标准化管理方法,兴起于美国等西方发达国家,至今已有近 20 余年的发展历史,国外对临床路径的研究与应用已较为成熟。临床路径作为以病人为中心的全新的医疗服务模式,其在临床上应用的范围正日益扩大,研究和实施病例范围也逐渐扩大,美国近 60% 的医院在不同程度地使用临床路径,并且正在从外科向内科,从急性病向慢性病,从院内向社区医疗服务,从单纯临床管理向医院各方面管理扩展。美国医院实施临床路径管理取得了很好的社会效果,现在美国医疗费用的增长速度明显放缓。

自美国广泛开始实施后,临床路径已成为有通行标准的医疗程序,广泛地被英国、法国、日本、挪威、瑞典、加拿大等发达国家采用或是依据国情修改,使其逐步推广到世界范围。

英国、法国等国家的许多医院引入这种先进的医疗质量管理和成本控制方法之后,医疗安全得到保障,医疗质量明显提高,医疗行为进一步规范,医疗纠纷明显减少。日本自 1995 年从美国引进该模式后,已被许多医院采纳应用。1996 年新加坡樟宜综合医院首先在新加坡开展临床路径管理,到 2000 年已应用近 30 个病种。考虑到疾病的复杂性,有些国家和医院允许有 25% 的病例不进入临床路径。

随着临床路径的应用与扩展,现在的临床路径的作用已经超出了预期的实现医疗保险的预付制度目标,其目的已经更进一步,成为医院质量管理的有效工具之一和疾病诊疗的评估标准。目前,临床路径很好地促进了各专业的协作配合,保障了治疗和护理的连续性,使患者得到最佳的服务,同时使得服务质量得到持续改进,使资源合理有效地进行使用,减少了医疗资源的浪费。

(二)国内临床路径的应用情况

临床路径 1996 年引入北京、天津、重庆、青岛、成都等国内一些城市,这些城市的大医院选取部分病种相继开展了临床路径。北京协和医院于 2001 年 11 月开始实施临床路径,在保证医疗质量,控制医疗成本方面做了有益的尝试。随后,重庆西南医院、解放军总医院、四川大学华西医院等大医院随后对部分病种实施了临床路径管理,如:腰椎间盘突出、膝骨关节炎、膝关节镜术、慢性胆囊炎伴胆结石、老年性白内障、不稳定性心绞痛等。

2009 年 7 月国务院办公厅《关于印发医药卫生体制五项重点改革 2009 年工作安排的通知》中在"推进公立医院改革试点"工作部署中明确要求"推行常见病临床路径","拟定 100 种常见疾病临床路径,在 50 家医院开展试点"。

2009 年 8 月,卫生部成立了"临床路径技术审核专家委员会",邀请了 10 位中国科学院、中国工程院院士作为首席专家,聘请了 22 个临床学科、护理及相关专业知名专家 204 名作为专家组成员,负责临床路径的技术支持和审核工作,并为临床路径的试点提供技术指导。

2009 年 12 月卫生部制定并下发了《临床路径管理试点工作方案》,在全国 23 个省(区、市)遴选了 110 家医院开展临床路径管理试点工作,探索建立适合我国国情的临床路径管理制度、工作模式、运行机制以及质量评估和持续改进体系,为在全国范围内推广临床路径管理积累经验并提供实践依据。

2010年1月全国卫生工作会议,陈竺部长再次强调"开展临床路径管理试点工作","进一步加强医疗管理,改善服务"。

截至2010年底,卫生部已制定、下发了22个专业的222个病种的临床路径,并将在2011年继续组织制定100个病种临床路径。各地积极组织试点工作,组织本省级、市级和县级医院进行试点,进一步扩大试点医院范围。截至2010年底,全国已有30个省(区、市)共计1383家三级、二级医院开展了临床路径管理试点,共计8292个临床科室开展临床路径管理。其中部级试点医院110家,试点科室620个;省级开展试点医院431家,试点科室3674个;市级试点医院416家,试点科室2069个;县级试点医院255家,试点科室975个;自行组织开展临床路径管理171家,试点科室954个。2010年1月1日至10月31日,各试点医院共计开展临床路径管理361051例,变异53795例,变异率为14.90%,退出34319例,退出率为9.51%。

总的来说,临床路径在国外已经取得了显著成效,但是由于中国有着自身独特的国情和医疗保障制度,我国国内的临床路径还处于试点阶段,需要结合自身特点,进一步探索、完善适合中国医疗实际的临床路径管理模式。

三、临床路径与医院经营管理

(一)临床路径管理和医疗质量管理与控制

临床路径作为一种诊疗过程标准化管理的质量控制工具,为医疗质量实时控制提供了较为理想的管理与控制条件。

1. 诊疗规范化。在临床路径实施的过程中,建立一套标准化治疗模式,把各个具体的服务项目落实到人,以住院(或工作)日为单位来组织医疗活动和疾病管理,其结果是增强了医护人员的责任感,保证了医疗服务的质量。传统医疗模式中,医生给患者开具检查,使用药物,通常凭借经验和习惯。而实施临床路径管理,则是针对每一个病种,制订一种医院内医务人员都应当遵循的诊疗模式,使患者从入院到出院依照此模式接受检查、手术、治疗、护理等医疗服务,从而形成一套严格而完备的临床路径管理流程,规范诊疗行为,确保医疗质量,达到缩短疗程,控制不合理医疗费用和使患者获得照顾型医疗的目的。

2. 过程监控。在病种标准诊疗模式基础上选择关键环节和关键指标对医疗质量实施实时控制。通过对过程指标的监控,查找诊疗过程中的瓶颈,并根据过程指标的标准值范围,对诊疗流程进行优化,从而达到通过流程优化来改进质量的目的。主要包括:①对医疗服务主要流程的改进,主要是指改进医疗和护理流程。②对医疗服务支持流程的改进,是指改进药品供应、饮食等对医疗服务的形成起支持或辅助作用的过程。③对管理过程的改进,是指对医疗服务主要和支持流程管理的改进,主要是确定标准和职责,建立病种医疗质量管理模式,落实规章制度等。

同时对将要开始或正在进行的诊疗过程进行实时监控,以减少各种隐患,进行事前质量控制,达到持续的质量改进。

3. 变异分析管理。变异是指在实施临床路径管理过程中,由于受到各种因素的影响,没有完全遵循临床路径所设置的路线图,而偏离了临床路径所规定的程序和内容。变异按照控制原理以及管理的难易程度,可以分为可控变异与不可控变异,按来源分还可分为患者/家属、护理/医疗人员、医院/系统三种,一般后两种属于可控变异,是临床路径变异分析管理的重点。将导致住院天数延长与发生频率较高的可控变异作为管理的重点,积极分析产生的原因,进行有针对性地改进,既可以规范医护人员的诊疗行为,又可以完善医院服务流程,最终实现医疗质量持续的改进。

变异按性质分可分为正性变异和负性变异。正性变异有利于病人疾病的早日康复,分析这类可控变异,可以为诊疗护理行为、医院服务流程等的提供改进方向。负性不可控变异发生的比例可以作为评价路径制定是否合理的标准,如果不可控变异比例过高,则提示临床路径在制订方面存在需要改进的情况。

(二)临床路径管理与医疗成本控制

科学的成本测算与合理的费用标准制定是费用控制的中心环节。单病种成本核算是指以病种为成本计算对象,归集与分配费用,计算出每一病种成本的方法,它包括历史成本核算法以及标准成本核算法。

标准成本核算法是目前国际上比较推崇的方法,它在保证医疗质量的前提下使病种医疗成本计算科学合理。标准成本法首先要求明确病种的疾病诊断标准,并将病种病例分型标准化,对每个病种按病例分型制定规范化的诊疗技术方案,再根据诊疗方案中的检查项目以及本地区医疗收费标准,测算出病种病例的医疗成本。由于临床路径的诊疗项目是根据诊疗规范和指南预先设定的,不能随意增减,符合标准成本核算"制定规范化的诊疗技术方案"的要求。在剔除了不合理的诊疗项目后,医院得到的成本核算结果更具客观性和真实性。

医疗机构通过实施临床路径,在诊疗活动中减少不必要的检查,规范用药行为,控制高值耗材的使用,缩短住院天数(如手术患者术前等待时间),提高病床周转率等,达到控制医疗成本,控制不合理医疗费用的目的。

基于临床路径管理的单病种费用控制,一般以单病种定价、单病种限价为主要形式。在实施单病种费用控制时,真正影响患者医疗费用的是患者自身疾病诊断,而与提供的诊疗行为无关,患者不必考虑医疗费用问题,但同时医务人员必须通过严格执行临床路径来控制医疗成本,避免医院财务亏损。

(三)临床路径管理与绩效分配

目前,我国公立医院大都以经济指标作为决定奖金的分配主要指标,即在奖金核算过程中,按科室收支结余的一定比例提取奖金,把科室的收支结余作为科室获取奖金的唯一依据或主要依据,而对其他因素考虑较少,这在一定程度上可以起到调动职工积极性的作用,但是不利于医院的长期稳定发展,在引导职工的价值取向、落实以病人为中心的宗旨等方面将会造成一系列问题。因此,为了建立完善的有利于医院长期稳定发展的医院内部奖金分配制度,许多公立医院都进行了有益探索。

卫生部于2004年12月制定了《关于加强医疗机构财务部门管理职能、规范经济核算与分配管理的规定》(以下简称《规定》),规定中指出:医疗机构要坚决取消科室承包、开单提成、医务人员奖金分配与所在科室收入直接挂钩的分配办法,逐步建立按岗取酬、按工作量取酬、按工作业绩取酬的奖金分配机制,同时通过综合目标考核,提高医疗服务质量和效率,降低病人的费用,提高社会效益。

实施临床路径管理有利于医院建立完善的收益分配管理制度,一方面,实施临床路径管理的核心目标是提高医疗质量和效率,降低病人费用,提高社会效益,其次才是增加医院经济效益,因此医院实施临床路径管理可以正确把握医院发展的方向。另一方面,临床路径是标准化诊疗手段,同一病种的患者给以相同的基本治疗方法。因此实施临床路径管理,可以相对容易地获得医务人员工作量以及工作质量方面的指标,这对实现按岗取酬、按工作量取酬、按工作业绩取酬的奖金分配制度有推动作用。

(四)临床路径管理与医疗保障制度的衔接

随着新医改中扩大医保覆盖面、增大报销比例、控制医药价格等相关政策措施的出台,医院在改革过程中面临的挑战越来越大,与医疗保险机构的关系也变得更为密切。为了顺应医药卫生体制改革,目前我国部分地区的医保支付方式已经由按服务项目付费转变成了按病种付费等预付费制。按病种付费是指根据某病种在医疗机构平均总住院费用的测算结果,结合合理诊疗需要和当地经济水平及物价上涨指数,确定出该病种的固定收费标准,划分政府补助和个人付费的相应数值,预先交费的一种医保支付方式。按病种付费能促使医务人员规范诊疗行为,减少医疗资源浪费,控制不合理医疗费用,是我国医保制度改革的趋势。

实施临床路径管理有利于医院适应医保制度的改革趋势。一方面,由于临床路径是以循证医学为基础制定的规范化诊疗计划,因此基于临床路径的病种标准成本核算是科学、合理的,医院可以根据核算值与医疗保险机构进行协商,建立谈判机制,保证自身经济利益。临床路径实施后的反馈结果也可为成本核算提供客观真实的依据。另一方面,医保支付方式的转变改变了医院的经营理念,医院必须在保证医疗质量的前提下有效地控制医疗成本,才能获得更大的收益。临床路径正是医院实现这一目标的具体操作工具。实施临床路径管理能规范医务人员的诊疗行为,合理配置医疗资源,提高医院运营效率,达到控制医疗成本的目标,进一步增强医院的竞争力。

(五)临床路径管理与医疗资源利用

医疗资源主要包括人力资源和物力资源两大方面。临床路径诊疗方案具有一定的普遍性,同一病种的大多数病人都可以按照规范化的诊疗方案进行统一的管理。由于有了临床路径的指导,年轻的医护人员可以更快地熟悉疾病的诊疗和护理流程,在较短的时间内迅速提升自身的诊疗、护理水平,更好地开展工作。同时,医务人员可以将更多的精力投入到少数不能进行临床路径管理的疑难病症的研究当中,提高人力资源和医疗技术资源的利用效率,促进医疗技术的发展。

平均住院日是反映医疗资源利用情况的一项重要指标。实施临床路径管理能够缩短病人的平均住院日,提高病床和设备的使用效率和周转率,提高医院的整体运行效率,直接降低医院的运行成本,使其发挥更大的效益。医院依据临床路径文本中住院时间及诊治流程,对所要进行的医疗行为的时限和顺序进行规定,可以充分利用医疗资源,实现医疗资源的合理配置。

(六)临床路径管理与医院市场营销

医院实施临床路径管理可以提高患者满意度,赢得社会口碑,有利于保持已有市场份额以及扩大市场占有率。首先,患者在治疗前通过临床路径计划可以知晓预期住院天数和住院费用,做到心中有数,有利于患者满意度的提高。其次,通过患者版临床路径表的使用,患者及其家属可以清楚地了解整个住院流程,知晓住院期间每天需要接受的检查治疗,这对患者心理上的调整有很大帮助。同时患者主动参与诊疗过程,医患、护患之间的沟通交流增加,也有利于患者满意度的提高。再次,实施临床路径管理,可以提高医疗质量,降低医疗费用,吸引更多患者前来就诊。

在深化医药卫生体制改革的关键时期,临床路径管理受到群众广泛关注,医院通过将临床路径管理做好,使其变成医院特色、宣传亮点,提高医院知名度,通过更优质的服务吸引更多患者慕名前来求医,真正实现国家、医院、患者的多方受益。

（王羽　王海涛　王雪涛　熊先军　傅卫　胡瑞荣）

第三章

医院经营环境分析

医院是知识密集型的社会公益事业机构,在我国大部分医院提供的医疗服务具有"公共产品"和"准公共产品"的性质。医院经营过程中同样具备成本、价格、质量和竞争等市场要素。处于社会经济转型时期的医院应充分认识和分析社会外部环境变化对医院经营的影响因素,及时调整医院内部经营机制,实现医院发展目标。

第一节　医院经营环境评价

经营环境(managementenvironment)是指医院进行经营活动所处的外部条件或所面临的周围环境的总称,是与医院内部本身相对而言的。所谓医院经营环境是指医院外部环境,不包括内部环境。医院经营环境分析的主要任务是及时观察发现对医院运行和发展有显著影响的外部环境因素,并研究分析对医院可能产生的影响及其影响过程,以此提高对外部环境的机会和风险的认识,达到抓住机会,避免和化解不利因素影响,充分利用自身优势,作出相应经营决策,提高医院经营管理水平的目的。

一、医院外部环境评价

医院外部环境的评价有助于医院进行经营管理的策略计划,明确认识医院在竞争的环境中的潜在威胁(threats)、障碍(barriers)和机遇(opportunities)。评价外部环境包括:①宏观环境:医院组织运转所处的特殊外部环境,比如国家卫生体制改革的目标、社会保障制度建设的方向;国家和地方的经济发展指标、医疗卫生事业发展趋势等;②法规环境:包括最近和期望的对医院组织有影响的法律、法规和重大政策;③经济环境:包括医疗服务购买方(国家、企业和个人)的经济状况和变化特点等;④社会环境:包括人群的公共卫生状况,贫穷、营养不良、生活习惯不良、吸烟等行为因素对健康的影响,人群人口学特征及变化趋势,消费者和购买者的态度等;⑤竞争环境:包括调查和评估向同一地区或某一目标人群提供相同或相近服务的医院的优势和不足,充分了解市场的变化,以及需求预测等;⑥技术环境:包括药品、基因和高科技设备的最新进展评估,临床服务的趋势,也包括医院人员的知识、技能和才干。

医院经营环境分析也可分为直接环境因素和间接环境因素两大类。直接经营环境因素包括:医疗市场需求因素、医疗服务竞争因素和设备资源供应因素三个方面。间接经营环境因素包括:政治因素、社会文化因素、技术因素、经济管理体制因素四个方面。

现代管理中分析组织外部环境和宏观政策分析也采用 PEST 分析法,把握医院经营的外部环境分析也可以通过政治的(Politics)、经济的(Economic)、社会的(Society)、技术的(Technology)视角分析,国家社会经济的发展,医药卫生体制和社会医疗保障制度的改革,人口结构和疾病谱的变化,医药科学技术的进步等多种医院外部因素,对医院经营与发展有着重要的影响。

二、医院内部评价

医院内部评价则可以帮助医院的领导认清组织的优势(strength)和不足(weakness),同时结合外部评价的威胁和机遇信息,研究组织的市场新策略。在内部评价中,必须考虑以下各方面:①管理:包括管理层次、管理分工、管理人员的能力等;②人力资源:包括适宜的人员配备、人员资格认证、技术水平等;③财务系统:包括固定资产预算、日常运转费用开支预算、项目可行性论证、经济评价等;④市场:包括服务对象的特征分析,如付费来源、人口学特征、疾病的急缓等,转诊程序,目前服务利用的现状,服务提供的渠道和方式,改进技术,成功的可能性等;⑤临床系统:包括服务产出的数量和质量评价,水平和垂直一体化,现有技术水平,医生的技能和知识等;⑥组织结构:在组织层次综合分析人力资源、技术、市场和管理等;⑦组织文化:有助于建立一种价值体系和行为期望准则,以利于组织目标的实现;⑧信息系统:包括评价信息系统综合评估财务、临床和市场信息的能力,在国内信息系统为管理决策提供信息的能力有待加强;⑨后勤支持系统:包括后勤支持服务的供应能力、成本、质量等,有否招标竞争等;⑩领导能力:包括评价组织高层和管理执行层领导的领导才干。

三、SWOT 分析法

SWOT 分析法是一种可以对外部环境的威胁(Threats)、机会(Opportunities)进行分析辨别,同时,估量组织内部的优势(Strengths)与劣势(Weaknesses),制定有效战略计划的方法,它将医院外部环境的威胁(T)与机会(O),与医院内部条件的优势(S)和劣势(W)同列在一张十字图形表(称为优势—劣势—机会—威胁矩阵)中加以对照,从内外环境条件的相互联系中作出深入的分析评价(见图3-1)。

内部因素 / 外部因素	优势—S 逐条列出优势,例如管理、人才、学科、设备、科研和信息发展等方面的优势	劣势—W 逐条列出劣势,例如在左面"优势"格内所列举的这些领域的劣势
机会—O 逐条列出机会,例如目前和将来政策、经济、新技术、疾病谱及医疗市场等	SO 战略 发挥优势 利用机会	WO 战略 利用机会 克服劣势
威胁—T 逐条列出威胁,例如上面"机会"格内列出的那些范围的威胁	ST 战略 利用优势 回避威胁	WT 战略 清理或合并组织,与巨人同行,走专、精、特之路

图3-1 SWOT 分析图

第二节　医药卫生体制改革

社会进步与经济的发展,医药卫生体制与社会医疗保障制度的改革,人口结构与疾病谱的变化,医药科学技术的进步等多方面外部因素,在不同的历史时期对我国医院经营与发展产生着重要的影响。

一、计划经济时期(1950~1978年)

我国医院是一个具有社会卫生福利性质的机构,医院的生存与发展主要依靠政府的财政拨款和补贴,医院为人民群众提供无偿的、不计成本核算或低价的基本医疗服务。

二、改革前期(1979~1984年)

进入20世纪80年代,我国开始社会主义市场经济体制改革,市场化转轨取得了令人惊叹的经济绩效,社会财富迅速积累,社会对医疗服务的需求快速增加。计划经济体制下形成纵向垂直的医疗资源的配置模式受到挑战,尤其是财政体制的改革,使计划配置的医疗资源供应链断裂。由于医院长期实行低收费政策,很多医疗机构硬件设施落后,医生护士比例失调,护理人员不足,专家、学者、专业人员知识老化,医疗机构缺乏活力,医院经济陷入困境。医疗服务出现"供不应求"的局面,医院提供服务效率低,不能满足人民群众的就医需求,医疗卫生领域出现了第一次的"看病难"问题,"看病难、住院难、手术难"成为当时的社会压力。为此,扩大卫生服务供给,改革医疗收费,成为当时卫生改革的重点。1981年3月,卫生部下发了《医院经济管理暂行办法》和《关于加强卫生机构经济管理的意见》开始扭转卫生机构不善于经营核算的局面。在此基础上,1982年卫生部颁布了《全国医院工作条例》,以行政法规形式明确了对医院工作的相关要求。

三、改革期(1985~1998年)

1985年我国正式启动医疗卫生改革,改革的核心思想是放权让利,扩大医院自主权。政府鼓励医院以各种方式自筹资金发展医院,解决医疗资源短缺的问题。根据卫生部统计资料显示:1985~1989年,政府卫生支出中预算内基本建设投入连续5年持续在一个较高的水平(见图3-2)。这是改革开放以来医院掀起第一轮医疗资源的配置,给医院注入活力。很多医院,尤其是城市医院在这个时期进行医院规模扩张、设备更新,医护人员定编定岗;医院评审上等级。1989年11月,卫生部正式颁发实行医院分级管理的通知和办法。医院按照服务任务和功能的不同被划分为三级十等,医院分级管理办法客观地反映医院的设施配置和医护人员配置的实际水平,医院的经营管理在政府的控制下展开

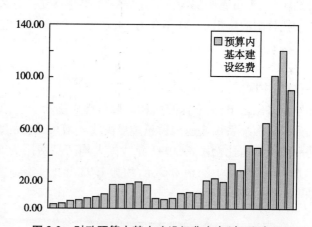

图3-2　财政预算内基本建设经费支出(亿元/年)

有序的合作和竞争。

1985～1989年国家财政对卫生的投入完成了基本建设后逐年递减。1990年政府卫生投入占总费用降至1/4,而2004年仅为17%(见图3-3)。1980年以来,虽然政府卫生事业费用逐年上升,但其所占国家财政支出份额却持续下降,从"六五"时期的2.86%降至2004年的1.66%。在政府投入微不足道的状况下,追求营利目标逐步变成了医疗服务机构及其内部各个层面的共同行动。医院"投入与产出"的经营矛盾显现。卫生总费用中,个人卫生支出在社会卫生支出和政府卫生支出三者中始终占据40%～60%的较高比例。

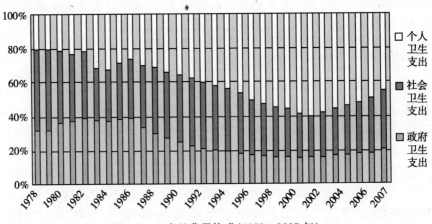

图3-3 卫生总费用构成(1978～2007年)

四、改革中期(1990～2008年)

1992年9月,国务院下发了《关于深化卫生医疗体制改革的几点意见》,这项卫生政策激发了医院自主创收,弥补收入的不足。医院注重经济效益而忽视公益性的倾向,影响了医疗机构公益性的本质,酿成第2次群众反映强烈的"看病难、看病贵"问题,引发卫生部门内部和学术界的一系列争论。医改领域内的政府主导和市场主导的争论不休,医院产权改革逐步成为焦点问题被社会各界所讨论。在2000年之前有一些地方开始公开拍卖、出售乡镇卫生院和地方的公立医院。试图通过产权置换改革解决医院的融资问题。2001年无锡市政府批转《关于市属医院实行医疗服务资产经营委托管理目标责任的意见(试行)的通知》提出了托管制的构想;2000年3月,宿迁公开拍卖卫生院,拉开了医院产权改革的序幕,共有100多家公立医院被拍卖,实现了政府资本的退出。

2005年7月28日《中国青年报》刊出的由国务院发展研究中心负责的医改研究报告认为:目前中国的医疗卫生体制改革基本上是不成功的。结论主要建立在市场主导和政府主导争论基础之上,公立医疗机构的公益性质逐渐淡化,追求经济利益导向在卫生医疗领域蔓延开来。医疗费用快速增长超过居民收入增长,居民医疗负担加重(见图3-4),医药费用中药品费用所占比例极高,1993年我国人均药品费用为58元,约占卫生费用的50%,到2003年人均药品费用上涨到256元,约为1993年的4倍。"看病难、看病贵"成为新一轮医疗体制改革的关注点。

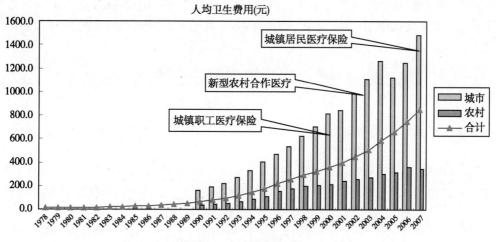

图3-4 城乡居民人均卫生费用(1978～2007年)

五、新医改期(2009年至今)

2009年4月,中共中央、国务院《关于深化医药卫生体制改革的意见》中明确指出实现两个目标。政府拟在未来3年中新增投入8500亿,用于基本医疗服务体系、公共卫生体系、基本医疗保障体系、药品供应保障体系和公立医院改革试点等重大调整。提出公立医院改革试点要"积极探索政事分开、管办分开的有效形式"、"推动公立医院补偿机制改革"、"逐步将公立医院补偿改为"服务收费和财政补助"的方式,国务院的改革意见将对医院的管理模式、经营方式、发展方向带来较大的影响。医院经营自主权可能会进一步提高,财政补助的投入方向会更加明确。"以药养医"的不合理局面将被逐步改变,医院的运行模式将随之医改的目标和方向发生变化。

新医疗改革方案将使现有卫生体系利益格局发生重大调整,医疗服务体系、基本医疗保障体系、基本药物制度的建立都将对医院财务运行产生影响,政府主导多元投入体制的建立将为医院多渠道筹资创造更宽松的环境。

第三节 医疗保障制度改革

医疗保险是国家社会保障体系的重要组成部分,也是我国卫生体制改革的核心支柱。经过10多年医疗保障制度的改革与创新,我国已建立起适宜社会主义初级阶段的,覆盖全民的医疗保障基本框架体系(见表3-1)。截至2009年底,全国参加城镇基本医疗保险的人数为4.015亿人,城镇职工基本医疗保险参保人数2.19亿人,城镇居民参保人数预计超过1.82亿人(见表3-2)。在职工基本医疗保险参保人数中,参保职工1.64亿人,参保退休人员0.55亿人。年末参加医疗保险的农民工人数为0.43亿人。全国有2716个县(区、市)开展了新型农村合作医疗,参合人口数达8.33亿人,参合率为94.0%(见表3-3),全国新型农村合作医疗由试点顺利进入全面推进阶段,目前已有20个省份实现了新型农村合作医疗制度全覆盖。我国将从制度上实现了"全民医保"。医院应适应"全民医保"的新形势,适时调整经营策略。

社会医疗保险制度的建立,商业医疗保险的发展,改变了医疗机构提供服务的融资与产出的现状。社保、商保、个人成为购买医疗服务,支付医疗费用的主体买方。单一的医疗服务体系出现了多元化体制改革,公立、民营、私立及其他合作形式的医疗机构向人们提供了可选择的不同层次的医疗服务。

表3-1 中国医疗保障制度现状

保障制度	保障对象	保障模式	筹资方式	保障待遇
城镇职工医疗保险(1998)	所有用人单位的所有在职及退休职工	个人账户+统筹基金	个人+企业	门诊+住院
流动人口(2003)	外来从业者(农民工)	个人账户+统筹基金	企业	住院
新型农村合作医疗(2003)	农民	统筹基金	个人+财政	门诊+住院
城镇居民医疗保险(2007)	城镇居民(城镇职工覆盖之外人员)	统筹基金	个人+财政	门诊大病+住院

表3-2 城镇居民和职工基本医疗保险情况

年份地区	参保人数(万人)					城镇职工基本医保收支(亿元)		
	合计	城镇居民基本医保	城镇职工基本医保	在职职工	退休人员	基金收入	基金支出	累计结存
2004			12404	9045	3359	5780.0	4627.0	4493.0
2005			13783	10022	3761	6969.0	5401.0	6066.0
2006			15732	11580	4152	1747.1	1276.7	1752.4
2007	22311	4291	18020	13420	4600	2214.2	1551.7	2440.8
2008	31822	11826	19996	14988	5008	3040.0	2084.0	3432.0

表3-3 新型农村合作医疗情况

年份	开展新农合县(市、区)(个)	参加新农合人数(亿人)	参合率(%)	当年基金支出(亿元)	补偿支出受益人次(亿人次)
2004	333	0.80	75.20	26.37	0.76
2005	678	1.79	75.66	61.75	1.22
2006	1451	4.10	80.66	155.81	2.72
2007	2451	7.26	86.20	346.63	4.53
2008	2729	8.15	91.53	662.31	5.8

基本医疗保险制度融资

社会医疗保险基金将是投入医院经营资本的主要渠道。以医院与患者的双方关系为主的医疗市场,变为医院与患者、医院与政府主管的医疗保险基金和医疗保险公司多方关系。其明显的标志是由医生或医院制约的医疗费用支出,变为由第三方付款方制约。医院处在患者、医疗保险机构和政府之间的特殊的供需市场环境之中。医院经营的外部环境发生了很大的变化。

(一)城镇职工医疗保险制度

1998年12月,国务院颁布了《关于建立城镇职工基本医疗保险制度的决定》,明确了医疗保险制度改革的目标任务、基本原则和政策框架。实施社会统筹与个人账户相结合的城镇职工医疗保险融资方式。医疗保险费由单位和职工共同承担,职工缴费为本人工资的2%,单位缴费为职工平均工资的6%,退休职工免于缴费,企业缴费和职工缴费均在税前扣除。个人账户由个人缴费的2%加上单位缴费的6%中的30%构成(即:1.8%),剩余4.2%纳入社会统筹基金。各地根据本区域的经济发展状况、既往医疗费支出情况,以及单位缴费负担能力等综合因素,确定当地医疗保险缴费比例。职工个人缴费统一为2%,单位缴费在6%~12%之间(见表3-4),覆盖全体城镇职工的基本医疗保险制度在全国范围内实施,为保障城镇职工"病有所医",保障健康和促进社会和谐稳定起到了十分重要的作用。制度覆盖面不断扩大,取得了良好的社会效应。

表3-4 全国直辖市、省会城市单位医疗保险费缴纳比例(%)

单位缴费率	城市(%)	省会城市及直辖市
6	8(25.81)	兰州、南宁、哈尔滨、长沙、南昌、呼和浩特、银川、海口
6.5	4(12.90)	石家庄、太原、重庆、乌鲁木齐
7	2(6.45)	长春、拉萨
7.5	3(9.68)	贵阳、成都、广州
8	7(22.58)	合肥、福州、郑州、南京、杭州、武汉、沈阳
9	4(12.90)	北京、天津、西宁、济南
10	2(6.45)	昆明、西安
12	1(3.23)	上海
合计	31(100)	

资料来源:各省市劳动与社会保障网

(二)城镇居民医疗保险制度

到2012年在全国范围实现了城镇居民医疗保险制度的全覆盖。制度设计的优点:明确了政府承担帮助个人或家庭因为大病所需要承担的巨额医疗费用的责任,防止出现"因病致贫"的现象。虽筹资水准较低,但鼓励了没有直接经济收入或经济收入不稳定的城镇居民。

城镇居民个人和家庭是缴费的主体,各级政府财政补助等多渠道筹资。有的城市利用原有职工家属劳保筹资渠道,鼓励有条件的用人单位对职工家庭中城镇居民个人缴费部分给以补助;城镇职工基本医疗保险参保人员个人账户资金的结余部分,也可用于缴纳家庭成员的基本医疗保险费。政府财政补贴主要形式:一是"普惠性",按参保人头补贴,中小学生和学龄前儿童在筹资水平的1/3~2/3左右予以财政补贴;其他成年居民在40~80元之间。居民个人缴费相当于当地城市年平均可支配收入的0.5%~2.5%之间(见表3-5)。二是对城镇低保家庭、特困的重度残疾人员、农村居民、法定退休年龄以上老年居民等特殊人员予以大部分参保费用的补贴,甚至全额补贴。

(三)农村新型合作医疗制度

农村合作医疗制度在中国发展经济、稳定社会、保障人民的健康方面起了重要的历史作用和现实意义。新型农村合作医疗的筹资将政府补贴额定为农户缴费额的 2 倍,大多数地区农户每人每年缴费 10 元,各级政府补助 20 元,2007 年将政府补贴幅度进一步提高到每人每年 30 元,有的地方甚至补贴 70 元,2010 年政府补贴提高到 120 元。2006 年中央和地方两级政府补贴合计占合作医疗筹资总额的 70% ~ 80%,对住院费用的平均补偿约为 30%,门诊费用的补偿比例各地略有所差异。

表 3-5　部分试点城市城镇居民医疗保险筹资情况

地区	总筹资(元)	个人缴费(元)	财政投入(元)	人均可支配收入(元)*	个人缴费所占可支配收入百分比(%)
哈尔滨	330	270	60	12772.02	2.11
石家庄	300	250	50	13204.92	1.89
长沙	300	255	75	16153	1.58
西宁	160	110	50	10636.3	1.03
贵阳	200	159	41	12780.51	1.24
南宁	200	120	80	12597	0.95
海口	120	70	50	12288.96	0.57
淄博	220	120	100	15330	0.78

资料来源:根据《中国统计年鉴 2006 年》制作

第四节　医院偿付机制

医院偿付机制是对医院医疗服务过程中卫生资源的耗费进行弥补和充实的方式和途径,保证医院在经济活动中的物化劳动和劳动消耗得到足额的偿付,以保证和满足医院简单再生产和扩大再生产的需要,医院偿付机制最终是购买医疗服务的问题。

我国现行的医院偿付渠道主要包括三大部分:财政投入、医疗业务收入、药品加成收入。在全国平均水平,2002 ~ 2008 年间卫生部门综合医院平均收入中只有 5% 左右来自政府财政补助,绝大多数的收入需要依靠服务收费和药品加成(见图 3-5)。药品收入占医院收入的

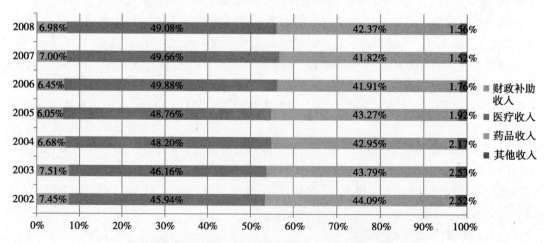

图 3-5　2002 ~ 2008 年卫生部门综合医院的平均收入构成

一半左右,而"批零差价"的药品政策是医院生存、发展、资金的重要来源(见表3-6)。新医改提出了"逐步将公立医院补偿由服务收费、药品加成收入和政府补助三条渠道改为服务收费和政府补助两条渠道,突破公立医院长期以来奉行的"以药补医"机制。社会资本创办的民营医院虽然没有财政补偿,但是也享有免税的政策性补偿。医疗资本的投入分为:财政专项投入用于医院基本建设和添置大型医疗设备;医疗保险基金和个人负担的医疗服务支出,构成医院业务的收入,药品加成收入成为偿付医院收入的重要组成部分。

表3-6 药品费用支出(1990~2005年)

	1990	1991	1992	1993	1994	1995	1996	1997	1998	1999	2000	2001	2002	2003	2004	2005
药品费用占GDP(%)	2.24	2.26	2.22	1.95	1.91	1.92	1.99	2.02	2.11	2.22	2.23	2.1	2.22	2.14	2.27	2.26
药品费用占卫生总费用(%)	48.61	49.59	49.73	49.94	47.56	48.81	47.97	46.88	46.87	45.91	45.4	43.83	45.32	44.06	44.76	44.19
个人药品费用(元)	36.59	42.55	50.99	58.18	76.99	96.52	115.92	129.34	142.95	158.1	174.46	180.44	208.38	224.71	278.59	316.78

数据来源:《中国卫生费用报告2006年》

一、有限的财政投入

在传统的计划经济体制下,财政是以货币形态为主向社会提供公共产品。随着市场化改革的深入,公共产品的"供应链"越来越多地延伸到实物形态和服务形态。现代经济学家认为,在产品消费链中,货币是可供使用者自由支配的"中间产品",物质产品或劳务是可供消费者直接消费的"最终产品"。最终产品供给方式是财政部门通过政府购买、委托代理等方式向政府部门或社会单位直接分配具有固定消费效用的产品和服务。如政府直接采购和调拨发送到医院使用的物品(仪器设备等),这种支出模式称之为"终端供应机制"。其优势是减少了供给的中间环节,减少了供给链中资金滞留和漏出。"最终产品"具有其他供给渠道不可比拟的规模效益,已被越来越多的国家证明为公共产品的最优供给模式。我国财政对医院投入采取传统的中间产品(即:货币资金)供给方式为主,财政部门通过部门预算或专项支出等形式向卫生部门及医疗单位提供货币资金,再由卫生部门和医疗机构自行采购所需产品和劳务,成为医院医疗成本的一部分。在财政分配领域中,提供"中间产品"和"最终产品"的方式不同,产生的效果也不一样。

健全公立医院财政投入机制,关键是要提高财政投入的绩效,既要保障公立医院公益性的需要,促进公立医院实现社会目标,又要符合激励约束相容的原则,通过政府有限的资金投入,引导和激励公立医院自主、高效地实现公益目标,最大限度地发挥政府财政投入的效率。

二、医疗保险基金

社会医疗保险基金是偿付购买医院服务的主要来源,通过国家立法强制单位与个人参加社会医疗保险,承担缴纳医疗保险金的义务,随着职工收入水平和社会经济增长而增长的筹资机制,确保了医疗保险基金筹资的稳定来源,保障了医疗保险支付水平的逐步提高和医院偿付资金的稳定增长。社会医疗保险与医疗卫生事业有着不可分割的内在联系。

1. 目标的共同性。我国医疗卫生事业的主要目的是以保障人民"人人享有基本医疗"

为目标。作为社会保障体系的重要组成部分,社会医疗保险的核心是保障社会人群抵御基本医疗需求的资金风险,与发展医疗卫生事业有着共同的宗旨与目的。

2. 原则的一致性。医疗资源的有限性与医疗需求的无限性的矛盾是我国发展医疗卫生事业和医疗保障事业共同面临的矛盾。从社会主义初级阶段的基本国情出发,无论是医疗服务还是医疗保障,都要从资源的有限性的视角考虑和解决问题。确保医院发展和社会保险事业的可持续性,是两者改革必须遵循的共同准则。

3. 资源的互补性。医疗保险资金是医院资源的投入方,医院是医疗资源的使用方和医疗服务的产出方,两者是投入与产出,偿付与被偿付的关系。医院发展需要资金保障,而社会医疗保险发展必须合理控制医疗费用支出,双方存在的制约与资源互补性,必须兼顾和协调好合理偿付和控制支出的平衡。

4. 医疗保险偿付。医疗保险的支付方式和结算模式成为影响医院资金运营效率的重要因素。医疗保险基金按比例支付参保人就医时发生的医疗服务、药品、检查等费用。医疗保险支付有几种主要形式:按项目支付、按固定费率、按病种付费(DRG)、按人头支付、总额预付等。根据费用支付与费用产生的先后关系分为预付制和后付制;按项目支付属于后付制,除按项目支付之外,其余 4 项都是预付制。对于控制费用支出预付制比后付制更为有效。

各种偿付方式对医院财务经营风险和效益产生不同的影响(见图 3-6)。图中支付方式从左向右显示医院财务风险的扩大、效益下降。当医疗保险支付采用按项目支付时,医院财务风险最小、效益最大化;当采用总额预算方式时,医院则财务风险最大;采用疾病诊断相关方(DRG),按病种付费,使保险支付和医院财务风险达到均衡点。DRG 医院偿付方式越来越多地被一些国家采纳,继美国、澳大利亚、德国等国家对医院支付实施 DRG 之后,日本、中国台湾等正在研究和探索。医疗保险的预付制形式的激励约束

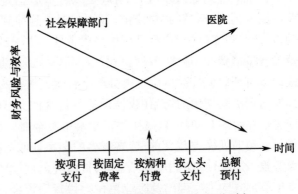

图 3-6　医疗保险支付方式与医院财务
风险和效益关系

相容的原则可以调动医生的积极性,减少过度检查、过度用药、过度治疗,使医院有动力进行真正意义上的全成本核算的经营管理,降低成本,减少浪费,提高效益,控制医院经营的财务风险。

现行的医疗保险支付方式是按项目付费、按病种付费和总额预付相结合的综合支付方式,医疗保险机构按月与医院统一结算,由于医疗保险的严格审核和不予支付违规款项等的限制措施,扣费现象普遍存在,影响了医院资金的及时流动,也影响了医院的整体经营。

三、个人支付的医疗费用

医疗保障制度的改革与创新,中国已建立起适宜社会主义初级阶段的覆盖全民的医疗保障基本框架体系。城镇职工医疗保险(1998 年)、新型农村合作医疗(2003 年)、城镇居民医疗保险(2007 年)虽然从制度上将实现城乡居民医疗保障全面覆盖的模式,但是,由于三

项保障制度的筹资标准不同,待遇标准差异,个人就医过程的医疗费用依然负担较重,约为卫生总费用的40%~50%(见表3-7),个人自费负担的医疗费用也成为医院收入的重要部分。因此,人民群众是医疗费用增长最直接、最敏感的感受者。

表3-7 门诊和住院病人人均医疗费用中药费比例(%)

年份	2000	2001	2002	2003	2004	2005	2006
门诊药费	58.6	59.7	55.4	54.7	52.5	52.1	50.5
住院药费	46.1	45.5	44.4	44.7	43.7	43.9	42.7

数据来源:《2007年中国卫生统计年鉴》

四、医院其他融资

利用政府贴息贷款发展公立医院也是充分发挥政府投资在资源配置作用的一种有效方式。通过拓宽补偿渠道,医院的融资还可以引入社会资本投资(民营资本和慈善基金),运用商业信用和银行贷款等方式实现。

1. 银行贷款。银行贷款是最常见的融资方式,绝大多数医院除政府投入和业务收入外,银行贷款是唯一融资模式。但是按照《中华人民共和国担保法》(1995年)第九条规定,学校、幼儿园、医院等以公益为目的的事业单位、社会团体不得为保证人。即教育、医院等公益事业是不能向银行抵押贷款的。然而,由于医疗机构稳定的现金流及良好的预期收益依然使其在银行信用等级评定中处于有利位置,尤其是大型医院成为银行的主动销售对象,甚至是银行间的竞争对象。而中小医院在银行信用评价中无法获得有利条件。

2. 商业信用。商业信用是医院与药品供应商、设备供应商约定延期支付药品或设备费用,或者开具承兑汇票的融资模式。这种延期的支付方式成为供应商普遍接受的方式。药品和器械的延期付款一般在3~6个月,为医院的资金周转创造了宽松的环境,成为医院普遍采用的融资手段。延期的支付方式使医院与药品供应商、器械供应商之间的关系链变得更加复杂,形成了一定程度的利益捆绑,不利于医院独立经营目标的实现。

3. 慈善捐赠。慈善捐款是非营利性医院融资的主要渠道之一。在我国慈善捐资事业并不发达,捐资捐赠案例较少,仅在沿海部分地区有少数台湾、港澳同胞、侨胞和其他国家的慈善基金会的项目。如浙江省的邵逸夫医院、上海儿童医学中心(美国HOPO基金会捐助)等。邵逸夫医院根据赠资方的提议,在全民所有制不变的前提下进行管理体制的改革。在政府主导下按照政事分开、所有权与经营权分开的原则,建立董事会、监事会和院长三部分的法人治理结构,明确医院所有权、经营权和监督权的分配和制衡。医院施行董事会领导下的院长负责制,享有独立的法人地位,院长是法人代表,董事会章程对3方的权利、人员组成作出了具体规定。

为了鼓励企业和个人积极参与慈善捐赠事业,许多国家都把捐资冲抵款作为一项重要的激励措施。改革开放30年来,我国经济高速发展,社会财富积累显著,国家也积极鼓励慈善捐赠事业发展。1999年9月1日实施的《公益事业捐资法》规定:公司和其他企业依法捐赠财产用于公益事业,享受企业所得税方面的优惠;自然人和个体工商户依法捐赠财产用于公益事业,享受个人所得税方面的优惠;境外向公益性社会团体和公益性非营利性的事业单位捐赠的用于公益事业的物资,减征或者免征进口关税和进口环节的增值税。但是《中华人民共和国个人所得税法实施条例》(2008 年修订)规定了纳税人捐赠款的上限,纳税人用于公益、救济性的捐款在年度纳税所得额 3% 以内的部分准予税前扣除;个人所得税的纳税人用于公益、救济性的捐赠,在年度应纳税所得额 30% 以内的部分可以在缴纳个人所得税前据实扣除。还规定不是向特定公益机构捐赠的款项是不能扣除所得税的。税法客观上限制了企业和个人捐赠的积极性,限制了企业和个人的捐赠途径和方法,制约了企业参与公益事业的社会责任和积极性。

第五节　医疗市场规则与竞争

医疗市场是一个特殊市场,具有信息不对称性和技术垄断性的特征,因此经济学称之为不完全性市场。医疗市场秩序的基本内容是由市场主体(需求者和供给者)进出市场有准入秩序,交易秩序和竞争秩序所构成。政府在建立市场秩序方面处于主导地位,是市场的组织者,竞争的裁判员,发挥着"无形的手"的作用。医疗市场的规则(法规与规则)有些已经制定,有些需整理归类和修改,更多的是尚未建立的。医院经营在有序的市场环境中调整经营策略,合理配置医疗资源,规范医疗行为,提供给人民群众安全、优质的医疗服务。

一、市场与规则

1. 准入规则。在完全竞争的市场假设下,有许多无差异的供方和需方(买方和卖方),可以自由地进出市场。而在不完全竞争的医疗服务特殊市场中,进入市场存在障碍,医疗机构和医生的行医执照必须按照法规由卫生行政部门审批方能准入市场;医疗机构及大型贵重仪器设备配置受区域卫生规划限制;所有与医疗相关的产品,如药品、医用品和设备的质量标准,以及与人体健康和生命安全等相关的医疗服务产品的应用都有准入规则,都需要通过政府部门制定规则并审核准入和监督实施,从而保障人民群众享有安全、优质的医疗服务。(见图 3-7)

2. 交易规则。有价格就有市场,价格是交易的核心,交易通过合同实现。在完全竞争的市场条件下价格是开放的,由产品供需量的变化而调整。需求量扩大价格下降,价格上升

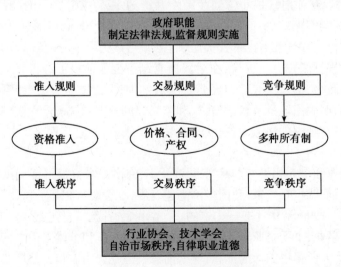

图 3-7　医疗服务市场的政府与市场的关系

则需求减少,供需双方信息对称,任何人都无法垄断市场。需方追求效益最大化,供方追求利润最大化,市场运行在确定的情况下进行,不存在外部性。而在医疗服务不完全,竞争市场提供的药品、材料及医疗服务的价格在很多国家都是由政府制定(称价格管制),这些产品的供给和需求的变化对市场价格调整不敏感,高价竞争(如药品或检查)和供方诱导消费在供需双方信息不对称时尤其突出,存在供方一定程度的垄断性。

3. 竞争规则。医疗市场提供的公共产品,基本医疗服务和医疗救助、准公共产品和私人产品等,政府应规范相对应的服务提供方和保险支付方的运行规则(见图3-8),即:公共财政支出购买公立机构提供的公共产品服务和公益性医疗救助服务;社保基金或个人购买非营利性机构(公立或民营等)提供的基本医疗服务;商业保险和个人购买营利性机构提供的私人产品的补充医疗服务;改革公立医疗机构经营管理体制和融资机制。基本医疗服务的融资,通过单位和个人缴纳社会保险金实现,非基本需求的补充医疗服务的融资,通过个人或家庭资金解决。政府财政继续承担公共卫生和基本医疗未覆盖的,特别是缺乏独立收入来源的老幼残疾人群和低收入困难人群的医疗救助等基本需求责任。鼓励社会资本进入市场,发展多种形式的医疗机构。鼓励高收入者购买非

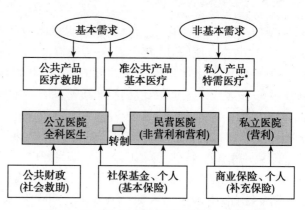

图3-8 医疗产品、服务提供及筹资途径规则

基本需求的私人产品的意愿所产生的外部效应。鼓励公立医院之间、民营医院之间和其他多种形式医疗机构之间的竞争。医疗市场的秩序只能在医药卫生体制改革的过程中经过各方利益的博弈,逐步建立和不断完善起来。

二、医疗需求因素

人们的医疗行为是一系列主观和客观因素交互影响的结果。居民对卫生医疗服务的需求取决于对治疗的机会成本(包括支付能力、价格水平、时间、服务态度等)以及替代方法的权衡。就医等候时间、就医距离、患者年龄、受教育程度、性别、就医成本、疾病严重程度等,在特定的地区对个人卫生医疗需求行为的影响都非常显著。

在我国人们的就医行为主要特点之一是:认为大型医疗机构拥有较先进的设备和完善的服务,不论疾病是否严重,大多愿意前往大医院就诊。事实上,如果是常见病、慢性病,基层医疗机构就可接受适当的照护和治疗。为此,卫生部门希望通过双向转诊制度,促使民众"小病到社区、大病到医院",实现分级医疗的目的,借此减少大型医疗院所的门诊量。但从实际情况来看,效果并不明显。

在城市地区,患者对高等级公立医院的床位表现出明显的超额需求,而低等级医院的床位却存在一定的闲置。在城市地区医疗资源丰富,选择范围充分的情况下,如果公共卫生医疗机构的治疗成本提高,人们将更多地选择自我治疗而不是到私人机构治疗,即使私人机构的治疗成本更低。

在农村地区,医疗资源配置相对较少的地区,如果公办卫生医疗机构的治疗成本提高,

人们将会在自我治疗和到私人机构治疗间进行权衡;如果私人机构的治疗成本更低,他们会选择到私人机构治疗。农村患者对公办卫生机构中的医疗设备和处方药存在明显的超额需求,对其他卫生医疗可得性则缺乏敏感性。

卫生规避现象在城市地区更加普遍,一个典型的例子是,恩格尔系数越高的家庭选择高等级公立卫生医疗机构的概率越大。卫生医疗费用依然是影响居民需求行为的一个决定性因素。因此,提高居民收入、增加医疗保障、降低个人实际医疗成本的公共政策,能够有效地改善城乡地区的就医需求,但这种改善并不针对所有类别的医疗机构,对低级别公立医院和私人医疗机构的需求反而会降低。

三、人口老龄化因素

随着人口日趋老龄化,老年人的医疗保健问题日渐突出,已产生一定的社会影响。根据联合国人口数据预测,2010 年中国 60 岁及以上人口占比将达到 12%。2011 年以后的 30 年里,中国人口老龄化将呈现加速发展的态势,60 岁及以上人口占比将年均增长 16.55%,2040 年 60 岁及以上人口占比将达到 28% 左右。中国开始全面步入老龄化社会。到 2050 年,60 岁及以上老人占比将超过 30%,社会进入深度老龄化阶段。人口老龄化最突出的是健康问题。人口老龄化伴随着老年人的心血管病、糖尿病、老年痴呆症、癌症、骨质疏松症和精神病等疾病增加,特别是高血压、心脏病、糖尿病等各种慢性病在老年人群中患病率已接近 50%。与 10 年前相比,患病率呈明显上升的趋势。老年性痴呆近年来发病率不断升高,据不完全统计,中国患病人数为 600 万 ~ 800 万以上,平均每位病人治病成本约为 112 万元[1]。

人口老龄化已经给我国医疗保健系统带来越来越沉重的负担。由于老年人免缴保险费,退休人数急剧增加,共享着社会医疗保险统筹基金,医疗保险的"代际效应"产生;退休后平均期望寿命的提高,享受医保的时间相应延长。老年人的平均医疗费用高于在职职工,需要护理的病人增加,护理费用大幅度上升,全社会的医疗总费用增加,人口老龄化既对医疗保险产生着重要影响,又对医疗服务和医疗资源的利用展开了挑战。

四、医院经营的竞争机制

医疗市场的逐步开放与医药行业的市场化,民营医疗机构的大量兴起,外资、合资医疗机构的不断进入,大型医院的规模扩张与中小医院的分化,医疗人才流动,就医患者需方选择医院,病源分流,医疗市场的竞争日趋激烈。新医改要求医院与社区卫生服务机构之间的分工协作机制的形成,也将促使医院更加关注医院经营的竞争意识,医疗服务的"品牌"意识,特色专科技术服务,降低各种医疗成本,有效利用资源等适应医疗市场的变化。医院发展面临着机遇与挑战。

1. 竞争主体的变化。医疗卫生事业改革的深入,医疗服务主体从以往较为单一的公立性医院,趋向于多主体的竞争格局。政府倡导"加快形成多元办医的格局","积极稳妥地把部分公立医院转制成为民营医疗机构","鼓励民营资本举办非营利性医院",鼓励社会资本、慈善捐款等资金举办"合作"、"合资"、"股份制"等多种形式的医疗机构,打破公立医院垄断的局面,为非营利医院举办主体的多元化提供支持,也为社会资本进入医疗卫生领域创造更加宽松的政策环境。公立医院体制将扩展医院的竞争主体,使医院争夺市场的难度增加。

2. 竞争要素的变化。价格、服务和质量是竞争的三大要素,在公费医疗和劳保医疗的旧体制下,就医者对医疗服务的价格关注较少,在严格的定点就医制度下,病人选择医疗服务和质量的余地非常有限。实施了医疗保险制度之后,开放了就医的自由选择,医疗服务的价格和质量要素作用显现出来,医疗技术精湛,服务质量好,价格公道就能吸引更多的病人,在竞争中取得更多的优势。

3. 竞争方式的变化。医院之间的竞争方式从原来较为严格的定点医疗的"管理竞争",转变为病人自由就医、自由选择的"自由竞争"。患者能够自主选择医院、医生和药店的社会环境,冲击着医院管理和服务模式的改变。

(胡爱平 周虹)

第四章

医院财务与成本核算

第一节 医 院 财 务

财务是有关财产所发生的经济业务。财产的货币表现形式是资金,财产的经济业务是资金的流动。资金流动的过程和结果产生了一系列的经济关系,体现在资金的筹集、调拨、分配、运用等环节与有关方面所发生的货币关系。财务的表现形式是指本单位与各方面的经济关系。

一、医院财务的定义

医院财务的定义可归纳为,医院财务是医院在经营活动中资金流动的过程和结果,它的表现形式是医院与各方面的经济关系。医院财务活动是医院会计核算的对象。

二、医院经营活动的财务关系

医院的经营活动与政府、债权人、债务人、患者和医院员工等各方面发生经济关系,这种关系又称财务关系。医院必须严格执行国家法规和制度,处理好财务关系。做到既符合政府和医院的利益,又要保护服务对象和医院员工等有利益关系人的合法权益,以调动各方积极因素,支持医院发展。医院有以下几种财务关系:

1. 医院与政府的缴拨款关系。公立医院享受政府财政的事业或专项补贴,体现了政府对医院的拨款关系。根据《医院财务制度》规定,医院超标准的药品收入要上缴财政,体现了医院对政府财政的缴款关系。

2. 医院与债权人、债务人与患者的结算关系。医院同医疗保险机构的记账关系;医院同患者之间的结算关系;医院同供应商之间的购销关系;医院与银行之间的存贷关系等,各类结算关系非常复杂。

3. 医院内部财务关系。医院同院内各部门、各科室之间存在内部结算关系,明确经济责任,便于目标管理。

4. 医院与员工的支付关系。医院根据工资分配原则支付职工的劳动报酬和其他福利津贴,体现了按劳分配的关系。

三、医院财务管理

医院财务管理是组织和处理财务活动中所发生的经济关系,利用货币形式对财务收支进行综合管理,即"现金簿记"。财务管理实质是理财,理顺资金流转的程序,确保经营活动畅通。理顺医院同各方面的经济关系,确保各方利益得到合理满足的一系列管理活动。具体内容包括:医院预算管理、医院基金管理、医院负债管理、医院资产管理、医院收支管理、医院对外投资管理等。

1. 医院预算管理。医院预算一般由财务部门和业务部门共同编制。预算编制是依据政府财政的事业计划指标和本单位的事业计划而编制,医院的全部收支均要纳入预算管理。根据政府或主管部门下达的预算指标,结合本年度的事业计划编制年度预算,在编制预算时遵循以收定支、收支平衡、统筹兼顾、保证重点的原则。预算上报财政部门审批,预算一经审核确定,具有较强的约束性和严肃性,不得随意改变。

2. 医院基金管理。医院基金管理应遵循基金专款专用的原则。医院基金一般意义指医院的净资产,主要包括固定基金、事业基金、专用基金、财政专项基金、留本基金和待分配结余等,通过上级拨款、内部形成和捐款等渠道积累而成。不得将不同基金混用,留本基金在指定期间不得参与医院运行,只能用于投资,但投资收益可投入运营。按基金不同性质采用不同的管理方法。

3. 医院负债管理。医院负债按偿还期分为长期负债和短期负债,保持长期负债与短期负债的机构,避免因集中偿还负债而引起医院流动资金周转失灵。

4. 医院资产管理。医院资产包括流动资产、固定资产、无形资产等。流动资产包括货币资金、药品、库存物品;严格资金管理制度;经常抽查库存记录;对药品做到"全额管理、数量统计、实耗实销"的管理,医院用品收入实行"核定收入,超收上缴"的管理办法。

固定资产包括房屋及建筑物、专业设备、一般设备、图书和其他固定资产。固定资产做到专人保管,文档齐全,定期清点,落实责任。大额固定资产购置应量力而行,反复论证,并上报主管部门审批。按照规定计提折旧,大额修理费用事先预提。

5. 医院收支管理。严格执行物价政策,药品与医疗收支实行分开管理,分别核算的原则,医院支出按照规定渠道开支,严格支出审批,根据预算控制支出。

6. 对外投资管理。对外投资根据回收期分为长期投资与短期投资。对外投资必须进行可行性论证,报主管部门批准。以实物或无形资产对外投资,应评估其价值。

第二节　成本核算的目的

成本是商品生产中耗费的物质资料价值(物化劳动)和必要劳动价值(活劳动)的货币表现,即商品生产过程中耗费的原材料、燃料、动力、固定资产折旧等生产资料的价值和支付给劳动者劳动报酬的价值。医院成本核算就是医疗机构把一定时期内实际发生的各项费用加以记录、汇集、计算、分析和评价,按照医疗服务的不同项目、不同阶段、不同范围计算出医疗服务总成本和单位成本,以确定一定时期内医疗服务成本水平,考核成本计划的完成情况,并根据不同医疗服务项目的消耗,分配医疗服务费用的一种经济管理活动。

一、医院成本核算目的

医院实行成本核算,其目的是通过对医院的医疗服务成本的核算与管理,真实反映医疗活动的财务状况和经营成果,更新医院经济管理的观念,增进和提高医院全体员工的成本意识,自觉减少浪费,从而提高医院的社会效益和经济收益,增强医院在当今市场经济下的竞争能力。

医院进行成本核算是利用货币价值形式对医院业务活动中的物化劳动和活劳动的消耗进行核算,因而在核算过程中,要善于利用会计信息,合理安排和使用人力、物力、财力,努力降低各种消耗,争取最佳的医院技术经济效果。

医院实行经济核算要健全财务制度。对各项资产、负债、收入、支出、财务成果和医疗技术经济效果的核算,都要有一套严密的,具有内部控制的核算办法。同时还要建立和健全科学的经济核算指标体系,以便凭借各项指标对医院的工作进行考查、考核和分析。

医院进行成本核算需要收集、整理大量的日常基础资料,若医院采用计算机管理系统,可以节省大量的人力、物力和财力,避免手工操作中费时、费力、易出错的现象。其中包括全院财务系统、库房领用系统、固定资产管理系统、科室或部门材料消耗系统、工作量统计管理系统等等。日常工作管理得好,做得好,成本的核算就轻松、方便。

经营管理的成效不仅要注重医院内部管理的科学化、现代化,同时更重要的是注重医疗服务的社会效益和经济收益。一流的服务,一流的技术,合理的检查、治疗和用药,合理的收费价格才能赢得病人的称心,扩大市场的占有份额。这种良性的循环,必然能够带动医院的经济收益,取得更大的社会效益。

二、成本核算的意义

成本核算是降低医院成本的有效途径。通过成本核算,可以清楚地看到医院在为病人提供医疗服务和相关管理过程中实际消耗的人力、物力和财力,找出医疗、管理中存在的不足,寻求最有效的管理,不仅可以降低医疗成本,同时也可以减少病人的经济负担。

成本核算是价值规律的要求,价值规律要求等量劳动相交换,医疗服务的价格应反映医疗服务的成本。我国医院的性质是具有一定公益性的事业单位。近年来国家对医院的投资占医院业务收入的比重越来越少,医院主要靠自己的业务收入来维持其建设和发展。而医疗服务消耗着社会必要的劳动量,同时它也在创造价值。按照价值规律的要求,医疗服务在为社会提供服务的同时,也应得到社会的回报。因此医疗服务价格的制订事关重要,其价格应反映医疗服务的成本。

成本核算是深化医院财务制度改革的需要。医院实行成本核算,会计工作从预算会计向成本会计、管理会计的转变;会计制度上由收付实现制向责权发生制的根本变革。医院实行成本核算,对医院的会计制度和会计工作提出了更高更严的要求,不论从核算对象、核算方法、结账基础以及账务处理等各方面,都不同于以往,需要做一系列的改革。医院会计从简单的预、决算管理,走向有组织的医院经济管理工作。对医院的经济进行预测、决策、计划、控制、计算、分析、考核和评估等一系列管理工作,不仅促进了医院成本核算方法的不断完善,也提高了医院财会人员的素质。可以说医院实行成本核算是医院财务管理上的一项重要改革。

第三节　医院成本核算

医疗成本是反映医院总体质量和管理水平的一个重要指标。医院劳动效率的高低,设备是否合理使用,药品、材料等的消耗是否合理,医疗质量的高低,病人的满意度,管理工作和管理水平的高低都能通过成本核算从医疗成本中反映出来。医院成本、科室、部门之间成本的前后期的比较,项目成本的变动都可以为管理者提供重要的决策依据。在医疗市场中,谁的服务成本低,质量好,就可以在市场中多盈利,如果市场有一个统一价格,成本高的医疗机构的收益就会减少,甚至亏损。医院管理水平的提高越来越强调经营管理。

一、费用与成本的基本概念

费用与成本是两个既有联系又有区别的概念。费用是指企事业单位在经济活动过程中为了取得经营成果所产生的各种耗费。广义的费用包括各种费用和损失,狭义的费用是指与当期收入直接配比的费用。

医院费用按照经济用途可分为直接费用和间接费用,直接费用可以追溯到成本对象,而间接费用则需按照一定比例分摊到成本对象。①直接费用是直接计入医疗和药品支出的费用。包括卫生材料、外购药品、医疗、药品部门员工工资与福利,公务费,设备购置费等,辅助科室直接为医疗服务的费用支出等。②间接费用是为医疗服务而不能直接计入医疗支出的费用。包括行政、后勤发生的各项支出。如职工培训、坏账准备、科研费、银行手续费等。

成本是对象化的费用,是根据成本对象当期费用进行归集而形成的。成本与费用是可以相互转换的,本期成本并不都由本期费用所形成,它可能是上期的费用;同样,本期的费用可能结转到下期,构成下期的成本。医院在开展医疗业务经营活动中发生的各种费用,根据一定的成本对象进行归集,形成了医院成本。

二、成本核算的对象

成本核算对象是指成本归属的对象或成本归集的对象,确定成本核算对象是确立解决成本由谁承担的问题。成本的归集对象不同而成本种类不同。

医院是一个较完整的系统,它有医疗业务部门、药品销售部门、制剂加工部门、辅助业务部门、医院管理部门。由于各部门的业务性质不同,管理要求不一样,因而就出现成本核算的多样性和复杂性。如医疗业务部门,具有服务行业性质,要求按服务项目核算劳务成本;药品销售部门具有商业性质,要求核算药品流转费;制剂加工部门,具有加工企业性质,要求按加工品种核算产品成本;辅助业务部门和医院管理部门,是服务和管理医院业务的,要求核算部门费用,期末摊入以上医疗、药品、制剂三个部门成本中去。因此,医院成本核算,首先需要核算各部门的成本,在部门成本下,还要按部门业务性质和管理要求,分别核算医疗业务成本,药品销售成本和制剂加工成本。

三、成本核算的原则

医院成本核算是在一定时间范围内对医院所发生的成本进行归集。成本核算应遵循以下原则:

1. 作好成本核算的基础工作。医院在进行成本核算时要以最小的核算单位立账,建立各科室或部门的成本资料,包括定额管理,物质的计量、检验、收发、领退、结转、调拨、保管、报废、清理制度等,这些是保证成本核算准确性的重要前提。

2. 真实性和及时性原则。成本核算必须有账有据,做到真实、准确、完整、及时。成本核算中运用的大量数据、资料,其来源必须真实可靠,一定要以审核无误、手续齐备的原始凭证为依据。同时还要根据医院内部管理的需要,按照成本核算对象、成本项目和科室、部门进行分类、归集。

3. 实际成本原则。医院成本必须正确反映医院一段时间内实际发生的成本耗费,成本核算应当按实际发生额来进行归集,原则上不能以估价成本、计划成本来代替实际成本,但这完全需要建立在医院成本核算资料健全的基础上。往往有些医院成本资料不健全,无法得到实际的成本消耗,即使总成本是实际值,但各科室的成本只能估计。随着医院成本核算制度的建立,这种估计成本要逐步取消。目前医院常常采用历史成本进行核算,一是历史成本是实际发生的,具有客观性;二是历史成本数据比较容易取得。历史成本是目前世界各国通行的会计计量模式的基础。因此医院成本也必须采用历史成本进行核算,使收入与费用的表达建立在实际发生的基础上,保证会计核算与会计信息的真实可靠。随着成本核算制度的健全及计算机管理系统的应用,医院成本核算也将如同其他信息一样,随时可以核算出所需要时段的成本结果。

4. 可比性原则。是指医院会计核算必须符合国家的统一规定,提供相互可比的会计核算资料。要求医院在选择会计处理方法时,应当选择国家统一规定的会计处理方法;在编制财务报告时,应当按照国家统一规定的会计指标编报,以便不同的医院会计信息的相互可比,使医院间的对比分析,能够有效地判断医院经营的优劣,据此作出有效的决策。

5. 一致性原则。是指医院在进行成本核算时应该采用相同的核算方法,分摊系数采用相同的口径,这样核算出来的结果在进行医院间和医院内部的比较时具有可比性。同时采用的会计程序和会计处理方法前后期必须一致,要求不得随意变更会计程序和会计处理方法。成本核算中各种成本的计价方法、固定资产的折旧方法、间接成本的分摊方法等具体的成本计算方法,前后会计期间必须保持一致,不得随意变更。这样才有可能统一口径,前后连贯一致,相互关联。一致性原则并不否认医院在必要时对所采用的会计程序和会计处理方法作适当的修改。当医院的经营情况、经营范围和经营方式或国家有关政策规定发生重大变化时,医院可以根据实际情况,选择使用更能客观真实反映医院经营情况的会计程序和会计处理方法进行成本核算。

6. 责权发生制原则。是指收入、费用的确认应当以收入和费用的实际发生作为确认计量的标准,凡是本期应列支的成本,不论本期实际是否已经支付,都应列入本期。本期支付应由本期和以后各期负担的费用,应当按一定标准分配计入本期和以后各期;本期尚未支付应由本期负担的费用,应当预提计入本期。只有这样,才能正确地计算各期的成本和损益。责权发生制是与收付实现制相对应的一个概念。责权发生制原则主要是从时间上规定会计确认的基础,其核心是按照权责关系的实际发生期间来确认收入和费用。根据权责发生制进行收入与成本的核算,能够更加准确地反映待定会计期间真实的成本支出及经营成果。

7. 分别核算原则。合理划分医疗成本与药品成本,是医院成本核算的一个重要原则。医疗成本、药品成本应分别设置有关账户,归集、核算和反映不同活动的成本情况。这样可以正确反映医疗服务和药品销售过程中不同经济用途的实际耗费水平,有利于更加精细地实施医院成本管理。随着我国医疗卫生和医药制度的改革,对实行医药分开核算提出了更高的要求。在药品独立核算的同时,对医疗成本的合理划分就成为医院成本核算的重中之重,它直接影响到医院本期的收益率。因此医院应当严格区分医疗成本和药品成本支出的界限,以便医院正确计算当期损益。

四、成本核算的内容与方法

以往,我国各级医院仅有费用的财务账目,没有进行真正的成本核算。近年来许多医院都开展了成本核算的工作,总结其核算的管理体制,主要有两种。一种是一级核算管理体制,另外一种是二级核算管理体制。

一级核算管理体制是把全院的成本核算工作集中在医院的财会部门,以医院为核算单位,归集医院的总费用,然后分配到各科室中,最后计算各个医疗项目的总成本和单位成本。而二级核算管理体制,是以科室或部门为核算单位,计算科室或部门的成本,建立科室或部门核算账户,首先计算出科室或部门的成本,然后再计算医疗项目成本。二级核算管理体制,也是以财会部门为主,设置科室核算账户,会同科室兼职人员一起完成科室核算任务。

两种核算管理体制相比,一级核算比较简单,二级核算较为复杂。但是,二级核算优越性大,它能使科室或部门人员参与管理,参与核算,掌握本科室,部门的各项任务与各项主要定额指标的完成情况,可以把科室核算与成本核算有机地结合起来,有利于落实责任制,有利于考核评比,有利于贯彻责、权、利相结合的原则。

1. 成本核算的内容。成本核算的内容涉及医院服务的方方面面,根据其性质可以分为以下六类:

(1)劳务费:医院职工直接或间接为病人提供医疗服务所获取的报酬,包括职工的工资、补助工资、其他工资、职工福利费、社会福利费、奖金等。

(2)公务费:包括办公费、差旅费、邮电费、水电费、调干旅费、调干家属旅费补贴、机动车船保养修理费、燃料费、保险费、养路费、会议费、场地车船租赁费、交通工具消耗费等。

(3)卫生业务费:维持医院正常业务开展所消耗的费用,包括医疗、药品、在加工材料、行政后勤部门为完成各自专业和业务的消耗性费用,一般包括印刷费、科研费、动物饲养费、其他业务费等。

(4)卫生材料费:包括医疗、药品、在加工材料、行政后勤部门开展业务活动中领用的各项卫生材料费,如:化学试剂、敷料、X 光材料、药品等。

(5)低值易耗品费:包括医疗、药品、在加工材料、行政后勤部门开展业务活动中领用的各项低值易耗品费,如:注射器、玻片等;

(6)固定资产折旧及修购基金提成:包括房屋、设备、家具、被服等各种固定资产的损耗。

2. 成本核算的方法。成本核算的方法很多,近年来医院根据各自的实际情况采用不同的成本核算方法,有的是为了科室奖金或超额劳务的分配而制定出的一套核算方法,有的是为了管理需要制定的一套核算方法。这些方法中,可以说有些只是进行部分的成本核算,没有涵盖医院所有的成本开支,是一种不完全成本核算。参考国内外医院成本核算的方法和其他行业成本核算的方法,在 20 世纪 80 年代开始原上海医科大学公共卫生学院医院管理学教研室在上海市进行了全成本核算的研究,制定出一套可行的全成本核算方法,并且在 90 年代初在全国 10 个城市 25 所医院开展了全成本核算的工作。山东医科大学近年来又完善了全成本核算的方法,成立了卫生部的重点实验室"成本测算中心"。

总结成本核算的各种方法,其基本步骤如下:

(1)确定核算对象:为方便起见,以往成本核算时往往根据成本核算的需要和医院的实际情况,将医院的科室分为两大类:一类是直接为病人提供服务的科室,称为项目科室,如:内、外、妇、儿科等各病区及放射科、化验室等临床辅助医技科室,还包括挂号室、注射室、药房、制剂室等各科室;另一类是间接为病人提供服务的科室,即直接为项目科室提供服务的科室,称为非项目科室,如:行政部门、供应室、食堂等各部门。把医院的科室分为两大类,主要是考虑到非项目科室的成本也应在医疗成本上体现出来。非项目科室六大类成本按不同的分摊系数分摊到项目科室中构成项目科室的间接成本,直接成本与间接成本的总和构成项目科室的总成本。

但近年来根据医疗服务项目测算的需要,将医院医疗部门分为直接成本科室和间接成本科室两大类。其中直接成本科室为直接产出医疗服务项目的科室,包括医疗技术科室、临床科室(门诊和病房),间接成本科室为不直接产出医疗服务项目的科室,如医疗辅助科室。为便于成本归集,可将医院二级独立核算科室或部门定位成本测算的基本单位。

科室分类如下:

1)医疗辅助科室:供应室、血库、氧气室、门诊部、挂号室、门诊收费处、门诊病案室、住院处、住院病案室等。

2)医疗技术科室:检验检查类:检验室、生化室、放免室、遗传室、病理切片室。

手术麻醉类:手术室、麻醉室。

影像图像类:放射科、CT室、核磁共振室、内窥镜室、B超室、心电图室等功能科室。

其他类:注射室、换药室等。

3)临床门诊:内科、外科、妇产科、儿科、眼科、耳鼻喉科、口腔科、皮肤科、中医科、理疗科、急诊科、其他科。

4)临床病房:内科病房、外科病房、妇产科病房、儿科病房、眼科病房、耳鼻喉科病房、口腔科病房、皮肤科病房、中医科病房、理疗科病房、急诊科病房、其他科病房。

(2)确定分摊系数:科室成本核算是以科室为最小的核算单元进行核算,六大类成本中有几类是可以按科室的实际支出进行核算的,如劳务费、卫生材料费、低值易耗品损耗费、固定资产折旧及大修理基金提成。对于公务费和业务费,可以按科室实际支出进行核算,若以科室为单位难以核算,可以采用一定的分摊方法或分摊系数进行全院性分配,如以人均费用进行科室分配。水费、电费、燃料费、设备维修更新费等,可以按实际情况以科室的实际支出进行核算。若难以核算,可以采用扣除用水大户,如洗衣房,用电大户,如放射科和燃料大户,如锅炉房的费用外,其他费用采用适当的分摊系数进行科室分摊。

分摊系数的制定和采用主要是通盘考虑全院的情况,根据"受益原则",即谁受益谁分摊,谁受益多谁分摊多,不受益不分摊的原则,有时分摊系数不是单一因素决定的,有可能是几个因素的加权制定出来的。值得一提的是,有些固定资产,如房屋、电梯、公共走廊、公共的设备也可以考虑采用适当的分摊系数进行分摊,如以全院人数,病区床位数等进行分摊。

非项目科室或间接成本科室的成本分摊也要考虑这个问题,非项目科室或间接成本科室是为全院提供服务的,可以根据服务的对象的不同,采用不同的分摊系数进行分配。其分摊系数的制定有些困难。但是,只要坚持"受益原则"这一条,实际上就大大方便了。如医院中的营养室、供应室主要为病区中的病人服务,提供膳食和消毒器械、物品,因此可以采用全院总床位数进行分摊或住院病人数进行分摊,当然供应室也可以单独进行核算,核算到最小的核算单位,根据各科室领用额计入各科室的成本中。其他如行政、后勤科室可根据医院的实际情况按项目科室总人数和床位数之和或其他一些不同分摊系数进行分摊。

科室成本的计算公式如下:

1)劳务费:按科室实际支出数计入各科室。

2)公务费:为便于成本分摊,将公务费分为水费、电费、燃料费和其他公务费。

水费:若科室有用水记录,可直接计入,剩余部分按其余科室人员比例分摊。若无用水记录,可估算用水大户的水费,计入扣除后剩余部分再按其余科室人员比例分摊。

电费:若科室有用电记录,可直接计入,剩余部分按其余科室人员比例分摊。若无用电记录,可估算用电大户的电费,计入扣除后剩余部分再按其余科室人员比例分摊。

燃料费:若科室有用燃料记录,可直接计入,剩余部分按其余科室人员比例分摊。若无用燃料记录,可估算用燃料大户的燃料费,计入扣除后剩余部分再按其余科室人员比例分摊。

其他公务费:按科室人员比例分摊。

3)卫生材料费:按各医疗科室领用卫生材料实际数或比例分摊。

4)其他材料费:按各医疗科室领用其他材料实际数或比例分摊。

5)低值易耗品费:按各医疗科室领用低值易耗品实际数或比例分摊。

6)业务费:按各医疗科室实际发生数或按医疗科室人员数分摊。

7)固定资产折旧和修购基金提成:

根据财政部、卫生部1999年颁布的《医院财务制度》,购置费分为按规定提取的修购基金和小型设备购置费,根据成本核算分摊的需要将提取的修购基金分为提取房屋修购基金,提取设备修购基金,提取其他资产修购基金。

$$医疗科室按规定提取的设备修购基金 \times \frac{某科室设备总值}{医疗科室设备总值}$$

8)修缮费:

为便于分摊成本,将修缮费分为房屋修缮费、设备修缮费、零星工程等三项。

$$某科室房屋修缮费 = 医疗科室房屋修缮费 \times \frac{某科室房屋面积}{医疗科室房屋面积总和}$$

$$某科室其他固定资产修购基金 = \begin{matrix}医疗科室按规定\\提取的其他固定\\资产修购基金\end{matrix} \times \frac{某科室其他固定资产总值}{医疗科室其他固定资产总值}$$

$$某科室设备修缮费 = 医疗科室设备修缮费 \times \frac{某科室设备总值}{医疗科室设备总值}$$

$$某科室零星工程费 = 医疗科室零星工程费 \times \frac{某科室人数}{医疗科室总人数}$$

9)租赁费:按各医疗科室实际租赁费计入。

10)其他费用:按各医疗科室实际发生数或人员数分摊。

为了测算医疗服务项目成本,将间接成本科室的成本分摊到直接成本科室,得到各直接成本科室的总成本。具体分摊办法如下:

◎ 某直接科室所分摊到的消毒供应室的成本 = 消毒供应室成本×消毒供应室向该科室分摊的百分比。

消毒供应室成本分摊的百分比可以通过医院以往的数据或通过专题调查获得。

◎ 门诊办公室、门诊部、挂号室、门诊收费处等科室成本分摊:

$$各临床科室门诊分摊到的成本 = 上述科室成本 \times \frac{某临床科室门诊人次}{临床科室门诊人次合计}$$

◎ 住院处、住院病案室、住院收费处等科室成本分摊:

$$各临床科室病房分摊到的成本 = 上述科室成本 \times \frac{某临床科室住院床日数}{临床科室住院床日数合计}$$

◎ 手术室成本分摊：

$$各临床科室分摊到的成本 = 手术室成本 \times \frac{某临床科室手术项目成本当量（点数）}{临床科室手术项目成本当量（点数）合计}$$

（3）项目成本的核算：各科室医疗成本进一步分摊核算到所提供的服务项目上，就成为各种服务项目的单项成本。对于门诊即为诊疗一次的成本；对于病区即为床日成本；对于化验室即为血常规、尿常规、大便隐血试验等项目成本；对于放射科即为摄片、钡剂造影等项目成本；对于手术室即为阑尾切除术、胆囊切除术、脑血肿清除术等手术项目成本，等等。

通过前面成本的核算、分摊，得到了涵盖医疗服务项目的直接成本科室的总成本，扣除另收材料成本后，采用成本当量（点数）法将科室成本分摊到医疗服务项目上。直接成本科室医疗服务项目成本当量是指各服务项目的成本点数，即同科室各医疗服务项目之间的比价关系。该点数可以通过专家咨询得到。通过计算某服务项目点数占科室所有服务项目点数合计的比值，将直接成本科室总成本分摊到该服务项目上。计算公式为：

$$某服务项目单位成本 =$$
$$该项目所在科室成本 \times \frac{某服务项目成本当量（点数）}{\sum（该科室各服务项目成本当量（点数）\times 服务例数）}$$

通常来讲，医疗项目成本的核算一般可分为三类：即以医疗项目为成本核算对象；以门诊、住院部为成本核算对象和以病种为成本核算对象。

1）项目法：项目法是以医疗项目为对象归集与分配费用，核算成本的方法。每个医疗项目都有比较固定的科室，它与各科室的工作任务、工作量有着密切的关系。在一定时期内考核医疗科室完成多少工作量，耗费多少，经济收益高低，可作为考核评比的依据。项目法和医疗收费有直接联系。医院的医疗收费标准就是以医疗项目为单位收取的，以医疗项目为成本核算对象，可以为制定医疗收费标准和调整医院补偿机制提供可靠的依据。但是，它不能反映出每一种疾病的成本是多少，提供的分析资料有不足之处。

2）综合法：综合法是以门诊部、住院部为核算单位，归集与分配费用，核算成本的方法。这种方法是把医院分为门诊和住院两大部分，方法简便可行。通过核算，可以反映出门诊部和住院部的综合成本，每一门诊人次和每一住院日的单位成本。通过分析，可以了解管理水平和每个医疗项目的单位成本。这种方法由于是一个综合成本，所以它与收费标准不能比较，此方法只适用于县及县以下规模较小的医院和乡镇卫生院，不适用于大、中型医院。

3）病种法：病种法是以病种为成本核算对象，归集与分配费用，计算出每一病种成本的方法。使用这种方法核算出来的成本，能够反映出医院管理水平和经济收益高低。但这种方法比较复杂，病种太多，病人情况各异，不便于计算，它与目前按项目进行收费的标准以及各科室的实际工作联系不密切，提供的资料有不足之处。

一般说来，以上三种方法，病种法计算较难，综合法计算较粗，项目法较为适中。可以项目法为主，综合法、病种法为辅的核算形式，采用统计核算、业务核算的方法，计算出几种主要疾病的成本和一次门诊、一日住院的综合成本，用以弥补项目法的缺陷是很有益的。

在一些医院中，项目成本的核算是科室成本核算的主要任务，新的医疗项目，大型仪器诊疗项目收费标准的制定就是基于项目成本核算基础之上的，而且项目成本的核算直接与科室人员的经济收益挂钩,因此在收费标准确定的情况下,科室会努力降低成本消耗,增加经济收益,这不失为控制成本的有效方法。

医疗项目按照科室提供的服务情况可分为:①挂号项目:门诊各诊察室、急诊室等挂号项目;②床位项目:各病区床位项目;③检查项目:超声波、心电图、脑电图、病理切片、内窥镜检查等项目;④治疗项目:针灸、按摩、注射、换药、理疗、同位素等项目;⑤化验项目:常规、生化、免疫等项目;⑥放射线项目:透视、拍片、造影等项目;⑦CT 项目:全身 CT、头颅 CT 等项目;⑧MRI 项目;⑨手术项目;⑩分娩项目;⑪输血项目;⑫吸氧项目;⑬其他项目。

归集直接成本科室的六大类成本及间接成本科室分摊到直接成本科室的成本,构成直接成本科室的总成本。项目成本正是基于科室成本核算基础上的,在科室所提供的各服务项目之间进行分配。

从以上的论述中可以总结出成本核算的基本框架(见图4-1)。

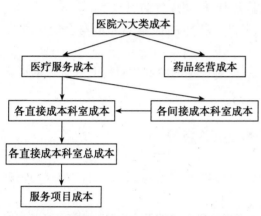

图4-1 医院医疗服务项目成本测算基本框架

(4)病种成本的核算:应用核算出来的项目成本,根据不同病种应用各项目的情况即可核算出不同病种的成本。

其中病种成本包括:①病房床日成本;②各项检查治疗成本;③药品成本;④手术成本;⑤输血、吸氧成本。

在各项检查治疗成本中,包括化验、特殊检查、理疗等各项检查治疗成本。其计算公式如下:

平均病种成本 =[(病种病房床日总成本+病种各项检查治疗成本+病种药品成本+病种手术成本+病种输血、吸氧成本)÷病种总例数 = ∑住院天数×床日成本+∑项目服务次数×项目成本+∑药品批发价×(1+药品成本加成率)+∑输血、吸氧成本]÷病种例数

五、医院成本核算的组织和实施

医院成本核算是严格的系统工程。开展成本核算工作,涉及医院工作的方方面面,因此,需要全院各部门的密切配合和全体员工的积极参与,特别是需要健全成本核算的组织和领导。健全的组织是实现目标的保证。医院成本核算管理领导小组应由院长挂帅,医务处(科)、院办、护理部、财务处(科)、信息科、设备处(科)、成本核算科等有关领导组成,负责成本核算管理工作的组织领导,各科室和部门设专职或兼职人员负责科室及部门的成本核算工作。

建立起一套行之有效的领导小组,下一步就是要进行专业培训。专业培训不仅要培训主管领导,同时也要培训全体员工,更重要的是要培训专职和兼职的成本核算人员。在医院的经济管理中,对各级主管领导的培训是最为重要的,也是难度最大的。只有各级充分理解并重视了医院成本核算工作,才能使医院成本核算工作顺利实施,才能合理组织,有效控制。由于成本核算涉及医院的所有科室,必须有全体人员的集体参与才能保证此项工作的顺利开展。因而要在所有员工中树立全局观念,增强成本意识,采取全院大会,科室会议,专题讲座培训等各种形式进行反复动员、宣传和教育,可以建立科室成本与个人效益挂钩等措施,

打消员工成本核算与己无关的思想,使全体员工明确成本核算工作的意义和目的,并掌握相关成本核算工作的基本原则和方法,从而在工作中自觉减少浪费,控制成本。除此之外,培训专职和兼职的成本核算人员是成本核算的关键。从各科室中选拔一些素质好,责任心强,知识水平高的人员,对其加强政治素质的培养,可以采取外出考察,聘请专家来院专题讲座,进修,培训等多种形式对这些人员进行专业培训,使他们完全理解如何去收集、整理、归集、核算成本资料。

此外,各科室和部门应当建立一套完整的领用、报废、工作量统计等各种报表,制定定期填报制度,采用计算机信息管理系统对日常工作中的各种支出消耗,工作量进行记录。按月、季、年进行汇总。

在第一次开始成本核算时,要摸清医院的家底,按照最小核算单位分别立账,进行清产核资,对房屋、设备、家具等固定资产进行归属,对长期闲置不用或需要报废处理的固定资产进行清查,对有关科室可以安装独立的电表、水表和煤气表,以记录其实际的成本开支。库房领用材料需有专门的领用单,各科室月、季、年的成本总和应与全院的总成本相符。

当然医院成本核算也可以从个别科室试点,积累一定的经验后可以开展全院的成本核算工作。

第四节　医院经营效益分析

医院经营效益是指经营活动所取得有益结果与消耗资源总量的比例,即"成果与消耗之比"、"产出与投入之比"、"所得与所费之比"。

医院经营效益分析的目的,是为了分析医疗资源投入的效益,提高医疗资源利用效果;分析经营效益水平及其影响因素,为经营决策提供客观依据;分析经营效益结构,改善医疗服务效果;对医院建设项目、仪器设备购置和技术开发项目进行成本-效益分析,为经营决策提供科学依据。医院经营效益分析常使用如下几种方法。

一、资金流量的静态分析法

静态分析法是指不考虑资金的时间价值的技术经济分析方法。在运用静态分析法时,不计算成本的利息,也不对效益进行贴现,直接使用支出与收入的转流额计算。常用的有下列几种方法:

1. 投资回收期法。投资回收期法是假设用规划的全部收益去偿还初始投资,计算出需要偿还的年限。因此,投资回收期越短,说明偿还投资的时间越短,经济收益愈好。投资回收期的计算公式是:

$$T = I/N$$

T—投资回收期(年)

I—初始投资,包括固定资产投资、专利费用、培训费用等,但不包括流动资金

N—年收益,即每年的净收益

在应用这种方法时,由于对投资和收益可能有不同的理解,会产生对于同一规划或项目,因采用的投资与收益的基准不同,计算得到的投资回收期也不同。所以,在用投资回收

期法评价不同备选方案的经济效果时,必须采用统一的标准来计算投资额和收益额。在计算收益时,一般是指每年的净收益,如果项目投产后各年份收益额相同时,可用投产后的年收益计算;如果各年份的收益额不同,可把各年份的收益额顺序相加,当相加的和等于初始投资额时,这个累计年限数就是投资回收期;也可先求出规划经济寿命期内的平均年收益,再计算投资回收期。

投资回收期法概念明确,计算简便,对于从加速资金周转的角度来研究问题不失为一种有用的方法。但由于这种方法没有考虑资金的时间价值问题,因此存在着一些缺点,如①没有考虑投资回收期以后的收益;②没有考虑投资规划的使用年限;③没有考虑投资规划使用年限结束后的残存价值;④没有考虑将来的更新或追加投资的效果。

由于投资回收期法存在这些缺点,所以在用这种方法进行方案的选择时,不是可靠的依据,只能作为一种辅助的方法。

2. 简单投资收益率法。简单投资收益率法是一种简单的技术经济学评价方法,简称投资收益率法。投资收益率为净收益除以初始投资额的百分率。可用投资收益率的大小来判断不同备选方案经济效果的大小。其计算公式如下:

$$P = N/I \times 100\%$$

P—投资收益率

N—净收益

I—初始投资

可见投资收益率越大,或投资回收期越短,经济收益就越好。但到底投资收益率应该多大,投资回收期应该多长才算是可行方案呢? 应该确定一个参考值。参考值应根据国民经济各部门的特点及技术发展水平来制订。据国外经验,工业部门的投资收益率一般不应小于 0.15～0.3,这相当于回收期不超过 3～7 年。对于有些部门,如交通运输等部门,可以规定的宽一些,一般投资收益率不小于 0.1,投资回收期不超过 10 年。如果是公共福利部门,如卫生事业,其标准可以进一步放宽。

由于投资回收期法也没有考虑资金的时间价值,所以,在对方案进行技术经济评价时,投资方案必须具备以下条件:一是投资所获年收益额在整个经济寿命期内是一定的;二是限于短期的投资方案,而且投资后连续发生收益;三是两个以上的方案进行比较时,除要满足上述两个条件外,各备选方案的使用年限要基本相同。可见,要同时满足这些条件是很困难的,因此,用投资收益率法进行方案的经济评价时存在以下缺点:①由于没有考虑资金的时间价值,故不能反映出早期取得收益的优点;②没有考虑投资方案在整个使用年限内的全部收益额;③没有核算将来的更新或追加投资的效果。

3. 多方案的比较法。在进行两个以上的方案比较时,可认为在方案的整个使用年限内费用总额最小的方案为最好的方案。计算公式如下:

$$Kn + To \times Cn = 最小$$
$$或 \quad Cn + En \times Kn = 最小$$

其中 Kn—每个方案的投资费用

Cn—相应方案的年度经营费用

En—定额投资收益率

To—定额投资回收期

假设有 3 个投资方案,它们的投资费用和年经营费用的数据(见表 4-1),设定额投资回收期为 10 年,定额投资收益率为 0.1,试问哪一个投资方案的经济收益最好?

表 4-1　各方案的投资与年经营费用比较

方案	投资费用(万元)	年经营费用(万元)
1	1000	1200
2	1100	1150
3	1400	1050

方案 1:1000+10×1200＝13000(万元)

或　1200+0.1×1000＝1300(万元)

方案 2:1100+10×1150＝12600(万元)

或　1150+0.1×1100＝1260(万元)

方案 3:1400+10×1050＝11900(万元)

或　1050+0.1×1400＝1190(万元)

经计算后可见,方案 3 的费用总额最小,经济效果最好,因而是最优方案。

静态分析法中的投资回收期法和投资收益率法的计算简便,容易理解和掌握。但是,由于它们没有考虑资金的时间因素,特别是没有考虑使用期这一时间因素,所以仅用它们作为比较各方案优劣的唯一依据,往往会导致错误的结论,故这两种方法只能作为选择方案的参考依据之一。

4. 量、本、利分析。又称保本量分析,它分析研究成本、服务数量、收入与利润之间的关系,它有利于把握服务量和单位盈利之间的关系,超过保本点后的服务量所提供的边际贡献就是利润。

$$保本服务量 = \frac{固定成本}{单位业务收入 - 单位变动成本}$$

对医疗服务项目、新仪器设备等,均可利用损益平衡模型,进行决策分析。如某一服务项目的月固定成本为 12000 元,每次服务的变动成本为 10 元,收费价格为 15 元,保本服务量为 2400 次。若月实际服务量超过 2400 次,则可以盈利,低于保本点,则亏损。

二、现金流量的动态分析法

动态分析法是指考虑资金的时间因素的一种技术经济分析方法。因此,在进行分析时需要把在不同时间里发生的效益和成本都计算成某一相同时间的现在值或将来值。

1. 现值对比法。现值对比法是最常用的现金流量对比方法,它是将各种备选方案未来的现金流量转化为现在某一时间点的货币值后,再进行对比的一种评价方法。现值对比法有三个基本成分:现金数量、时间和利率(或贴现率)。

净现值是指现金流入现值总额减去现金流出现值总额,所剩下的余额,叫做净现值,用 NPV 表示。

假设有两台仪器设备,均可在 3 年内完成某种相同的医疗任务。初始投资和以后每年的收益如下(见表 4-2),折现率为 8%。

表4-2 两台仪器设备的现金流量

年份	设备1的现金流量	设备2的现金流量
0	−9000	−14500
1	4500	6000
2	4500	6000
3	4500	8000

设备1的净现值为：

$$NPV = -9000 + 4500(P/A, 0.08, 3)$$
$$= -9000 + 4500 \times 2.5770 = 2597(元)$$

设备2的净现值为：

$$NPV = -14500 + 6000(P/A, 0.08, 2) + 800(P/F, 0.08, 3)$$
$$= -14500 + 6000 \times 1.7832 + 8000 \times 0.79383 = 2550(元)$$

经计算可知，这两个方案均能满足8%的收益率，且净现值几乎相等，所以两个方案没有差异。

要注意，在运用基本现值对比法进行方案的比较时，各备选方案的寿命周期必须相同。

2. 内部收益率对比法。内部收益率（IRR）对比法是建立在现值对比法的基础上，是通过比较，使备选方案现金流量的现值（或净现值）等于零的那个收益率的大小，来进行方案选择的方法。由于这个收益率只是以方案的现金流量为根据，而不考虑其他外部影响因素，所以称为内部收益率。

就一个方案来说，在一定资金的情况下，总希望IRR越大越好，至少不应低于最低的期望收益率。对于多个备选方案的选择，在一定资金的情况下，以IRR大者为优。

因为假设使净现值为零的折现率是内部收益率，计算方案的内部收益率，可使用试差法和内推法。下面用两个例子来说明具体的计算过程。

假设某医院在今后3年内，每年需花费24850元来购进某种药剂。如果由医院自己生产的话，则需要投资21000元，而且第一年需支付生产费用18500元，以后2年支付的生产费用均为12250元，该投资使用3年后不再有残值。试问该医院是否值得投资自己生产药剂？

把医院自己生产药剂的方案B所节省的购买费，看成是方案B的收益。

现值总支出=现值总收入

$$21000 = (24850 - 18500)(P/F, i, N) + (24850 - 12250)(P/F, i, N)$$
$$+ (24850 - 12250)(P/F, i, N)$$

首先使用试差法求i值

当i=0时，NPV=10550（元）

当i=20%时，NPV=333.34（元）

当i=25%时，NPV=−1404.80（元）

通过以上的计算，可知内部收益率在20%～25%之间，IRR的确切值要用内推法来求。

计算公式如下：

将有关数据代入公式得：

$$IRR = 20\% + (25\% - 20\%) \times \left[\frac{333.78 - 0}{333.78 - (-1404.80)}\right] = 20\% + 1\% = 21\%$$

通过内推法求得方案 B 的 IRR 为 21%。当医院对投资的期望收益率小于 21% 时,方案 B 是可取的;但当医院的期望收益率大于 21% 时,自己投资生产药剂的方案就不可取了。

（曹建文）

第五章

医院绩效管理

2009 年,中共中央、国务院《关于深化医药卫生体制改革的意见》的发布标志着新一轮医改的开始。新医改的重点和难点主要聚焦在公立医院改革上。而强化以绩效管理为基础的医院内部管理,则是公立医院改革的重要组成部分。医院绩效管理作为医院管理的重要组成部分是医院生存发展的保证,探讨如何加强绩效管理是促进医院发展的关键所在。

医院管理者维持良好的绩效管理的最根本的目的是正确地引导员工的工作动机,使他们在实现组织目标的同时实现自身的需要,增加其满意度。绩效管理是一个完整系统的管理过程,是医院全体员工参与的自上而下的过程。医院绩效管理是一种有利于医院取得突破性竞争业绩的管理体系。进行医院绩效管理时,既要考虑过程行为,也要考虑结果,同时还要考虑医院员工个人自主性和学习能力的提高。医院绩效管理的目标之一是建立学习型组织,最终目标是建立组织的绩效文化,形成具有激励作用的工作氛围。它还能把医院的长期战略与医院的近期行为合理地结合起来,使医院既能在近期目标上短、平、快地取得成效,也能将远景目标转化为一套系统的业绩、考核指标,有利于医院的可持续发展。

第一节　医院绩效管理概述

一、医院绩效管理产生的背景

(一)国外医院绩效管理发展概况

绩效管理(Performance Management,PM)是当代一种先进的管理思想和方法。20 世纪 70 年代美国管理学家 Aubrey Daniels 提出"绩效管理"这一概念后,人们展开了系统而全面的研究。早在 20 世纪 70 年代,美国的许多企业就已经出现了"以财务为导向"的绩效管理模式。绩效管理 30 多年来已受到全世界管理界的高度关注和重视,其根本目的是不断促进员工发展和组织绩效改善,最终实现企业战略目标,现已在全世界 500 强企业中广泛应用。

1995 年,美国卫生组织鉴定委员会使用一套绩效测量系统对卫生机构的绩效进行评审,它允许每个医院或医疗机构灵活地选择与本机构特点相匹配的完美的测量系统。该系统包括 82 项绩效测量,被分为五大类,即病人护理、员工及服务提供者、物理环境与安全、组织管理水平、特殊部门需求。每个指标的得分在 0 ~ 100 之间,卫生组织鉴定委员会对每个医院的鉴定结果写出报告,并公之于众。因此,每个医疗机构的鉴定报告可以成为医疗消费者对医院之间进行比较的最有价值的工具。

衡量一家医院管理绩效如何,不单纯看经济指标,更需要综合评价综合运作指标和临床指标。财务指标包括人均病人出院费用、流动资金利润率、总资产与产出比等;运作指标包括病人平均住院天数、门诊病人收入占医院总收入比例;临床指标包括诊断符合率、治愈率、死亡率、并发症率等。美国最近的一项有关社区医院的研究已涉及开发一个战略操作管理模式,该模式将远期设备和服务选择、中层决策支持以及考虑了结构约束后的社区医院绩效联系起来。该研究在使人们对战略操作管理决策有了更进一步理解的同时,确定了在操作决策过程中的一些因果关系及在医院绩效方面的作用。

英国国家卫生部制定的医院绩效管理评价方法则是采用关键绩效指标(Key Performance Indication,KPI)法,KPI指标是通过对组织内部流程的输入端、输出端的关键参数进行设置、取样、计算、分析,衡量流程绩效的一种目标式量化管理指标。新的医院绩效管理模式往往包括非财务措施,它代表了一种以战略为导向的绩效管理趋势。把医院的战略目标分解为可操作的工作目标。建立明确的、切实可行的KPI体系,是做好绩效管理的关键。英国采用预约等待住院病人的数量多少、门诊等待的时间长短、无预约等待住院18个月以上的病人数、理想的收支状况、在推车上候诊12小时以上的病人数、当天取消手术的数量等9项关键指标。

在法国的医院绩效管理模式里,主要将战略分解为财务与非财务指标,这是比较流行的一种绩效管理类型。

(二)国内医院绩效管理发展概况

新中国成立以来,我国的医疗卫生事业蓬勃发展,人民健康水平明显提高,医院也从经验管理逐渐走向科学的现代管理。随着医疗市场竞争日趋激烈,医院改革的深入,各医院竞相树立经营理念,引进和应用成就激励理论和绩效管理理论,对医院进行现代化管理。20世纪90年代,绩效管理逐渐引起我国管理理论研究者和企业经营者们的重视。具体到医院绩效管理领域,我国一些医院也在进行医院绩效管理的研究及实践。医院绩效管理,主要是针对医疗单位、临床、辅助和职能科室、医护、管理和后勤人员,通过制定目标和考核标准,组织实施,严格考核,奖罚兑现,最终达到既定目标的一系列过程,绩效评价是绩效管理的核心环节。

2005年,卫生部第一次将医院绩效作为一项重要评价指标写入《医院管理评价指南》。在新一轮医疗卫生体制改革的背景下,医院绩效管理的重要性更为突出。2007年,卫生部在深入开展"以病人为中心,以提高医疗服务质量"为主题的医院管理年活动中,提出加强医院综合绩效考核,建立科学激励约束机制的要求,并在中共中央、国务院《关于深化医药卫生体制改革的意见》中提出:改革人事制度,完善分配激励机制,推行聘用制度和岗位管理制度,严格工资总额管理。实行以服务质量及岗位工作量为主的综合绩效考核和岗位绩效工资制度,有效调动医务人员的积极性。卫生部明确地将绩效管理与医院管理、医疗质量管理和持续改进、医疗安全、医院服务等一起作为对各级医院的重要考核与评价指标。面对医疗卫生体制改革的社会背景,医院开展绩效管理活动已经是迫在眉睫,但是针对非营利性医院的特殊角色、功能和目标定位,如何适宜地开展绩效管理,将是一个值得深入研究的重要课题。

二、医院绩效管理的相关概念

(一)绩效、绩效管理、医院绩效管理

1.绩效

绩效是评价一切实践活动的有效尺度和客观标准。美国医疗机构联合评鉴委员会对急

性医疗机构的绩效定义是:个人、群体或组织执行某程序或步骤,以增加所与其结果的能力。也有人认为绩效就是指:将机构可用资源凝聚在成果之上。综合以上不同定义,我们可以将绩效定义为:一个机构及其成员的行为、活动、程序与行动所产生的结果,而且机构与成员期望这个结果是以最小的资源来达成的。绩效就是业绩和效果的综合反映。绩效分为组织绩效和个人绩效。组织绩效即集体绩效,主要看最终成果。个人绩效即员工完成的工作情况,主要考察工作过程。

2. 绩效管理

绩效管理是一种系统的管理方法,是为实现组织发展的战略和目标,管理者和员工就既定目标及如何实现目标达成共识的全部活动过程以及促进员工成功地达到目标的最佳管理方法。理查德·威廉姆斯在其《组织绩效管理》一书中曾经指出,绩效管理是把对组织的绩效管理和对员工的绩效管理结合在一起的一种体系。"绩效管理是对绩效实现过程各要素的管理,是基于企业战略基础上的一种管理活动。绩效管理是通过对企业战略的建立、目标分解、业绩评价,并将绩效成绩用于企业日常管理活动中,以激励员工业绩持续改进并最终实现组织目标以及战略的一种正式管理活动。"

绩效管理是人力资源管理的核心组成部分,是组织实现企业战略目标的有效控制手段。通过对绩效目标的设定,持续的绩效沟通和不断的绩效改进,绩效管理起到了把人力资源转化为人力资本、把人力资本转换为经营绩效的作用,成为实现企业目标的推动力。绩效管理由4部分组成:绩效目标的确定、绩效辅导、绩效考核、绩效评价与反馈。绩效管理贯穿整个管理系统,特别强调持续不断地改进,不仅强调工作结果;更重视达到目标的过程。绩效管理是为实现组织发展战略目标,管理者和员工就既定目标及如何实现目标达成共识的全部活动过程以及促进员工成功地达到目标的最佳管理方法。

3. 医院绩效管理

医院绩效管理是对医院绩效实现过程各要素的管理,它是基于医院战略基础之上的一种有效的管理活动。通过对医院战略的建立、目标分解、业绩评价,将绩效管理的方法应用于医院日常管理活动中,以引导和激励员工的业绩实现、持续改进并最终实现组织的战略目标。

医院绩效管理是指为了实现医院的目标,在明确的组织目标下,通过持续开放的沟通过程,形成组织目标所预期的利益和产出,并推动团队和个人作出有利于目标达成的行为。在医院管理系统中,医院领导、职能管理部门、中层管理者和员工通过持续的沟通、反馈,将医院的战略、中层管理者的职责、管理的方式和手段以及员工的绩效目标等管理的基本内容确定下来,中层管理者帮助和辅导员工清除工作过程中的障碍,并与员工一起共同实现绩效目标,从而实现组织的远景规划和战略。它是全体员工参与的不断完善与发展的过程,强调员工之间相互支持和鼓励,最终建立组织的绩效文化,形成具有激励作用的工作氛围。

医院绩效管理不仅应包括医院的医疗质量的管理,还应考虑医院的运行效率,同时还应满足外部顾客(患者)和内部顾客(工作人员)的期望和需求,并与医院的发展目标相结合来制定医院的绩效管理制度,以提高医院的核心竞争力,使医院在日益激烈的竞争中立于不败之地。它是针对提升医院管理水平,配套实施绩效工资制,实现医院战略,有效落实执行力,建立医院公平竞争的人才机制,充分发挥员工积极性的有效管理工具。

(二)医院绩效管理的基本原则

1. 对绩效管理进行正确的定位

绩效管理的基本出发点,是需要在开展绩效管理,包括绩效考核和绩效工资改革前把定义搞清楚。如果将绩效管理仅仅定位为管理功能,那么相对而言,需要比较具体地设计绩效标准和绩效评价的流程。同时,主要以人力资源方面的专家和医院流程管理方面的主管共同设计,并尽可能与聘任、薪酬以及雇员关系管理紧密结合起来,注意三者之间的接口。同时,注意各项改革推出时间上的前后配合。如果定位为绩效管理是沟通和价值导引功能为主的,则需要在更高层次上发动。一般来说,相对比较成功的绩效管理实践,基本上是"一把手"主抓,通过绩效管理,倡导正确的组织文化和基本价值取向,引导员工的正确行为。这种绩效管理实践,一般需要与组织学习和组织整体变革相联系,其时间比较长,涉及面广,但是一般来说,这种绩效管理的成功率相对较高。

2. 强调基于组织和员工双赢原则的互动

在绩效管理的实践中,沟通相对而言是最为关键的行为准则。总结一些失败的绩效管理实践,往往是由高层管理团队,自上而下地制定一套绩效标准,通过相对比较简单的学习贯彻下去。在绩效标准的制定过程中,比较强调任务和总体目标,甚至有些情况下,采取了任务层层分解,指标层层分解的做法。在这种做法中,由于缺乏事先的深度的互动和交流,员工没有参与到绩效标准的发展中,而绩效标准的制定和发展工作没有能够坚持人力资源管理工作所应该坚持的"客户导向",而无法赢得员工的信任和认同。这样,绩效管理从一开始就没有建立在双赢的原则上。而正确的做法,应该是绩效标准的制定、绩效管理的流程,从出发点就是建立高层管理团队和中层主管全心全意为员工服务,帮助员工成长的制度平台和管理平台就是保证员工生涯目标实现和组织目标实现的双赢原则。在绩效管理中,医院的一线员工,特别是专业医务工作者和医院管理专业人员是医院管理的目的本身。服务于一线员工的绩效管理,才可能从根本上赢得员工的认同感。在目前成功的医院绩效管理实践中,一些基层单位的绩效标准制定过程中,较多地是由员工自主来讨论不同水平上的标准,员工根据自身的实际情况进行较为理性的选择,这种方法使得绩效管理更加内在于员工的发展需要,从而成为员工能够内化和认同的绩效标准和行动方向。由于是互动产生的,绩效标准得到了员工的认同,虽然有些职务的绩效标准略高于大家的期望,但是,由于领导和其他员工都理解高绩效标准要求员工更多的投入,员工会承担更多的责任和风险。而在这种绩效管理的运用中,由于彼此能够互相支持,对于绩效标准设定得比较高,同时,自己都非常努力的员工,组织领导和组织其他成员都会比较支持和鼓励这些员工。

(三)现代医院绩效管理的意义

建立一个优秀的绩效管理系统对实现医院战略具有以下重要的现实意义:

1. 建立更加规范的医院管理流程

它可以通过绩效计划、绩效辅导、绩效考核、绩效评价与反馈这一规范的流程,将医务人员的个人目标、工作目标与医院发展的总目标紧紧地联系在一起,让员工意识到自己的日常工作与医院的战略目标息息相关,使员工感到自身工作的意义和价值,从而有效地激发员工的成就感和使命感,并主动自觉地做好工作。使整个组织形成强大的向心力与凝聚力,保证组织战略的实现。

2. 医疗服务质量得到提升

绩效管理的有效实施,通过各项医疗制度的规范、各项考核指标的检查考核、各项岗位责任制的落实,为提高医疗服务质量和工作效率打下了坚实的基础,保证了医疗服务质量的提升。

3. 医院文化建设得到发展

绩效管理的激励功能、沟通功能及评价功能,能够增强医务人员的责任感、荣誉感与使命感。通过绩效管理的有效实施,医院精神和价值观得到灌输,团队意识得到增强,和谐的人际关系和良好的行为习惯得到倡导。医院文化将以主动学习、良性竞争为氛围;以高度责任感、强大凝聚力为特征而得到长足的发展。

优秀的医院管理者应该明确绩效管理的功能,并善于将其正确地应用到实际工作中去,使我们的医务工作者在工作的付出与肯定、贡献与回报之中,更能深切地体会到工作的意义与价值,从而极大地激发他们的工作热情,使我们医疗卫生服务的绩效在良性循环中不断地持续改进与发展。

三、医院绩效管理的功能

医院的管理者在制定相关决策时,应当在机构目标下,利用绩效管理来引导决策,使医院在满足患者的医疗保健需求的同时,适应社会环境的变化,以创新的医疗技术,更为流畅的工作程序或更高质量的医疗服务和态度,为患者提供更满意的医疗服务。在当前我国医院的经营和管理实践中,绩效管理的功能可以包括以下几个方面:

(一)绩效管理是提高医院组织层面上协调能力和管理水平的重要手段

从医院自身的运营活动来看,临床一线的医生需要根据自身对病人实际的健康问题以及经济和时间等问题的判断,来定义恰当的诊断和治疗方案,并来整合医院以及整个医疗领域的相关的技术、产品和服务。基层一线的分散化工作,是医院运营的基本模式。但是,医院又必须强化国际标准、行业标准和医院的统一规范来实现对医院医疗质量、服务质量以及医疗安全的有效控制与管理,医院作为一个高风险、多环节的组织,又必须强调整体战略的统一协调,强调对医疗过程的高度统一管理。因此,医院管理中如何实现分散化运营模式和统一协调管理之间的平衡,是目前中国医院提高管理水平必须要面对的基本问题。而绩效管理的基本功能就是要保证组织层面上的协调能力和员工层面上的正确行为,通过医院高层对绩效管理活动的有效设计和管理,使得医院的战略目标得到贯彻和执行。作为一个有效的医院,除了能够根据医疗市场和外部医疗政策等相关环境因素,根据自身的核心胜任,根据自身的动态学习能力,选择正确的医院发展战略。但是,战略方向的实现是需要组织层面上的协调能力和制度建设来保证员工层面上的正确行为。需要员工能够理解并认同医院的总体战略,需要能够理解医院高层管理团队的战略意图以及行动目标。同时,还需要员工在理解的基础上,能够采取正确的行为。而这种正确的行为,既取决于员工是否能干,是否具备完成相应任务所需要的知识、经验和技能,同时,还取决于其是否肯干,是否有正确的态度、价值和动机。员工既能干又肯干,才能保证战略得到有效的贯彻,也才能保证高层管理团队能够集中于长远的战略事务。而有效的绩效管理,则在一定程度上,能够通过标准的设定、行为规范的建立、绩效的评估和反馈,使得一线员工能够具有正确行为的能力和意愿。同时,绩效管理又通过反馈,包括对整个组织的诊断和反馈,在组织制度和组织结构等层面上,寻求保证战略目标实现的途径。绩效管理在这方面的功能是通过绩效目标沟通、绩效计划制订、绩效实施和管理以及评价和反馈来实现的。

绩效管理有利于建立医院战略目标与具体行为和行为标准之间的联系。通过将关键绩效指标的思想引入到医院的绩效管理实践中,还可以建立其组织战略与员工关键行为、关键绩效标准和关键指标以及最后的具体的明晰任务与职责之间的清晰联系,从而保证医院执行力的发展,响应病人的需求,有效支撑医院的战略和服务理念。

（二）绩效管理是医院人事制度改革的重要构成,是聘任和薪酬制度改革的有力保证

医院人事制度的改革是医院保证医院管理人才队伍和医院医务工作者队伍持续健康发展的基本手段,也是医院建设其医务能力和管理运营能力的基本手段。而作为人力资源管理系统中的重要环节,绩效管理与聘任制度、薪酬制度改革的关系相对更为紧密,在一定意义上,随着聘任制度和薪酬制度的改革,绩效管理的优化是必然趋势。

1. 绩效管理是优化聘任管理的基本手段

（1）绩效管理可以为聘任管理提供基础支持。聘任管理的基本原则是以绩效—能力为基础的任用原则,无论是强调候选人与空缺职务的任职资格相符合,还是强调候选人的能力、经验、动机和价值、态度等与该职务的胜任特征相符合;无论采取何种方式来测试候选人是否有能力和潜力胜任,是否有意愿和诚意来认真履行职责,完成响应的任务,都需要对其相关的能力和忠诚方面的表现进行评价。而在基于绩效的评价、能力测试、考试以及资历方面的评价4类不同等级的评价中,基于绩效的评价的准确性和可靠性最高。而候选人以往的绩效表现及评价等级是重要的数据来源,这种基于绩效的评价可以提高选聘和晋升工作的科学性和可靠性,聘任管理的合理性和公正性在一定意义上也更加有保证。

（2）绩效管理,特别是与聘任管理同步的绩效计划的启动和绩效管理的全程跟进,将使得聘任管理中各行为主体更加趋于理性。在聘任管理中,医院遇到的比较棘手的挑战往往是候选人对自身的胜任度估计过高,而竞争一些可能不能胜任的职务。而在其任职前,无论是高层管理团队,还是基层群众,都没有足够有力的方法证明其不能胜任。同时,聘任过程中的信息不对称问题也使得事先的判断比较困难,因此,在一定意义上会存在逆向选择现象。这种情况下的所谓逆向选择是指人力资产水平低的一些人反而非常积极地参与竞争,而人力资产水平高的人才则有可能不露声色。聘任中,如何有效地甄别人力资产水平低的劣质候选人就是关键。与聘任管理同步的绩效管理则可以通过制度设计部分实现这种甄别。在聘任管理中,通过明晰职务的工作职责和职务标准,明确候选人的任职资格,同时,要求候选人根据自己实际的人力资产情况、个人的生涯目标和主导需要,选择合适的职务,并陈述其自身设定的绩效标准。候选人自我设定的绩效标准以及任用后的薪酬给付与绩效评价相联系,实际上建立了候选人与医院之间的绩效承诺。一般来说,绩效标准承诺会在一定程度上加大劣质候选人不诚实的代价。在一些医院聘任工作的实践中,竞争上岗后,公开陈述绩效标准的候选人要比没有经历公开陈述的候选人自我感觉的工作压力更大,工作积极性一般来说,都比较高。所以,通过将绩效标准的承诺与竞争职务空缺联系在一起,既可以使得候选人更加认真地思考岗位职责和任务,还可以使其行为更加趋于客观和理性。同时,公开的绩效陈述还可以使参与候选人评价的相关主体更加清楚地认识其胜任度,并对其有更加明确的预期。

（3）绩效管理还可以使得组织更加优化对任职人的生涯管理。任何聘任中关于职务的工作内容、工作职责和任职资格的分析都需要根据实际的任职人的情况,进行调整和修改。在聘任中,结合绩效标准的初步制订、候选人的绩效标准承诺以及彼此之间的相互交流和沟通,可以使得医院关于某类职务的绩效标准,更加能够符合医院现有人力资产的实际,更加能够被任职人接受。因为事先的绩效标准上的沟通,以及候选人对该职务的竞争,实际上意味着其已经接受了该绩效标准的基本内涵,也就意味着其基本接受了该职务所承担的职责和责任,而医院高层和部门主管通过候选人对绩效标准的陈述,包括其对绩效内容中各个要素的侧重,则可以基本上了解候选人对绩效标准的理解和行动计划。这种结合绩效管理的聘任管理,使得组织能够根据任职人的绩效承诺,及时调整,并为其提供必要的组织保证和相关培训,使其更加适应新岗位,履行职责。而这种绩效标准上的沟通和交流以及相互的调整,使得每个员工都可以在组织中找到一个合理的职业平台,同时,组织也可以找到有针对性的面向新任员工的生涯设计,以及系统的人力资源开发与培训。而任职者的任中管理和任后管理是优化生涯管理的重要阶段。这对于改进聘任管理,建立聘任管理的科学性和权威性具有重要意义。随着医院逐步完善聘任管理,绩效管理在聘任管理中的基础支撑作用,将会日益加大。目前,中国医院的管理需要经历从原先忽视过程性管理的粗放管理模式向过程控制和组织整合管理模式转变,在这个过程中,结合绩效管理的聘任管理是基本切入点,鼓励医务工作者和医院管理者能够更加主动地投入到组织的发展中。随着一些医院在绩效标准和绩效管理上的长足进步,这些医院的以绩效为基础的薪酬分配能够起到调动大家积极性的作用。总之,绩效管理作为人力资源管理的重要环节,是聘任和薪酬管理的必要环节。

2. 绩效管理是保证薪酬管理科学公正的必要环节

在目前非营利医院的薪酬管理中,都需要能够根据员工的实际贡献来确定不同的报酬水平,无论是以职务为基础,还是以技能知识为基础,还是以绩效为基础,现有的医院薪酬设计基本上都需要将职务、能力和绩效因素结合起来考虑。动态的以绩效为基础,对职务聘任进行动态调整,是保证以职务为基础的薪酬保证内部公平的必要环节。而以能力为基础的薪酬制度,由于其比较强调能力和知识等因素对于个体工作效果的重要性,但是,以能力为基础的薪酬制度的关键难点是能力评价。而在能力评价中,相对准确性程度较高的是绩效评价基础上的能力评价。而绩效管理与聘任管理和薪酬管理的有效结合和相互整合,则可以使得医院的人力资源管理水平逐步提高,从而为医院的运营管理水平和医疗水平的全面提高提供坚实的人才基础。

四、医院绩效的影响因素

(一)医院内部组织结构方面

1. 人事管理的主权问题

人事管理自主权是医疗机构组织结构的重要因素。许多国家的医院作为政府机构运作,主要的人事管理决策权属于政府部门,基层组织拥有的决策权很少。政府为保证非营利性医疗机构的发展依然要给以一定的财政补助,而这些非营利性医疗机构的人事管理自主权实际还是建立在政府财政补助基础上的,在获得财政补助的同时在人事管理自主权上受到的行政干预度就比营利性医院要大。在非营利性医疗机构缺乏人事管理自主权的情况下,医务人员的招募、筛选、聘任以及解聘、辞退等人事管理就要受到制约,从而影响医院绩效的提高。

2. 内部分配机制问题

非营利性医院在分配机制上最突出的问题是一直没有建立合理的管理人员职称晋升和分配待遇制度。管理人员的职称晋升和工资待遇受所在单位行政级别的严重制约。因为没有相应的晋升机会,得不到合理的分配待遇,使得许多人不安心管理岗位的工作。

3. 市场的开放度

医院依靠吸引并留住病人使医院收入增加,提高了医院产品市场的开放度。市场开放度将医院的收入与绩效直接联系起来。因此,将促进医院从经济方面改善绩效。但是公立医院在人力和资本两个要素上缺乏竞争。

4. 医院法定财务责任的程度

医院法定财务责任的程度包括享有结余的权利和负责财务亏损的责任。目前,公立医院通过专项经费支出,若创造更多收入、出现盈余或没有花掉预算分配的资金,这些资金需要上缴并在卫生部门重新分配。因此,这种状况不利于医院节约资金和提高效率。

(二)外部政策环境方面

外部环境压力是对医院行为和体制改革效果产生深远影响的关键要素。组织结构与外部压力之间的相互作用是医院体制改革成为复杂系统的改革。

1. 政府行政职能的支持度对医院绩效管理的影响

由于医院需要实施大量的相互促进的改革措施,这些措施不仅作用于医院内部,而且作用于医院外部整个系统环境中,是一个复杂的社会系统工程。牵涉到医院补偿机制、价格管理体系、药品经营管理、人事制度改革以及事业、养老等一系列政策性、原则性、宏观调控很强的问题,必须有政府的政策支持。所以从某种角度讲政府行政职能的支持决定着医院绩效管理的进度和深度以及政府从微观管理转向宏观管理的程度。

2. 卫生体制改革对医院绩效管理的影响

卫生体制改革的认识程度决定着医院绩效管理模式所持有的思想观念和行为方式。世界卫生组织(WHO)发表的《2000年世界卫生报告》指出卫生系统绩效评价的3个主要目标:健康、反应性和筹资公平性。因此医院绩效管理应当按照整个卫生系统绩效管理的战略方向进行。

(三)绩效管理系统的自身方面

尽管绩效管理是一种非常有前途的管理模式,但是这项工作开展却并不顺利。对此,国内外专家学者认为阻碍绩效管理工作开展的原因在于:绩效管理的核心环节——绩效评价系统本身不够完善。除了评价体系及确立指标权重存在"技术性"障碍外,更主要的原因是现有的绩效评价存在不公平性。评价结果往往仅体现被评对象的实力,难以反映人们主观对经营管理的有效努力程度。因此,用带有客观基础条件优劣影响的评价结果作为激励和约束的依据是不合理的。如果绩效评价的结果不公平,不仅不能有助于改善被评对象的经营管理,反而会造成一定的负面影响,难以充分调动工作人员提高绩效的积极性。

五、目前医院绩效管理工作中存在的问题

目前大多数医院的绩效管理工作往往是针对绩效考核而言,绩效考核已经成为现代医院管理中的一项基础性工作。其主要分为两个层面:一个层面是对部门或科室的考核,多采用综合目标责任制,其考核指标包括经济指标、质量指标、效率指标、科室管理、精神文明建设等项。但其中经济指标的权重最大。因为经济指标关系到部门或科室奖金的核算,其完成情况往往与部门或科室的绩效挂钩。另一个层面是对员工个人工作情况的年度考核,目前较通用的做法是沿用行政机关事业单位工作人员年度考核制度。医院里无论什么专业、什么层次的员工,都使用统一的考核标准,所考核的德、能、勤、绩的内容也很笼统,缺乏系统性和规范的量化指标,考核结果难以反映不同岗位人员的业绩贡献,只是为了工资薪金的兑现,与员工的实际使用并不挂钩,使得绩效考核基本流于形式,难以调动员工的工作积极性。因此,目前在医院绩效管理过程中,存在的不足主要有:

（一）设置的考核指标比较片面，选择指标的方法不够科学

单纯评审医院的结构功能和工作程序不能反映其卫生服务绩效，只有建立在对病人服务层次上、医院质量和绩效考核基础上的评审才有指导意义。绩效考核需要一系列内外部运行数据，这些数据要求有效、可信、客观和特异，要建立在一个共同的标准上与其他医院进行比较。过去中国医院评审的标准比较偏重评审医院的组织结构和功能，对医院绩效的考核指标主要是医院水平的绩效指标，较少有病人层次的评估指标，较多地强调各种组织形式，对管理的过程缺少有效的评估指标。因此，指标的全面性是首先要考虑的问题。

医院绩效考核离不开一套完整的科学的指标体系。已有的研究中筛选指标的方法大多用一些带有主观色彩的方法，如专家咨询法，忽视了利用客观数据进行多因素评估的方法，往往挑选出的指标带有片面性，难以做到公正合理评估。

（二）重视绩效评估，忽视绩效管理

目前许多的医院绩效的管理只是单纯进行绩效评估，绩效评估只是管理过程中的一个局部环节，并且只是在特定的时间进行，强调事后评价，侧重于考评过程的执行和考评结果的判断，常常是自上而下的，结果无法全面客观地反映真实的情况，而且对医院的绩效提高作用不大。在信息时代的今天，管理理念正向着人性化方向转变，传统的绩效评估也应向着系统的绩效管理转变，这样才能真正提高绩效和医院的竞争力，实现可持续发展。

（三）未建立有效、完整的绩效管理评估模型

医院绩效管理涉及多层次多因素，是一个相互联系、相互制约的复杂系统，在建立绩效管理评估模型时，应充分考虑这些因素的关联性。目前国内医院管理所涉及的绩效管理只是初级的，不是系统的、有意识的绩效管理。主要表现在：绩效管理是由管理者与员工一起来完成的，而目前医院管理人员的目标与计划很少与直接操作的医务人员共同制定；绩效管理要求定期举行提供工作质量的座谈会，能使医务人员得到他们工作业绩情况和工作现状的反馈，而在这方面很多医院都没有做到；绩效管理强调过程管理，而不只是单的结果评价，而在现有的医院综合评价体系中，对治疗质量评价较多，对质量体系评价较少，对几个主要质量指标的数量很关注；对实际医疗服务过程质量的控制尚缺乏可操作的评价方法，说明国内对医疗过程缺乏科学和有效的控制；评估模型建立的理论基础非常简单肤浅，未充分考虑指标间的联系和不同医院因病人的病情和病种不同导致数据可比性和公平性，未将指标重要性和数据的特征结合在一起放入模型中进行多因素评估，得出结论不稳定，可靠性差，难以从评估中找出影响绩效低的因素。

第二节 医院绩效管理的内容

要想进行有效的医院绩效管理，就必须做好两项重要的基础工作：目标管理和工作分析（见图5-1）。目标管理的最佳结果，就是让所有的员工自愿地将组织战略和实际行动结合起来。"以岗位为核心的人力资源管理整体解决方案"就是指企业人力资源管理的一切职能都是以工作分析为基础的，以战略为核心的组织多采用关键指标法和平衡计分卡来将战略放在其变化和管理过程的核心地位，并推动新的以绩效为基础的文化形成。绩效管理重视行为也重视结果，绩效考核结果的合理转化和利用是发挥绩效管理推进器的作用，提高人力资源管理水平的关键。绩效的激励机制建设已经逐渐成为企业赢得竞争优势，形成核心竞争力的关键。

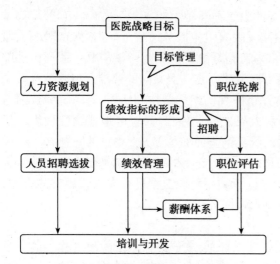

图 5-1 绩效管理在医院人力资源管理系统中的核心地位

一、目标管理

（一）目标管理的基本含义

目标管理（management by objectives, MBO）的概念最早由管理大师彼得·德鲁克（P. Drucker）于 1954 年在其著作《管理实践》中提出的。他认为，并不是有了工作才有了目标，而是相反，有了目标才有了工作。目标管理的具体形式多种多样，但其基本内容是一致的。它的主要内容为：组织的最高领导层根据组织面临的形势和社会需要，制定出一定时期内组织经营活动所要达到的总目标，然后层层落实；要求下属各部门主管人员以至每个员工根据上级制定的目标和保证措施，形成一个目标体系，并把目标完成的情况作为各部门或个人考评的依据。简言之，目标管理就是让组织的主管人员和员工亲自参与目标的制定，在工作中实行"自我控制"并努力完成工作目标的一种管理制度或方法。

根据德鲁克的观点，目标管理应遵循的一个原则是：每一项工作都必须为达到总目标而展开。衡量一个管理者或员工是否称职，就要看其对总目标的贡献如何。目标管理是一种管理哲学，把员工是否达到由员工和管理者共同制定的目标作为评估依据。

目标管理的精髓是需要有共同的责任感，依靠团队合作。主要是因为医院作为一个组织，只有具备了明确的同一目标，并在组织内部形成紧密合作的团队才能取得成功，但在实践过程中，不同因素妨碍了团队合作。如不同部门之间缺乏协调，目标不明确等。

1. 目标管理的特征

从本质上说，目标管理是一种科学管理方法，它是参与管理的一种形式。他强调自我控制、促使权力下放、注重成果第一。目标管理是面向未来的管理，是系统的整体管理，是重视成果的管理，同时也是一种自主的管理。

2. 目标管理的威力

通过人人制定目标，迫使每个人为未来做准备，防止短期行为，有利于个人和企业的稳定与长期发展；通过上下级共同制定评价标准和目标，能够客观、公平地考评绩效和实施相应的奖罚，便于对目标进行调整及对目标的实施进行控制。总之，目标管理在提高效率的同时，也提高了员工的胜任力，增进了企业的内部团结。

3. 目标管理的新理念

设置目标的方法不同，目标管理强调个人目标、团体目标和企业目标的统一；目标管理采用员工自我管理的方式，上级通过分权和授权来实施例外控制；成果评价方法不同，目标管理根据上下级结合制定的评价标准由员工自己评价工作成果并作出相应的改进。

（二）目标管理在医院绩效管理中的应用

绩效管理是运用绩效管理体系以绩效考核为主体的管理过程，是管理者和团队或员工双方对等的承诺，就目标及如何达到目标而达成的共识。医院绩效管理体系是一套有机整合的流程和系统,专注于建立、搜集、处理和监控绩效数据,它既能增强医院的决策能力,又能通过一系列综合、平衡的测量指标,帮助医院实现策略目标和经营计划。绩效管理是建立在综合目标管理的基础上,注重公平、目标管理、绩效考核、效率和质量。目标管理法的实施具体可以分为 5 个步骤(见图 5-2)。

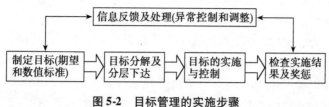

图 5-2　目标管理的实施步骤

1. 医院综合目标的建立

医院综合目标的建立是目标管理程序的第一步,是指上下级共同确定各个层次所要达到的绩效目标。医院综合目标的建立应紧紧围绕医院愿景与目标来进行。愿景是医院未来发展的战略展望,将医院的战略目标按照实现的期限分解成逐级目标。医院的目标包括长期目标与短期目标;年度目标与月度目标;预期目标与期望目标。其中,预期目标是必须完成的,期望目标是证明团队或个人的潜力。

建立综合目标需要兼顾以下几个原则:围绕总体目标的原则、符合相应的法律法规的原则、突出重点的原则、实现和适度的原则、定性和定量相结合的原则和指标动态变化的原则。

院级管理层在综合目标管理中的作用决定了医院的发展方向及目标实现的可能。具体表现为医院宗旨、理念、战略目标的确定,医院组织管理结构的构建,高层次管理人才的培养与调配,以及提供物质保障和营造良好的公共关系。医院职能部门的作用包括:医院战略目标的执行、本系统目标及实施计划的制订、为高层决策提供信息支持、为业务科室提供服务保障。临床科室的作用是根据医院战略制定科室目标,并组织实施;考核员工,落实奖惩与激励;创新技术、促进科室发展。

2. 目标的分解及分层下达

综合目标的确定,要紧紧围绕医院的战略目标。综合目标明确后,必须要有相应的措施和办法加以保证落实。因此,医院的综合目标必须层层展开,逐步分解,使各部门、各环节及每个员工都有自己的分目标,把任务变成员工的具体行动,把责任落实到具体人身上。

在确定目标时,上下级之间,各部门、各环节及相关责任人之间必须有效沟通,充分协商,实行有效的分权管理,充分发挥个人能动性和积极性。可以把综合目标分解为医疗效率指标、医疗质量指标、科研指标、教学指标、医保指标、服务指标、科室管理指标、成本控制指标、安全管理指标几部分。比如制定患者平均住院日,要根据全院总的年度目标,结合科室的具体情况、病种特点、既往相关指标的实际完成情况,历年来的增长幅度等因素分解到各临床科室。最后还要充分考虑科室将会发生的各种变动情况对分解后的目标进行调整。此外,床位的变动,人员的调整、新学科人才的引进、新设备的购置、新技术新业务的开展等都是需要考虑的因素。

使指标具有明确的导向性对于制定目标十分重要,可以让全体员工通过指标了解哪些工作是医院当前重点要抓的事情。具体做法是将所有指标分为一般指标、核心指标和单项否决指标,突出同一类指标中不同指标的不同权重。比如医疗指标中包含有门诊诊次、出院病人数、平均住院日、床位周转率、床位使用率、手术例数等。其中把出院患者平均住院日和手术例数定为核心指标,而把其余的指标定为一般指标,员工由此就可以看出医院今年的重点工作就是要缩短平均住院日和提高手术例数,从而使科室在制定自己的工作计划时能够符合医院的工作要求。同样,完成不同类别的指标,绩效奖励的力度也是不同的。

3. 目标实施的控制

要经常检查和控制目标的执行和完成情况,查看在实施过程中有没有出偏差。目标管理的检查考评不是为了考评行为,而是为了考评绩效。指标的预期值和期望值指标没有压力就会失去考核的意义,不用努力就能完成的目标等于没有目标,就无法通过绩效达到提升医院工作的目的。但是指标定得高不可及同样也会失去考核的意义,而且可能导致员工失去希望,挫伤员工的积极性。针对这个问题可以用分层次制定指标的方式来解决,将一个指标分为预期值和期望值两个层次。预期值是根据科室的能力以及以往科室指标完成的情况等制定的,在科室正常运转下经过努力完全可以完成的指标。而期望值则是需要科室做出一番努力,充分发挥自身潜力才能达到的目标。完成不同层次的目标会有相应不同的绩效奖励方式。这样既能使科室感到努力有希望,同时为了获得更好的绩效奖励而去想方设法完成高一层次的指标。

制定与目标相匹配的目标管理考核体系。制定目标管理考核体系时,既要明确各项指标的制定部门,同时也要明确指标的考核部门、考核要求、考核方式及考核结果的落实方案,重视过程管理,定期评估并按照指标对应的时限落实奖惩与激励。针对不同的指标提出不同的实现时限,有的是月考核指标,有的是年考核指标,有些指标的考核时限还可以从整体完成的时限进行考核。有的指标既要有月考核指标,同时还要有年考核指标。比如医疗效率指标中的出院病人数,既要有月度指标还要有年度指标,而科研指标中的论文数就要按照年度进行考核,至于科研课题就要按照课题计划书要求完成的时限进行考核。

上下级之间要进行及时的沟通和定期的反馈,当实际进展与目标出现偏差时采取纠正措施。这一步骤有利于分析对培训的需求,同时也能提醒上级考评者注意组织环境,对下属工作表现可能产生的影响,而这些客观环境是被考评者本人无法控制的。

4. 检查实施结果及奖惩

当目标管理周期结束时,管理者要对下属目标完成情况进行总体评价,并根据评价结果给以相应的物质和精神鼓励,进一步激发下属的组织目标认同感和工作自豪感。需要注意的是,我们要根据目标结果而不是根据过程来进行评价,即考评评价依据只能是目标实施结果而不是努力程度。经过评价,使得目标管理进入下轮循环过程。

5. 信息反馈及处理

在考评之前,还有一个很重要的问题,即在目标实现的过程中,会出现一些不可预测的问题。要根据工作反馈及时对目标进行调整和反馈。使整个运行系统与实现目标的要求相匹配,促进目标的实现。因医院总体目标变更,科室设置调整等原因造成科室的工作性质、工作场所、工作范围、工作能力等发生变更的,医院将根据具体情况对目标进行合理的调整。

二、工作分析

(一)工作分析及其意义

工作分析,在人力资源管理中又称职位分析、岗位分析,是整理、分析、总结和描述一个系统化的技术操作(见图5-3)。通过工作分析得到的关于工作的任务、内容、必要的工作条件、环境、能力素质要求和任职资格等信息,即以"工作说明"的形式明确岗位工作职责的定位和角色分工,优化组织结构和职位设置,强化组织职能,对人员的考核录用、培训开发、晋升、调整、工资等提供可靠的信息和依据。

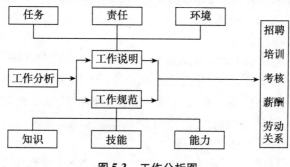

图5-3 工作分析图

它是现代人力资源管理所有职能工作的基础和前提,是建立在对企业一切问题进行深刻了解的基础上,工作分析的结果可以在企业人力资源管理的规划、招聘配置、员工培训、绩效管理、薪酬福利等多个领域应用,只有做好了工作分析,企业的人力资源管理工作才能有的放矢,有章可循,更加规范,工作分析是现代人力资源管理所有职能工作的基础和前提,它在人力资源规划、招聘配置、员工培训、绩效管理、薪酬福利等多个领域得到广泛应用,在节省人力,提高工作效率,推动企业生产发展等方面具有不容忽视的重要意义。

1. 工作分析是人力资源规划的基础

人力资源规划是根据企业内外环境和条件的变化。运用科学的方法对企业人力资源的需求和供给进行预测,并制定相应的政策和措施,使企业人力资源达到供需平衡,实现最佳配置。人力资源规划者在动态的环境中分析企业的人力需求和供给,所以必须要获得广泛的信息。在企业内工作任务的分配状况,工作岗位人员的配备情况,现岗位员工的工作效率等可从工作分析中得到较详细的资料,根据这些资料能够制定出组织人事规划、制度建设规划、员工开发规划等制度。另外在组织的不断发展中,工作分析可作为预测工作变更的基本资料,并且可让员工或其主管对将来的工作预先做好准备。

2. 工作分析是人员甄选录用的需要

人员的招聘工作主要包括准备、实施、评估三个阶段。工作分析是准备、评估两阶段的重要前提。在准备阶段,必须根据工作分析确认是否一定需要进行招聘活动,所招聘的岗位具有什么特征、有什么要求、明确岗位应聘者的知识、技能、身体素质等方面的具体要求和所能给予的待遇条件。只有这样才能制定出具体的、可行性高的招聘计划和策略,招聘工作的实施才能做到有的放矢。招聘结束后,需对招聘工作进行评估,分析时间效率和经济效益以及应聘者在工作岗位上的表现,以便及时发现问题、分析原因,寻找解决的对策,调整有关招聘计划。

人员的配置是指人与事的配置关系,通过人与事的配合以及人与人的协调,充分开发利用员工,实现组织目标。通过工作分析,可以掌握工作任务的特点,对岗位的用人标准作出具体而详尽的规定。为企业人事部门在选人用人方面提供客观的依据。要使企业员工得到合理的配置,需做好人与事总量分析、人与事结构分析、人与事质量配置分析、人与工作负荷分析、人员使用效果分析。

3. 工作分析是员工培训的必要条件

培训工作开展之前,培训者就要有意识地收集工作说明书、岗位规范、岗位评价等相关材料,以便随时掌握现有员工知识、技能情况。岗位对员工的基本要求。从而了解岗位培训需求及变动情况,并制定企业的相应培训制度。企业生存的内外环境是不断变化的,为适应企业的发展,岗位培训更加显得重要。

4. 工作分析是绩效管理的依据

工作分析为企业员工的绩效管理提供了依据。员工的考核、晋级、提升如果缺乏科学的依据,将会挫伤员工的积极性,使企业的生产以及各项工作受到严重影响。根据工作分析结果,企业劳动人事部门可制定出各类人员的考核指标和标准,以及晋级、提升的具体条件,从而使员工考核、晋升的科学性得到加强,提高员工的工作积极性。

5. 工作分析是薪酬福利的重要步骤

岗位评价是工作分析结果的一种编写形式,它是对企业所设岗位的难易程度、责任大小、相对价值的多少进行分析,从而对岗位的价值进行判断,纳入薪酬等级。岗位评价能够确认哪些岗位在企业战略目标实现中具有更加重要的地位,哪些岗位需要高业务和技术水平的人员,现有岗位上人员是否符合岗位的任务要求从而实现薪酬的改进及合理确定工作。它是建立、健全企业工资制度的重要步骤。

（二）工作分析在医院绩效管理中的具体应用

1. 工作分析的前期准备

在工作分析过程中,大量的收集、分析、记录工作相关信息等工作既耗费时间、金钱,又耗费人力和物力。因此,在正式启动该工作之前,应首要考虑以下几方面的问题:

（1）确定工作分析的内容。工作分析,顾名思义是对具体工作信息的系统化描述过程。因此,我们首先应获得以下几方面的信息:

1）工作的关系:包括工作的内部关系和外部关系。内部关系涉及上下级关系,即该岗位的直接上级和直接下级是谁,与医院内部哪些部门或岗位有合作关系。外部关系是指该岗位与哪些政府部门（如卫生部、市/区卫生局、疾病控制中心、税务局）、企业机构（银行、药厂、医疗器械供应商）或其他组织（如医药卫生学术团体）有联系。

2）工作职责:包括员工的主要工作内容是什么,每项内容在整体工作中的重要性是怎样的,任务的负责程度等。

3）岗位的发展路线:分为员工发展和自我发展两种。自我发展针对每一位员工,他们为了做好本职工作及本身的发展需要接受哪些培训（如去其他医院进修、继续教育）,员工发展针对管理人员岗位,管理人员岗位需要对其下属作出什么样的培训安排。

4）工作条件与环境:工作条件包括该岗位完成工作任务需要哪些工具、机器和设备等,比如医疗诊断所用的心电图机、呼吸机、计算机设备等。医务人员工作环境根据其特殊性包括:工作的地点、有无传染源、放射源、有毒药品试剂及有害气体、室内温度。工作对任职人员的要求包括受教育程度、工作经验、岗前培训种类、相关上岗资格证、身体条件、心理素质、性格和特殊技能。

（2）确定参与分析的角色。为保证工作分析的顺利进行,对参与分析的角色定位至关重要,医疗行业的特殊性决定了其成员应包括:医院主管人事的院长、院中层干部、咨询公司的专业咨询师。

2. 工作分析的实践过程

（1）信息搜集。即主要根据医院目前的岗位和工作流程搜集现有资料（各部门的部门职责、工作总结、工作目标、工作流程图、原有的职位说明书、医疗行业的相关政策法规等），并辅以访谈和调查问卷。为了使我们的访谈进行更有效，应当灵活地运用访谈、问卷、观察和典型事件法等工作分析方法，广泛深入收集有关职务特征和工作人员所要求的数据资料。

1）访谈法：工作分析访谈是指工作分析者于一个或者多个有关专家之间的有结构的谈话。访谈一般与员工及其科室主任们一道进行。与员工的面谈大多集中在工作内容和工作背景的信息上。

2）观察法：直接观察，顾名思义，就是由人力资源管理人员直接观察员工完成操作的过程、所用仪器设备、工作环境和工作有关的其他内容，并采取规范的格式记录观察结果。

3）工作日记法：以岗位员工填写日记表的方式记录其每天的工作活动，作为工作分析的资料。一般记录以一周为宜，由人力资源部对其日记按工作内容分类、整理、抽查，然后根据工作范围定岗位职责。

4）重要事件法：是指对员工工作中重要事件的完成过程进行详细记录并分析的一种方法。通过对实际工作中特别有效或者无效的工作行为进行描述来确定工作要求和特点。

5）工作体验法：指人力资源管理人员亲自体验工作，熟悉和掌握工作要求的第一手资料。

6）问卷调查法：一般采用较为成熟的问卷，工作小组首先对问卷进行讨论，选出符合本次任务的问卷，然后对问卷进行修改。

各工作方法优缺点的比较（见表5-1）。

（2）分析确认。初步整理搜集到的职位信息，经工作分析小组共同汇总，并对所搜集的信息进行适当的调整。

（3）汇总反馈。工作分析小组成员整理形成工作说明书初稿，并向上级反馈，经确认和补充最终完成工作说明书。

（4）应用和维护。将工作分析的成果运用到医院的岗位管理、绩效考核、招聘培训等人力资源管理与开发过程中。并在职位发生变化、医院组织发生变动时及时更新工作分析。

（三）工作分析在医院管理应用中的难点与对策分析

1. 必须在明确的医院岗位说明书前提下开展

如前所述，工作分析又称职位分析、岗位分析，也正如此，它一定要在医院的工作岗位已经明确的前提下才能开展。在医院组织结构混乱或工作岗位尚未完全确定的情况下，通过工作分析所获得的信息对医院是毫无价值的。因此，明确工作岗位是进行工作分析的首要前提。

2. 工作说明书编制的不完善

在工作分析过程中也有一个较为普遍的问题，即在工作说明书中没有将岗位的职责与绩效考核挂钩。负责考核的医院领导感到最困难的一件事往往是选取考核指标，即对一个岗位应该考核哪些指标才是最合理的，领导往往不得而知。事实上，发生这样问题的关键，是在做工作分析时没有充分考虑到工作说明书中工作职责与绩效考核的对应关系，因而导致岗位的职资与绩效考核不能有机结合。

3. 避免工作分析过程中隐性因素的流失

所谓隐性因素是指隐藏在岗位说明书背后，无法用语言完全表达的，却能被医院内部人员理解的因素。在岗位价值实现中，这些因素往往发挥着重要的作用，却极易被忽视。由于岗位之间有许多关联因素，而这些因素极易造成岗位职资交叉，导致岗位职资难以截然分开的局面。岗位说明书的特点在于它的概括性,这是岗位说明书作为正式规范性文件的基础。但是,岗位说明书的缺点也就在于无法完全表达工作中的细节和隐藏的东西。为避免这种情况,我们应高度重视工作分析的过程,充分理解岗位,产生相对科学的工作说明书,在岗位评价时用以参考但不能依赖。

表 5-1 工作分析常用方法优缺点比较一览表

工作方法	优 点	缺 点
访谈法	1. 可以获得完全的工作资料,以免去员工填写工作说明书的麻烦 2. 可以加强员工和管理者的沟通,以获取谅解和信任 3. 可以不拘于形式,问句内容较有弹性,又可以随时补充和反问,这是填表法所不能办到的	1. 信息可能受到扭曲,因受访者怀疑分析者的动机,无意误解,或分析者访谈技巧不佳等造成信息的扭曲 2. 分析项目费时、费成本 3. 占用员工工作时间,妨碍生产
观察法	根据工作者自己陈述的内容进行分析,再直接到工作现场深入了解状况	1. 干扰正常工作行为或工作者心智活动 2. 无法感受或观察到特殊事故 3. 如果工作在本质上偏重心理活动,则成效有限
工作日记法	1. 可充分了解工作,有助于主管和员工面谈 2. 逐日或在工作活动后及时记录,可以避免遗漏 3. 可以收集到最详尽的资料	1. 员工可能会夸大或隐藏某些活动,同时掩盖其他行为 2. 费时、费成本且干扰员工工作
重要时间法	1. 主要针对员工在工作上的行为,故能深入了解工作的动态性 2. 行为是可以观察可以衡量的,故记录的信息容易应用	1. 需花大量时间收集、整合、分类资料 2. 不适于描述日常工作
工作体验法	可在短时间内从生理、环境、社会层面充分了解工作。如果工作能够在短期内学会,则不失为一种好办法	不适于长期训练者及高危险工作者
问卷调查法	1. 最便宜、最迅速 2. 容易进行,且可同时分析大量员工的资料 3. 员工有参与感,有助于双方对计划的了解	1. 很难设计出一个能够收集完整资料的问卷表 2. 一般员工不愿花时间正确填写问卷表

4. 人员的搭配也是不容忽视的方面

我们应注意人员的合理搭配,实行 360 度评价:咨询人员、领导、部门主管、在岗者、同事共同参与,然后就各自的记分结果进行适当的加权而得出来岗位总分。这样分析的结果即包括了岗位价值中那些显性的、细节的部分,因而可能会更加全面、公正。

5. 在工作分析实践过程中员工存在恐惧心理

由于员工害怕工作分析会对其已熟悉的工作环境带来变化或者会引起自身利益的损

失,因而会对工作分析小组成员及其工作采取不合作,甚至敌视的态度,从而会影响到员工所提供的信息资料的准确性,这对工作分析的实施过程、工作分析结果的可靠性及工作结果的应用等方面会产生较大的影响。因此,想要成功地实施工作分析,就必须克服员工对工作分析的恐惧,从而使其提供真实的信息。鉴于此,我们首先应就工作分析的原因、工作分析小组成员组成、工作分析不会对员工的就业和薪水福利等产生任何负面影响、为什么员工提供的信息资料对工作分析十分重要等问题向员工进行详细的解释,并将员工及其代表纳入到工作分析过程之中。

第三节 医院绩效管理的实施

一、医院绩效管理的基本流程步骤

绩效管理内部系统是一个循环的过程,包括绩效计划、绩效管理的实施与管理、绩效评估、绩效反馈和绩效改进 5 个基本环节,是一个持续不断的沟通、控制、调整、反馈和改进的环节(见图5-4)。

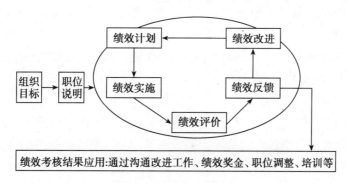

图5-4 绩效管理流程图

(一)绩效计划

绩效管理的第一个环节是绩效计划,它是绩效管理系统的起点。组织战略要付诸实施,必须先将战略分解为具体的目标或任务,落实到各个岗位上。然后再对各个岗位进行相应的工作分析、人员资格条件以及职位说明。这些步骤完成后,管理就该与员工一起根据本岗位的工作目标和工作职责进行讨论,明确在绩效计划周期内员工应该做什么工作、做到什么程度、何时应做完,以及员工权力大小和决策权限等。在这个阶段,管理者和员工的共同投入与参与是绩效管理的基础,如果是管理者单方面布置任务、员工单纯接受要求,就变成了传统的管理活动,失去了协作性意义,绩效管理也就不名副其实了。

1. 明确组织战略

组织战略是组织对未来发展方向及资源进行部署的总纲,它是基于组织对未来发展的预测以及对本组织各方面条件的认识而规划的。社会中任何一个成功的组织都具有明确的组织战略,它是引导组织前进的指南针。绩效管理的目的是实现组织战略,如果组织战略不清晰或不正确,组织目标就无法确定,组织发展就失去了方向。因此,组织战略的清晰性是我们实施绩效管理的首要因素。不同的医疗卫生机构所面临的问题也不同,而战略规划又具有前瞻性的特点,未来对于我们来说不确定性因素又有很多,因此,不同的医院在确定自己的发展战略时都应该尽可能地全面考虑各种因素的影响,把不确定因素降低到最低的限度,以保证战略规划的正确性。一般来说,医院在制定发展战略时应该重点考虑以下几个方面:

(1)社会环境:包括国家、政府有关医疗卫生发展的方针、政策,未来医疗卫生工作的重点,区域文化特点,风俗习惯等。

(2)经济环境:包括宏观经济环境和微观经济环境。经济发展水平直接关系到卫生服务的利用水平。

(3)技术环境:医学技术发展状况,新的医疗技术及手段的应用情况。

(4)资源环境:包括医院各种资源的数量、质量,也包括资源的配置情况。

(5)需求特点:包括卫生服务人群的人口构成、城乡人口比重、职业特点、收入情况、重点疾病等。

(6)竞争环境:包括对竞争对手的医疗技术、服务质量、价格、医院文化等方面的研究。

医院通过对各种影响发展因素的研究,明确自己的优势、劣势、机会和威胁,通过对医疗卫生服务市场的调查及对未来卫生服务需求的预测等,寻求医院的发展机会,明确医院的定位。即医院未来向何处发展、怎样发展、通过什么途径去发展等问题都要有明确的答案。也就是说医院要具有明确一致且令人鼓舞的发展战略。在制定发展战略时,应注意发挥专家、咨询公司的作用。

2. 确定组织目标

医院发展战略确定之后,就要确定组织发展的总目标。总目标是医院根据其任务和目的确定在未来一定时期内要达到的具体成果或结果。对医院绩效成绩的衡量标准最重要的就是看其实现目标的程度。目标是协调人们行动的依据,它既是管理活动的出发点,同时也是管理活动追求的结果。目标确定的依据,一是内涵清晰,二是具有挑战性,三是具有可衡量性。目标定得低,可导致卫生资源的浪费,使卫生资源不能发挥出最大的效率;目标定得高,员工会因为缺乏信心而丧失努力的动力。因此,目标确定的适宜性是组织完成战略使命的关键。医院可根据内部、外部等具体情况来制定适宜目标,并根据任务的多寡程度来确定完成目标的期限,即遵循管理学上的许诺原理。医院的总目标确定之后,不同的管理层次和部门就要根据总目标来确定自己的分目标,而组织内各个岗位上的具体人员也要根据所在部门的分目标来确定自己的工作目标。在目标系统中,上级目标为下级目标的确定提供了依据,下级目标为上级目标的实现提供了保证。根据目标对医院战略达成的贡献程度和影响程度,我们又将目标分为关键业绩指标和普通业绩指标。承担关键业绩指标的岗位——关键岗位,是对整个医院绩效贡献最大的岗位,因此,关键业绩指标的确定是我们工作的重中之重,在制定关键业绩指标时应该反复论证,以保证它的准确性。确定的目标必须具体、可测量,否则将无法实施,更无法考核。无法考核的目标是没有意义的目标。对于定量目标来说,可以用数字来描述其实现的程度,可测量性强。但是对于定性目标来说,则很难用具体的数字来描述,即便是这样,我们管理者在制定定性目标的测量方法时也应该尽可能地去寻求恰当和比较客观的方式。如在进行测评时,所设计的问题应该具体、清晰、特异性强,使其能够真正反映出每个人对组织的贡献程度,使接受测评者感觉到客观、公正,真正起到绩效评价的作用。进取性强且可衡量的目标是我们所共同期望的结果。组织通过目标来引导人们的行动并考核其行为结果,监督、检查目标实现的程度,是检验、衡量我们工作绩效的最直接、最有效的手段。

3. 建立保证目标实现的高效组织结构

目标是实现组织战略的具体步骤,对于整个医院来说,目标系统具有层次性、网络性及多样性的特点。如果说目标是组织的灵魂,那么,适宜的、富有效率的组织结构就是实现组织目标的保障。因此,我们要根据实现组织目标的要求来设计、调整、激活医院的组织结构,以保证组织绩效的持续提高与组织目标的实现。组织结构是全面反映组织内各要素及其相互关系的一种模式,是围绕着组织目标,结合组织内外环境,将组织内各部分结合起来的一个框架。构成组织结构的要素有目标、协同、人群、职位、职责、关系、信息等。组织结构设计应该遵循精简、统一、效能的原则。组织结构的类型有很多,如有直线型、职能型、直线—职能参谋型、矩阵型、多维立体型等等,不同的医院可根据自己的发展战略及目标来设计组织结构的类型。无论是何种类型的组织结构都包括纵向设计、横向设计和职权设计。纵向设计即管理层次的设计,根据目标的要求来确定管理层次和管理宽度;横向设计即为组织部门的设计,根据医院专业化分工的特点及工作重点来划分部门;职权设计即根据各个管理层次与各个部门相交叉的每一个节点来确定组织中的各个岗位及每个岗位的职权。一般来说,组织中存在 3 种形式的职权:直线职权、职能职权和参谋职权,对于不同的组织结构,存在的职权类型也不同。关键部门、关键岗位是实现组织目标的关键,也是我们绩效管理的重点,因此,在进行组织结构设计时,应该重点考虑这一点。

为了保证所设计出来的组织结构能够高效能地运转,我们必须处理好几种关系,如集权与分权的关系,个人管理与集体管理的关系,稳定性与灵活性的关系等等。值得注意的是,设计出来的组织结构不是一成不变的,它应该随着组织内外环境的变化而适时地进行调整、修正,使我们所设立的每一个层次、部门、岗位、人员都与目标的实现相匹配。医院组织结构欠佳的表现有:①医院决策者无法预知医院问题的发生,要事后才能作出补救;②医院本身对医疗卫生服务市场的变化缺乏反应;③医院内信息流通不畅;④医院管理人员对自己所扮演的角色认识越来越模糊,职责不明确;⑤各部门人员相互埋怨或投诉;⑥出了问题不知道该由谁来负责。

(二)绩效实施

在绩效周期开始时根据组织的经营目标、战略方向,对部门的经营和个人提出要求,分解出员工的具体绩效目标、工作职责,一般由上级和员工共同探讨并达成一致。制定绩效计划后,员工就按照计划开始工作。绩效计划不是在制定之后就一成不变的,随着工作的开展会不断调整。在工作过程中,管理者要对员工工作进行指导和监督,对其发现的问题及时予以解决,并随时根据实际情况对绩效计划进行调整。在整个绩效期间内,需要管理者不断对员工的工作进行指导和反馈,即进行持续的绩效沟通。这种沟通是一个双方追踪进展情况,找到影响绩效障碍以及得到使双方成功所需信息的过程。绩效沟通起着绩效监控、指导的作用,在整个绩效期间通过上级和员工持续不断的沟通,解决员工实现绩效过程中可能发生的各种问题,在调整方法后最大限度地保证实现绩效目标。持续的沟通能够保证管理者与员工共同努力,及时处理出现的问题,修订工作职责。

绩效沟通是实现绩效管理的重要手段,它贯穿于整个绩效管理的全过程,沟通的价值在于它能够打通组织内的信息屏障、情感屏障和交流屏障。绩效沟通包括3个部分,即纵向沟通、横向沟通与内外沟通。纵向沟通是指医院内不同管理层次之间的沟通,如院长(上层管理者)与各科室主任(中层管理者)之间的沟通,医生(基层管理者)与科主任(中层管理者)之间的沟通。纵向沟通能让管理者将最明确的指令和责任传递给员工,也能让员工将工作中遇到的问题和最直接的工作效果反映给管理者。通过沟通,使上下级共同明确每一个人必须达到的各项工作目标,明确个人的主要责任领域,最终根据目标的实现程度来考核每个成员的贡献。横向沟通是指同一管理层人员之间所进行的沟通,它是不同部门之间、同一部门内部进行交流的纽带与桥梁,通过横向沟通可以促进人员之间的相互了解,进而在组织中创造出工作上相互支持、相互依赖、相互配合的和谐的工作氛围。内外沟通是指与医院以外的其他部门及人员之间的沟通,如医院与政府、医院与药品供应商、医院与医疗器械公司、医院与服务人群之间的沟通。内外沟通在市场经济的今天,其地位越来越重要。内外沟通是医院与社会之间相互交流的通道,它既可以使医院了解医疗卫生服务市场的各种信息,为制定管理决策提供第一手资料;还可以使医院通过与各种新闻媒体的交流来传播自己的经营理念。

(三)绩效评价

绩效评价是绩效管理系统的核心,通过各种绩效评价方法对评价对象的绩效进行综合评议,它是一个按照事先确定的工作目标及其衡量标准,通过评价员工完成绩效目标的实际情况,分析和总结对人力资源决策提供各种有效信息。绩效评价可以根据实际情况和实际需要进行月度、季度、半年度和年度考核评价。考核期开始时签订的绩效合同或协议一般都规定了绩效的目标和绩效衡量标准。

绩效合同是进行评价的依据,一般包括工作目的的描述、员工认可的工作目标及衡量标准等。在绩效实施过程中,收集到的能够说明员工绩效表现的数据和事实,可以作为判断员工是否达到绩效指标要求的证据。绩效评价的目的,一方面是为了监督、检查目标实现的程度,另一方面是为了激励优秀员工、惩罚问题员工,以促进卫生服务绩效的不断持续改进。

应该注意的是,在绩效评价过程中要做到"用事实和数据说话",对被考核者的任何评价都应该有明确的评价标准和客观事实依据。一个具有良好评价功能的绩效管理系统,能让管理者在最短的时间内获得各层级员工的工作绩效,能发现实际工作与期望目标之间的差距,能给员工最准确和客观真实的工作业绩反馈。

(四)绩效反馈

绩效的管理过程不是为员工打出一个绩效考核的分数就结束了,管理人员还需要与员工进行一次甚至多次面对面的交谈,已达到反馈与沟通的目的。通过绩效反馈与面谈,使员工了解自己的绩效、了解上级对自己的期望,认识自己有待改进的方面;与此同时,员工也可以提出自己在完成绩效目标中遇到的困难,请求上级指导和理解。

绩效反馈是指考核者将绩效考核的结果真实、及时地反馈给被考核者本人,以达到员工工作绩效持续改进的目的。在绩效反馈中,应允许被考核者提出异议,如果确实存在有失公正的地方,应该及时纠正。及时、准确的绩效反馈,能够激发优秀员工的工作激情,同时也能够使问题员工得到及时的训导与警示。由绩效反馈提供的各种信息推进绩效管理工作,总结绩效管理工作的得失。绩效管理是一个周而复始、循环上升的过程,是一个以绩效评价为核心的绩效改进的过程。

(五)绩效改进

绩效改进是绩效管理过程的一个重要环节。传统绩效考核的目的是通过对员工工作业绩进行评估,将评估结果作为确定员工薪酬、奖惩、晋升或降级的依据,而现代绩效管理的目的不限于此,员工能力的不断提高以及绩效的持续改进和发展才是其根本目的。所以绩效改进工作的成功与否,是绩效管理过程是否发挥效果的关键。

(六)考核结果应用

当绩效考核完成后,评估结果并不该束之高阁,而是要与相应的其他人力资源管理环节相衔接。其结果主要可以用于以下方面:

1. 招聘和甄选

根据绩效考核结果分析,可以确认采用何种评价指标和标准作为招聘和甄选员工的工具,以便提高绩效的预测浓度,同时提高招聘的质量并降低招聘成本。

2. 薪酬及奖金的分配

员工绩效中变动薪酬部分是体现薪酬激励和约束的主要方式,员工绩效则是确定和发放变动薪酬的主要依据之一。一般来说,绩效评价结果越好,所得工资越多,这也是对员工努力付出的鼓励和肯定。

3. 职务调整、职务晋升、轮换、降职或解聘的决定

很大程度上是以绩效考核结果为依据的。一名经过多次考核业绩始终不见改善的员工,如果确实是能力不足,不能胜任,则管理者应考虑为其调整岗位;业绩保持优良且拥有一定发展潜力的员工,则可以通过晋升的方式更加充分地发挥其能力并激励其继续努力。

4. 培训与开发

绩效考核的结果可以用于指导员工工作业绩和工作技能的提高,通过发现员工在完成工作过程中遇到的困难和工作技能上的差距,制定有针对性的员工培训和发展计划。发现员工缺乏的技能和知识后,企业应该有针对性地安排一些培训项目,及时弥补员工能力的不足。这样既满足了工作需要,又可以使员工自我提升的目标得以实现,对企业和员工都有利。

二、医院绩效管理的过程控制

(一)绩效管理基本流程步骤的整合

绩效管理是一个循环的动态系统,各环节紧密联系,环环相扣,任何一环的脱节都将导致绩效管理的失败。所以在绩效管理过程中应该重视每个环节的工作,并将各环节有效地整合在一起。

绩效计划是管理人员与员工合作,对员工下一绩效周期应该履行的工作职责、各项任务的重要性等级和授权水平、绩效衡量、可获得的帮助、可能遇到的障碍及解决办法等一系列

问题进行探讨并达成共识的过程。因此,绩效计划在帮助员工找准路线、认清目标方面具有前瞻性,是整个绩效管理流程中最基本也是首要的环节步骤。

绩效实施的过程与核心,就是持续的绩效沟通,也就是管理者与员工共同工作以分享信息的过程。这些信息包括工作进展情况、问题和困难、可能的解决措施以及管理员对员工的指导和帮助等。这种双向的交互式沟通必须贯穿于整个绩效管理过程,通过沟通让员工清楚考核制度的内容、目标的制定、工作中的问题、绩效与奖酬关系等重要问题,同时聆听员工对绩效管理的期望和建议,从而确保绩效管理最终目的的实现。

绩效评价本身也是一个动态持续的过程,所以不能孤立地进行考核,而应将绩效考核放在绩效管理流程中考虑,重视考核前期和后期的相关工作。绩效计划和实施过程中的沟通是绩效考核的基础,因为只要计划合理,执行认真并做好了沟通工作,考核结果就不会让考核双方大跌眼镜,最终产生分歧的可能性就会比较小。而考核最终结果也要通过与员工沟通反馈得到对方的认可,并提供工作改进的方案,再将结果应用到其他管理环节中。

绩效诊断和改进作为一种有效的管理手段,其意义就在于为企业提供促进工作改进和业绩提高的信号。正确地进行绩效管理,关键不在于考核本身,而在于如何综合分析考核资料并将之作为绩效改进的切入点,而这正是绩效诊断和改进的内容。通过绩效诊断发现绩效低下或可以进一步提升的问题,然后找出原因。分析和解决的过程也是管理人员和员工沟通的过程,双方齐心协力将绩效水平推上一个新的平台。

一个循环过后,绩效管理活动又回到起点:再计划阶段。此时绩效管理的前一轮工作基本完成,应在本轮工作的基础上进行总结,制定下一轮的绩效计划,使得医院的绩效管理活动在一个更高的平台上运行。这些环节的整合,使绩效管理流程成为一个完整的、封闭的循环,从而保障了绩效能够不断得以提升和改善。

(二)医院绩效管理的监督与控制

医院人力资源管理的核心任务,就是形成医院的动力系统,建立一个高效的工作体系,所以,上至对医院战略的支撑,下至每个员工的个人利益,在很多重要管理环节,绩效管理都发挥着至关重要的作用。但是有些医院虽然建立起符合自身特点的绩效管理体系,但在实施过程中缺失问题摆出,归结起来,就是绩效管理体系的实施环节出了问题,而其中一个重要的原因,就是没有对绩效体系的实施进行有效的监督和控制。

在绩效管理的实施过程当中,需要进行多个层次的监控。对于最基础的层次,可以通过程序上的监督及及时的检查实施有效地控制。例如,如果我们希望医院的员工能够将填好的表格及时返回到人力资源部门,我们应该对实施的程序和实际的执行情况进行监督。程序上,我们检查这些表格是不是真正被返还了。如果没有,那么很明显肯定存在着某种问题,比如由于某种原因使得该系统没有被员工接受等。实际执行情况方面,我们可以根据返还的表格进行随机或全面的调查,看看各项指标的落实情况,如果表格的数据和实际情况之间存在差距,就会暴露出问题,其原因需要深入分析,可能是员工对指标的认识方面的原因,也可能是道德方面的原因,而这正是我们需要加以监督控制的环节。如果这类问题的产生没有被有效预防,那么,再好的绩效管理体系都不能发挥出任何作用。

绩效管理的监督与控制是一项非常复杂的工程,因为要对绩效实施过程中出现的问题进行评价,要对表格所提供的书面资料进行分析,而其中所反映问题的原因则可能是涉及医院内外很大的范围。例如,可能需要对某些指标的变动情况进行随时的跟踪,以确保能够发现其中的原因,并能针对这些原因提出建议或采取必要的措施;可能需要对培训和开发的有关环节提出建议;还可能需要对所提出的建议和措施的实施采取某种监督;对于绩效管理系统和薪酬支付,则需要对所提出的建议和措施进行监督,以确保公平、公正、确保绩效考评结果的应用有助于提高绩效水平,有助于发挥动力机制的作用,而不是降低绩效水平,使绩效管理系统的最终效果大打折扣。

在管理实践中,医院要实行绩效的有效监督和维护,就需要了解医院的管理人员和员工对医院绩效管理活动的看法。一方面,实施上述外部控制手段,通过充分的沟通和协调,建立起各类各级员工对实际工作行为的自我诊断和检查,发现各自工作中存在哪些影响个人绩效、部门绩效和医院绩效的认识和行为上的因素,有必要的话,可以把这种自我诊断和检查建立在调查问卷的基础上,该调查问卷的设计,要围绕绩效指标体系,尤其要有针对性,通过调查使各级管理人员与员工更加深入地认识到各自的工作绩效在整个医院战略目标所处的位置和所发挥的重要作用。

第四节 医院绩效管理的评价

一、医院绩效管理评价指标的设立

(一)建立医院绩效管理评价指标体系的必要性

开展医院绩效管理与评价是我国实现卫生全行业管理的迫切需要。我国医疗机构全方位改革的目的之一就是要逐步建立一套科学的管理体系,与现代医疗机构管理中产权清晰、权责明确、管理科学、管理与经营分开的要求相适应。实施医院绩效管理与评价,是实现卫生全行业管理的重要经济手段之一,它对改变我国医疗机构传统的管理方式,促进医疗机构适应社会需要,保障广大人民对卫生服务的需求具有重要意义,符合我国建立社会主义医疗卫生保障体制的要求。建立一种多维度的绩效评价体系,符合我国医院发展需要的同时,适应世界范围内医院绩效评价的发展趋势。

(二)医院绩效评价指标体系的建立

医院绩效评价指标体系应由一系列相互关联、相互补充、相互制约的指标构成。同时医院的绩效评价指标的设立应当科学全面,通俗易懂,便于操作,即:能够高度概括医疗单位的普遍性特点,最终形成的指标体系既能服务于综合医院,又能服务于专科医院;即:适用于各类医院,既能用于医院之间的横向评比,又能用于医院自身发展建设的纵向比较。指标体系内容也要充分,指标体系既要涵盖医院的硬件,即:提供医疗服务的能力和水平,也要考虑医院的软件,即:医院的管理水平;既要反映医院的效益,又要表现出医院的效率。

在总结有关专家和学者努力的基础上,采用特尔斐专家咨询法和现场调查法相结合,选出有道表型的指标,组成一套比较系统的二级考核指标体系。同时根据这些指标在医院绩效管理评估中的比重,分别给予不同的权重。并对每个二级指标设立若干个评估标准及其分值,以便在绩效评估时把握考核要点,合理评分。评价医院运行绩效主要包括以下三个方面的指标：

1. 社会效益指标

随着社会主义市场经济体制的建立和完善，医疗市场的竞争性对医院的冲击越来越大，谋求医院的生存与发展必须坚持改革，医院改革必须重视社会效益。新一轮医院改革的目标是为了适应社会主义市场经济发展的需要，同时也是为了更好地贯彻执行国家的卫生工作方针政策，增强医院综合服务能力和医疗水平，提高医疗服务质量，以促进医院的自我发展，适应经济，社会发展和人民群众日益增长的医疗需求。因此要衡量公立医院的管理绩效，设立社会效益指标十分重要。

衡量医院社会效益好坏的标准，有以下几个方面：医疗业务的完成情况、医疗服务质量高低及成本效益比价关系等。以政府的目标，从社会的角度，用病人的眼光，要求医院提供的基本医疗服务应当具有良好的可及性、公平性和满意度等。

医院社会效益指标主要有：门急诊人次及计划完成率、住院床位平均使用率、手术病人住院人数、平均住院日达标水平、预防保健工作完成指标、常规病种诊断符合率及其治疗有效率、药物应用合理程度指标和医疗收费总体水平合理性等。

2. 经济效益指标

经济体制改革将使医院经济效益受到冲击。在医疗补偿机制还未能建立的情况下，如何把握市场，加强医院经济管理，有效利用人力、物力和财力，降低成本，提高效益是一个十分重要的问题。需要指出的是，医院讲经济不是简单地追求业务收入和经济利益，而是在注重医疗质量的前提下，降低医疗成本，规范医疗价格。

医院经济效益指标一般是：业务收入总量控制目标完成率、药品占业务收入比重及其增长、万元固定资产业务收入及其增长、单位业务收入水平、人员经费占业务支出比例、医院成本费用率、综合药品进销差价率和资产负债率等。评判医院经济效率高低的标杆，主要看管理执行过程中的收入合法性、成本适应性和效益合理性。

3. 管理效益指标

市场营销理论告诉我们，任何一个企业或单位首先要做好市场调查工作，对政策环境、市场规则、行业特征、消费对象和支付能力等经营要素进行排序和预测，作出高质量的可行性报告；其次要确立自身的市场定位、经营策略和发展目标，在激烈的市场竞争中扬长避短，集中优势力量、扩大市场份额、实现高水平的经营效益。医院在经营管理方面，应当努力做好基础工作，包括制定医院战略目标、强化竞争管理、实行机制创新、讲究授权经营、实施成本战略、考核管理绩效等。

医院管理效益指标包括：管理费用占业务支出百分比、工资性支出与人员配比率、工作人员人均业务收入、工作人员人均业务工作量、大型医疗设备综合使用率、医院成本控制效率、专项经费投入效果和医院管理科研水平等。医院管理活动既是党和国家方针、政策的执行过程，又是医疗服务市场策略的实施过程，需要很高的管理艺术和科学方法，其间涉及诸多专业知识和工作技巧，是一门综合性的管理科学。医院管理效益评价具有政策性、综合性和非线性等特征，需要联系地域特点、医疗性质和功能定位等因素综合评定。

二、医院绩效评价的方法及选择

医院绩效考核方法多种多样。一套好的绩效考核方法可以为医院员工的升迁、培训、薪酬等提供更好的信息来源,可以使医院继续保持高绩效,保证医院的持续发展。当然,医院绩效考核方法的选用也取决于医院的文化、发展战略、被考核员工的工作性质和特点等因素。

(一)医院绩效评价的主要方法

1. 360 度绩效考核法

(1)360 度绩效考核法的含义

360 度绩效考核法又称全方位绩效考核法或多源绩效考核法。其基本原理是员工的工作是多方面的,工作业绩也是多维度的,不同个体对同一工作会得出不同评价。因此,通过上级主管领导、同事、下属、医院内外服务对象和医院内其他协作部门等信息渠道来收集绩效信息,进行多方面、全方位的考核,更能全方位、准确地评价员工的工作业绩。360 度绩效考核信息来源的多样性和匿名性保证了绩效信息反馈的准确性、客观性和全面性,也可以促使医院将员工的工作行为与医院整体的战略目标结合在一起,使医院朝着更好的方向发展。

1)上级的评价:由员工上级尤其是直接主管人员对员工的工作绩效评价是大多数绩效考评制度的核心所在。其优点是直接上级对被考核员工的工作表现、工作业绩最为了解,并且有责任提高下属的绩效,因此考核较为认真,是绩效考核者的最理想人选,同时直接上级为考核主体的方法也是目前最为普遍的考核形式。但上级考核时容易受个人偏好与心理影响,易产生偏松偏紧的倾向或定式思维。

2)同事的评价:上级只能观察到员工工作表现的一部分,在很多情况下,员工的同事更能够全面地了解员工的日常工作情况。来自平级同事的考核可能会更加客观全面,因为同事之间接触较上级和下级频繁,易发现深层次的问题;但同事考核易受私心倾向、感情因素和人际关系等影响。

3)下级的评价:在对管理人员的绩效考评过程中,下级的评价过程往往可以使医院的高层管理者了解医院运营过程中潜在的认识问题。优点在于有利于管理的民主化,下级员工对上级主管的工作能力与工作表现有切身的体会,因此有利于发现上级主管工作的不足,同时形成对上级工作的有效监督。但其缺点是受考核者自身素质的限制,考核时可能只拘泥于细节;同时担心考核会引起被考核上级主管的打击报复,因此为了取悦上级而隐瞒事实。

4)员工自评:是指员工在正式的上级评价之前对自己的业绩、能力等多方面作出初步的评价。优点在于被考核者可能对自身有更清楚的认识,考核可能会较客观,也为以后管理部门制定相应的培训方案提供可靠的依据;同时,自我考核有利于员工增强参与意识,提高工作热情。但自我考核中,考核者也容易高估自己,隐瞒失误。

5)医院内外服务对象的评价:收集病人的满意度及相关医疗供应商的意见。优点在于所受干扰少,考核更真实客观;它有利于医、药、护、技、管等医院不同岗位的员工强化服务意识,提高服务能力;同时考核的反馈信息有利于医院发现自身的优势和不足,以及潜在的发展需求。该形式的缺点在于操作难度较大,耗时久,成本较高,考核资料不易收集、整理。

(2)360 度绩效考核法的优点和不足

360 度绩效考核法的优点体现在以下几个方面:

1)360 度绩效考核法由于其全视角绩效考核的功能,集中了较为全面的反馈信息,因此考核的综合性非常强,被考核者可以获得多角度(上级主管、同级同事、下级员工、服务对象以及自己)的考核信息,增强了被考核者的自我发展意识,为今后绩效的提升和职业生涯的发展提供可靠的依据。

2)360度绩效考核法可以弥补传统的直线型考核的不足,避免考核的片面性和因单线绩效考核方法造成的偏见与考核结果的偏差。

3)通过服务对象的考核和监督可以推动工作效率和工作质量的提高,有利于组织发现自身的优势和不足,从而加强组织建设和促进组织更好地继续发展。

以上描述了360度绩效考核法的特殊优势,但它还是存在一些潜在问题和风险,如考核结果容易受情感因素、人际关系的影响,应用成本较高。由于在进行360度绩效考核法时一般都是采用多名考核者匿名进行考核,考核者可能会借评估来发泄心中不满,也有可能出于与被考核者良好的人际关系或怕得罪上级权威而给出较高的评价,因此360度绩效考核法的有效性得到质疑。此外,360度绩效考核法涉及的考核角度多、范围广、程序复杂,因此不可避免地造成了时间和应用成本上的大量耗费。

(3)360度绩效考核法的应用原则

1)正确认识360度绩效考核的价值:当360度绩效考核目的定位在员工的晋升、奖惩和各种利益的分配时,考核者就会考虑到个人利益的得失,所做的评价相对来说很难做到客观公正,被考核者也很有可能质疑考核的结果,因此会造成人际关系的紧张。而当360度绩效考核目的定位在员工的发展、绩效的提升和管理的改善时,考核者所作出的评价会更为客观和公正,被考核者也更愿意接受考核的结果。因此我们建议尽量把360度绩效考核用于员工的发展、绩效的提升和管理的改善等方面,效果会更佳。

2)实施前要进行充分沟通:对员工做好360度绩效考核法的含义、目的以及程序等方面的宣传和信息的沟通,并申明此次为匿名考核,可使考核者尽可放心畅所欲言、实事求是。

3)重视反馈环节:需要一方将考核结果及时反馈发给员工,以帮助其提高能力水平,另一方面在实施过程中就评价的准确性、公平性向评价者提供反馈,以帮助其提高评价技能。

4)注意与医院文化的匹配:在选择360度绩效考核法之前,要充分考虑医院文化预期基本理念的匹配度。

2. 关键绩效指标

(1)关键绩效指标的定义

关键绩效指标(key performance indication,KPI)是通过对组织内部某一流程的输入端、输出端的关键参数进行设置、取样、计算、分析,来衡量流程绩效的一种目标式量化管理指标,是把医院的战略目标分解可运作的远景目标的工具,是医院绩效管理系统的工具。在医院绩效考核中,关键绩效指标需要医院人力资源管理部门或员工主管部门为每一位需要考核的员工设立一本"考绩日记"或"绩效记录",由考核者或知情人(一般是直属上级)随时记录每一位被考核者在工作活动中所表现出来的突出的好方式或者特殊的不良行为或事故。然后每隔一段时间,通常是每半年或每一年,考核者和被考核者根据所记录的特殊事件,讨论被考核者的工作绩效。根据特别好的或者特别差的工作表现,考核者可以把最好的和最差的员工从一般员工中挑出来。因此,关键绩效指标关注于特别好或者特别差的事例。

(2)实施关键绩效指标考核的流程

在以关键绩效指标为基础的医院绩效考评时,需要遵循一定的流程。实施的过程起始于对医院战略目标的分解,结束 KPI 考核的监控。严格来说,随着医院所处环境的改变,医院的战略目标的相应调整,这一过程循环往复,使 KPI 能够适应企业发展的要求,从而使整个目标体系得到不断的完善。

1)分解医院战略目标,提取关键成功要素:实施 KPI 考核,首先要对医院的战略目标进行分解,以明确各部门和个人在一定时期内应该完成的任务。医院的战略目标是对医院战略经营活动预期取得期望值。战略目标是一种宏观目标,它所提出的是医院总体发展总要求和总任务。它规定了整体发展的根本方向,具有高度概括性。因此,医院必须首先对高度概括性的战略目标进行分解和细化,找到医院战略目标实现的关键点,确立支撑战略目标的成功要素。

关键成功要素的提取可以使用以下的方法:①标杆基准法。标杆基准法是医院将自身的关键业绩行为与那些在行业中领先的医院的关键业绩行为作为基准进行评价与比较,分析这些基准医院的绩效形成原因,在此基础上建立本医院可持续性发展的关键业绩标准及绩效改进的最优策略的程序与方法。②成功关键分析法,就是要寻找一个医院成功的关键要点是什么,并对医院成功的关键要点进行重点监控。其基本思想就是通过分析医院获得成功的关键因素,提炼出导致成功的关键业绩模块,再把业绩模块层层分解为关键要素。③策略目标分解法,首先要确定医院战略,通过业务价值分析,对战略方案和计划进行评估,并按照他们对医院价值创造的贡献大小进行排序,分别建立医院的价值体系,并以此找出医院的关键战略价值驱动因素,进而确定关键的岗位和科室部门。

2)以关键成功要素为基础,设定 KPI 考评指标:①医院级 KPI。在明确了保证医院战略目标实现的关键成功要素后,医院的高层领导者可以在此基础上对关键成功要素进行进一步细化,从而确定医院的关键绩效要素,在此基础上进一步寻找可以支撑这些关键绩效要素的关键性指标,并对这些关键性指标进行提炼,就可以得到医院级 KPI。②部门科室级 KPI。首先要建立医院级 KPI 和各主要业务流程的关系,找出流程的关键控制点,其次在医院各个流程关键控制点确定之后,应根据参与各主要业务流程的职能部门的职责确定各部门应该承担的任务重点,建立流程和各职能部门之间的联系。③岗位级 KPI。根据员工岗位说明书确定的岗位职责及工作特点,确定各岗位对科室部门 KPI 所贡献的绩效要素,然后在此基础上设计各岗位的 KPI。

3)审核关键绩效指标:对关键绩效指标的审核主要是确认所建立的关键绩效指标体系是否能够较为全面和客观地反映被考核对象的工作绩效,以及是否适合于绩效考核的具体操作。

4)KPI 考核的实施与监控:KPI 体系的实施主要包括:KPI 计划的明确与分析、KPI 跟进与监控、KPI 评价以及针对 KPI 的反馈 4 个环节,其中的每个环节都需要上级领导与员工进行持续有效的沟通,每个环节的成败都与沟通密切相关。KPI 体系的实施绝不仅仅是员工的职责,各级管理者特别是员工的直接主管必须意识到自己的责任。

(3)关键绩效指标的优缺点及注意事项

1)关键绩效指标的优点:①它为考核者向被考核者解释绩效考核结果提供了一些确切的事实证据,使考核结果容易被员工理解和接受。②它确保考核者在对被考核者的绩效进行考核时比较客观公正,因为所依据的是被考核员工在一定时间内(半年或者一年)积累下来的表现,而不是最近一段时间的表现。③它保持一种动态的关键事件记录,通过对记录下来的关键绩效指标的考评,可以向被考核员工提供明确的反馈,有助于员工更好地了解自身的优点和不足,改进自己的工作行为,把握个人发展方向。④可以通过重点强调那些能够最好支持医院发展战略的关键事件,使员工的绩效考核与医院的战略目标紧密联系起来。

2)关键绩效指标的不足:①考核者在搜集和整理每一个被考核员工工作行为的关键事件时,需要花费大量的时间和精力,并且可能还会忽略中等绩效的员工工作表现。②关键绩效指标在对员工进行比较或作出与之相应的薪酬、晋升等决策时,可能作用并不大。

因此,最好不要单独使用关键绩效指标进行员工绩效考核,可以将它作为其他绩效考核方法的一种补充。

3. 平衡计分卡

(1)平衡计分卡的含义

平衡计分卡(balanced score card,BSC)是美国哈佛商学院教授罗伯特·卡普兰和复兴方案公司总裁戴维诺顿在对美国 12 家优秀企业为期一年研究后共同创建的一套企业业绩评价体系。平衡计分卡是一个将企业的战略落实到可行的目标,可衡量指标和目标值上的战略实施工具。它能够使企业有机地跟踪财务目标,同时关注企业关键能力的进展,并开发对未来发展有利的无形资产。它促使企业高层管理人员从财务、客户、内部流程和创新成长四角度关注企业绩效,分析它们之间的相关性及其链接;能够根据对目标值结果的跟踪分析,尽早发现问题,及时调整战略、目标和目标值;建立战略实施的架构以确定重点。因此平衡计分卡克服了传统绩效评估以单一财务指标作为评估标准的局限性,而兼顾了客户、内部流程和创新成长三个重要方面,从四个角度观察企业,定义企业的战略,使企业全面平衡地发展。平衡计分卡的基本理念就是在一系列指标间形成平衡,即平衡组织的财务指标和非财务指标;平衡组织和相关利益群体的利益;平衡组织的短期行为和长期行为。

1)医院的财务指标,可以综合反映医院的业绩,具有长期及可进行总量控制的功能,因而平衡计分卡保留了财务业绩的评价方法和要实现的财务目标。它是以后进行评价工作的基础,概括了过去行动的直接经济结果。财务指标主要包括业务收入、就诊人数、经济增加值;现金流充足度、资产周转率;固定资产折旧、存货周转率、成本利润率;市场占有率、病床利用率。

2)病人方面的评价,体现了医院对外界变化的反映。平衡计分卡为解决病人方面的问题,选择两套评价方法:一套是医院期望在病人方面达到的某些经营业绩而采取的评价指标。主要包括门诊病人满意度、住院病人满意度、护理服务满意度、患者投诉率、市场占有率、医疗纠纷次数。另一套评价方法则是对第一套评价方法中各项指标的细化,分析达到第一套指标应采取的措施及影响,建立健全客户指标的考核体系。

3)医院内部流程过程方面,是平衡计分卡与传统的医院业绩评价制度最显著的区别之一。传统的医院经营业绩评价方法集中于控制和改善现有医院职能科室和业务科室的作用。目前国内很多医院实行目标管理,将目标的完成情况与科室及个人的收益挂钩,从而起到相应的激励作用,但其弊端也同样明显,可能导致医务人员为了追求经济指标而出现一些短期的经济行为,从长远来讲会损害医院的社会效益与经济效益。医院内部业务流程可以按其内部价值链划分为3个过程:医疗质量改进、医院服务经营、医疗服务随访。

4)创新与成长方面的实施和成效是其他三个方面的驱动因素和基础。医院以提高医院的核心竞争力,进行医院的战略管理为指导思想,通过推进学科及人才梯队建设、深化人事体制改革、引进与培养临床学术人才、不断培育国家级高级人才等措施来提高医院的核心竞争力,提高医务人员医疗技术水平,强化科室建设,提高掌握运用医学尖端技术的能力(见图5-5)。

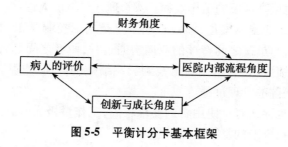

图5-5 平衡计分卡基本框架

(2)平衡计分卡的实施流程

运用平衡计分卡进行医院绩效管理通常可以遵循"前期准备、构建计分卡、设计运作系统、反馈和修正"的流程。

1)前期准备:在实施平衡计分卡之前,医院需要做一定的准备工作,这些准备工作包括:组建负责平衡计分卡项目实施的团队,编制平衡计分卡实施进度计划,进行前期调查,组织宣传和培训。

2)构建平衡计分卡:平衡卡的构建应当从明晰医院的使命、价值观、愿景以及战略重点与目标开始,所以首要的工作是进行医院的战略研讨,在此基础上,由上至下构建各层次平衡计分卡。构建医院平衡计分卡、部门平衡计分卡及员工个人平衡计分卡。

3)设计运作系统:运作系统的设计实际上是对平衡计分卡与医院绩效管理整个过程的规范,主要包括三方面内容:①设计平衡计分卡与绩效管理流程:运作系统的第一步就是对平衡计分卡的流程进行设计。这一流程是日常运作的规范与标准,是运作系统设计最为核心的部分;②制定平衡计分卡与绩效管理制度:该制度是在医院日常运作的规范性文字描述,主要是对平衡计分卡及绩效管理流程与方法进行描述;③制作平衡计分卡流程表单:这些表单是医院在后期推进实施平衡计分卡时所需要的。

4)实施、反馈和修正:此阶段为组织平衡计分卡的具体实施。在平衡计分卡实施的过程中,需要进行实时监控,不断反馈其实施情况,及时分析其对医院战略实现的促进力度,进而评估平衡计分卡的实施效果。根据反馈信息、发现问题和员工意见对平衡计分卡中涉及的指标体系进行修正和完善,并改进医院战略。

(3)平衡计分卡的优缺点及注意事项

与目前医院实行的目标管理责任制的管理方法相比较,运用平衡计分卡管理工具进行绩效管理体现出以下几点优势:①管理理念更加先进化:原实行的目标管理责任制有注重追求经济效益趋向,更加关注各项经济指标和服务数量,弱化了服务质量和社会效果。平衡计分卡实施的是医院全方位的绩效管理,它从明确医院战略定位入手,以提高医院综合竞争能力为目的,以绩效管理为手段,制定出关键业绩指标,其中既有针对财务的绩效考核指标,也包括了非财务的绩效考核指标。与目标管理责任制的管理方法相比较,平衡计分卡的管理理念更加注重对服务质量、服务态度和社会效果的评价,追求的是服务效率,兼顾经济效益,使医院管理更加到位。②管理模式更加科学化:目标管理责任制的管理主要集中在经济指标上,衡量医院和员工的工作绩效时,均将经济收入指标与科室与个人的收入挂钩。而运用平衡计分卡管理可以弥补这一缺陷,它从4个角度设计了绩效衡量标准,全方位地考虑医院持续发展的各个方面。③管理流程更加规范化 在绩效管理的过程中通过管理者与员工的不断沟通,使整个管理过程更加透明。将员工的个体行为融合成为整个医院统一的、规范的行为,进而最大限度地提高医院的工作效率。④管理效果更加人性化:平衡计分卡推崇的是良好的参与气氛和畅通的沟通渠道,绩效管理不仅是用来控制员工的,更是用来激励员工的,它强调的是管理者与员工之间持续的双向沟通过程,两者之间是合作伙伴关系,管理人员不仅要评估员工的绩效,还要帮助员工找到影响绩效的障碍,再共同制订出绩效改进计划,让员工充分参与医院的管理过程。

但是平衡计分卡也存在着对使用者的要求较高,工作量极大,部分指标难以量化,权重分配会增加应用平衡计分卡的复杂性等问题。

(二)各种绩效考核方法的选择

前面我们已经对医院员工绩效考核的多种方法进行了说明和比较,每一种方法都有它的优势和不足,每一种方法都有它最佳的适用范围。因此,医院在选择绩效考核方法时,必须全面考虑各种因素。例如,医院的战略目标、医院的发展方向、医院绩效考核的目的、员工的工作性质和特点、员工的素质、绩效考核方法本身的特点以及绩效考核的成本支出等。

1. 医院绩效考核的目的对绩效考核方法选择的影响

医院绩效考核的目的对医院绩效考核方法的选择起着决定性的作用。我们在之前已经讨论了医院绩效考核的目的分为管理目的和发展目的,选择合适的绩效考核方法对实现医院绩效考核目的会起到事半功倍的作用。例如,如果以优化医院员工的职业生涯为医院绩效考核的主要目的,则选择关键事件考核法、360度绩效考核法等会比较有效,而选择比较考核法就很难达到目标。

2. 医院员工工作性质与工作特点对绩效考核方法选择的影响

医院有医生、药剂师、护士、技术工人、行政人员等各种岗位的员工,各岗位的职称又有高、中、低之分,不同的工作岗位。不同的职称级别,其工作性质和工作特点也各不相同。在进行绩效考核方法的选择时,应根据医院内部不同岗位、不同职称人员的工作性质和工作特点,选择不同的绩效考核方法,才能做到合理地评价、选拔和使用各类人才。比如,医院行政管理人员,他们的绩效目标难以量化,因此可以选择关键事件法等绩效考核方法进行考核。

3. 绩效考核方法本身的特点对医院绩效考核方法选择的影响

每一种绩效考核方法都有它们各自的特点,每一种方法与组织战略的一致性以及其适用范围、开发与应用成本、信度与效度、优势与不足,都有所不同。医院必须根据绩效考核的目的、员工的工作性质,并结合绩效考核方法本身的特点,选择某种绩效考核方法或某几种绩效考核方法的组合。

4. 绩效考核所需时间和成本对医院绩效考核方法选择的影响

医院是个特殊行业,在注重社会效益的同时,需兼顾经济效益。因此医院在选择绩效考核方法时,考核所占时间(包括时间成本)和考核方法开发与应用所需成本,也是必须考虑的一个重要因素。以360度绩效考核法为例,该方法综合性强,反馈信息全面,可以有效避免偏见,有利于优化医院员工的职业生涯,有助于加强医院建设。但是,开发和应用该方法的成本相当高,而且实施时需要花费大量的时间和精力。所以,医院在选择绩效考核方法时,要做到合理预算和利用好绩效考核所投入的资金,不过量占用考核者和被考核者的时间;对非核心岗位员工进行绩效考核时,不宜选择诸如360度考核法等比较复杂的绩效考核方法。

(薛迪　张冬慧)

第六章

医疗服务综合管理

第一节　医院服务综合管理概述

医院属于服务行业,医院服务是以病人和一定社会人群为主要服务对象,以医学技术为基本服务手段,向社会提供能满足人们医疗保健需要,为人们带来实际利益的医疗产出和非物质形态的服务。医院服务不仅仅是一种活动,而且是一个过程,还是一种结果。医院提供各种各样的服务,包括医疗服务、护理服务、药学服务、后勤保障服务,同时还包括价格服务、环境服务,以及其他非物质形态服务等等。非物质形态的服务主要包括服务态度、承诺、医院形象、公共声誉等等,可以给病人带来附加利益和心理上的满足感及信任感,具有象征性价值,能满足人们精神及心理上的需要。

一、医院服务的内容

医院服务是由三个基本层次构成,即核心服务、形式服务、附加服务。

1. 核心服务。核心服务是医院服务的最基本层次,也就是病人需求的物质或服务的利益。例如患者来到医院就诊,就是为了解除痛苦,寻求诊断、治疗的有效方法,得到高质量的医疗服务,获得康复。核心服务为病人提供最基本的效用和利益,向人们表明了医院服务的实质。因此,医院在经营的过程中,特别是医务人员在为病人提供医疗服务的时候,最主要的是让病人了解此项医疗服务的实质。

2. 形式服务。形式服务是医院服务的第二层次,即医院服务的形式,也就是病人需求的医疗服务实体或外在质量。如医院提供的医疗服务的项目、医疗服务的技术水平、医院的医疗仪器设备、医疗服务的质量与效果。因此,形式服务向人们展示的是核心医疗服务的外在质量,它能满足各种不同患者的不同需求。

3. 附加服务。附加服务是医疗服务各种附加利益的总和,也就是病人需求的医疗服务延伸部分与更广泛的医疗服务。例如医院或医务人员对医学知识的介绍、病人对自己病情的咨询、医院医疗服务承诺、医院的就医环境、生活方便舒适程度等等。这是医院对核心服务另外附加上去的内容,但它能给病人带来更多的利益和更大的满足。国内外许多医院服务上的成功,在一定程度上应该归功于他们对附加服务重要地位的认识。正如美国市场经营学专家利维特所言:"未来竞争的关键,不在于工厂能生产什么产品,而在于其产品所提供的附加价值,即包装、服务、广告、用户咨询、购买信贷、及时交货和人们用价值来衡量的一切东西。"

上述三个层次,构成了医院服务含义的全部内容。它体现了"以病人为中心"的现代医院经营思想。随着科学技术的不断进步和病人需求的日益扩展,医院服务含义还有不断扩大的趋势。在现代医院经营中,医院所开展的服务绝不只是特定的使用价值,而必须是反映医院服务含义的一个系统。因为病人的某种需求,实际上是一个整体系统。作为病人,他既要求治好病(医疗产出),还在意他是如何接受医疗的(非物质形态的服务)。经验告诉我们,病人对治病的技术评价并不在行,可对医务人员的服务态度却感知强烈并喜欢与人分享。因此,医院提供的某种医疗服务,也应该是一个整体系统。医院不仅要为病人提供满意的医疗功能,同时还要为病人提供满意的服务功能,这样才能为病人提供更多的附加利益,才能适应病人需求扩展的需要。

传统的医院管理是"以疾病为中心"治病救人,服务的对象主要是10%的非健康人群。随着医学模式的转变,现代医院管理是"以病人为中心",在医疗服务过程中突出人性化服务,以顾客为关注焦点,将"病"和"人"融合在一起,不断地增进顾客的满意度。同时,医院管理也引入了健康管理的概念,将服务理念转向"以人为中心"。医院在服务病人的同时,也服务其他健康和亚健康人群。现代医院不仅仅是治病救人的场所,医院的服务覆盖了整个人群,是集医疗、教学、科研、预防、保健为一体的新型服务机构。医疗服务不仅要靠医学专业技术,还要融入大量的人文关怀,否则,就得不到顾客的认可。

二、医院的顾客

顾客是指接受产品的组织或个人,如消费者、委托人、最终使用者、受益者等。顾客可以是组织内部的或外部的。那么,医院的顾客包括哪些呢?从医院的服务对象来看,主要是到医院就医的病人、健康人以及客户。因此,我们应将医院的服务对象统称为顾客,而不单指病人。

三、对医院服务的期望

对医院服务的期望来自顾客、社会、医院管理者三个方面。

1. 顾客的期望。医院的顾客都是希望能够花最少的费用和时间得到最好的服务,医务人员提供良好的服务态度,医院服务有安全感、可信赖等。

2. 社会的期望。社会的期望总是希望医院要发扬"救死扶伤"精神,提供社会保障和福利,创造更多的社会价值等。

3. 医院管理者的期望。医院管理者希望吸引更多的顾客,减少医疗风险,降低不必要的成本支出,提高效益,医院经营管理更便利、医院提供的服务更满意等。

只有这三个方面的期望实现有机地结合,才能使医院保持可持续性发展的势头,医院的服务才真正迈入了良性的循环。

四、医院服务包

由于医疗服务的无形性,顾客很难识别医疗服务产品是什么。为了更好地理解医院服务的含义,我们引入医院服务包的概念,它告诉我们医院所提供的服务产品的组成,顾客是从哪些方面感知服务质量的。医院服务包是指医院所提供的服务组合,该组合包括以下四个方面:

1. 支持性设施。支持性设施就是医院在提供医院服务前必须到位的物质产品,如医院的建筑及医疗设备等。具体体现在服务地点是否方便、易于辨认、服务环境是否高雅舒适、科室布局是否合理、医疗设备是否先进,完备、服务设施是否没有障碍等。

2. 辅助物品。辅助物品就是医院顾客需要购买或消费的药品、食物、器具等。具体体现在辅助物品是否准备充足,档次是否齐全等。

3. 显性服务。显性服务就是医院顾客用感官察觉到的和构成医疗服务本质特征的利益,主要指医疗服务产出。具体体现在医院医护人员的医疗服务技术水平,提供医疗服务的可靠性、全面性、稳定性和便利性等方面。

4. 隐性服务。隐性服务就是医院顾客能模糊感受到医疗服务带来的精神上的收获,是医疗服务的非本质特性或非物质形态的服务。它具体体现的方面非常复杂,例如,服务态度、医院环境、医院氛围、等候感觉、安全性、方便性、舒适感等。

以上四个方面都要被医院的顾客感知,共同组合成医院顾客所购买的服务产品,并形成他们对医院服务的感知。因此,医院在设计服务产品的时候,一定要注意包括以上四方面的内容,更重要的是医院要为顾客提供与他们所期望的服务包一致的整个经历。医院位置适中,周围环境优美,医院建筑美观,医疗设备应有尽有,名医专家众多,医务人员的服务无微不至等,任何一方面都能达到顾客比较高的期望,如果降低了其中一方面的档次,都不会得到顾客的满意。

第二节　医疗服务项目价格的制订

一、医疗服务价格的演变

我国医疗服务价格政策的发展和演变大致经历了三个阶段:

第一阶段是建国初期到第一个五年计划期间。当时国家处于经济恢复期,财政预算给医疗机构的补助少,医疗服务价格的制订以保本经营为基本原则,与当时医务人员的劳务报酬和医疗物资的消耗基本相适应,再加上政府的补助以及医疗机构享有社会福利机构的优惠待遇,医疗机构基本能够实现保本经营。

第二阶段是20世纪50年代末到80年代初。在此期间,医疗服务价格经历了3次大幅度的降价:第一次降价在1958年,以北京市为例,挂号费降为0.3元,住院费不分医院和病床的等级,统一降为1元,大、中、小手术费分别降为40元、30元和10元。第二次降价在1960年,全国医疗服务价格标准平均降低23%～30%,其中市级医院平均下降25%,县级医院平均下降23%。根据当时可比价格的测算,市级医院的挂号费成本为0.44元,而实际价格为0.1元,床位费成本为4.3元,而实际价格为1元,全肺切除术,包括材料在内的手术费的成本为95元,而实际价格只有35元,阑尾切除术的手术费成本为23元,实际收费价格为10元。第三次降价在60年代末期,挂号费降到0.1元以下,住院费仅上海市和北京市维持在1元,其他省市和地区降为0.4～0.7元,大、中、小手术费分别降到30元、20元和8元。该阶段医疗服务价格的3次降价,在当时工资收入低的情况之下,为保证人们享有基本医疗服务起到积极的作用,但是由于财政补助不足以及医疗补偿机制不健全,严重阻碍卫生事业的发展。表现在房屋和设备陈旧得不到更新,医疗技术的发展受到限制,医务人员工作积极性受挫,造成以后医疗服务价格和实际成本的严重背离,客观上影响了卫生服务条件的改善和消费者的根本利益。

第三阶段是在20世纪80年代初改革开放以后。由于长期以来对卫生事业性质定性为福利事业,因此医疗服务定价一直遵循低于成本定价的原则并由国家统一指导定价。改革开放以来,各行各业价格政策进行了改革和调整,医疗卫生领域价格政策改革却明显滞后。为了适应卫生事业改革和发展的需要,医疗机构的补偿机制进行了调整,由过去的"差额补助,结余上缴"的预算管理办法,改为"定额定项补助,结余留用"的财务管理办法,同时为了调动医务人员的积极性,规定可以从结余的经费中适当提取一定比例的资金用于发放职工奖金。由于国家财政补助不足,医疗机构经营状况的好坏直接影响到其经济利益和发展,因此卫生部门以医院合理补偿为理论依据,向物价部门提出调整医疗服务收费标准的要求。根据实际情况,以及对卫生事业性质的再认识,在医疗服务定价上进行了调整。基本的医疗收费项目仍按照不含折旧和基本工资的成本进行定价,而对于出现的新技术、新检查和新治疗手段,其价格中可以包含部分折旧等费用,使这些服务的价格基本接近甚至高于成本。

虽然上述医院补偿机制的调整和医疗服务价格的改革,在一定程度上调动了医务人员的积极性,医院的收益得到明显的提高,但是由于医疗服务产品和医疗市场的特点导致了"大检查、大处方"等现象依然存在。医院争相购置和使用高新设备,过度用药,使医疗费用大幅度增长,其增长幅度大于同期国民经济的增长幅度,给国家、集体和患者个人造成严重的负担,同时造成区域医疗设备配置不合理和利用低效,由此也促使医疗服务价格的不断调整和改革。20世纪90年代中期,上海市率先实施"总量控制、结构调整"的政策,有效遏制医疗费用的过度增长,主要通过提高基本医疗服务项目和医务人员劳务收费标准,降低大型仪器设备检查治疗项目的价格,严格控制药品在医疗收入中的比例等方法,在不增加政府和社会经济负担的基础上,促进医疗机构补偿机制走向良性循环的轨道,并在全国推广和实施。近年来,上海对医院开始实施总额包干制,实行医疗费用,药品费用双总控,有效抑制医疗费用的不合理增长。医疗服务价格体系的改革并非一朝一夕可以完成,随着社会经济的发展和人们对医疗服务需求的提高,仍需要不断发展和完善。

二、价格和价格机制

根据马克思主义政治经济学的解释,价格是商品价值的货币表现,由商品的价值确定,是维持市场体系正常运转的经济杠杆。商品的价值是由生产过程中所消耗的物化劳动(C)、劳动者为自己创造的价值(V)和为社会创造的价值(M)三部分构成,其货币表现即为商品的价格。

价格机制,又称为市场机制,是指通过价格来调整市场经济关系和经济活动的方式和规律,以保证市场体系的正常运行。

价格理论是西方经济学的基础理论。市场是由消费者的行为和供给者的行为共同决定的。通过价格的经济杠杆作用,使需求和供给达到均衡。此时,在既定条件下,消费者支付最低的价格可以获得最大的满足,而供给者可以最小的成本获得最大的利润(见图6-1)。需求曲线D和供给曲线S的交点E为均衡点,E点对应的价格P1为商品的均衡价格。

当商品供给大于需求,即供过于求的时候,商品的价格将会下降,反之,当商品供给小于需求,即供不应求的时候,商品的价格将会上升。西方经济

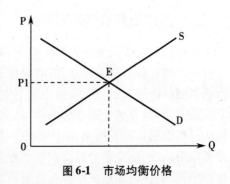

图6-1　市场均衡价格

学对于市场的分析、价格机制如何运作等问题的研究都是以价格理论为核心的。现代西方经济学理论的重要特点之一是它只谈价格不谈价值,以价格论代替价值论。然而它在关于供求关系、供给需求弹性等方面的分析,可供我们在制定价格政策时参考。

值得注意的是医疗服务市场有自己的特点,其价格机制的作用有一定的局限性。如医疗服务产品的外部性、供给方在医疗服务市场中的垄断性和需求方的被动性、医疗服务价格对医疗需求的弱弹性等,决定了医疗服务市场不能完全由市场调节。因为市场化不能解决卫生资源的筹集和合理配置,不能解决基本医疗服务的公平性,不能有效控制医疗费用的过度增长。但是,医疗服务市场中价格机制仍在一定范围内发挥作用,其作用不容忽视。随着社会主义市场经济体制的建立,研究我国卫生服务领域内价格及价格机制的作用,对于医疗卫生事业的改革和发展具有重要的意义。

三、医疗服务价格的种类

我国医疗服务价格基本上实行的是以服务项目作为计量单位收取费用的"项目收费"方法,服务项目不同制订收费价格的标准也不一样。医疗服务项目可以分为以下几类:

1. 药品价格。根据国家的有关规定,医院通常按照药品的批发价格购买,并以零售价格销售,药品的加成率为15%,政府免收医院药品零售的增值税和利润所得税。医院以此作为弥补其基本医疗服务价格偏低造成的亏空。药品收入长期以来作为医院经济收入的主要来源和医院经济补偿的主要手段,对医院的发展起到一定作用,但是由此带来的副作用是导致医疗费用的上涨,有限卫生资源的浪费等,严重阻碍了卫生事业的发展。目前,国家新医改方案中着力于实施基本药物目录,在社区卫生服务中心普遍使用基本药物,采用零差率的方式,在二、三级医院设计采用处方费等形式,主要目的是降低药品在医院收入中的比例,实施医药分开的政策,合理调整医疗收入的结构,理顺医院经济补偿机制。

2. 医疗用品价格。主要是指医院在提供医疗服务过程中消耗和使用的医用商品。例如,X光摄片、一次性注射器、人工器官、血液制品等。根据卫生部的有关规定,医疗用品的价格应按照进货价格出售,实行保本经营。

(1)常规医疗服务价格:主要是指医院提供的基本医疗服务的价格。包括门诊服务、住院服务等基本的诊断、检查和治疗服务价格。长期以来,卫生事业的福利性主要体现在对这类服务实行低收费甚至免费,使其价格和价值相背离。

(2)高新医疗服务价格:对于新开发的医疗服务项目,如CT、MRI、PET等,其价格的制定基本上接近于成本甚至更高,造成医院争相购买大型设备、做大检查,由此作为经济补偿的途径。

四、医疗服务价格的制订

医疗服务在市场经济的大环境中,必须适应市场经济的发展。但是,医疗服务市场和医疗服务产品有其自身的特点,由此决定了医疗服务价格的制定,要将政府宏观调控和规划与市场机制的作用相结合。根据当前卫生事业的性质,在保证基本医疗服务的前提下,以成本定价为方向,改革医疗服务价格体系,大力控制药品费在医院收入中的比重,逐步完善医疗机构补偿机制。随着国家、集体和个人经济承受能力的提高,应有计划、有步骤地提高医疗服务收费标准,建立适合经济发展水平和满足不同层次人群对医疗服务需求的新型医疗服务价格体系,促进医疗卫生事业的健康发展。

（一）定价的基本原则

1. 社会效益优先的原则。卫生事业的性质决定了医疗服务价格不能完全由市场调节，政府定价仍然起主要作用。医疗服务价格的制订要考虑到当时的社会经济发展水平和人们的经济承受能力，要确保人群能够合理负担，公平享有基本医疗服务。因此要遵循社会效益优先的原则。政府的指导价格根据成本的合理变化和社会承受能力适时调整。

2. 保障基本医疗服务的原则。保障基本医疗服务是我国卫生事业改革的基本原则，同时医疗服务价格的制订也不能偏离这项基本原则。基本医疗服务价格的制订，应当正确估计有支付能力的医疗服务总需求量，根据社会经济发展水平，研究政府、企业和个人的承受能力，根据医疗服务的社会平均成本，并结合市场供求状况及其他因素制定和调整。

3. 合理补偿的原则。医疗服务价格收费是医疗机构经济补偿的一条重要渠道。在提供医疗服务的过程中，物化劳动和劳务的消耗必须得到合理的补偿才能维持医疗机构的生存和发展。在社会主义市场经济条件下，结合当前医疗卫生事业改革的现状，对不同性质医疗机构提供的医疗服务采用相应的定价方法，使各级各类医疗机构在提供医疗卫生服务过程中能够得到合理的经济补偿，促进医疗机构的发展。

4. 市场调节和宏观调控相结合的原则。随着社会经济的发展和社会主义市场经济体制的建立和完善，根据医疗卫生服务的特点和我国卫生改革深化的需要，特别是当前对医疗机构实施营利性和非营利性的分类管理办法后，在医疗服务价格的制订上，要满足不同层次的医疗需求，体现优质优价的竞争原则，进一步完善医疗卫生机构的经济补偿机制。这就要求应用价值规律进行市场调节，同时由政府进行宏观调控和管理，两者必须有机结合。

（二）医疗服务价格的制订

1. 药品价格。国家基本医疗保险目录中的药品和生产经营具有垄断性的少量特殊药品（包括国家计划生产供应的精神、麻醉、预防免疫、计划生育等药品），由政府定价。在遵循上述定价原则的基础上，依据社会平均成本定价。国家基本医疗保险目录之外的其他西药、中成药、中药饮片、医疗机构自制制剂等处方药品，实行市场调节价。在国家宏观调控下，充分发挥市场的作用，由经营者定价。未列入国家基本医疗保险目录中的非处方药，实行经营者自主定价。

2. 基本医疗服务价格。对于满足社会基本医疗服务需求的服务项目，如挂号费、住院费、常规检查和化验费等，实行国家定价，并由国家统一管理，以保证稳定性，确保广大人民群众能够享有基本医疗服务。

3. 医疗服务新项目的价格。为鼓励和促进医疗技术的发展进步，对利用新技术、新材料开展的新医疗服务项目，其项目名称、试行价格和服务内容由相关卫生行政部门认定，并报相关物价主管部门备案后执行，试行期一年，期满后，由价格主管部门会同卫生行政部门审定正式价格，并报国家计委和卫生部备案。

4. 特需医疗服务价格。特需医疗服务价格的制定可以根据当地社会经济发展、医疗技术水平的发展情况，以及对特需医疗服务的需求情况，遵循市场价值规律，通过测算特需医疗服务的成本，并按照成本加上适当盈余的原则制定。

5. 可选择性医疗服务项目的价格。可选择性医疗服务项目的价格实行级别差价原则，让患者自主选择医院和医生，促进医疗机构和医生提高医疗服务质量和水平。配合医疗保险制度改革，对一、二、三级医院和不同职级的医生提供的服务，合理拉开差价。

6. 非营利性医疗机构医疗服务的价格。对非营利性医疗机构的医疗服务项目定价，在执行政府制定的指导价时可以作上下 10% 的浮动。医疗费用实行总量控制,结构调整,总量指标和药品增长指标由价格、卫生、财政、医疗保险部门共同会商,报政府批准后执行。在总量控制范围内,根据价格管理权限和制定原则,提高或降低不合理的医疗服务价格。

7. 营利性医疗机构医疗服务的价格。营利性医疗机构提供的医疗服务的价格,按照补偿成本、缴纳税费、合理回报的原则由医疗服务机构自主定价。

对重要的医疗服务价格的制定和调整,相关价格主管部门应根据《中华人民共和国价格法》的规定,举行听证会,广泛听取社会各方面的意见。

五、医疗服务价格管理

当前我国医疗服务价格是由价格主管部门和卫生行政部门统一管理。根据宏观调控和市场调节相结合的原则,医疗服务实行政府指导价和市场调节价相结合的定价方法。非营利性医疗机构提供的医疗服务的价格,在执行政府制定的指导价时可以作上下 10% 的浮动,并报相关物价、卫生行政主管部门备案。供患者自愿选择的特需医疗服务的价格,可在政府制定的指导价的基础上浮动,但必须报经相关物价、卫生行政主管部门批准后执行。营利性医疗机构提供的医疗服务,其价格实行市场调节价。

1. 价格主管部门和卫生行政部门共同公布统一的医疗服务(包括社区医疗服务)项目名称和内容,并逐步实行国家规定的医疗服务项目名称和内容。医疗机构必须严格按照规定的医疗服务价格项目和服务内容提供服务。

2. 价格主管部门和卫生行政部门按照国家规定的医疗服务成本测算方法组织或委托有关部门或社会组织进行成本调查工作,对医疗服务价格和成本要素构成进行监测,为合理调整医疗服务价格提供依据。医疗机构应建立成本核算制度,努力降低成本,并配合价格主管部门和卫生行政部门进行成本调查。

3. 价格主管部门和卫生行政部门共同建立由医学专家、卫生经济专家和其他有关部门方面的专家组成的医疗服务价格专家咨询委员会。此专家咨询委员会对重要技术服务价格的名称、价格和服务内容以及医学专业技术性问题等提出咨询意见和建议。

4. 医疗机构向社会提供的医疗服务必须实行明码标价,提供费用较大的医疗服务项目要实行事前明示,征求病人或家属的意见。价格主管部门依法制止价格欺诈行为。支持营利性医疗机构对医疗服务价格开展行业自律。

5. 医疗机构有义务接受患者的价格查询。在医疗费用结算时,要通过电脑打印等多种形式向患者提供医疗服务明细账单,对有要求的患者必须无条件提供,以接受社会和患者的监督。

6. 价格主管部门依据《中华人民共和国价格法》和《价格违法行为行政处罚规定》等法律、法规,对医疗机构的服务价格进行监督检查,对违法行为实施行政处罚。

六、医疗服务价格现状与存在的问题

1. 常规医疗服务价格偏低和医疗费用增长过快并存。由于种种的历史和客观原因,医疗服务的价格,特别是常规医疗服务的价格严重背离其价值,而且并未随着社会经济的发展及时调整。同时,与之并存的是医疗费用的高速增长。20 世纪 90 年代以来,医疗费用的增长幅度超过国民经济和财政的增长幅度。以上海市为例,2007 年上海市卫生总费用达到 485.67 亿元,比 2006 年增长了 20.98% ,占 GDP 的 3.98% 。其增长幅度远远高于同期 GDP

的增长幅度和财政的增长幅度。这两种现象并存表明，医疗服务价格改革滞后，医疗服务需求增加，医院补偿机制又不健全，导致医院政策性亏损，而医院主要通过销售药品获得的加成收入和高新技术设备检查和治疗收费来弥补，结果造成医疗费用的过度增加，给国家、集体和个人均带来经济负担。

2. 医疗服务价格高低并存。当前我国医院仍然实行项目收费，医疗服务项目众多，尽管随着我国医疗收费价格体制改革，医疗服务价格逐步趋于合理，但是由于种种原因，仍然存在许多问题，其中最为突出的是医疗服务收费标准中的"两高一低"，即高、精、尖的大型仪器设备、新技术、新项目的收费高，药品价格高，医务人员技术劳务项目的收费低。由此造成的结果是，医院争相购买大型仪器设备、鼓励病人用进口药和价格高的药，给患者造成难以承受的经济负担，医疗费用上涨而结构不合理，既不利于区域卫生规划又不利于卫生资源的有效利用。

3. 医院补偿不足与资源浪费并存。我国医院当前的补偿机制是国家财政补助和医院经营补偿相结合的模式，一般医疗服务价格标准低于其成本，医院在经营过程中因此产生的亏损由国家财政和医院业务收入补偿。问题是国家财政预算拨款是按照固定人员的基本工资额计算补助的，并不与医疗服务量挂钩，而且补助额度占医院总收入的比例有限，目前仅占医院总收入的 10% 左右，换句话说，90% 的费用要靠医院经营来补偿。由于国家财政补偿不足，医院为了生存不得不设法增加经营收入，因此出现了不合理收费等不良现象，结果造成卫生资源利用不足和浪费，主要表现在：一是医院超前建设、超前发展，争相购买大型设备，与现有的经济发展水平不相适应；二是医疗保健制度不健全，患者缺乏费用意识，出现超前消费的现象。

第三节　大型医疗设备服务项目的管理

医学技术的快速发展，各种高新技术纷纷应用到医学领域，越来越多的高科技大型医疗设备不断问世。当一种医疗设备经过技术评估被认为是有临床推广价值时，如何制定合理的大型医疗设备服务项目的收费标准是卫生行政部门要考虑的一个重要问题。过高的价格可能诱导过度消费，进而导致医疗服务费用的过度上涨；过低的价格又会挫伤服务提供方——医院的积极性，影响医院的正常经营活动，因此为了使医疗卫生服务健康有序地发展，制定合理的大型医疗设备服务项目价格和补偿机制是非常必要的。

一、大型医疗设备的购置

大型医疗设备的购置首先必须由申购部门提出申请，然后由医院组织有关专家进行论证，并结合医院的年度计划和年度预算确定是否购置。医院经过论证后需要购置的，要向上级卫生行政主管部门提出申请，由卫生主管部门根据区域卫生发展规划和医院医疗业务情况，经过专家论证和评审确定是否批准购买。有些大型医疗设备，如 PET 等设备还需要报卫生部，由卫生部组织专家根据各地区的区域卫生发展规划和医院医疗业务情况进行专家论证确定是否批准购买。对于各地区批准购置的 CT、MRI 等大型医疗设备还需报卫生部备案。医院得到卫生主管部门的批复后，可以开始启动购买程序，有些设备如 PET 由卫生部启动全国性的政府招标采购，有些设备如 CT、MRI 各地区可以启动地区政府招标采购。

医院在进行大型设备的论证过程中，需要考虑多方面的因素，其中包括医院收治的病种、病人的需求、教学、科研的需要、设备的档次、价格、保修等多种因素，同时还要进行大型设备的成本效益分析,预测一下投资回收期。经过周密的论证,才能决定是否购置大型设备,购置的档次等等。如果没有进行科学的论证进行盲目购置,可能会造成医院的巨大浪费,大型设备的使用率不足,从而会导致为了提高大型设备的使用率而诱导使用的状况。

二、大型医疗设备服务项目的申报

医院购置了大型医疗设备,其服务项目需要向主管部门进行申报,对于卫生主管部门和物价部门已经备案和审核过的服务项目,申报医院只要得到主管部门的批复就可以开展这项服务项目了。但对于一些特殊的服务项目,在本地区是首次开展的服务项目,需要经过卫生主管部门进行评估,准入后需经物价部门进行审核,在审核的过程中,医院需要提供大型医疗设备服务项目的成本测算数据,由物价部门最后确定收费的价格。未得到卫生主管部门和物价部门批准的项目是不允许开展的。申报大型医疗设备检查和治疗项目的,应附国家、省或本市卫生局核发的《大型医用设备配置许可证》、《大型医用设备应用质量许可证》。

三、大型医疗设备服务项目的管理

大型医疗设备服务项目在实施的过程中,卫生主管部门和物价部门要加强监管,监管是否有过度使用、乱收费等现象的发生。医院在提供服务的过程中也要严格掌握检查指征,合理使用。目前在很多三级医院,大型医疗设备,如 CT,MRI,ECT 等都不止一台,主要是病人的需求较大,病人排队等候检查的时间太长,医务人员加班加点进行检查。门诊病人需要检查,住院病人同样也需要进行检查。这就造成了一定的矛盾。往往临床科室为了缩短平均住院天数,希望医技部门能够尽快进行检查,出具检查报告。医技部门为了配合病房的工作,优先为住院病人进行检查,因此就会造成门诊病人等候检查的时间过长,引起病人的不满。这时候就需要医院合理调配人力资源,合理安排住院病人和门诊病人的检查时间,合理配置大型医疗设备,保证临床工作的正常进行。对于住院病人可以安排早晨门诊开诊前进行检查或者下午门诊结束后,晚上进行检查。

第四节 医院流程管理

每个人都有去医院就医的经历,尤其是到大医院,许多人不知道如何就医,进了医院到处东问西问,一会儿要到医技科室去做检查,一会儿要去收费窗口付费,一会儿又要到取药窗口取药。大医院到处还需要排队,往往看一次病要花数小时。许多病人都会抱怨,看病真难。如果医院的导向或指示牌指示不清,患者找不到相应的科室或医生;科室空间位置设置不合理,感染区与非感染区不分开等等。这种因医院流程设置不规范导致管理紊乱的情形,使医院的运营成本和患者的就诊成本大为增加。

一、医院流程

医院流程是指医院实现医院基本功能的过程,其包括为当地人群提供医疗、护理、预防和康复服务;为医学科学进步进行医学科学研究;为培训医学生、进修生而进行医学教育等等。而在具体医疗情境中,则主要体现为医务人员如何为患者提供门诊或住院治疗手续、给予何种治疗、何种护理、由谁去做及什么时候做等等。故医院流程实际上是指医院向患者提供各种医疗卫生服务的前后(或先后)次序。医院流程是否合理,是否便捷将大大影响医院的工作效率和患者的就医感受,直接影响患者的就医满意度。医院流程通常可分为行政管理流程、医疗服务流程和后勤保障流程。其中行政管理流程是战略流程,医疗服务流程是核心流程,而后勤保障流程是支持流程。

现行医院流程的通病有几点:分工过细就诊环节多;常排队和排长队;空间设置不合理,导向指示不实用;医务人员的不确定性使病家来回找人——许多医院门诊医生的排班表与实际上班的人不是同一人,一些医院的医生既在住院部查房,也到门诊坐诊,有的医生还肩负着急诊任务。这种"一人多事"以及随意换人的不确定性,使时下提倡的"病人选择医生"工作流于形式难以实现。

国家新的医改方案提出要方便病人就医,解决病人看病难的实际问题,除了国家政策方面的因素外,其中很大的潜力在医院,即医院的流程优化或者是流程再造。加强医院的流程管理,减少不必要的中间环节,为患者提供最便捷的服务。

二、医院流程管理

什么是医院的流程管理呢? 简单地说,医院流程管理就是以规范化的医院服务流程为中心,以不断提高医院经营效绩为目的的一种系统化的医院管理方法。那么,如何进行医院流程管理,优化医院流程呢? 可以从以下几方面进行:

(一)以病人为中心,以超越病人期望作为流程优化的导向

以病人为中心,是指医院把病人当"上帝",医务人员把患者从"求医"对象转变为"服务对象",具体地说,就是医生围着病人转,护士围着病人和医生转,后勤人员围着医护人员或病人转;病人看不到、想不到、听不到、做不到的,医务人员和后勤人员要替病人看到、想到、听到和做到;要营造一个医务人员与病人零距离接触的人文环境;要加强医务人员的职业道德教育;要学习和借鉴服务行业的服务礼仪,进行规范化的礼仪培训;要大力宏扬医院文化,营造医院文化氛围;要在医院新建、改建或者扩建时,从患者就诊的角度来看医院,使医院各科室之间、科室内部之布局合理,改善医院的就诊环境。

(二)以服务流程为核心,优化医院服务流程的目标和步骤

虽然医院是为患者而运营的,医院所有的工作是为患者做的,但在日常运营中,其发挥作用还需通过一个个"小目标"来达到"大目标",最后通过达到"大目标"来实现改善服务流程,最终达到"以病人为中心"的目的。故此,医院管理者应把医院服务流程的改善或优化作为一个重要的研究课题来做,并把它提到医院经营管理的议事日程上,详细研究,明确落实。其具体步骤如下:

1. 了解医院目前病人的诊疗流程,并绘制成诊疗流程图,这张流程图还应当包括医院后勤支持系统,如病人的运送、药品等医疗物品的运输等内容。

2. 确定流程优化目标,如提高患者的满意度,缩短非医疗服务时间或周期,降低患者的就诊成本和医院的经营成本。

3. 确定流程优化组织机构的人员和实施整合的方法。

4. 建立目前医疗流程模型,并对其进行分析,找出流程的"瓶颈",按照轻重缓急的原则进行排序。

5. 明确解决办法,建立新的医院流程管理模式并模拟演练。

6. 模拟演练,如无缺陷,应立即组织实施新的医院流程管理方法。

(三)需寻找关键环节作为突破口

在对医院原有服务流程进行优化与整合时,面对千头万绪的工作往往会感到无从下手,所以需寻找关键环节作为突破口。这个关键环节就是在整个流程优化中必须优先解决的子流程。这些关键环节主要包括：①与病人关系最密切的流程，如门诊流程、急诊流程、入出院流程等；②不合理的、对整个流程优化阻碍最大的流程，如科室的功能设置、空间布局等；③最容易成功，最能获得员工支持和参与的流程，如后勤仓储物流支持系统。

（四）以信息网络系统为纽带，高起点地优化和整合医院服务流程

在分析医院服务流程的人流、物流、信息流和资金流时，我们会发现人流和物流是产生有形物体空间变化的主要方面，也是我们进行流程优化的重点方面。而信息流的有效整合可以减少人流、物流和资金流的流量变化，提高人流与物流的效率。基于网络技术"一卡通"的使用，门诊的预检、分诊、挂号、交费等手续可以实现一次性完成，大大缩短了排队等待时间；门诊医生工作站使"病人选择医生"成为现实；PACS及电子病历的应用减少了病历档案存放空间，加快了病历档案的传递；信息系统可以使入出院手续办理时间明显缩短；利用IN-TERNET技术可以实现网上咨询和网上预约挂号等业务。同时，医院经营者的控制能力得到大幅度提升，促进医院的行政管理机构由传统的"金字塔"式向"扁平化"发展。

（五）健全机制，以强有力的组织措施和合理的激励机制保障流程优化的顺利进行

要有健全的管理机制，强调制度的落实，更要强调任务的完成。当然，改善或优化医院流程管理不是一件简单的事，它首先需要医院管理者思想上重视，全体医务人员紧密合作，以及患者及其家属配合和社会各界的认可。除此之外，还需要医院以及有关政府部门从资金上加大投入。虽然如此，随着社会的进步及人们对医疗卫生服务要求的不断提高，人们到医院就诊已不满足于仅能看好病，而迫切希望提高就诊效率，迅速痊愈并获得身心上的愉悦。故改善或优化医院流程管理势在必行。

第五节　医院品牌管理

引用 Amazon 公司的创始人及首席执行官 Jeff Bezos 先生的说法："品牌是指你与客户间的关系，其中起作用的不是你在广告或其他的宣传中向客户许诺了什么，而是客户反馈了什么以及你又如何对此做出反应，也就是说是口碑，简而言之，品牌就是客户私下里对你的评价。"医院品牌就像人一样有个性，需要用三维的方式展示出来，必须同客户建立亲密关系才可以生存，就是说医院品牌必须根植于客户的生活里才可以使医院品牌维持和成长。客户是用他们的心和大脑来选择品牌，所以医院必须同时考虑到客户的感性和理性的需求才可以真正满足客户的需求。

一、医院品牌维护和发展的策略和方法

根据 Aaker 的品牌资产概念模型，医院的品牌资产主要是由品牌知名、品牌认知、品牌联想、品牌忠诚几部分组成。因此，在下文中将从这几方面提出关于医院品牌管理维护和发展的策略和方法。

医院的知名度除了品牌历史沉积、医疗技术水平等因素，还有一部分是与医院的品牌形象及对外宣传等因素有关。由于医疗产品的无形性，患者主要是通过人际交流来获取所要购买的医疗服务信息。这也就是说，在医疗服务市场中，患者更多的是依靠口中说出来的话，而不是物质产品本身。因此医院的工作之重就是提高患者的就医满意度，使患者产生愉快的就医经历，以便他们向其他患者传播医院的美誉信息。

(一)顾客满意策略

通过医疗质量、服务和价值实现病人满意是现代医院营销所追求的目标,病人对医疗服务是否满意取决于病人实际感受到的医疗效果与期望的差异,是病人主观感受与客观医疗的综合反映。病人满意度的高低是影响病人再次光顾医院,影响其他病人光顾医院的主要因素。提高病人满意度是医院赢得市场、建立病人忠诚、提高效益的关键。

满意理论认为,病人对于医院的满意由理念满意(MI)、行为满意(BI)和视觉满意(VI)三个系统构成。顾客满意营销是指将这三个要素协调,全方位促使病人满意的整合过程(见图6-2)。

CS系统的三个方面不仅有密切的关联性,而且又有很强的层次性,从而形成了一个有序、功能耦合的CS系统结构(见图6-3)。

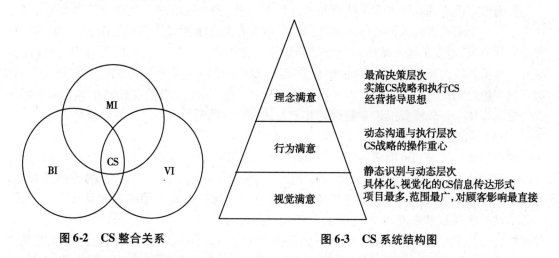

图6-2 CS整合关系   图6-3 CS系统结构图

1. 理念满意:是指医院理念带给病人的心理满足感。包括:质量经营理念、质量经营信条、医院使命、质量目标、质量精神、质量文化、医院风格等。理念满意是病人满意的核心,它不仅是医院营销的宗旨,也是对外争取病人与社会公众理解、信任、支持的一面旗帜。对内,它是推动广大员工形成共同的目标感、方向感、使命感和责任感的一种崇高的精神力量,医院理念的建设必须征求内外顾客的意见,得到他们的认同。

2. 行为满意:是指医院的全部运行状况带给病人的心理满足状态。包括行为机制满意、行为规则满意和行为模式满意等。由于理念满意的重心是实现病人的价值观,要明确病人希望怎样。它偏向病人的心理满足,落脚点是病患满意。行为满意的操作重点是理念满意付诸计划的行为方式,是组织制度、管理培训、行为规范、公共关系、营销活动、公益活动中对内外传播的医院精神。在行为满意系统中,一是员工对于医院的满意;二是患者对于医院的满意,包括医疗质量满意、医疗水平满意、医疗服务价格满意等;三是病人对医院服务的满意,包括服务质量满意、绩效满意、保证体系满意、服务的完整性和方便性满意以及对环境满意等,这是行为满意的重点。

3. 视觉满意:是指医院所具有的各种可视性的显现形象带给内外顾客的心理满足状态。是医院具体化、视觉化的信息传递形式和内外顾客对医院这种表达信息方式认同之间的一种有效的协调和沟通,是顾客满意中项目最多、层面最广、效果最直接的影响顾客满意度的系统。

医院的品牌竞争力的差距虽然可以体现在硬件方面，但更重要的是体现在医院的软件方面。因为患者满意度的高低在很大程度上是由医院的软件方面决定的，如医院能否按照病人的需求进行服务创新、医务人员的技术水平与服务态度等。

（二）医德形象塑造策略

医务人员的医德形象看起来是医务人员个人医德素质的外在表象，但实际上它与医院的信誉息息相关。医院在医疗活动中的优质服务在病人心中和社会上树立了良好的医德形象，因此到医院前去就医的病人增多，良好的形象可以起到一传十、十传百、百传千的作用；同时良好的医德形象对于病人增强战胜疾病的信心是一剂良药；同时，良好的形象可以扩大医院的社会影响，提高医院的知名度，知名度和社会效益的提高，会吸引更多的病人前来就医，病人多了，不但能提高医务人员的诊疗水平，而且会给医院带来更多的经济效益。

美国俄亥俄州的克里夫兰医院就是这样做的，克里夫兰医院的文化来自于医生们的集体合作。一个来到医院就诊的病人，病情复杂，病人有机会接触到从心理治疗、内分泌、消化等方面的专家，对复杂病人的病情进行综合诊治。克里夫兰医院的医生们所倡导的革新已改变了全世界的医药、手术和预防性治疗的状况，他们开创了由冠状动脉造影术来介入心脏病研究和治疗的新时代。他们开展了冠状动脉介入治疗，从而改变了心脏的外科手术治疗。此外电视媒体也是较能吸引患者就医的宣传方式，那么，我们的媒体广告策略是什么呢？

（三）广告策略

利用媒体广告来加强消费者的品牌意识，提高品牌知名度，这是广告主投资广告的目的之一。广告主利用重复迫使"广告品牌名字进入消费者的意识，并使之对该品牌感到舒适"。在受众对广告缺乏兴趣或低卷入情景中，广告往往只能保持或提高消费者的品牌意识。从广告活动的客观效果来说，广告的确是品牌意识迅速提高的重要手段。国外的许多研究也发现广告与品牌知名度的关系。一项对服务类别11年（1986～1996年）的追踪研究发现，广告与公司的知名度包括第一提名和无提示知名度有正相关，广告与广告知名度（包括无助广告回忆和广告总回忆）也有正相关。

医疗市场促销中的广告宣传应遵循一些原则，我国卫生主管部门对于医疗机构的广告有明确的规定，医院做广告时应考虑不要违反规定。如果医院资金允许，也可做少量的报纸广告。在广告中注意使用明确的信息，信息要能体现医院所能提供的服务类型、深度、质量水平等，切忌发布虚假信息；同时要强调医疗服务能带来的利益；要慎重做出医疗承诺，只承诺能给病人提供的医疗服务项目，不能因为要说服潜在的消费者，提出让消费者产生过度期望而医院又无法兑现的承诺；最好提供有形线索，如通过电视新闻直播一些成功、难度高且具有代表意义的手术过程等，这种结果非常有效。

（四）公共关系策略

让公众了解自己，通过各种信息传播媒介和渠道，向公众传播关于医院的各种信息，让社会各类公众更快、更好地了解自己。比如说上海五官科医院成功使一位残运会小选手复明，并通过报刊、电视新闻等渠道进行传播，提高了医院的知名度。

此外，医院还可以开展社会公益活动，比如进行义诊宣传。有研究表明，有14%的人认为义诊宣传是最能吸引他们的宣传方式。通过义诊宣传，医院不仅能创造良好的社会效益，还能展现良好的医德医风，从而树立医院良好的品牌形象。

二、医院品牌维护和发展中品牌认知的策略和方法

有学者做过有关研究,患者对于上海某二级甲等医院的认知时,询问患者就医的这家医院是否有特色科室,有 2/3 的患者都选择"不知道",由此可见我们二级甲等医院的科室建设存在同质性的问题,没有形成自己医院的特色科室品牌。事实证明医院的特色科室可以提高患者对于医院的认知水平,进而提高医院的品牌知名度。但对于有些二级医院的调查,有些患者可以非常明确地回答这家二级医院的乳腺专科,这家二级医院的类风湿专科非常有特色,患者具有较高的品牌认知。

(一)建设特色科室策略

由于资金、资源等因素,二级甲等医院不可能做到所有的科室都有较强的医师队伍、所有的科室都配备先进的诊疗设备。这就需要医院对自身做一个 SWOT(Strength、Weakness、Opportunity、Threat)分析,即发现我们的强势在哪里、弱势在哪里、机会在哪里、威胁来自哪里,以决定优势科室是否可以获得进一步发展。医院可以通过横向医院之间的比较,医院科室内部统计数据的挖掘,通过统计医院的科室成本、效益并结合对于就医患者疾病种类的统计,我们可以在经济效益与社会效益最大化中找到平衡点,确定重点提高哪几个科室,重点改进哪几个科室。对于医师资源缺乏的科室,可以视情况而定是派出科室骨干去外院学习,还是引进学科带头人,还是聘请外院专家不定期坐诊。此外,还可以通过医院内部科室的整合来建设特色科室,比如科室的强强联合、强弱联合。发挥综合优势,为临床提供更科学、更有效、更先进的诊断数据,以促进医疗水平的进一步提高。

(二)提高诊疗效果的策略

有研究表明,医院的整体评价与诊疗效果具有高度相关性。患者在接受治疗前是无法知道诊疗效果的,诊疗之后的效果也很难准确地把握,他们将更多地根据医务人员、服务设施和医院环境等有形线索并结合自身的实际感受来判断。

因此,医院的配套设施应尽量做到人性化,不要出现四楼看病,一楼划价,二楼付费,三楼拿药的现象。做好应急措施,在挂号高峰时期,加开临时挂号窗口,减少患者排队等候时间。医院的导医咨询服务要到位。在门诊中应力求做到各种标识明确清晰、安放病人休息坐椅,装设 IC 电话卡和自动提款机,使门急诊环境整齐划一,方便患者及其家属。

医疗服务的提供者向顾客提供服务时,也正是顾客消费医疗服务的时刻,二者在时间上不可分离,而且提供者与顾客在医疗服务产生时是相互作用的,二者共同对服务结果产生影响。医疗服务的不可分离性会影响医疗服务品牌。诊疗效果的好坏很大程度上受到医患双方合作意识、指导、接受能力与配合程度的影响。长期以来,由于患者缺乏专门而复杂的医学知识,到医院接受医疗服务后处于对医护人员的依赖状态,从而形成了一种"家长-子女式"的医患关系。然而随着时代的发展,社会的进步,患者逐渐掌握了一定的医药知识,并对自己医疗权利和作用有了进一步的认识,产生了建立"平等、协作"医患关系的愿望。他们希望得到就医环境中所有接触人群的尊重。这就要求医院员工要亲近患者、了解患者、尊重患者。患者由于身体上的异常,容易导致情感上的异常,他们大多焦虑、恐惧,情绪低落,因此他们对自己的病情也尤为关心,比较容易提与疾病有关的各种问题。我们医护人员要理解患者的这一心理,变被动回答为主动讲解。及时告知其诊疗安排。患者心中有数,对医院的信任感就会提高,对医护人员的态度会更谦让和合作。

三、医院品牌维护和发展中品牌联想的策略和方法

医院品牌维护和发展中,提高医疗服务质量是提升医院品牌联想的重中之重。

(一)提高医疗服务质量的策略

医疗服务质量的好坏通过病人及其家属的感知才能评判,医院必须从病人与家属的角度出发制定质量标准。卡诺模型用必须具备的产品与服务、越舒适越快越好的产品与服务、使人高兴的产品与服务三方面的标准来评价服务质量。医院应从技能、支持与实践三方面来提高医疗服务质量。

1. 技能管理。技能不仅指医疗技术水平,而是整体服务的能力与技巧。包括行为、语言与实物等。医院应从五个方面实施技能管理。

技能一:注重基础服务管理。即是顾客认为必须具备的部分。

技能二:注重流程管理。流程的好坏关系到医疗质量与效率。

技能三:贴近病人。贴近病人并非刻意追求病人满意,而是使病人感到关怀和温暖。

技能四:增值服务。找出病人就医中的关键增值环节,挖掘服务增值的潜力。向病人销售感动。

技能五:欢迎病人及家属投诉。

2. 服务支持。要达到为病人服务的最终效果,只靠技能还不够,还必须在领导、组织、信息和文化等方面作出支持。

3. 实践管理。质量管理除了具备先进的管理理念和良好的外在形象外,医院更重要的是必须将所有的管理制度都执行,消费者对医院的行为识别才是评价医疗质量的重要标准。

(二)医院质量管理体系

医院质量体系分为硬体系和软体系两大类(见图 6-4)。质量作为医院生存、获利和发展的支柱,其影响面极为宽广。医疗质量的内涵涉及医院的各个方面和各个环节,分成四个部分,即内在质量、外在质量、核心质量和形象质量。

医院质量体系是建立在医院质量意识深处的,我们要专注于医院经营活动中质量的持续改进和突破。一所医院对病人质量需求的满足能够达到什么程度,它的与众不同就能达到什么程度,同时病人的忠诚度就能保持到什么程度。不仅如此,持续的质量改进,可以使医院的竞争优势令竞争者难以模仿。因此,医院质量营销作为一种经营理念,应贯穿于整个医院的经营活动中,它是质量营销的灵魂和支柱,它要求医院每一个部门都要以病人满意为宗旨,提供高质量的医疗服务。实施提高医疗质量策略时要把握以下几方面的要点:

1. 建立与实施国际、国内认证的质量管理体系或者符合卫生部颁发的医院等级评审标准。现代医院的重要标志是有一套科学的管理体系。我国一些比较

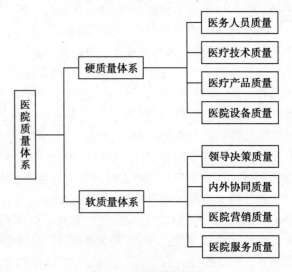

图 6-4 医院质量体系

有营销管理理念的医疗机构将 ISO9000、JACHO 国际质量管理体系引入医疗服务领域。它通过严格的过程控制,帮助医院实现质量管理制度的健全化、正规化、合理化。对外,减少了医疗服务差错,全面提高了医疗服务质量;对内,通过医院工作程序的优化,改善了医务人员的工作环境,提高了医院的工作效率和运营效率。

2. 实施全程质量管理。全程质量管理就是根据疾病诊疗程序,从每个环节、每项工作进行质量管理,以达到从阶段至全程,从部分至整体都合乎质量的要求。要达到全程质量管理,必须切实做到环节、项目、层次、横向、终末及综合质量管理。

3. 抓好全员质量管理。员工是对医疗质量影响最大而又最不稳定的因素,因此,在质量管理方面,尤其要重视全员质量管理。要实施岗位责任制,即根据岗位设定衡量质量标准,搞好系列评估,并与人事制度的改革相结合,实行末位淘汰制等。在强调医德医风的同时,更要强调全体职工的职业道德。不仅要加强对临床医务人员的要求,也不能放松对非临床医务人员的要求。要建立首诊、首见、首问负责制,即医院员工应有凡是医院的事都有自己的一份责任,凡是来医院的患者都是服务对象的责任意识。对前来就医的患者,询问要负责到底,自己不能解决的也要有个交代。凡是遇到需要帮助解决问题的人和事决不允许回避,要使患者感到进了医院便置身于热情服务的氛围中,产生宾至如归的感觉。还要建立责任负责制,即奖罚分明历来是奖励先进、鞭策后进的有效措施。谁出问题谁负责,谁服务质量好就应当受到表彰奖励,如此可以形成全院质控网络。要善于发现员工的小小成功、小小贡献,对于这些个"小小"也要采取赞赏态度,给予奖励。而对于不负责任的要及时指出,可采取不满意调查,并对投诉结果及时处理,谁出问题追究谁。

4. 开展特需医疗服务。特许医疗服务包括两方面的内容,一个是特需专家门诊,一个是特需病房。随着国家医疗卫生体制改革的不断深入,城镇居民医疗保险制度的逐步试行,患者在就医方面有了更多的选择,更大的自主权,这也给特需医疗服务带来了更大的契机。有研究表明,近年来特需专家门诊就诊人数逐年增加,内、外、妇、皮肤及内分泌科的就诊人数较多。大城市中的三级医院外地患者较多,自费患者较多。说明这些看特需专家门诊的患者主要是解决疑难病症,费用问题则在其次。这些患者选择特需专家门诊就诊,主要考虑因素是专家的技术水平,其次为服务水平及态度、挂号容易、就诊环境良好、方便快捷等。

在特需病房方面,患者除了要得到较好的诊疗外,更多的是看中医护服务态度及医院的病房环境设施。住特需病房的患者往往是以舒适、清洁、方便、安全、愉快为目的。花钱买满意,买称心,买舒适,买环境。特需病区的管理应该遵循"以人为本"的宗旨,根据患者的需求确定服务方式和手段。人文环境应充分满足病人的心理需要。由于住特需病房的很多患者是商务人士,我们可以根据患者的特殊需要调整工作程序。此外,我们还要努力满足患者的特殊需要。特需患者所有的检查、会诊均由工作人员全程陪同,即使在人员紧缺,工作繁忙的情况下仍由护士或主治医师,甚至护士长、主任医师陪同检查或会诊。对行走不便的患者可以把专家请到病区上门服务。此外可以考虑为商务人士开通国际国内长途,开通电脑上网服务,满足这部分患者的特殊需要。

四、医院品牌维护和发展中品牌忠诚的策略和方法

从品牌健康的角度考虑,我们不仅要维持真正的品牌忠诚者,而且要尽力使这些脆弱的忠诚者发展成为真正的品牌忠诚者。

美国顾客满意指数(ACSI)模型和服务专家贝利(Berry)的服务品牌价值模型的中心思

想都是认为顾客满意处于模型的中心,感知质量、感知价值和顾客期望共同决定顾客满意,而顾客满意决定顾客抱怨和顾客忠诚。这三个前提因素相互联系,共同决定了顾客满意,当顾客满意时,会减少抱怨和增加忠诚。

患者感知质量与感知价值存在于患者就医的各个环节。在就医过程中患者与医院各种资源之间相互作用,因此患者与医院发生了各种接触的关键时刻,医疗服务机遇由此产生了。提高患者的情感忠诚,很大程度上取决对这些关键时刻的处理。例如,一般来说患者在医院就医的典型服务机遇过程有:①病人电话询问或当面询问医院诊疗科室、医生、药品、设备、费用等信息;②病人向医院有关科室或医务人员预约就医;③患者进入医院候诊大厅;④导医台、挂号窗口等。总之,医疗服务机遇是患者感知服务质量与获得服务价值的重要时刻,也是医院做到差异化经营的基础。这就需要医院认真研究与患者发生接触的每个关键时刻,抓住每个关键时刻,并赢得每个关键时刻。这里我们引入医疗服务圈的概念,一个医院的服务圈就是一张患者就医时在医院经历关键时刻的图。每当患者光顾医院一次,服务圈就运转一次(见图6-5)。

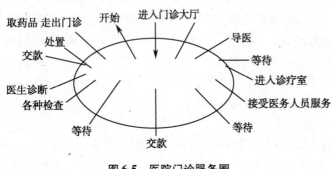

图6-5 医院门诊服务圈

在医院的服务圈中,有些环节是非常重要的,如果管理不当,就会引起患者的强烈不满,他们对于医院的满意度就会下降,从而导致忠诚度的下降。从图6-5可以看出,对于有些患者而言,非常重视交款等待时间,那么关键时刻就在这点上,而另一些患者则希望有愉快的就医环境,还有一些患者希望能够得到医务人员热情周到的服务。虽然不同的患者的具体要求存在差异性,但关键环节还是可以归纳的,所以,加强对紧要关键时刻的管理是提高患者满意度的有效方法之一。医疗服务的关键时刻有:

1. 就医或不就医的关键时刻。在每位患者犹豫就医或不就医时,病人最后选择何种决定受下列因素影响:医疗技术水平、服务质量、就医环境及大量其他关键时刻留给患者的印象。患者作出选择的过程,是一个心理机制过程。

2. 进行价值评判的关键时刻。所有的就医者在考虑就医前都会作出价值评判。即使你的医疗服务比对手的便宜,如果不是物有所值,患者也不会前来就医。如果患者在医院有过不愉快的就医经历,即使你的知名度再高,患者也不会前来就医。进行价值评判受医疗服务质量与技术质量的双重影响。

3. 决定再就医的时刻。紧接着在价值评判关键时刻之后的一个特殊时刻就是再次就医的决定。

4. 反馈关键时刻。患者对医院不满意时不一定都会直接告诉医院,大部分患者不会直接抱怨,只是不与医院再次往来。但这并不意味着他们会保持沉默,他们会将自己的感受和遭遇夸大地告诉别人,对医院造成负面影响,这就是反馈的重要性所在。反馈的关键时刻并不是可以控制的,因为它的发生具有不确定性的特点。

5. 坏消息的关键时刻。这些关键时刻在任何医院的活动中都存在,无论服务多么让人满意,在医院这个特殊的地方,医务人员需要经常告诉患者及其家属一些坏消息。对于患者而言,这的确不幸,但医生不得不把这些坏消息告诉患者,对于医生本身来说这也是一件痛苦的事。所以,医生要尊重患者的知情权,又要同时兼顾患者的实际承受能力,对于患者病情的告知做到随机应变。

6. 永远重复的关键时刻。医院每天都在发生成千上万次关键时刻,对医院仅是重复的工作程序,但对患者来说,医院的每一次简单重复都是非常关键的。护士每天都重复地将针扎进患者的血管中,大多数情况下都是准确、快速的,一次不成功也许就会引起患者的抱怨并使他们产生不信任感。所以医院的全体医护人员都要有这样的意识"自己的一次失败也许就是患者一生的痛苦"。

因此,我们在狠抓医疗服务质量时,就要培养医护人员医疗关键时刻意识,以此提高患者对于医院提供服务的感知质量,从而获得更高的感知价值。同时,在就诊过程中,医护人员应该如实告知患者诊疗效果,避免夸大之词,以免患者产生过高期望而导致满意度下降。

(曹建文)

第七章

医院重组与区域卫生资源整合

第一节 概　述

　　随着健康保健体系的不断变革、医疗保险市场的成熟和发展、医疗消费个体意识的强化,现今医学的根本任务已不仅仅是根据疾病对症治疗,政府部门已将卫生经费投入的侧重点转向疾病预防和常见疾病的病因学研究上,从根本上提高了人们的健康水平。诸多外在环境因素的改变,正推动着医疗保健机构运作模式的深刻变革。在一些西方发达国家,健康保健领域的资源整合已经历了数十年时间,这种整合根据其目的、服务对象、整合方式、重组内容等形成了诸多模式和类型。从医疗服务链而言,大型医疗机构往往被置于这个服务链的最顶端,负责疑难疾病的诊断和治疗,或将主要应对急症和重症患者。而作为服务链基层的医疗机构,则包含了初级卫生保健、康复、护理,乃至带有一定社会保障职能,位于居民社区附近的医疗站点。从一些专家的划分观点来看,同类医疗机构的合作和联盟被称为横向整合,而由大型医院专科向服务链底层的整合被称为纵向整合。横向重组模式出现的时间较早,约在 20 世纪 80 年代初,主要指功能、规模相类同的医疗机构以节约成本为主要出发点的联合,这是一种并联式的重组。纵向重组出现在 90 年代以后,这是一种医疗机构在提供医疗服务过程中,按照医院不同功能和分工所进行的联合,重组后由多个医疗机构组成的联合体,可能既有大型科研型医疗机构,也有个体开业的诊所;既有诊治疑难杂症的医学专家,也有负责防治常见病、多发病的全科医生,这种纵向医院重组模式构建了一个金字塔形医疗服务体系,这种重组是串联式的。

　　专家们越来越注重医疗卫生领域一体化服务系统(Healthcare integrated delivery systems, IDSs)的构建和管理医疗的实施。它被作为实现卫生资源共享、分担行业风险、提高服务质量、扎根于基层的重要卫生保健组织形式。随着医疗卫生市场的日益成熟,类似位于一条生产流水线上不同节点的各级医疗机构和个体医务人员之间的相互依存和协调关系显得更为密切,这种医疗服务提供模式适应了政府部门、商业保险机构以及医疗消费群体的不同需求,故极具市场性。纵向重组模式正是与 IDSs 的发展模式相吻合,它不但能提供常规门诊、急诊、住院等医疗服务项目,还能提供家庭医疗保健等多种医疗服务衍生业务。目前而言,纵向重组甚至已辐射到了医疗保险机构,以及健康照顾者组织,成为西方发达国家健康保健体系改革和完善的重要内容。当然,在健康保健领域的资源重组并没有像理论界分得那样单纯,也可能模式、功能和整合对象相互交叉,呈现出多元化的趋势。

第二节 国外卫生领域的资源整合

一、美国的医院重组

20 世纪 60 年代后,美国由于包括住院病人医疗费用最高消费价格限制等相关医疗保险法律出台,以及医院数量过多、床位过剩、医疗服务成本过高等原因,使医院的经营举步维艰。自 70 年代起,美国开始探索在医疗保健系统中走多样化联合体的道路。在此期间,医院为了扩大收入来源,开始着手发展如家庭医疗保健、承担建造医院、门诊药房经营等衍生业务。由于竞争的激烈导致大医院吸引社区医疗单位前来加盟,其间以专科或专项为内容的医疗服务广为开展,而其后发展起来的医院横向联合主要是想通过形成规模和网络经营的格局来降低成本,但这些都没有对提高医院收益起到实质性作用。1975 年美国有 202 个多医院联合体,其中包含 1405 所医院和 29.3 万张病床,占美国社区医院总数的 25%。到了 1985 年,多医院联合体增加到 250 多个,含有近 2000 所医院和 36 万张病床,其比例已占全美社区医院总数的 1/3。80 年代中后期,诊断相关组(DRG)付款系统正式引入医疗服务领域,当时美国已经是以政府或保险机构与医院签订医疗合同的方式来向社会提供服务,而新医院网络的建立并没有能讲清网络与单体医院到底与医疗合同之间是什么样的关系,因此横向联合体的发展受到阻碍。

在 80 年代中期由于医保费用的增加,使美国健康维护组织(HMOs)调节机制不堪承受,因此人们更加关心如何通过加强管理来控制医疗成本,这其中包括改革传统人事结构、医疗和服务流程,改变价值观念等。90 年代以后,医疗市场竞争的加剧导致医疗机构纵向联合的兴起和发展,通过建立封闭式体系,按照不同医疗服务功能,在医院和个体诊所之间开展双向转诊,以提供更为满意的服务。在此期间,纵向型多医院联合体更加注重不同级别医疗机构以利益为节点的纽带联系,往往通过建立一个权威管理机构来加以领导和协调,并更重视成本的控制和市场的拓展。商业保险公司通过购买医疗服务的方式,对不同医院的医疗项目重新进行组装,然后推向市场的做法,对加剧医疗机构之间的竞争、进一步降低医疗服务价格起到催化作用。此后,克林顿政府一直打算构建一个新的综合性医疗保健改革计划。实践证明,多医院联合体这种新型医疗组织形式能为医疗机构开辟更多筹资渠道、占领更大的医疗市场。在美国,一个多医院联合体往往分布在 6~10 个不同地区。这些联合体在以往经营中已经学会了如何与各类协会和管理部门打交道,已经具备了协调管理和一体化运作的能力,已经能够积极有效地平衡内部医疗机构的利益,联合体已经开展了整体采购、系统管理、网络信息框架构建、人力资源流动等各项工作,这些能力正是新医保改革后医疗机构所必须具有的,故许多专家认为,多医院联合体系更能适应美国卫生改革后的新形势。有鉴于此,美国政府鼓励那些现今仍旧保持独立经营风格的医疗机构尽快加入到联合体中去。

美国的多医院联合体从组建到运作主要经历了三个阶段:①初建阶段:在州法律的范围内,开展多医院联合体组织框架的构建;②加强阶段:在医院领导者决策下,进行与其他医院合并前的准备工作,尤其是做好医院自身的资源配置;③合法运作阶段,此时多医院联合体内部的基本框架已构建完毕,并转向日常营运。美国多医院联合体中的医院大致可分为三类:一类是民间投资或营利性医院;其二是教会或宗教组织拥有和管理的医院;第三为民办和市立医院。尽管多医院联合体规模不一，但很多医院都是由美国三个最大的全国性营利医疗联合体所拥有或管理的。它们是美国医院联合体（HCA）、仁道医院联合体（Humana）和美国国际医院组织（AMI）。HCA 独家经营着 350 所社区医院、25 所国际性医院和 25 所精神病院，并拥有美国最大的护理联合体——贝弗莉企业的 1/5 股份。1985 年其利润为 40 亿美元。但由于这些医院联合体皆为营利性质，故也有许多学者和病人产生了一定的忧虑，因为这可能会使医院原本"治病救人"的人道主义性质转化为带有更多的商业性质和以营利为目的。

二、澳大利亚的卫生资源整合

在澳洲，65 岁以上人口占总人口的 12.8%，患者就医的主要病因为高血压、支气管感染、血脂异常、糖尿病、骨关节炎、哮喘、支气管炎等，主要的致死原因为冠心病、肿瘤、外伤、精神疾病、糖尿病、哮喘、关节炎等。澳大利亚健康保健系统的费用来源来自税收，门诊费用由国家健康保险支付 85%，住院费用报销 75%。全科医生是健康服务的第一个环节，负责向专科的转诊，转诊率平均为 11.6%。当前，澳大利亚的医院系统正经受小规模、日间住院医院和医院联合体的竞争。2003～2004 年间，入住日间病房的患者占 54%（包含日间病房住院在内，澳洲医院的平均住院日为 3.4 天），许多综合性医院正与专科医院开展重组，私立医院也在与公立医院开展合作，以提供更多可供患者选择的健康服务，或共享医疗设备、技术专家和服务项目。各地方政府也在鼓励患者前往由国家医疗保险覆盖的社区健康服务机构诊治，以便为地方节省医疗开支。

正是针对全国慢性病的发病状况，澳洲政府计划在医疗服务提供者之间建立更好的资源整合策略，这种策略将目标锁定在服务群体，为之提供更加周到的服务，这是一种无缝医疗保健的模式。从医院到社区，从全科医生到护士和社区健康照护者，政府计划系统地建立更有效率的健康服务链，尤其将为老年人提供更好的慢性病管理措施。在这种策略指引下，1962 年，澳大利亚为出院的慢性病患者建立了家庭护理病床。"家庭和社区保健计划"的推行（HACC，1985），为老年人提供社区保健服务，力图避免这一群体的非必要性住院。1990 年间，澳大利亚政府针对慢性病和健康状况较差的澳洲土著人开展了合作医疗试点，包括：①建立新的健康保健服务组织；②建立合作医疗基金（Medicare and PBS）；③引入慢性病保健协调人的角色；④国家和地方所辖的社区诊所为患者提供更多整合式的保健服务。正是在这一系列政策的推动下，澳洲建立了一系列加速卫生资源整合的计划和项目。

1999 年，由澳大利亚国家层面推出的"区域性全科医生项目"，是一项推进全科医生服务整合，强化全科与其他健康领域专家合作的新项目。同年推出的"强化初级保健项目"，则是通过健康保险，为老年人提供更多的预防保健，以进一步改进保健资源的整合，更好地满足慢性病和疑难病症的需要。"开业激励计划"的建立目的，在于为引进信息化管理系统，进一步改进全科医生服务质量提供经费支持。此外，还有目标完全定位于慢性病管理的另一项经费支持计划——"激励服务保险偿付计划"（SIP's，2001～2002）、培养社区健康照护者的"社区老年保健套餐"等。政府还采取了很多办法来提高医院之外的健康服务的质量和效果。2001 年，国家建立了专门的基金，用于奖励运作最好的"日间治疗中心"。2001～2002 年间，建立的"老年家庭照顾延伸计划"是另一项为老年人在家庭提供高质量保健服务的项目。

就目前而言，澳大利亚卫生服务整合所面临的最严峻的挑战是国家与地方政府在保健责任和利益上的博弈。

三、英国的卫生资源整合

英国健康保险系统的资金来源来自税收,涵盖了在地方政府层面的社会保健系统和在国家层面的国家健康系统(NHS)。近年来,英国卫生改革的重点为提升服务能力、科学卫生决策、给患者更大的选择权、以服务效果为导向的偿付体系,以及健康保健和社会保健系统间更好的整合。1995年,全民健康行动使得初级卫生和二级医院的相互关系更加紧密,经过整合,建立了100个区域性卫生机构和家庭健康服务机构。政府进一步加大整合力度,鼓励建立面向患者更加密切合作的无缝化慢性病保健和照护机构,这些机构为慢性病患者提供更多的信息咨询、提供更多的技术支持、整合个体化的健康和社会保健方案、更好地利用一些技术以改进保健质量,并越来越重视预防。

"初级健康保健联合体计划(PCT's)"在卫生资源整合中发挥了重要作用,它明确了全科医生和其他流动性医疗保健服务的责任,并为居民购买了医院的保健服务,联合体中的"地方化发展方案(LDP's)"更多地强化了社区卫生服务机构的功能。所有联合体加盟成员和当地卫生服务机构都被要求加入健康和社会保健网络和/或团队,为有保健需要的居民提供更加全面的保障,这些社区卫生服务机构的经费由政府下拨。全科医生扮演更加重要的角色,管理从二级医院出院的患者,承担必要的转运工作。自2005年4月以来,他们越来越多地获得PCT资金支持,同时作为健康保健的守门人,一半全科医生的工作重点就在于11种慢性疾病,这些工作使得社区卫生服务的整体水平有所提升,2007年间,非必要的向医院转诊率下降了25%～33%。下一个10年,英国政府计划再将5%的二级医院的资源转移到社区。

初级卫生保健、医院和社会服务的大协作是英国卫生资源整合的策略,该项举措将使医疗保健、慢性病保健、社会保健三者紧密联系在一起,并将有助于提高卫生资源的利用效率。在慢性病管理中,英国从美国引进了三级管理的模式,包括了病例管理、疾病管理和自我疾病管理。病例管理的目的是在2008年减少目标人群住院率的5%,所谓目标人群是指那些有多种保健需要的居民,这项工作由社区护士长负责。疾病管理的重点人群是有多种保健需要的居民且有1个甚至多个并发症,这项任务由多专业临床团队承担,并由社区和初级卫生保健工作者负责协调。自我疾病管理又称为"患者专家项目",通过培训,健康促进、咨询和指导用药,使患者了解所患的疾病、预防和改善并发症的控制水平。

四、德国的卫生资源整合

在东西德合并之后,德国政府建立了健康保健预付费制度和费用封顶制度,在社会保险领域引入多元化的竞争。1990年,德国政府建立了专门的强制性慢性病健康保险政策。德国的医院和院外流动性医疗,从传统而言是相互独立的体系,在整合卫生资源中最主要的任务就是强化医疗合作,消除传统的障碍,加强医疗保险市场和医疗服务市场内部的竞争机制。2004～2007年间,德国政府主要致力于增加竞争机制,强化健康保健体系的激励机制,提升医疗保险机构的作用,成为患者选择医疗服务时有效的代理人。

德国政府建立了疾病管理项目(DMP's),旨在改进慢性病的控制质量和效益,包括:1型和2型糖尿病、乳腺癌、冠心病、慢性呼吸系统疾病等,由社区医生根据诊断标准,选择患者进入DMP's项目。患者入选时的评估费用和随访费用都由该项目支付给社区医生,加入该项目的患者就诊费用的自付比例也相应降低。1996 年,德国在健康保险领域的价格和质量方面首次引入竞争机制,在 DMP's 项目中,保险公司可直接与患者沟通,减少医疗服务方提供的资料。他们帮助患者管理他们的健康状况,提醒患者和医疗服务提供者随访的时机,宣传和推广由护士负责的"健康热线"。联邦政府负责调控这一项目的框架和建立最佳临床实践工具,其中包含了作为初级卫生保健守门人——社区医生在医疗协作中的职责。医疗保健提供方和保险公司之间共享临床信息,政府对患者和医疗服务提供者组织医疗协作方面的培训和效果评估。其中,"患者教育项目"进一步强化了患者在疾病自我管理中的作用。2007 年,德国约有 280 万人加入了"疾病管理项目"。

德国的全新卫生资源整合服务模式更加倡导以患者为中心,既提升了健康保健质量,也加强了医疗服务领域的竞争机制。德国政府正在计划建立一个在联合诊所基础上的"非强制性健康守门人"项目。在这种全新的全科医生服务模式中,患者将自主选择一名家庭医生,在去专科医生处就诊之前,先经过全科医生的诊疗,这将为患者每季度节省 10 欧元。实施这项全新服务模式的目的之一在于减少住院人数、合理医疗、加强用药管理。联合诊所也被称为医疗照顾中心,鼓励医院外的流动性医疗服务提供者(包括:全科和专科医生、药师和医学辅助技术人员)共同工作,提高效率。在这一背景下,医院大量建立联合诊所,这些诊所与医院相邻,并建立起更加方便的转诊和入院渠道。2007 年,德国卫生改革的一个内容是进一步加强健康保险公司在慢性病方面的合作,建立疾病基金,政府部门积极鼓励医疗服务提供者和居民加入这个保健网络系统。

第三节 我国医院集团的建立和发展

传统计划经济体制下构建的医疗卫生体系,在新中国建立初期乃至其后的数十年间,为确保社会稳定、维护人民健康、预防各类疾病的发生等发挥了巨大的作用,取得了可喜的成绩。随着我国社会保障体系的不断完善,医疗卫生事业作为社会保障体系的一个重要支柱,越来越受到各级政府部门的重视。80 年代后期,医疗费用的不断增长,社会各界对卫生改革的呼声越来越受到政府部门的关注,如何盘活区域卫生资源,提高卫生资源的利用效率,成为这一轮卫生改革的重点内容之一。医疗机构之间开展经营管理的联盟,组建医院集团,成为卫生改革中的一大亮点。追溯医院重组在我国的起源,已经有比较长的历史,促使其形成的原因有很多,其中既有医疗机构的自身原因,也有宏观经济和其他社会环境等因素的影响。历史的发展总是在循环往复中不断提升。20 世纪 90 年代末开始的医院集团化改革可追溯到 80 年代初在中国医疗卫生领域兴起的一项与医院集团化改革非常相似的改革——医疗协作联合体改革。它在当时被作为医政工作的一大特色和重头戏来开展,但到了 80 年代末,它却悄然退去了。虽然这项改革并不能称为真正意义上的医院重组,但是对后来我国医院集团的形成和发展产生了一定影响。

一、医疗协作联合体的形成与淡出

新中国成立初期,我国有卫生机构 3670 个,卫生技术人员 50.5 万人,病床 8 万张,医疗资源大部分集中在城市和沿海地区。到 1983 年,全国卫生机构发展到了 19.6 万个,卫技人员 325.3 万人,病床 211 万张。在此期间,城市医疗机构得到了很大的发展,在国家医疗卫生领域中占相当大的比重。另据统计,当时工业部门和其他部门所拥有的医院和卫生人员的数量约占全国县以上总量的 1/3 和 1/2,可增加病床 12 万张,按每张床位需 3 万元投资计算,约可节约政府投资 36 亿元。

20 世纪 80 年代开始了国家卫生体制性改革。如同其他城市的情况一样,当时的辽宁省沈阳市存在的主要卫生问题是:城市医疗资源不足,全市每年住院需求有 70 万人,而医疗机构的实际容纳能力仅为 34 万人;医疗资源的条块分割制约了医疗机构的发展;基层医疗力量薄弱,硬件设备差;医疗资源分布不均衡等。因此,在沈阳市卫生局、人事局、劳动局、财政局、物价局、审计局和人民银行的共同酝酿下,联合下发了沈阳市《市属卫生单位改革初步方案》。1984 年 7 月,沈阳市成立了全国第一个医疗协作联合体,该组织以沈阳市中心医院为核心,联合了周围 8 家职工医院和 3 所卫生院。到当年底,沈阳共建立了 12 个医疗协作联合体,其中囊括了 99 个单位,建立了 29 个大医院的分院,为这些医院无形增加床位 1322 张。

到 1984 年末,沈阳市建立了大量的医疗联合体,大体可分为四种类型(见表 7-1)。其共同特点是旨在增加医院经营的自主权;突破地域、所有制性质、隶属关系的限制;发挥各自优势;在提高社会效益的前提下,实行责、权、利相结合的经济管理;开展形式多样的协作,包括办分院、协作病房、设指导病床、开展单项技术协作等。医疗协作联合体建立后,各成员单位的床位利用率普遍由 50% ~60% 提高到了 85% ~93% ,相当于增设了一所 400 张病床左右的大医院,在铁西区第一医疗协作联合体中的三家分院中,仅 3 个月时间就为总院多收治了 1927 名病员,联合体病员外转率大大降低,为企业节约了开支,原先一些入不敷出的单位还有了节余。联合体减少了核心医疗单位在常见病和慢性病诊治方面的精力消耗,而增加了核心医疗单位在疑难重症诊治方面的投入。

表 7-1　1984 年沈阳市各类医疗协作联合体的比较

类型	举例
区内协作型	沈阳市中心医院医疗联合体
城乡协作型	沈阳市第七医院与郊区、县属 7 个单位协作组成城乡医院协作联合体
单病种协作型	沈阳市血栓病医疗中心为主体的医疗协作联合体
专科协作型	沈阳市第一医院与中国医科大学第一附属医院以发展神经科为重点的联合

20 世纪 80 年代中期是全国医疗协作联合体改革的鼎盛时期。据卫生部门的报告,当时全国共有 27 个省、自治区、直辖市兴办了 1356 个医疗协作联合体,囊括了 2838 个单位,扩大了床位 5.3 万张。但按照各省市卫生行政部门自己的统计,还远远不止这些数字(见表 7-2)。

到了 1989 年,全国医疗协作联合体总数达到了 5223 个,并由一开始以扩大服务面为目的的联合发展成为技术、人才和资金的联合。有些医疗协作联合体横跨全国数十个省、市,联合了几十家医疗单位。合作的形式进一步多样化,甚至还出现了非医疗单位提供经费、设备,由大医院提供人才的联合,医疗协作联合体的建立与经济分成的关系日趋密切。

医疗协作联合体在改革中取得了可喜成绩,但与此同时由于相关政策不配套、宏观管理机制不健全,缺少必要的调控和约束措施等,在此过程中亦出现了单纯为了追求形式,贪图表面荣誉的"假合作"。一些学者认为,医疗协作联合体之所以没有生命力的原因是因为其

表 7-2　1986 年全国部分地区医疗协作联合体改革的比较

地区	联合体（家）	改 革 内 容
北京市	90	相当于新增病床 3300 张,到 1988 年共建了 433 个联合体
天津市	154	相当于新增病床 5300 张(1988 年)
辽宁省	484	相当于全省乡以上医院总数的 28% 全省转往外省疑难病例下降 25.3%
沈阳市	72	联合范围扩大到全省和外省、市
吉林省	92	相当于新增病床 2000 张,成本下降 18%
济南市	47	相当于新增病床 549 张,床位使用率均保持在 85% 以上
河南省	337	相当于新增病床 614 张,日门诊增加 5394 人次,病床使用率提高 31.3%,开展新项目 79 项
陕西省	388	相当于新增病床 2506 张
江苏省	124	增设病床 430 张,门诊增加 20%
湖南省	110	仅湖南医学院就与 47 个医疗单位建立了联合体 联合病床达 700 余张
江西省	277	引进和开展新技术 136 项
福建省	173	相当于新增病床 1500 张

存在明显的"制度缺陷",仅仅以单纯经济关系替代了实质性的纽带联系,使联合体在构建初期就存在较大的不稳定性。加之联合体内部没有建立和规范各项管理制度,使这项改革没能持久下去。除此之外,由于这一时期,管理部门对社会办医的过度放开,使某些地区出现了医疗秩序混乱和失控,主要表现在乱办医、无证行医、乱收费、医疗质量差等方面。中央对此高度重视,随即出台了《关于清理整顿医疗机构若干问题的规定》,要求将各种联合体作为重点整治内容之一进行清理整顿。自 1989 年起,全国各地卫生行政部门对辖区内的医疗协作联合体进行了重新审核和登记。仅 1990 年上半年,在辽宁、天津、南京等 8 个省、市共审核不同类型的联合体 2233 家,其中不合格的医疗联合体占到 4 成,要求限期整改的有 176家,撤销行医资格的有 745 家。此后的几年间,医疗协作联合体的发展基本呈现全面萎缩态势,但也有部分着重于内涵建设的联合体逐渐发展成为现今的医院集团。

二、医院集团的兴起和发展

20 世纪 90 年代中后期,中央政府对我国医疗卫生领域下发了《中共中央、国务院关于卫生改革与发展的决定》等纲领性文件,全国各地开始全面推进区域卫生资源重组和医疗机构改革。从我国社会建设的周期而言,医院集团改革是从"九五"后期快速兴起,"十五"初期发展到了顶峰。上海比较早地提出了采取共建、调整、合作、合并、委托管理等联合方式,探索医疗机构的调整和重组,形成区域医疗中心,以减少卫生资源浪费。2000 年,上海市专门下发了《上海市医疗机构联合重组的若干意见》和《关于组建医院集团的试行办法的通知》,其中称医院集团是由多个独立法人按照自愿原则所组成的松散联合体,医疗集团本身不具备独立法人资格,这为"医院集团"在我国卫生服务领域的定位提出了比较明确的标准,也为其他省市开展医院集团改革提供了借鉴。此后,天津、辽宁、江苏、湖北、广东等地纷纷以大医院为中心,实施医院重组,联合企业和中小型医疗单位组成了一批医院或医疗集团。

(一)医院集团的组建模式

我国医院集团化改革主要发生在国有卫生资源领域,但也有极少数民营、外资医疗机构试探性地运用资本市场的手段,兼并和重组了一些中小型国有医疗机构,组建医院集团。我国医疗机构在改革实践中逐渐形成了各具特色的重组模式。目前国内医院重组的操作方式,可分成三大类,①协作经营型,这种重组可以发生在相同规模的医院中,也可发生在不同级别的医院中,重组各方大多出于某个共同利益点,以协议或契约的方式建立经营关系,如南京鼓楼医院集团。②兼并经营型,这种重组可以发生在不同规模、不同功能、不同经营方向的医院中,以资本或/和长期的经营管理权等为纽带,由一家核心医院,向其他成员单位单向统筹输出各类资源,发起并开展各类经营活动。兼并经营型,又可分为单纯型和混合型,以单纯的资产为纽带者为单纯兼并经营型,如沈阳东方医疗集团。在一个集团中同时有两种以上纽带来维系的为混合兼并经营型,如上海瑞金医院集团。③连锁经营型,这种重组大多发生在专科性质的医疗机构,或在不同规模综合性医疗机构中以共同具有的某个专长学科和特色项目为模本,开展单项复制式的经营活动,如沈阳博爱齿业集团和上海华山神经外科(集团)医院。也有学者将我国重组医院之间的经营结算关系划分成紧密型或松散型。

医院集团是国内近年来医院重组后兴起的新型医疗服务组织形式。由于该项改革开展的时间不长,运行机制尚未成熟,因此国内医院重组的模式尚处于探索阶段。根据现今国内医疗机构重组的开始发动原因和操作特点,医院重组起始可由政府推动,也可为医院间自发组建。

1. 在区域卫生规划推动下建立起的医院集团

以卫生行政部门的意志为主导,基于区域卫生规划的需要,通过自上而下的方式,开展的医院重组和卫生资源结构调整,有学者称这种方式组建的医院集团为"非市场性重组"。现今绝大多数公立医院之间的资源重组并非真正意义上的市场性交易,而是一种非市场性整合,这类重组在起步时并不是以经营发展的需求为导向。由于我国公有经济的代理与管理者为各级政府,因而一些专家也称公立医疗机构之间的重组为行政整合,是所有制内部资源的重新组合和调整,并没有涉及资本市场的内容,尤其在产权制度改革方面,即便尝试性地开展了一些所谓的产权变更,也只是形式上的转换而已,并没有让产权真正像资本市场上那样发挥调节作用。非市场性医院重组虽然没有涉及深层次的产权问题,看似操作起来容易一些,但改革实践显示,这种跨地区、跨部门、跨行政隶属关系的医院重组却是十分不易的。

首先,医疗机构与政府部门改革目标的差异影响了公立医院的重组。尽管这两者的改革动机从根本上是一致的,都是为了保障人民的利益,但在具体实践中确实存在一定差距。从宏观分析,近年来国家卫生资源的整体水平提高很快,但其利用效率却在下降,人力、物力资源都存在比较大的浪费现象。1980~1997年间,全国医生人数增加了87万人,医院和卫生院的床位数增加了92万张,门诊量却减少了4亿人次。县及县以上综合医院医生人均日门诊量由1990年的5.5人次,下降到1997年的4.6人次,住院则由2.1人次下降到1.4人次,床位使用率由 1990 年的 85.7% 下降到 1997 年的 65.4%。另外,由于经济和社会发展的不平衡,造成各地区卫生资源长期存在差异。卫生资源主要集中在经济发达地区,尤其是集中在大城市、大医院。以 CT 为例,一些地区的拥有量竟达到了数十台,超过了同等规模西方发达国家的水平。但与此同时,投入到农村的卫生资源却极为有限,老少边穷地区的卫生条件很差,缺医少药情况十分严重。目前我国发达地区卫生资源过剩和落后地区卫生资源不足的局面并存。因此,政府是从严格控制卫生资源总量、优化增量的意图出发,来大力推行区域卫生资源调整和重组的。以某市下发的医疗机构联合重组若干意见的试行通知为例,要求医疗机构在联合重组时应当遵循三个原则:一是坚持以人民需要为导向的原则,二是坚持控制规模、提高质量为原则,三是坚持全行业管理为原则。政府对公立医疗机构在重组时十分重视如何体现公益性,政府部门下决心控制医疗机构发展规模,加强联合重组后的医疗机构管理。有的城市提出重组过程中必须要有床位的缩减,来判断重组是否真正发挥了"作用"。从微观分析,公立医院开展重组的目标实际上并没有那样"单纯"。公立医院受卫生行政部门委托,在所在地区内承担防病、治病的职责。现今政府对公立医疗机构投入不足已是不争的事实,在一些大型医疗机构中每年财政补贴不到其总收入的 5%。许多医院尽管厚厚的院史为其积累了相当可贵的品牌财富,但又背负着诸如人员、设备等历史包袱。杯水车薪的财政补贴甚至不够给退休人员发养老金,加之卫生劳务性收入严重偏低,使得公立医疗机构的管理者不得不在考虑提高医疗服务质量之余,将比较多的精力放在如何增加医院的经济效益上,放在如何保障成百上千医院职工的切身利益上。因此,通过扩大市场的规模经济效应来降低经营成本,以求得医院自身的可持续发展是公立医疗机构实施重组策略的一个重要出发点。公立医疗机构在重组中往往会较多地与政府部门的目标发生冲突,而政府在公立医院重组中的作用又举足轻重,因此,非市场性医院重组较多地受到政府行为的影响。

其次,各种利益和观念的碰撞以及由此所产生的阻力是公立医院重组中的一大难题。目前我国公立医疗机构无论大小都按照行政级别来划分,属于社会事业性单位。公立医院的管理部门被称为"机关",在公立医院供职的医生或护士等被作为国家干部来对待。加之在传统计划经济模式下,患者享受的是公费劳保,故很少会对医生开出的处方和检查单提出质疑。正是因为公立医院旱涝保收的收益模式和安逸的工作环境,致使一部分医院、医务人员乃至中高层管理者在卫生改革中始终持有求稳定、求太平的思想,而不太愿意去触及深层次的改革问题。在公立医疗机构中长期形成的"医院所有制"、"部门所有制"等观念常常会使一些个人和部门从小团体的利益出发,对改革顾虑重重,甚至产生抵触情绪,在公立医疗机构的重组中这一点相当明显。以一些企业所属医疗机构的属地化改革为例,部分医院明明已经是亏损严重的单位,但依靠主管部门和兄弟企业的补贴,职工却收入不菲,毫无危机意识。当上级主管部门考虑到卫生资源的利用效率,而将其重组给其他大医院时,这些医疗单位上上下下表现出强烈的抵触情绪,甚至写匿名信、上访政府部门抗议等,这些情况会大大增加医院重组的难度。另外,在公立医疗机构重组时,大型医院作为核心单位,如果决策层的管理者不能站在更高层次,用发展的眼光去看待这项改革,不能协调好与其他成员单位之间的利益关系时,同样也会使医院重组受到阻碍,甚至出现倒退。

最后,相关法律和管理规则缺乏也阻碍了医院重组的开展。按非集团化医疗机构的规章制度和考核办法,不加修改地直接应用于医院集团是不适宜的。重组后的医疗机构是卫生改革过程中的新生事物,具有许多不同于单体医院的特征,需要尽快建立有效的法规,以规范其运作。在医院集团管理中,遇到了如下新问题:医院集团以及集团管理部门和管理者的法律地位该如何界定?分属于不同部门和地区医疗机构的党政隶属关系与重组后集团管理体系之间的关系该如何理顺?对混合有不同所有制性质医疗机构的医院集团应该如何管理?不同级别医疗机构在重组后病员的相互转诊和收费标准与现行医疗保险制度该如何衔接?等等。至今为止,我国仅有极少数城市的卫生行政部门推出了关于医院重组和医院集团管理的临时性文件,但其中有很大一部分套用了企业集团的管理模式,也有很大一部分仍旧沿用着计划经济体制下单一医疗机构的管理办法,其中并没有突出医疗卫生行业自身的特点。因此,这对医院集团的发展也产生了一定的影响。

2. 以产权改革和委托经营管理为主导的医院集团

随着我国市场经济体制的不断完善,一些医疗机构借鉴企业领域兼并重组模式和资本市场的手段,以市场需求为导向,以实现自身可持续发展为立足点,采取自下而上的方式,开展了项目联营和各类资源的重新组合,这种整合也被称为"市场性重组"。市场性重组发生在公立、民营,乃至合资、外资医疗机构之间,其基础是资产交易和重组,但也有很大一部分是以全权委托经营管理权的方式进行的。

近年来,产权制度改革一直是理论界研究的热点问题。一些学者提出,产权归属问题是决定公立医疗机构绩效优劣的因素之一。产权制度改革的主要目的是使公立医院成为市场经济中独立运作的微观经济主体,实现自主经营、自负盈亏、自我发展、自我约束。开展产权制度改革的前提是实现医政分离。当前要开展的公立医院市场性重组的一项重要工作是研究在什么条件下,通过什么途径,采取何种方式实现医政分离。政府部门在产权制度改革中的作用无疑是最为重要的,只有在政府部门创造好的适宜环境中,公立医疗机构市场性重组的行为才具有生存空间,才能有真正的生命力。然而,公立医疗机构也不能抱着"等、靠、要"的想法,现今我国已经正式加入了WTO,医疗卫生市场大环境瞬息万变,竞争也将日趋激烈,公立医疗机构如果要等到万事俱备时才开始实施重组策略,那将为时太晚。公立医疗机构必须及早做好准备,并积极探索,为改革创造条件。一些医院集团的领导者正在实践中不断探索,走出了一条公立医院产权改革之路。当然,医政分离和卫生领域产权制度的转换过程不可能一蹴而就,需要在改革中逐步深入。

医院重组的过程有时并不像理论界划分得那样单纯,一些医疗机构起先的重组行为可能是非市场性的,由卫生行政部门根据区域卫生规划的需要来牵头组建完成,但随着医院集团运作机制的日渐完善,部分重组后的医疗体系可能会根据市场需求,在今后发展过程中制订以市场为导向的兼并和再重组策略。同样,在市场性的医院重组中,也有许多政府行为的成分,这两种医院重组的方式正在发生相互渗透。目前我国一些城市专门成立了卫生国有资产经营公司和投资公司,将卫生系统以往由财政拨款的行为转变为投资的方式,如上海成立的申康医院发展中心等,这些机构为规范公立医院的投资行为,加强绩效管理,提升运作效率等均发挥了重要作用。

3. 协作经营型医院重组

90年代初,在我国兴起了医院分级管理和评审的工作,对于三级综合性医院而言,科室齐全是最起码的要求,南京市 A 医院附近有一家大型的口腔专科和一家儿科专科医院近在咫尺,当时的医院领导从"合理利用宝贵的卫生资源,减少重复设施和无效投入"的思路出发,打定了宁可被扣分,也不再铺摊子的主意。随后的"两江"改革对全国医疗体制改革产生了很大影响。A 医院的领导通过规模经营降低运营成本,设想希望能与相距不足 1 公里的这两家专科医院采取某种形式的联合,以实现业务互补、资源共享、强强联合的目的,这在当时是一个很有创意而且相对超前的大胆设想。南京市卫生局对 A 医院这一想法给予了高度支持,在卫生行政部门的大力推动下,南京市 A 医院集团于 1996 年 12 月正式成立。

南京 G 医院集团重组后的医院集团还成立了集团管理委员会,由 9 人组成,设主任 1名,副主任 2 名,由成员单位协商产生,报卫生局批准。委员会负责制定集团发展规划、合作计划、合作方案和基本管理制度、定期研究和安排阶段性工作等。委员会下设办公室,集团管理机构的日常办公经费由成员单位按协商比例承担。医院重组后,三家成员单位仍保持独立法人地位,原体制、隶属关系、名称均保持不变,增挂集团的牌子,本着"平等务实、互助互利、发展提高"的原则,逐步实现医疗、技术、科研、教学、培训、设备、后勤等全面紧密联合。

南京 G 医院集团组建中所做的一件重要的事就是联合签署了《医院集团医教研协作协议》,其中规定:集团内广泛开展医疗协作,三家医院之间的会诊按照院内科室间会诊处理,以提高工作效率;联合完成跨学科的疑难手术;成立危重病人的联合抢救小组;通过医院之间的直接对话,简化转院手续等。集团内所有辅助检查科室实现院际相互开放,需要转院检查的病人持检查单,不必挂号即可到另一家医院检查。三家医院的临床科室也互相渗透,互设专病、专家门诊。在药物供应、后勤保障、医疗设备方面实行联购共储;对仪器设备和房屋建筑等实行互修联修;在人员培训、继续教育上实行统一安排;联合开展新技术、新项目的研究和推广等。集团成立后,三家医院技术人员的往来更加频繁。各成员医院互为住院医师、护士等的轮转提供方便;卫技人员参加各成员单位举办的继续教育讲习班,记入学分;每月互通专题讲座计划,供集团职工有选择地参加;集团医院拥有的图书馆相互开放;教学、科研设备专管共用。医院重组后,各成员单位在没有增加投入的前提下,就增强了医疗技术力量。合三院之力,南京 G 医院集团目前有职工 3100 名,其中具有副高级技术职称的在职人员达 250 名,三家医院的累计病床 1300 张,牙椅 150 张,年门急诊人次达 180 万,出院人次2.6 万。

在南京 G 医院集团成立之初,各家成员单位后勤设施如何高效利用方面下了一番苦功。各医院互相开放托儿所、澡堂、食堂、理发室,为对方职工就医提供方便,提高了现有后勤服务资源的利用效率。1998 年底集团成立了药品采购配送中心,尝试以集团内部用药联购共储、医药分开管理来破解这一难题,中心共同审定购药计划,制订了集团药品采购配送管理章程,1999 年起,实行了集团内部集中采购药品,网上集中购药的形式。成立集团被服洗涤中心,南京市卫生局再一次给予了积极支持,他们投资 300 万元成立了卫生系统医用被服洗涤中心。这一系列改革举措,使得南京 G 医院集团的后勤部门逐步从医院后勤,向集团后勤,乃至社会后勤实现了积极的转变,最终把那些具有鲜明社会化色彩的后勤项目从医疗机构中真正剥离了出来,并产生了很好的效益。

南京 G 医院集团是近年来医院重组领域的大胆尝试者之一。这是一个以功能互补、强强携手、横向联合为特征的医院重组案例。

协作经营型医院重组之所以不同于80年代医疗协作联合体改革的一个重要原因是以功能互补、横向联合为重要特征。这种改革目标明显区别于医疗协作联合体追求纯经济利益,它顺应了政府对卫生系统发展方向的宏观控制要求和医疗机构自身的发展需求,具有可持续发展性;在重组操作上协作经营型医院重组也避免了如由于单向资源输出所导致的利益不均衡。一些台湾学者称,在这种医院集团中的管理者主要任务是"异中求同",也就是要从本具有不同文化背景、不同经营特点、不同发展需求医疗机构的运作中寻求利益的交汇点。实践证明,这种共同的利益目标可以成为各医疗机构在实施重组策略时的稳固纽带联系。而如果丧失了这种共同的利益目标,即使在重组中建立了诸如资产等纽带联系,其实际操作仍可缺乏真正的原动力。

4. 连锁经营型医院重组

上海市H医院以强势学科为基础,在2000年3月与其他三家医疗机构实施了医院重组,申报成立神经外科(集团)医院,上海市卫生局迅速给予批复,同意组建医院集团,并设立总院、伽玛刀分院、普陀分院、浦东分院及相应的慢性病康复部(两家地段医院),在总院增挂"上海市H神经外科(集团)医院"的牌子,各分院(部)的行政隶属关系、功能定位和收费标准不变。批复中,总院设床位150张(从原先核定的904张床位中划拨),伽玛刀分院设床位56张(从合作医院原核定的100张床位中划拨),普陀分院45张(从合作医院原先核定的504张床位中划拨),浦东分院80张(从合作医院原先核定的200张床位中划拨)。

上海市H医院通过实施医院重组的策略使自身的医疗资源得以优化配置,并大大缩短了专科疾病患者入院的等候时间,由原来的2~3个月,降至现如今的1周,解决了H医院原先积压的1300多名排队登记患者入院难的问题,通过不同医疗机构之间的合理分工,使大医院看大毛病,H医院神经外科高难度手术的比例从40%增加到了60%,同时由于各分院采用的均是核心医院的技术力量,但医院的收费标准是低级别医院的费用,患者次均相关手术费用为1.3万元,远低于集团总院的收费标准,故收到了明显的社会效益和一定的经济效益。

上海市H神经外科(集团)医院以优势学科为基础建立的一系列医疗专项服务的经营联盟,是以资产经营为特征,以医院长期积累的良好品牌、技术、设备、人才等综合优势为重组的前提和资源配置的核心,以各成员单位相关学科的人才、技术、设备为载体,着重于在重组运作中扩大品牌影响力和社会效益,并不是短期的资金回报。上海市H神经外科(集团)医院的组建则明显带有政府行为的特征。大医院从重组中看到了自身更大的市场辐射面,小医院则认为是搭上了大医院的发展快车,这也是重组各方乐于开展此项改革的重要原因。

5. 混合兼并经营型医院重组

上海R医院集团的核心单位是全国知名的超大型三级甲等医院。医院制定了"数字化医院、人性化服务、创新科技、生态院容"的发展目标。R医院门急诊和住院等基本医疗工作长期处于满负荷的运转状态。2000年,医院门急诊就诊人次达208万,每天平均7500人次,最高一天达10800人次。收治住院病人36928人次,手术15426人次,床位使用率102.64%,平均住院日为14.10天。由于前来就诊的患者中,常见病和多发病患者较多,牵扯了医院比较多的精力,不利于医院集中精力攻克疑难病症,也不利于诊疗质量的提高。因此,如何有效发挥三级医院医疗资源的优势,进一步拓展医疗市场,增加医院的品牌影响力成为 R 医院管理者实施重组策略的初衷,积极探索市、区卫生资源合理分布,医疗机构调整和重组的改革之路。在各级领导的支持下,上海 R 医院通过资产重组、管理输出、技术协作等方式,跨地区、跨级别、跨部门地与多家医疗机构进行了医院重组的探索。

R 医院完全性合并某企业医院,并以管理和技术为纽带与 L、M、区中心医院开展协作。2001 年 3 月,集团收到了浙江省某市中心医院要求加入集团的正式申请,2000 年 7 月,上海 R 医院集团和集团理事会正式成立,集团章程和理事会章程亦随之制订和通过。以下是上海 R 医院集团核心医院与其他成员单位重组情况(见表7-3)。

表 7-3　上海 R 医院集团核心医院与其他成员单位重组情况

项目	企业医院	L 分院	M 医院	浙江某市中心医院
纽带联系	资产	资产和经营管理权	经营管理权	技术、人才和管理
资产归属	并入总院	双方共有	区政府所有	股份合作制
人员变动	并入总院	略有调整	略有调整	维持原状
经济联系	统一核算	独立核算 上缴1%~3%管理费	独立核算 上缴1%~3%管理费	独立核算 上缴1%~3%管理费
管理方式	全面管理	全面管理	全面管理	参与管理
技术输入	全面支撑	重点支撑	重点支撑	按需投入

R 医院与其他医疗单位实施重组后,进一步拓展了医疗市场,缓解了部分学科就医难、住院难的矛盾,使充裕的医疗技术力量得以输出,既提高了卫生资源的利用效率,也使自身取得了一定效益。医院重组同样也对其他医疗机构的业务发展产生了积极的推动作用,使一些医院从高起点、高定位出发,在当地区域内很快建立了品牌优势。

公立医疗机构在实施重组战略之后,究竟应采取何种管理模式一直是医院管理者研究的课题。尤其在兼并经营型医院集团中,建立集团化的管理框架是一个更为复杂的问题。由于医院集团法人地位尚无法确立,因此必须建立一种补偿管理机制,以弥补因为"制度缺陷"所带来的不足。一些大型医院的管理者认为,在对其他医院实施兼并之后,一方面通过建立理事会或管理委员会等高层协调机构来加强宏观指导,另一方面通过从总院派出管理人员担任成员单位的负责人来参与具体管理,就能很好地使成员单位纳入到集团以及总院发展的轨道之中。但实践证明,这种想法存在许多片面性,首先由于集团法人地位的不确定,使集团高层决策机构以及直属管理部门所作出的决策和管理规定合法性受到置疑,加之目前重组医院签署的协议大多比较宏观,缺乏对集团管理部门的明确授权,缺少对一些具体事务的定量描述,因此集团本部在对成员单位的管理上缺乏权威性,约束力也有限。其次,尽管集团成员单位的负责人大多由总院派出,但尚需当地政府和卫生主管部门任命,其一旦被任职,就会站在成员单位的立场上思考问题,而会忽视集团整体发展的要求,这将导致集团成员单位因为独立化程度过高,而形成新的各自为政。这些成员单位会在需要帮助时打出集团旗号,而在遇到具体问题时则会从局部考虑,在这种模式下无法开展集团内部的资源统筹,无法获得集团化带来的规模经济效应。

(二)医院集团的运作特征

20世纪80年代初期,在我国兴起的第一次医院联合浪潮中,医疗协作联合体尽管并不能称得上真正的医院集团,联合运作也带来了新的要求,因此医疗机构相应建立起了一套全新的管理机制,值得现今医院集团研究。以哈尔滨医科大学附属第一医院组建的医疗协作联合体为例,提出了比较具体的联合宗旨、改革内容和组织形式(见表7-4)。尽管当初兴起医疗协作联合体的初衷并不是以提高大医院经济效益为目标,而是以帮助医疗力量比较薄弱的地区和医疗机构为出发点,但医疗机构同样注意到了经济利益对联合的动力和影响,因此在这些方面也建立了相应的制度。以哈尔滨医科大学附属第一医院医疗协作联合体为例,核心医院从协作床位的收入中提取10%作为联合经营管理费,主要用于奖励参与协作的科室和个人;参与技术输出个人的收入按照标准由分院或分部支付;联合体本部,即理事会、办公室和技术委员会等部门人员的津贴来自各成员单位每年上缴的"活动经费"。尽管医疗协作联合体内部的各项管理机制还不够健全,医务人员在联合体改革中得到的实惠并不多,但不可否认的是,中小医院确实在这项改革中得到了发展,而这种医疗协作联合体的管理框架对以后医院集团的构建和管理发挥了较大的影响。

表7-4　哈尔滨医科大学附属第一医院医疗协作联合体运作方式

项　目	内　　容
联合宗旨	开放办院、人才流动、床位全开、设备共用、统筹规划、联合经营
改革方式	建立分院,形成分科联合-综合医疗服务的格局
管理形式	卫生行政部门领导下的理事会负责制,作为联合体最高权力机构,负责联合体的组织、领导、监督、协调,下设办公室和技术委员会
理事会	理事长由哈尔滨医科大学附属第一医院院长担任,其余成员来自各成员医院的推荐
办公室	负责联合体日常事务的处理
技术委员会	聘请28名专家负责联合体内技术指导、科研、培训、事故鉴定等事务
改革内容	技术协作、病员转诊、人才流动、设备共享、技术培训、创建专项等

自1998年起步,2000年正式成立的上海瑞金医院集团,在成立之初就进行了顶层设计,界定了集团成员单位的联合方式、集团组织机构、产生办法和议事规则,制订了医院集团理事会章程,明确了集团理事会和监事会的职权、成员单位的权利和义务,集团成员单位之间的经济纽带以及退出机制。医院集团的经营目的更加明显,管理规则更加明确,主要通过合并、联合、托管等方式,达到提升弱势医院管理水平,扩大强势医院市场占有,拓宽优势学科发展平台,提高综合效益等目的。

医院重组具备的特征

(1)运作规范性:医院重组中要解决的首要问题就是重组后医疗机构合法地位的确定。协作经营型和连锁经营型医院重组属于改革过程中的量变阶段,都是以利益驱动为纽带,实现单体医疗机构的发展。因此这两种重组类型可以不建立全新的法人治理结构,只需通过法律认可的书面协议或合同,聘用、指定或授权一个对集团理事会、委员会和全体成员单位负责的管理机构来统筹集团的日常运作即可。但兼并经营型重组属于改革过程中的质变,不同级别、不同隶属关系的医疗机构以资产或长期经营管理权为纽带结合在一起。尽管这个兼并所形成的医疗机构的目标是实现整体发展,各成员单位的负责人也有可能都来自核心医院,但在各成员单位的经营中管理者更会着眼于自家的利益。目前由于医院集团本身不具有法人地位,医院集团的管理机构如同民间组织,无法在集团化运作中真正发挥协调作用,这种"体制性缺陷"可能会给医院重组后的正常运作带来不稳定。兼并经营型医院集团必须相应建立起一个全新的法人治理结构,可以采取一些过渡性的做法。如一些医院集团等所采取的由一个管理者同时担任集团各成员单位法人的做法,对确保各成员单位协同运作,保证医院集团总体目标的落实具有十分重要的意义。

(2)管理高效性:根据重组后医疗机构规范运作的基本要求和不同的类型特征,集团化的医疗机构要真正成为一个充分开放、独立运作、医政分离的规范操作实体,避免将重组后新型医疗机构的管理混同于单体医院某个职能部门作用的简单放大,设计和建立一套全新的组织和管理体系,建立起跨越医院、科室的一体化协调管理机制。不同级别和功能的医疗机构是分处于卫生保健服务链流程中不同位点的服务环节,在其相互协调的作用下,构成了现今的医疗保健系统。兼并经营型重组尤其能体现卫生保健服务链的特点。但这种重组的难度最大,其间除了有重组后医疗机构政策法律方面的不确定因素外,还有重组后医疗机构所面对的管理跨度,一种不同于计划式行政管理,超越独立经营体,以共同目标和利益为立足点的管理。

重组后新建立的管理部门必须真正担负起资源有序调配的职责,使各成员单位的共同繁荣,互惠互利为各项工作的着眼点。无论是以书面协议作为联结纽带的协作经营型和连锁经营型医院集团,还是以资产和长期经营管理权为纽带的兼并经营型医院集团,不管成员医院规模大小与否,都会将自身的利益作为开展合作的首要前提。因此,医院集团管理者在日常运作中作出科学决策,任何一项偏向于一方的经营策略都会引起成员单位的不满,而最终导致医院重组的失败和联合策略的瓦解。

(3)资源流动性:资源流动性是医院重组的另一个重要特征。在医疗机构的各类资源中既有无形资源,也有有形资源。有形资源指医院的固定资产,无形资源指医院的人才、技术、品牌,以及管理资源。根据"优势原则"进行重新组合,以具有强大实力的医疗机构为核心,形成一个更大范围的经济和利益联结,各类人才能突破原先医院和部门的限制在更大范围内得以流动,使高精尖诊疗设备在更大范围实现共享,这种整体优势的发挥是非集团化医疗机构所无法做到的。在一些重组后的大型医院集团中,各类资源调配将十分频繁。以混合兼并经营型为特征的上海瑞金医院集团为例,建立集团后已经建立或准备建立的各类临床、科研、教学和管理等项目达72项,牵涉到的临床和管理科室有29个,参与的个人达257人,其中绝大部分是在核心医院中的重量级人物。面对如此之多的资源流动,如果没有一套系统的管理机制和资源调配模式,这可能会成为阻碍重组后医院发展的严重隐患,也要防止卫生资源在"解冻"后发生新的"冷冻"。

(三)医院集团中几种"效应"的分析

国有资产归全民所有,国家作为全体民众的代表委托各级政府管理和经营国有资产。

以大型医院或医院集团为核心实施重组策略,可以打破条块分割的现状,引入竞争机制,使卫生资源在更大范围"活起来"。这无论是从医疗机构,还是从政府和卫生市场的角度而言,都具有现实意义(见表7-5)。

表7-5 重组对医院及区域卫生资源的作用

项目	医 院	区域卫生资源
经济面	● 规模优势:通过规模上的节约,减少了经营成本 ● 管理优势:提高资源利用效率,减员增效,减少了单体医院各类成本的消耗 ● 财政优势:提高信用度,减少借贷费用,更加容易进入资本市场进行运作	● 减少资源浪费,以比较少的投入,产出更大的综合效益 ● 改变医疗单位资源配置中的不合理,有效安排和利用硬件资源 ● 降低成本,使人民群众得益
人力面	● 促进临床和管理部门人力资源的维护和补充 ● 加强临床和管理方面的能力	● 更好、更合理地、更大范围地盘活人力资源
组织结构面	● 组织扩大:增加转诊网络,巩固原有市场,开拓新的市场 ● 社会效益:社会影响力增强	● 建立更多、更好、更全面的医疗项目,完善医院保健服务链

1. 医院建团与"光环效应"

一些大型医疗机构的长期"原始积累",为其赢得了优质品牌、良好信誉和市场认可。因此大医院的医务人员始终有着是同行业佼佼者的感觉,大医院的专家始终是中小医院争相聘用的对象。一些医药厂商在宣传产品时也会经常以在大医院通过某期临床验证为荣,在重大项目招标、课题申报、论文发表时大医院的名号一字千金。大医院的品牌已经不可否认地成为一种宝贵的无形资产,对医院重组产生重要影响。"光环效应"又称为"晕轮作用",在自然科学中比喻日、月周围的光环现象。因此,想借助"光环效应",利用大医院的品牌,迅速提升自身的知名度,为医院建造"光环",赢得更大的市场份额,已成为中小型医疗机构热衷于医院重组的主要动机。

2. 医院集团与"鲶鱼效应"

医院重组不但会对参与此项改革医院的发展产生重大影响,而且这种影响力还会波及同一区域或邻近地区非集团化的医疗机构。在计划经济模式下,公立医疗单位的管理方法和经营思维大同小异,最突出的表现是普遍缺乏危机意识,这使得本应充分流动的卫生资源发生"凝固",而且它也会使人的思想处于长期"冷冻和僵化"状态。非集团化医疗机构对其他医院的重组行为主要表现为抵制,大医院通过重组可以将"手"伸向原本"不属于"他们的地区,这些地区的卫生资源被"瓜分",这无疑会使非集团化医疗机构的市场份额减少,直接影响到医院的经济效益。另外,一些地区的卫生行政部门由于存在"肥水不流外人田"的思想,故也对医院跨地区重组持消极态度。但实践证明,目前医院重组对推动医疗机构管理体制改革,盘活区域卫生资源产生了十分积极的影响。一些经济学家用"鲶鱼效应"来解释这一现象。以上海瑞金医院集团与浙江省台州市中心医院的重组为例,台州市是一个民营经济相当发达的地区,在台州市政府和卫生行政部门的大力支持下,上海瑞医院集团与台州市中心医院开展了跨地区医疗卫生资源重组。重组使中心医院成为集团的理事单位,正式挂牌"上海瑞金医院集团台州中心医院",集团优质医疗资源向台州地区源源不断地输出,中心医院只用了一年半的时间就达到了国内其他同等规模医院用5年才能达到的效益目标。根据当地卫生行政部门统计的数据资料,台州市各大医院的业务收入不但没有因为市场被"瓜分"而减少,相反,其当年收益与往年相比又有了比较大的增幅。竞争机制的形成使其他医疗单位积极转变观念,提供优质低价的医疗服务,开展医院重组和项目联合等方式,吸引当地和其他省市的病员前去就医。尤其在医院重组方面,当地医院与外省市实力较强的医疗机构建立的资源重组项目,由改革前仅有的数个,发展到目前的十余个,而且当地医院之间还积极建立各种形式的联合体,以增强自身的竞争实力。实践证明:经过医院重组所形成的医院集团正是医疗市场中的"鲶鱼","鲶鱼"所形成的竞争机制,促使其他医疗机构提高医疗服务质量,提高整体竞争力,制定发展策略,在市场运作中大大受益。

3. 医院集团与"规模经济效应"和"马太效应"

在计划经济模式下,各级医疗机构出于各自利益,分级不分工,出现了重复购置医疗设备、医院办"社会"、管理队伍庞大等现象,这导致资源利用效率低下。但通过实行医院资源的优化重组之后,新的集团化经营和管理形成了"规模经济现象",当合理扩大运作规模,使资金、技术、人才和市场实现最佳组合时,就能出现单位成本逐渐下降的趋势,集团内部交易成本低于市场交易成本,集团内部运作效率高于外部运作效率等。另外,以大型医疗机构为核心,重组建立医院集团还可以产生"马太效应"(由著名社会学家默顿提出的理论),即资源优势的本身具有增强和放大的作用,这种作用使受益者能不断积累优势,造成英才集中。这种优势也会参与到医疗机构的规模竞争中,即越是形成规模的医疗机构,则越是容易取得社会的认可,因此中小型医院十分愿意与优势医院重组,通过规模经济和马太效应来迅速壮大自身。但有一点必须注意到,追求规模经济效应所带来利益的基础是建立集团内部的交易和运作机制,换而言之,就是要在医院重组后尽快建立起真正集团化的管理体系。

4. 医院集团与"激活休克鱼理论"

国内家电企业海尔集团创立了著名的"吃休克鱼"理论,它将一些硬件条件较好,但存在思想观念、管理方法等问题的企业称为"休克鱼"。这种重组的目标不在于被兼并企业现有的硬性资产,而在于潜在的动力、效益和市场。这种重组能够使核心企业快速实现低成本扩张。资产是这种重组中稳固的纽带联系,在为各成员单位"输血"的同时,培植其自身的造血能力亦是长期战略发展的关键。在医疗卫生领域,一些医疗机构也可以被称为"休克鱼",以上海瑞金医院集团中的原市政医院和卢湾区中心医院为例,两家医院在被重组之前都在建造全新的病房或门诊大楼,由区域政府部门投入的建设资金中最高达上亿元,但由于区域人口的流动和迁出、内部管理不善等原因,两家医院的业务量明显下降,经济效益逐年下滑,甚至出现亏损。市政医院一天所有的门急诊量仅70人次,还没有大医院一个门诊医生看的多。重组之后,在集团总院派出精简管理队伍,这两家医院当年就实现了扭亏为盈,并创立了学科特色,又再次成为区域内的重点发展项目。实践表明,存在于医疗卫生领域的"休克鱼"同样可以用资源重组的手段来激活。

(四)政府在医院集团构建中的作用

政府作为重要的资源重组主体具有深厚的体制基础。我国国有经济是一元化地归全民所有。在产权设置中,政府是行使所有者职能的载体。政府部门希望通过行政手段进行资源重组,实现医疗资源运作的高效率和高效益。但必须认清,卫生资源重组需要建立在医疗卫生市场需求的基础上来实施,市场因素在配置卫生资源中所呈现出的局限性以及市场机制的不足,需要政府部门使用行政手段来弥补。机构重组本是市场交易的行为,但医疗卫生领域有自身的特殊性,如一味追求利润、唯利益至上的话,可能会背离医学的根本宗旨。医院重组的行为不可避免地将比较多地考虑公益性和福利性,政府部门尤其会站在统筹区域医疗卫生资源,保障人民健康水平的高度来强调这一点。在我国现今的历史时期,政府部门要实行干预引导、规范,其所使用的行政手段对医院间资源重组具有十分特殊的意义。政府要制定科学的产业发展政策,为医院重组创造良好的宏观环境,提供切实可行的基本法律框架。要给重组后的新型医疗机构一个明确法律定位,以规范的手段帮助重组后的医疗机构建立起正常的运作体系,甚至在必要条件下,还应支付医院重组的成本,毕竟医院重组最终的受益者是当地的人民群众,地方政府借助医院的重组行为,以比较少的投入,实现了增强地方功能的实效。因此,政府有必要积极通过行政手段来解决医院重组中和之后的一系列问题,为医院重组提供组织上的保证,通过对医院重组行为所发挥效用的认真随访和动态评价,以真正确保重组行为的有效性和科学性,促进最佳的资源整合,获得更好的社会效益和经济效益。

第四节　我国区域医疗卫生资源整合的探索

2006 年,国务院颁布了《关于发展城市社区卫生服务的指导意见》,改革聚焦到提高医院的服务效率、降低服务成本、保持公益性上。更重要的是要进一步发挥社区卫生服务机构"六位一体"的功能,真正实现"小病进社区、大病进医院、康复回社区"的医疗服务模式,探索一条适应国情的社区医疗的新路子。

随着社会的进步,我国疾病谱也在发生快速的变化,从 20 世纪 60 年代以来,由急性传染性疾病转变为慢性病、老年病和各种退行性疾病,各种慢性病的发病率、死亡率在不断增长。以糖尿病为例,近 20 年来患病率上升了 4 倍,2002 年约有糖尿病患者 2200 多万人,成年人糖尿病患病率以 10% 的速度增长,已约有 9000 余万人。另据 2004 年的调查显示,全国高血压患者 1.6 亿,比 1991 年增加了 7000 万人,而高血压患者的疾病知晓率、治疗率和控制率分别为 30.2%、24.7% 和 6.1%,仍处于较低水平。本应承担起"守门人"职责的社区卫生服务机构和老年护理机构,在整体卫生资源配置中,无论从机构数量、床位数量和医护人员数量等各方面所占的比例相当低。许多常见病、慢性病患者大量涌向大医院就医,社区医疗机构从数量上和技术能力上,还没能承担起慢性病、常见病首诊、转诊和长期疾病管理的职责(见表 7-6、表 7-7、表 7-8、表 7-9)。

一、区域卫生资源整合模式

医院集团的改革主要旨在提升医院的经营效益,而区域卫生资源整合的探索则重在强化社区的职能,提升社区卫生服务在整个健康保健链中的地位,也为实实在在地提高社区卫生技术队伍的水平提出了一条新路。目前,我国大型医院与社区医疗资源互动整合的几种典型方式包括:①以卫生行政部门为主导,由政府推动的区域医疗卫生服务大协作,如北京市西城区、江苏省苏州市等;②以大医院为发起方,协调区域医疗服务的协作,如湖南省人民医院;③以通过第三方介入,通过课题或项目的形式,推进的区域卫生资源的整合,如上海申

表 7-6　2003 年与 2006 年全国各级医疗机构数量比较

	总数				非营利性医疗机构				营利性医疗机构			
	2003	2006	%[1]	%[2]	2003	2006	%[1]	%[2]	2003	2006	%[1]	%[2]
医院	17764	19246	8.3	100	15677	15616	-0.4	100	2026	3575	76.5	100
综合性医院	12599	13120	4.1	68	11418	11083	-2.9	71	1137	2012	77.0	56
专科医院	2271	3022	33.1	16	1610	1836	-14.0	12	646	1161	79.7	32
护理院	26	32	23.1	11.2	20	20	0	0.1	6	12	100	0.34
社区卫生服务中心	753	2077	175.8	10	…	1545	…	10	…	42	…	1.17

注：
1. % =（2006 年医院数-2003 年医院数）/2003 年医院数×100%
2. 2006 年间，该类医疗机构占当年度总医疗机构数量的百分比
资料来自：中国卫生年鉴（2003 年，2006 年）

表 7-7　2003 年与 2006 年全国各级医疗机构床位数比较

	总数				非营利性				营利性			
	2003	2006	%[1]	%[2]	2003	2006	%[1]	%[2]	2003	2006	%[1]	%[2]
医院	2269505	2560402	1.3	100	2175862	2404083	10.5	100	89809	151188	68.3	100
综合性医院	1713438	1902894	11.1	74	1656946	1808983	9.2	75	53221	91918	72.7	60.8
专科医院	267181	320503	20.0	13	240390	275463	14.6	11	26307	42943	63.2	28
护理院	2376	3661	54.1	0.14	1991	2598	30.5	0.11	385	1063	176.1	0.7
社区卫生服务中心	12105	41194	240.3	1.61	12022	40340	235.6	0.02	63	785	1146.0	0.52

注：
1. % =（2006 年医院床位数-2003 年医院床位数）/2003 年医院床位数×100%
2. 2006 年间，该类医疗机构床位数占当年度总医疗机构床位数的百分比
资料来自：中国卫生年鉴（2003 年，2006 年）

表 7-8 2006 年全国医疗机构医务人员数量比较

	执业医师			助理医师			执业护士		
	非营利性	%[1]	营利性	非营利性	%[1]	营利性	非营利性	%[1]	营利性
医院	935219	100	45159	1049118	100	55788	1033945	100	45725
综合性医院	714256	76	29816	795710	76	36595	812366	79	29257
专科医院	77527	8	10870	87752	8	13773	100754	10	12784
护理院	277	0.03	43	306	0.03	45	426	0.04	64
社区卫生服务中心	20543	2	…	25335	2	…	16691	2	…

注:
1. 2006 年间,该类医护人员数量与当年度非营利性医疗机构医护人员总数的百分比
资料来自:中国卫生年鉴(2003 年,2006 年)

表 7-9 2006 年综合性医院和社区卫生服务中心每所医疗机构、每医护人员业务量、床位数比较

	医疗单位		执业医师		助理医师		执业护士	
	GH[1]	CHC[2]	GH	CHC	GH	CHC	GH	CHC
平均门诊量	74980.0	36995.8	1377.3	3740.5	1236.3	3033.0	1211.0	4603.7
平均急诊人次	6921.4	1055.1	127.1	106.7	114.1	86.5	111.8	131.3
平均留观病人	1733.8	782.9	31.8	79.2	28.6	64.2	28.0	97.4
平均人院病人	3414.7	2100.3	62.7	212.3	56.3	172.2	55.1	261.4
平均接诊重症患者	348.3	17.6	6.4	1.8	5.7	1.4	5.6	2.2
平均床位数	145.0	19.8	2.7	2.1	3.0	1.6	2.3	2.5

注:
1. 综合性医院
2. 社区卫生服务中心
资料来自:中国卫生年鉴(2006 年)

康的模式。

在整合中,根据区域卫生资源所整合的医疗机构调整,又可分为不同的模式:①"1+X"模式,即由一家大型医疗机构(Y)牵头,联手多家社区卫生服务机构的整合;②"X+X"模式,是指由数家三级、二级医院以及社区卫生服务机构共同参与,进行区域医疗资源的整合;③"W+X+X"模式。其中,"W"代表卫生局,两个"X"分别为医院和社区卫生服务中心。一些城市从实际出发,探索出了"以人的健康为中心,以家庭为单位,以街道为基本范围,集预防、保健、医疗、康复、健康教育、计划生育为一体"的社区卫生模式,与之配套的是"一居一医、全科医疗、全程负责、全日服务"的运行机制。

二、区域卫生资源整合的内部运作机制

为了有效构建新型医疗卫生服务体系,国内许多医疗机构在进行卫生资源重组时进行了各种积极的探索,也建立起一系列新的运作机制和管理规范,以确保这项改革的顺利进行。

1. 推行双向转诊机制。以北京市西城区建立的医疗卫生服务共同体为例,对社区卫生服务中心首次就诊的患者,凡在社区卫生服务机构不能确诊、诊治困难和需要特殊检查等需要转诊和会诊的患者,按照已经制定的上转标准,将患者的个人健康档案及本次就诊的电子病例通过网络传送给综合医院,从网上预约综合医院开放的各种医疗资源,如门诊、实验室检查、住院,同时打印预约单交给患者,患者手持预约单按照预约的时间直接到综合医院就诊,在综合医院的大厅设有专门的社区接待处,由专人负责引导患者到独立的社区接待诊室,同时综合医院根据社区上传的病例安排相关的专科医生接待社区患者。对于诊断明确且社区卫生服务中心有能力治疗的患者和康复期患者,由综合医院协管中心将这次病历及下一步指导意见通过区域医疗卫生网络信息交换平台转回社区卫生服务中心,社区医生将病历归档,严格按照上级医院的处理意见,进一步对患者进行治疗、观察和追踪管理,实行社区卫生服务中心全程健康管理。对在社区卫生服务中心就诊的急诊患者,社区医生进行对症处理之后,呼叫急救车。电话通知综合医院急诊科,同时将电子健康档案和电子病例通过信息交换平台传送到综合医院,实现患者未到,病例先行的急诊绿色通道就诊新模式。

2. 检查检验结果互认和共享机制。2006年2月24日,卫生部办公厅下发的《关于医疗机构间医学检验、医学影像检查互认有关问题的通知》中提出,在医疗机构间互认医学检验、医学影像检查,对于合理有效地利用卫生资源,降低患者就诊费用,简化患者就医环节,改进医疗服务,在医疗过程中体现以人为本的服务理念具有重要意义。然而,在实际运作过程中,检查检验结果互认在可操作性上存在诸多困难,主要表现在以下几方面:①患者很难完整保存所有的检验、检查报告,医生也无法完全了解长期连续的患者病史,使患者不得不做重复检查、检验;②医学检查、检验同城互认的信息载体目前还停留在纸质报告和胶片上,容易破损和遗失,不能完全保全原始信息;③医院现有的信息系统还是以院内网为主,没有构成区域医疗卫生共享网络,无法通过信息网络系统实现方便、及时和准确的结果互认,造成检查、检验结果互认在技术层面上无法有效实施。

3. 区域医疗数字化建设策略。在区域卫生资源整合中,数字化建设扮演主要的角色。通过搭建社区卫生服务机构与综合医院的信息交换及共享平台,形成区域医疗卫生服务网络。社区卫生服务机构的医疗、公共卫生信息通过区域卫生服务网络与综合医院信息进行数据交换,同样综合医院信息通过区域医疗服务网络与社区交换,实现区域医疗资源共享。

社区卫生服务中心利用现有的医生工作站建立个人及家庭的健康档案；建立慢病管理、诊疗系统、绩效管理系统；建立4种慢病（高血压、糖尿病、冠心病、脑卒中）病情评估与随访的数据库，将患者的个人健康档案及本次就诊的电子病例通过区域局域网络上传给综合医院，大医院通过开放各种资源进行网上预约门诊、实验室检查、住院等。建立双向转诊预约信息系统及远程视频会诊信息系统，成立信息协同管理中心，提供预约医生服务信息平台、可视化医生资源列表的预约就诊信息；提供预约检查、检验服务信息平台，可视化检查资源及预约检查服务电子申请单。下转到社区就诊的患者的病历、诊疗及指导意见可通过网络传回到社区。厦门市卫生局建立的市民健康信息系统、上海市建立的"医联工程"、义乌市发放的就医一卡通等，都是旨在推进不同医疗机构间临床信息的交换和共享，进而实现提高卫生资源服务效率的目的。

4. 区域卫生资源整合中医护人员的流动机制。国务院在《关于发展社区卫生服务的指导意见》中指出"在城市卫生事业发展中存在优质资源过分向大医院集中，社区卫生服务资源短缺，服务能力不强，不能满足群众基本卫生服务需求等问题。这是造成群众看病难、看病贵的重要原因之一"。造成社区卫生服务能力不强的原因之一就是社区卫生人才缺乏，世界卫生组织（WHO）在中等发达国家中制定的标准为高、中、初三级卫生技术人员比例为1:3:1，我们离这一标准有较大的差距，而二级和三级医院的人才在现有的体制机制下却很难下沉。面对这样一些问题，许多省市在开展医疗卫生资源整合中，采取了多种人才流动的策略。

（1）定期工作：一些城市提出，二级和三级医疗机构的卫生中级专业技术人员在晋升副高级职务前必须到社区卫生服务中心定期工作，时间不少于6个月（简称"定期工作"）。

（2）挂编流动：二级和三级医疗机构的医务人员，因岗位职数的限制，或以技术指导和教学科研的合作，部分中高级卫生专业人员编制在原单位，工作在社区卫生服务中心。区卫生局给予职称聘任和收入待遇等方面的优惠政策吸引此类人员下社区，近年有10余名此类人员以柔性（挂编）流动的方式到下一级医疗机构工作。

（3）撤编流动：二级和三级医疗机构中有志从事基层社区卫生服务工作的医务人员，通过双向选择可直接调入社区卫生服务中心，编制等全部转入社区卫生服务中心，与原医院脱离关系。区卫生局给予职称聘任和收入待遇等方面的更优惠政策。

（4）志愿者：二级和三级医院在职或退休（70岁以下，身体健康）的中、高级医务人员志愿到社区卫生服务中心工作，社区卫生服务中心聘任他们从事原来的专业工作，发挥他们的余热，部分解决了看专家难的问题。

近年来，关于临床医生多点执业政策的推出也将为区域卫生资源进一步有效整合创造条件。

三、区域卫生资源整合中的社区卫生服务机构

在区域卫生资源整合中，除了政府的卫生规划、国家医疗保险政策、大型医疗机构的参与和支持外，社区卫生服务机构扮演着重要角色。社区卫生服务是临床公共卫生整合的最佳切入点，完善上门保健服务、保健合同服务、社区责任医生服务、医疗咨询热线服务和双向转诊服务等制度。要打破传统的医疗服务框架，转变医疗保健模式及服务方式，不断拓宽服务范围和内容，规范和建设成为网络健全，功能到位，机制完善的城乡一体化社区卫生服务体系，使医疗服务从医院走向社区，主动提供预防保健服务，实行包括预防、治疗、护理、康复

在内的一揽子健康保健模式,促使公共卫生和临床医学的整台。形成疾控中心及相关医院分工协作的省、市、县疾控系统、诊疗系统及以社区(乡村)卫生院和卫生服务中心为网底的卫生防控系统和在城市以社区,农村以乡镇为基本单位的包括流动人口在内的全民预防应急组织体系。

　　社区卫生服务是被 WHO 公认的控制慢性病的有效举措,在《国民经济和社会发展第十一个五年规划纲要》中,中央提出"综合防治心脑血管疾病、恶性肿瘤等慢性病"和"战略前移、重心下沉"的慢性病防治方针,在 2006 年《国务院关于发展城市社区卫生服务的指导意见》文件中,又明确要求改革慢性病社区综合防治技术,探讨可持续发展的工作机制和管理模式,加强对居民生活方式和健康观念的公共卫生管理。

(李宏为　赵列宾)

第八章

医院综合评价

2010年2月2日,国务院常务会议上讨论并原则通过了《关于公立医院改革试点的指导意见》。在指导意见中,有一项非常重要的内容是"改革公立医院监管机制",其核心内容包括:①强调实行全行业监管;②加强公立医院医疗服务安全质量监管,建立专业医疗质量控制评价体系;③完善各级各类医院管理评价制度,继续做好医院管理评审评价工作;④加强公立医院运行监管;⑤建立社会多方参与的监管制度;⑥建立医患纠纷第三方调解机制。通过建立完善的、多层次、多维度的公立医院监管和评价体系,政府和卫生行政主管部门可以对公立医院的公益性办医方向和依法执业,对医院的医疗质量、安全、服务、管理、绩效、技术水平、科研教育等各方面的情况进行过程监管评价和周期性评价;对医院来说,也是总结成绩,发现自身问题并进行持续改进的基础,从而有助于医院更好地为病人服务,增强医院的竞争力。开展医院综合评价工作对于促进医院标准化管理,改进医院病人安全、医疗质量和病人服务,都是十分必要的。

第一节 医院综合评价概述

一、医院综合评价的背景

(一)国外医院综合评价发展概况

据有关研究报道,目前全世界正式开展医院评价(评审)工作的国家和地区有30多个。在这些国家和地区,医院评价(评审)都是作为加强医院管理,改善质量、安全和病人服务的最有力的抓手之一,只不过出现的名称有可能不同。各个国家和地区的医院综合评价(评审)标准和方法随着社会发展和科学进步可能不断变化,但这种工作自开始后就基本上未曾中断。

美国的医院认证(Accreditation)最早可追溯至1910年,至今已经有约百年的历史。从1951年开始,美国美国医生协会(ACP)、美国医院协会(AHA)、美国医学会(AMA)、加拿大医学会(CMA)与美国外科医师协会(ACS)共同创建了医院认证联合委员会(JCAH),开始提供自愿的医院认证服务。到目前为止,全美有超过82%的医院通过了医院认证联合委员会(JC)的认证。在美国,通过JC的医院认证是医疗机构进入国家保险和很多商业保险的前提,是医院加入美国医院协会的前提条件,也是美国医疗机构安全和质量是否可信的"门面"。对于大多数医疗机构而言,通过 JC 的医院认证对于其经营管理和市场竞争来说可谓至关重要。目前美国的医院认证为 3 年一个周期,除此之外,JC 也对医疗机构的医疗质量和安全进行连续性的监管,并公布相关数据,为医疗保险公司和患者挑选优质的医疗机构提供信息支持。

加拿大从 1959 年开始退出 JCAH,开始成立自己的医院认证组织。澳大利亚于 1974 年、英国于 1990 年、韩国于 1995 年、日本于 1997 年分别正式开展了自己的医院认证服务。我国台湾地区从 1978 年开始实施教学医院评鉴,从 1988 年正式开始实施医院综合评鉴,评审周期为 3 年。

从各个国家医院评价的发展历史来看,有这样几个特点:

◎ 标准从简单到复杂,再从复杂到简单。

◎ 从重视基础设施和制度建设到重视过程和结果质量。

◎ 评价方法从重文本资料到目前重现场和过程,强调病人体验。

◎ 从单纯的周期性评审到目前强调周期性评审与日常的监管和控制体系相结合。

◎ 越来越依赖于现代信息技术,更多依赖信息的实时采集,而非仅仅在现场评审时回顾性的采集数据和进行现场观摩。

◎ 从全面的、大规模调查转向小规模、重点调查。

◎ 强调持续改进。

各个国家医院评价体系的变化符合客观事实,也能更真实地抓住医院医疗质量、安全和服务水平的有效信息。因为随着医院管理和医院评价工作的不断发展,基础设施、基本制度和文本建设已经不再成为重点,只需根据科学发展进行定期更新即可。医院管理和评价的重点应该放在质量、安全和病人服务等方面,而这些方面往往需要通过强调过程、强调数据的实时采集才可有效反映。国外的医院评价发展历程可供我国医院综合评价(评审)工作借鉴。

(二)国内医院综合评价发展概况

从世界范围来看,我国医院综合评价的起步并不晚,甚至比多数国家的起步还要早。总的来说,我国医院综合评价(评审)可以分为四个阶段:

1. 起步阶段(20 世纪 70 年代末到 80 年代末)

根据有关资料,我国医院评审的起源可追溯至 20 世纪 70 年代末,当时丹东医院开展了创建"文明医院"活动,取得了一定的成效,全国各地许多医院前去学习参观,卫生部高度重视,给予了积极的支持和经验推广,逐渐在全国各地开展起了"文明医院"评比活动。1987 年 11 月 7 日全国"文明医院"建设研讨会在浙江宁波召开,在这次会上提出了"文明医院"四化标准:即科学化、标准化、常规化、规范化,并提出了"要把文明医院引向医院评审的正常工作来搞"。卫生部前部长陈敏章在 1997 年全国医政工作会议上的讲话中说:"我国的文明医院评比,实质上是我国医院评审工作的起源,构成了我国医院评审工作的雏形。"

2. 第一轮医院等级评审阶段(1989 ~ 1998 年)

在总结前期工作的基础上,1989 年 8 月在北京召开的全国医政工作会议上审议通过了医院评审基本标准,卫生部于同年 11 月 29 日印发的《关于实施医院分级管理的通知》、《综合医院分级管理标准〈试行草案〉》,标志着我国官方的医院分级管理与医院评审工作正式启动。在此期间,卫生部先后颁布实施了《医疗机构基本标准》、《医疗机构评审标准》、《医疗机构评审办法和评审标准实施细则》、《医疗机构评审委员会章程》等相关文件。1994 年 2

月,国务院颁布了《医疗机构管理条例》,以法律法规的形式明确我国实行医疗机构评审制度。

该轮医院等级评审对我国各类医疗机构进行了等级认定,为医院管理提供了法律依据、统一标准和科学管理手段,极大地促进了医院的基本建设、科学管理和快速发展,并且帮助医院发现工作中的问题,改进医院管理和病人的满意度。在后期的等级评审工作中,出现了一些片面注重医疗机构的硬件和基础设施建设,盲目攀比和扩大规模,浮夸虚假等不良现象,偏离了原定目标。因此,卫生部于 1998 年 8 月发布了《关于医院评审工作的通知》,决定暂停第二周期医院评审工作。

3. 探索阶段

虽然我国全国范围的、正式的医院评价(评审)工作自 1998 年后陷于停顿,但随着改革开放的进一步深入和我国对国际上医院管理的先进经验的进一步了解,一些医院尝试通过国际化的评价评审来促进医院管理工作,一些省市也先后自行开展了医院评审工作。如上海的仁济医院通过了 ISO9000 的认证,浙江的邵逸夫医院通过了美国 JCI 的认证等;江苏、浙江等省份也重新开始探索进行系统性的医院评价评审工作。

2005 年 3 月 17 日,卫生部印发了《医院管理评价指南(试行)》,并随后开展了为期 5 年的"医院管理年活动"。医院管理年活动有效地促进了各医院加强管理,实质上已经发挥了综合评价的作用。

4. 医院综合评价阶段(2010 年以后)

国家的医院综合评价标准即将出台,新一轮正式的、全国性的医院综合评价(评审)工作即将启动。

二、医院综合评价的相关概念

医院综合评价是一个并不十分明确的概念,它与医院评审,医院认证经常容易混淆。本章对这几个概念进行如下区分和界定。

医院综合评价是一个广义的概念,是指对医院各方面的工作进行的综合评价。当把它的结果用于等级认定的时候,即称为医院评审。

而医院认证,则更多的是指接受国际性的、比较权威的组织的检查,如果通过后,即认为某医院通过了"认证",包括美国的联合认证委员会、国际标准化组织等。

第二节 医院综合评价的内容

医院的服务对象是病人,所涉及的是人的健康和生命,因此,对医院工作的评价应强调以"质量、安全、服务"为核心;同时,由于我国人口众多,而医疗资源相对有限,因此,对公立医院的评价也应强调"管理、绩效"。据此,我国卫生行政主管部门提出医院综合评价评审工作应围绕"安全、质量、服务、管理、绩效"的十字方针,这是十分合理的。在上述十字方针之外,公立医院应强调坚持公益性和依法执业,这是确保医院办医方向和保证医院基本运行的基础和前提。对反映医院服务能力的医院技术水平也需进行评价,以考量同级医院间在技术水平和技术能力方面存在的差距。上述的几个方面构成了医院综合评价的基本内容,本章将参照国家有关标准和 2010 年版《上海市综合医院评审标准》(试行),就此做概要介绍(其中"绩效"部分,本书已有专门章节讲述,此处略)。

一、医院公益性

医疗卫生事业是公益性的事业,而作为医疗卫生事业的主要载体,确保公立医院的公益性是保障人民群众能公平地获得基本医疗服务的前提条件之一。尽管对于医院公益性的范畴还有争议,但一般认为公立医院应在以下方面体现公益性:

(一)医院的功能与任务

不同级别、性质的公立医院,均应根据卫生行政部门的设置规划,根据当地医疗卫生的需求,履行自身的功能与任务。具体来说:

1. 三级医院的功能与任务

(1)应具有高水平的临床学科和技术能力;应主要从事急危重症和疑难疾病的诊疗;服务范围应覆盖多个区域;应接受下级医院转诊的疑难危重病人。

(2)三级甲等医院还应承担省级或以上的专业技术质量控制中心的工作,应有省级或以上的临床重点专科。

(3)应承担高等医学教育、临床实习、毕业后教育和继续教育工作;应承担高层次医疗卫生技术人员的培养培训工作;应承担下级医院医疗卫生技术人员的进修任务。

(4)应承担省级或以上的研究工作,应用和开发新的医疗技术和适宜的医疗技术。

(5)为了保障完成上述功能和任务,医院的床位、人员、设备、诊疗科目设置等应符合三级医院的标准。

2. 二级医院的功能与任务

(1)应成为地区性的医疗中心(县、区);应具备一定水平的临床学科和技术能力;主要提供医疗服务,同时兼顾预防、保健和康复服务。

(2)承担一定数量的医学院校教学、实习和科研任务。

(3)对下级医院提供技术指导。

(4)床位、人员、设备、诊疗科目设置符合二级医院的基本标准。

3. 一级医院的功能与任务

(1)为社区(乡镇)居民提供"六位一体"的全科医疗卫生服务,包括常见病多发病的诊疗、预防、保健、康复、健康教育和计划生育。

(2)床位、人员、设备、诊疗科目设置应符合一级医院的基本标准。

(二)完成政府指定的任务,执行政府的相关制度

1. 参加医疗紧急救治体系,完成突发公共事件的紧急医疗救援任务。

2. 承担省级或以上卫生行政部门指定的公共卫生任务。

3. 承担政府指令性的对口支援任务、援外医疗或国际紧急医疗救治任务。

4. 执行国家基本药品制度,优先使用基本药物。

(三)控制医疗费用,降低病人负担

1. 应按照卫生行政部门和医保部门的要求,控制均次费用,减轻病人负担;医保病人的自费项目、自费药品的费用不超过总费用的既定比例。

2. 公立医院开展特需医疗服务的比例不应超过10%(床位数、门诊次数)。

(四)开展健康咨询等多种形式的公益性社会活动

二、依法执业

医疗卫生事业涉及人民的健康和生命,因此,对医疗机构遵纪守法的要求应该更高、更严格。医院的所有行为都应遵守有关法律、法规、规章和制度,医院的员工均应知晓相关的法律法规和规章制度,对医院在依法执业方面的评价应贯穿在整个评价过程的各个内容之中。

除此之外,医院的综合评价应考虑将依法执业中的一些重要事项作为基本标准(一票否决标准),即如果医院在依法执业方面存在严重违规情况,则认为评价结果为"不合格"或不予评价资格。对于哪些事项应被列为基本标准,目前尚存在争论,一般可以从以下方面选择:

◎ 医院年度校验应合格,无暂缓校验的情况。

◎ 无超范围执业情况(医院提供服务的诊疗科目与执业许可证相一致);无对外出租、承包科室和仪器设备的情况。

◎ 在医院执业的卫生技术人员均具有合法执业资格,并在本院注册登记。

◎ 无火灾、放射源泄漏、医院感染等重大安全事故。

◎ 使用的药品、植入性医疗器材和甲、乙类大型医疗设备均经省(直辖市)级卫生行政部门批准,无违规使用的情况。

◎ 无被取消医保定点资格的情况。

◎ 无虚假医疗广告和属于组织行为的出具虚假医疗文书情况。

◎ 无组织行为的重大违规收费情况。

◎ 无完全责任一级甲等医疗事故和瞒报、漏报重大医疗过失事件的行为。

三、病人服务

按照"医院管理年"活动的要求和卫生部最新医院评价标准的要求,"病人服务"方面的标准主要包括两个方面,一是医院应积极采取措施来方便病人就医,提高服务的可及性和连贯性;二是应注重维护患者的合法权利。

(一)方便病人就医,提高服务的可及性和连贯性

1. 医院应积极推进预约诊疗管理,实行多种形式的预约诊疗服务;制订预约诊疗工作制度即流程;不同级别医疗机构之间建立预约转诊服务渠道;重点对肿瘤、高血压、糖尿病等患者进行跟踪管理。

2. 优化门诊流程,增加便民措施,开展志愿服务活动。

3. 加强急诊绿色通道管理,及时救治急危重症患者。

4. 改善住院、转院、转科服务流程,提供连续医疗服务;规范出院、转科医疗文书。

(二)维护患者的合法权利

1. 尊重病人知情权和选择权;实验性临床医疗须获得知情同意并经伦理委员会同意;保护患者隐私权,尊重民族习惯和宗教信仰。

2. 加强投诉管理,妥善处理医患关系;医院设置专职部门和人员处理投诉问题,及时处理并反馈;在医院显著位置公示投诉流程和渠道,投诉流程应方便病人;对投诉事件进行定期分析,并据此进行持续改进。

3. 加强医疗保险服务,公示医疗保险政策和法规;告知医保患者费用信息;加强价格管理,公示服务价格,向患者提供费用明细清单;费用控制符合有关规定。

四、病人安全

改善病人安全应该是医院永恒的追求,贯穿于医院的所有工作之中。要改善病人安全问题,需要医院同时加强医院质量管理和医院风险管理。

(一)病人安全和医院风险管理的体系建设

病人安全和医院风险管理涉及风险识别、风险分析、风险评价、风险控制等各个环节,形成一个完整的体系和循环。其中每个环节都需要相关政策、规章制度和操作程序的保障。

1. 风险识别体系

识别医院存在的风险是改善病人安全和加强医院风险管理的第一步,需要评价医院是否建立了适当的风险识别体系。

(1)主动报告医疗安全(不良)事件制度:医院应该建立非惩罚性的主动报告制度和流程,鼓励员工在发现不良事件后第一时间上报;应有对主动上报者的激励措施,以鼓励员工积极上报。

(2)医疗纠纷(医疗事故)分析制度:医院应该建立对病人投诉、医疗纠纷、医疗事故的分析制度,查找工作中存在的问题。

(3)安全性问题检查制度:医院应该建立相关制度,定期对安全性问题进行检查,主要包括危险废弃物管理、消防、意外伤害事件、实验室安全、应急反应、危险物质处理、生物医学工程项目、工作场所暴力预防等。

(4)科室自查制度:医院应建立相关制度,要求各科室定期对自身工作进行总结和分析,查找存在的问题和风险隐患。

(5)其他:医院也可以通过满意度调查、绩效改进研究、第三方认证检查等形式,查找潜在的风险隐患。

2. 风险分析和评价体系

医院应建立相关的制度,采用适当的方法,对医院风险进行分析和评价。在风险分析和评价中,应强调查找事件的根本原因(root cause analysis),可采用 Depose 框架、Reason 模型等方法。医院风险分析和评价应该帮助医院明确:哪些是重要的风险?不良事件是怎么发生的?为何会发生?应从中吸取什么教训?应据此采取什么行动?

3. 风险控制体系

医院应建立相关的制度和体系,对重要风险进行控制。

(1)风险控制相关制度:包括风险信息流动和保密制度;奖惩制度;教育制度;监控制度等。

(2)全院性的和基于科室的教育项目:主要帮助员工了解所存在的风险及其危害,掌握应采取的行动和相关的知识和技能等。

(3)落实改进行动:医院应有政策和制度确保相关改进行动、程序等的落实,并对改进效果进行监控。

(二)病人安全目标

根据对既往主要病人安全问题及主要原因的分析,世界卫生组织和美国卫生保健组织评审联合委员会(Joint Commission,JC)合作提出了全球的病人安全目标,这些目标也被我国的医院评价(评审)标准所采用。医院应切实采取行动,努力达到这些病人安全目标。

1. 严格执行查对制度,准确识别患者身份:医院能够制订和落实相关制度,对患者身份实行唯一标识管理;各临床医技科室严格执行各类查对制度,准确识别患者身份;完善关键交接流程中患者身份识别的措施和落实;对特殊患者应采用腕带标识;医院相关职能部门应对相关措施的落实和改进情况进行督导,并有记录。

2. 执行手术安全核查,防止手术患者、部位及术式发生错误。

3. 建立医护人员之间有效沟通程序,正确执行医嘱。

4. 执行手卫生规范,落实院感控制基本要求。

5. 规范特殊药物的管理,提高用药安全。

6. 建立临床"危急值"报告制度。

7. 防范与减少患者跌倒/坠床、压疮发生。

8. 主动报告医疗安全(不良)事件。

9. 鼓励患者参与医疗安全管理。

五、医疗质量管理与持续改进

如果说病人安全管理是为了尽量避免给病人带来不必要的伤害,那么医疗质量管理与持续改进则是为了让病人获得更好的医疗结果,是医院竞争力的最核心体现。

根据经典的医院质量管理理论,医院质量管理可从"结构、过程、结果"这三个方面进行综合评价。传统的质量评价比较侧重结构,目前的评价体系则更侧重过程和结果,并强调持续改进的重要性,强调按照循证医学的原则,尽快以国际国内的"最佳实践"来改进自身工作。

医疗质量管理与持续改进的综合评价可以分为两个方面,一个是对全院性的医疗质量管理组织和制度体系建设方面的评价,另外一个是对医院重点部门和科室的评价。

(一)医疗质量管理组织和制度体系建设

1. 医疗质量管理组织

(1)根据有关法规政策的要求,建立医疗质量、院内感染、伦理、药事、护理质量管理等委员会,并制订和落实委员会的工作制度;委员会应定期研究医院质量管理中的重要问题,提出改进措施。

(2)建立健全全院医疗质量管理体系:院长为全院医疗质量管理第一责任人,明确医疗质量、安全管理和持续改进的目标与方案,并制订各委员会协调与联席会议制度;临床医技科室主任为科室医疗质量管理第一责任人,院长与临床医技科室主任每年签订《医疗质量管理目标责任书》,实行质量管理问责制;科室护士长负责科室(病区)护理质量,科主任、护士长和其他有资质的人员组成科室质量管理小组,并定期进行质量分析和讲评。

(3)建立医疗质量管理的多部门协调机制:有明确的质量管理部门、工作职责、工作制度和年度工作计划;制订多部门质量管理协调机制,定期召开协调会或科主任例会;定期开展全院医疗质量讲评。

(4)各科室制订年度质量管理工作计划和目标,进行质量管理和监控,定期自评并报职能部门。

2. 医疗质量管理与持续改进

(1)制订和落实医疗质量管理的各项规章制度,并及时更新和完善,尤其强调核心制度的严格执行。

（2）加强医疗质量管理与持续改进工作：建立针对关键环节的重点监控指标体系和数据库，对质量进行追踪、分析并提出改进措施；建立临床与医技科室间的有效沟通机制，医技科室主动定期征求临床科室的意见；制订并落实重点部门与重要岗位人员的岗位职责。

（3）建立、完善、落实诊疗常规、医疗操作规程，强化"三基"培训和考核。

（4）开展全院全面质量管理与安全教育。

（5）应建立针对合理用药、合理用血、围术期管理与手术分级、医院感染管理、病案质量、医疗纠纷处理、医疗护理差错等的信息数据库，并用以持续改进。

3. 临床路径和单病种质量持续改进

（1）临床路径工作：医院层面设置相应组织机构，负责制度制订、管理评估、人员培训及组织协调等工作；科室成立实施小组，制订相关制度、组织培训，负责质量控制、反馈分析和定期评估；将临床路径管理融入医院信息系统，进行信息化管理；逐渐增加专业、病种和入径人数，定期进行质量、卫生经济学分析，并进行持续改进。

（2）定期考核卫生部所规定的 6 个单病种的过程质量和费用分析，提出并落实改进措施。

4. 医疗技术管理

（1）加强手术分级管理：依据手术分级标准制定手术医师资格分级授权制度；建立手术医师能力评价与再授权的机制，实施动态、长效管理。

（2）加强医疗技术应用管理：按照《医疗技术临床应用管理办法》，加强对医疗技术的分级管理。

5. 医院感染管理与持续改进

（1）组织、人员配置与职责：设立医院感染管理委员会和医院感染管理科，制订医院感染预防控制的相关制度；委员会定期对院内感染管理工作进行分析，提出改进措施；医院感染管理科对院内感染及其相关危险因素进行监测、分析和反馈。

（2）医院感染防控知识培训和教育：根据医院院内感染实际情况制订培训计划，开展培训，医务人员掌握相关知识与技能；医院感染管理科工作人员和重点部门护士长须参加感染控制专业知识的培训。

（3）建立细菌耐药监测及预警机制和信息数据库，指导合理使用抗菌药物。

（4）重点部门分区布局符合医院感染管理要求，按《医院感染监测规范》制定并落实重点部门医院感染控制管理措施。

6. 药事和药物使用管理与持续改进

（1）药事委员会、药剂科的设置及人员配备符合国家相关法律、法规及卫生行政部门规章制度的要求，相关的规章制度和岗位职责完善；药事委员会应定期组织会议，指导全院药事管理工作；应对药学技术人员进行岗位培训和继续教育；应建立药事质量管理小组，开展质量管理工作。

（2）医院基本用药供应目录和药品处方集的管理、药品采购管理应符合国家有关规定；建立药品质量监督管理制度，有药品质量监控系统和质量问题报告途径，对退药进行有效管理，不使用假、劣药；中药饮片管理符合国家中医药管理局、卫生部《医院中药饮片管理规范》的要求。

（3）药品储存和制剂配置管理：药库布局、环境合理，符合储存要求；高危药品和易制毒化学品执行三级管理和"五专"管理，有醒目的标识；所有储存药品都需要标明失效日期和注意事项。

（4）处方管理和用药安全管理：按照国家有关规定，制订处方（包括用药医嘱）管理制度，规范处方行为；药事应对处方或医嘱进行适宜性审核，开展药物咨询服务并指导安全用药；制订处方点评制度，定期开展处方点评和持续改进工作。

（5）建立药物不良反应监测和药害事件监测报告制度，并进行分析和记录，严重事件应及时上报上海卫生行政部门；相关人员应共同对病人用药情况进行监测。

（二）重点科室（部门）质量管理与持续改进

1. 门诊质量管理与持续改进

（1）门诊布局合理，应符合医院感染控制要求，也应方便患者就诊；分层、通柜的实施挂号和收费；采取措施缩短患者各种等待时间；设立咨询服务台、便民服务中心和预约中心，标识清晰，有专人服务。

（2）门诊科室设置和医师配置合理，符合有关要求；日均门急诊人次与开放床位之比大于3。

（3）建立健全门诊质量管理体系，各项规章制度齐全，岗位职责明确；落实首诊负责制；制定门诊医疗文书质量管理制度，定期督查。

（4）严格执行传染病预检分诊制度，发热、肠道、肝炎门诊独立设置，有专用诊疗场所，加强发热患者预检、筛查和登记。

2. 急诊质量管理与持续改进

（1）急诊科的设置与布局符合卫生部《急诊科建设与管理指南（试行）》，医疗区和支持区布局合理，符合医院感染控制要求；绿色通道畅通，院内紧急救治通道标识明显；应设置急诊抢救室、急诊手术室和重症监护室。

（2）急诊医师、护士队伍结构合理，固定医师/护士数不少于75%；医师/护士均应达到《急诊医师、护士技术和技能要求》，并有考核记录；急诊抢救人员能熟练使用各种抢救设备，掌握心肺复苏技能。

（3）急诊科应建立健全各种规章制度、岗位职责和相关技术规范、操作规程、服务流程。

（4）急诊科的急救设备、药品符合《急诊科仪器设备及药品配置基本标准》，并处于备用状态；应有仪器设备及药品应急调配制度与程序，并有急诊通讯装置。

（5）急诊科应建立急诊留观患者管理程序和急诊患者住院制度，急诊留观时间不应超过72小时。

（6）急诊病历、急诊留观记录书写符合有关标准；抢救患者必须书写抢救记录，书写符合规范；定期进行急诊病历、留观书等文书资料的质量评价，并提出和落实改进意见。

3. 住院诊疗质量管理与持续改进

（1）认真执行三级查房制度；患者有明确的住院指征，诊疗行为规范，诊疗计划适宜；各类检查和用药适宜，使用规范；正确及时地按照病史书写要求记录诊疗过程。

（2）各类会诊管理制度是否完整，是否得到落实；会诊时限（一般科室间会诊24小时内完成，急会诊10分钟内到位）和会诊医师是否符合要求；外院会诊是否按照卫生部《医师外出会诊管理暂行规定》执行。

（3）出院指导内容是否全面；随访制度的执行情况如何；出院小结是否完整，是否为后续治疗提供了建议。

4. 麻醉与镇痛治疗质量管理与持续改进

(1)科室各项规章制度、岗位职责、诊疗规范、操作常规等是否完善;麻醉医师是否具有相应资质;麻醉医师与手术台比例是否符合要求。

(2)科室质量管理中是否重点突出麻醉并发症预防和控制;是否制订和落实了麻醉安全事件与隐患缺陷的主动报告制度与流程,并定期分析和改进;是否制订和落实了麻醉与镇痛前病情评估制度、程序与规范;麻醉前访视、知情同意、术后随访制度的落实情况如何;麻醉药品管理制度是否完善,相关记录是否完整;是否制订并落实了麻醉与镇痛操作的分级与授权管理的相关制度;麻醉全过程的记录是否完整。

(3)复苏床位与手术台比例是否符合要求;复苏室和每张复苏床位所配备的设备设施、药品、人员是否符合要求;患者收入和转出复苏室的操作是否符合有关制度要求。

(4)是否有完全的各类镇痛治疗指南或常规;医师对有关常规或规范的掌握和落实情况如何。

5. 手术治疗管理与持续改进

(1)手术科室的规章制度、岗位职责、诊疗规范和操作常规是否完整,是否符合有关要求;是否制订并落实了重大手术报告审批制度与流程;是否制订并落实了急诊手术管理制度与流程;是否定期对手术质量和"手术安全核查与手术风险评估制度"的执行情况进行评估,并根据存在的问题提出、落实了改进措施;是否制订并落实了手术医疗安全(不良)事件和隐患缺陷的主动报告制度与流程,并定期对上报结果进行分析、评价,并落实了改进措施;医务管理部门是否对手术质量和安全进行了系统监管。

(2)围术期管理制度与工作流程是否完整;是否在术前进行了病情评估与手术风险评估,并制订相应手术治疗计划;术前检查、术前讨论、术前小结、术前告知等是否完整;术前是否按有关规定获得了患者或其指定委托人的知情同意。

(3)医院是否制订了手术预防性抗菌药物临床应用的制度和流程;医务人员是否知晓;预防性抗菌药物的选择和使用时间是否符合有关规定;医院相关管理部门是否对预防性抗菌药物的使用进行了系统监管。

(4)手术主刀医师或第一助手是否在术后24小时内完成了手术记录与术后首次病程记录;内容是否完整。

(5)术后生命指标监测、治疗、观察与护理措施是否适宜、完整、规范;手术离体组织是否进行了规范的病理学检查;病理报告与术后诊断结果不一致时,是否进行了讨论;是否按照术后病情再评估结果,拟定了适宜的术后康复、再手术或放化疗方案;术后并发症的预防措施是否适宜。

(6)是否对"非计划再次手术"制订和落实了完整的监管体系。

6. 重症医学科质量管理与持续改进

(1)科室各项规章制度、岗位职责、诊疗常规和操作规范是否完善;是否有防范意外事件的措施与处理突发意外事件的应急预案,医务人员的掌握程度如何;重症医学科的设置布局是否符合卫生部《重症医学科建设与管理指南(试行)》的要求;人员配备和资质是否符合有关要求;医护人员是否熟练掌握心肺复苏技能。

(2)是否制订并落实了患者收治范围、标准与转出程序;对患者的"危重程度评分"是否符合规定。

(3)设备设施配置是否达到了《重症医学科基本设备》的要求;医务人员是否能熟练使用各种抢救设备;储备药品和一次性医用耗材的管理制度和落实情况如何;是否制订了完善

的设备紧急调用程序。

(4)是否严格执行了无菌操作、消毒隔离制度和手卫生规范;是否严格执行了预防呼吸机相关性肺炎、导管相关性血行感染、留置导尿管相关性感染的措施;家属探视制度是否符合医院感染控制要求,洗手设施是否符合要求。

7. 医学影像质量管理与持续改进

(1)科室各种规章制度、岗位职责、诊疗常规、操作规范是否完善;人员配置是否符合《放射诊疗管理规定》的要求和临床需要;科目设置和布局是否符合《放射诊疗管理规定》的要求。

(2)是否能够提供全天候连续急诊服务和床位摄片急诊服务;各类检查报告时限是否符合要求;检查报告书写是否符合规范;疑难病例分析与读片制度的执行情况如何。

(3)是否定期对相关设备设施进行校验;是否定期开展质量和安全评价活动,并落实持续改进措施。

(4)放射防护与放射安全管理是否符合有关规定和要求。

8. 临床检验质量管理与持续改进

(1)各项规章制度、岗位职责、操作规范等是否完善;各类检验专业技术人员是否具有相应资质和上岗证;部门设置、布局、设备设施是否符合《医疗机构临床实验室管理办法》的要求。

(2)检验项目是否满足临床需要;是否建立了新项目论证、申报和审批的程序;快速检验项目是否符合卫生行政部门的规定和要求。

(3)检验报告格式是否规范;报告时限是否满足相关要求;是否落实了检验结果审核和双签制度。

(4)实验室的工作制度、安全管理制度、标准操作规程、生物安全管理制度和工作流程等是否完善;各类实验室是否符合国家相关规定;是否有完善的职业暴露后应急措施和预案;废弃物、废水的处置是否符合相关规定。

(5)检验科与临床科室间是否建立了有效沟通机制;开展检验新项目是否及时有效地与全院沟通。

(6)是否有明确的标本接收、拒收标准及记录;标准是否可全程追溯;是否按有关要求,开展室内质控和参加室间质控;是否参加国家和国际级室间质控;检验仪器、设备的使用、维护、保养、校验等是否有完善的制度和操作规程,相应记录是否完整。

9. 病理质量管理与持续改进

(1)科室各项规章制度、岗位职责、诊疗常规和操作规范是否完善;人员配备与资质是否符合有关要求,并参加了继续教育培训;科室设置是否符合《病理科建设与管理指南(试行)》的要求;开展的项目是否能满足临床需要;病理科布局是否合理,符合生物安全的要求。

(2)废弃物管理是否符合有关要求;危险品的等级和管理制度是否落实。

(3)标准采集、运送、取材和检查是否有统一的规范,相关记录是否完整;实验室仪器设备的使用、维护、保养和校验是否有完整的制度规程,记录是否完整。

(4)各类病理诊断报告是否规范,时限是否符合要求;病理切片等的保存期限是否符合有关要求;是否参加了质控活动并持续改进。

10. 输血质量管理与持续改进

(1)各项规章制度、岗位职责是否完善;设置、布局和设备是否符合有关规定的要求和医院临床需要；人员配备和资质是否符合有关要求。

（2）是否有规范的用血申请程序和流程；是否能提供24小时供血服务；有无自采自供等非法用血行为；是否严格掌握了输血适应证；临床输血记录书写和保存是否合格；有无定期对临床用血情况进行考核、分析、改进的行动。

（3）是否有完善的临床输血全程质量监控体系；是否开展室内质控和参加室间质控，并进行持续改进。

（4）临床用血申请登记、报批手续是否完善；是否严格执行输血前检验和核对；血液标本保存期限是否符合规定；输血前是否执行了双人双核对；有无完善的输血不良反应处理预案和紧急用血预案。

（5）获取输血知情同意的过程是否符合有关要求。

11. 感染性疾病质量管理与持续改进

（1）各项规章制度、岗位职责、诊疗常规、操作规范等是否完善；人员配置和资质是否符合有关要求；科室设置、设备和设置配备是否符合有关规定，"三区"划分是否符合医院感染预防和控制的要求。

（2）传染病疫情报告是否符合有关要求；有无定期对全院医务人员进行传染病防治知识和技能的培训，并定期进行传染病处置演练。

12. 血液净化质量管理与持续改进

（1）各项规章制度、岗位职责、诊疗常规、操作规范等是否完善；分区与分局是否符合医院感染预防和控制的要求，设备设施是否完善；人员配置和资质是否符合有关要求；急救设备和急救药品的配备是否符合有关要求；有无完善的院内感染等应急预案。

（2）有无规范的血液净化诊疗流程；患者信息登记和管理制度是否完善，并用以持续改进；有无对血液净化质量进行监控。

（3）是否严格执行了医院感染管理制度与程序；是否根据有关要求对血液净化患者的病毒携带情况进行了检查；废弃物分类管理是否符合有关规定。

（4）透析机、水处理设备和各种透析器材的档案是否完整，存储是否符合条件；透析液和透析用水质量监测体系是否完善，是否符合有关规定；透析液配置是否符合操作常规；透析器的复用管理是否符合国家有关规定。

13. 病案质量管理与持续改进

（1）各种规章制度、岗位职责是否完善；人员配置和资质是否符合标准，设施设备是否符合要求和需要；病案存放环境能否保障病历安全；病案质量监控体系是否完善。

（2）是否建立了完整的病案索引体系和信息系统，病案首页内容是否完整；主要诊断与主要手术操作编码是否符合卫生部与国际疾病分类规定；病案及信息的安全管理是否符合有关要求，病案去向是否可追溯。

（3）病历管理制度是否符合《医疗机构病历管理规定》的要求；病历书写是否符合《病历书写基本规范》的要求，中医病历是否符合《中医病历书写基本规范》的要求。

（4）是否严格按有关要求向临床及管理人员提供病案服务（包括借阅、复印等方面）。

（5）是否积极推进了电子病历工作；电子病历格式是否符合《电子病历书写基本规范》的要求；中医电子病历是否符合《中医电子病历书写基本规范》的要求；电子病历是否存在模版式粘贴的情况。

六、护理质量管理与持续改进

在临床工作中,护士与病人的接触时间是最长的,而且多数医嘱都依靠护士来执行,对病人的基本观察和监测也大多由护士进行,因此,护理质量和护理服务的好坏在很大程度上决定着最终的医疗质量、病人安全和病人满意度。

对医院护理质量管理与持续改进工作的评价主要围绕医院的护理管理组织、护理人力管理、临床护理质量管理、临床护理安全和特殊科室护理质量管理等几个方面进行。

(一)护理管理组织

1. 护理委员会的构成是否符合相关要求,是否切实履行了工作。

2. 垂直护理管理体系和三级管理网络是否完善;各级护理管理组织职责是否明确,护理工作计划是否完善;是否落实了责任制护理;各级护理管理组织对护理质量的监督、考核、评价工作是否完善。

3. 护理工作制度、岗位职责、护理常规、操作规程是否健全,并能及时更新;是否定期开展相关培训。

(二)护理人力资源管理

1. 各级护士岗位技术能力是否有明确要求;本院护士是否真正落实了同工同酬。

2. 全院和各部门护士配置数量是否符合有关规定。

3. 各级护理管理部门是否制订了完善的紧急人力资源调配制度和方案。

4. 各级各类护士的培训制度是否完善。

(三)临床护理质量管理与持续改进

1. 护理部是否制订并落实了完善的基础与专科护理常规和质量评价标准,并根据评价结果进行了持续改进;护理常规能否及时更新。

2. 护理部针对重点部门、重点护理环节的护理管理流程是否完善;有无系统性监管;病区与其他科室(部门)的转入/转出的护理记录交接是否完善;护理人员是否熟练掌握标本采集与运送规范、危急值报告与处理流程。

3. 分级护理制度和标准是否得到了落实;护士是否掌握了患者的护理级别及相应护理内容;各级护理管理部门对分级护理是否进行了系统性监管,并进行了持续改进。

4. 危重患者护理常规是否得到落实;护士是否能及时、准确地观察患者病情变化,及时报告医师并主动采取措施。

5. 是否制订并落实了规范的术前护理评估和术后护理制度。

6. 是否制订并落实了规范的护理查房、护理会诊、护理病历讨论制度。

7. 是否制订了完善的护理文件书写标准;是否对护理文件进行了定期质量评价,并贯彻持续送进(重点为危重患者);有无对护士进行文件书写培训和考核。

8. 是否根据分级护理标准和患者情况建立专科特色的患者健康指导计划;是否根据患者心理状态评估结果实施有针对性的心理护理。

9. 各病区仪器、设备、药品是否齐全并处于备用状态。

10. 临床路径和单病种护理管理的落实情况。

(四)临床护理安全管理

1. 护理安全管理组织体系是否完善,职责是否明确;是否对护理安全进行系统性监管,并有完善的重点环节安全管理预案;是否落实了用药、治疗各环节的查对制度;护士能否掌握重点药物、特殊检查和治疗后的观察要点及不良反应的处理措施。

2. 是否制订并落实了主动报告护理安全(不良)时间与隐患缺陷制度;护理部是否能定期组织缺陷分析,并进行持续改进。

3. 护理部是否制订了完善的导管滑脱防范、评估与报告制度和处置流程,并执行了定期检查。

4. 护理人员能否熟练掌握常见临床护理技术操作的并发症的预防与处理措施;各专科护士能否掌握专科护理技术的常见并发症预防与处理措施。

5. 是否建立了完善的院内紧急意外时间的应急预案和处理流程,并进行培训。

(五)特殊科室护理单元质量管理与持续改进

特殊科室主要指手术室、中心供应室、新生儿室、导管室、重症监护室、净化室和急诊科。与一般病区、门诊和其他科室相比,这些特殊科室对于护理质量和安全的要求更高,也更容易出现问题,问题也更加严重。

对特殊科室护理单元主要需要评价以下内容:

1. 护理人员是否具有相应科室所要求的资质。

2. 是否有护理质量控制人员或小组,并且对规章制度落实情况、工作质量进行分析、评价和落实改进措施。

3. 是否制订并落实了相关工作制度、岗位职责、护理常规与操作规程。

4. 科室布局、工作流程是否合理,是否符合医院感染预防和控制要求;所配备的设备、设施等是否符合有关规定和临床需要;医疗废弃物的处置是否符合规范。

5. 消毒隔离工作是否符合相关规定,无菌操作是否符合相关规定。

七、医院管理

(一)组织机构和计划管理

1. 医院职能科室设置、人员构成是否合理,职责是否明确。

2. 院长和院领导是否把主要精力用于医院管理;是否执行了"行政查房"制度;总值班制度是否得到落实;是否积极推进医院管理人员职业化建设。

3. 院科两级管理体系和目标是否明确;是否定期召开了科主任例会或临床职能科室联席会议;是否实行了行政管理人员管理问责制;临床医技科室是否定期上报了医疗质量表。

4. 是否制订并落实了各项医院管理规章制度和岗位职责。

5. 医院五年发展规划、年度计划和年度总结是否科学、合理;是否经职代会通过;各科室的年度工作计划和目标与全院计划和目标是否一致。

6. 医院档案管理机构设置与人员配备是否满足了医院工作的需要;规章制度是否健全;各类文档资料是否及时、完整地归档;档案室环境能否保障资料安全;档案管理信息化建设情况如何。

(二)人力资源管理与科室设置管理

1. 各级各类卫生技术人员配备及结构能否适应医院功能和任务的需要。

2. 临床和医技科室设置是否符合医院功能、任务的需要。

3. 卫技人员资质管理体系是否完整,是否建立了完整的信息库;外来短期工作人员技术资质的管理是否符合国家有关规定。

(三)应急管理

1. 应急管理组织体系是否符合有关规定;是否制订并落实了医院应急管理中长期规划和年度工作计划;是否制订了明确的应急事件清单;重大突发事件是否及时上报。

2. 院内外各类紧急事件的应急预案是否完善;是否及时开展和参加院内外各类应急预案培训和演练。

3. 应急物资和设备储备计划是否完善。

4. 医院是否定期对潜在风险和应急系统的脆弱性进行了评估,并落实改进措施。

(四)信息管理

1. 医院信息化管理组织和体系是否健全,职责是否明确;信息化建设中长期规划和年度计划是否完善;相关规章制度是否健全;信息管理人员是否具有相应资质。

2. 医院信息系统建设是否符合《医院信息系统基本功能规范》的规定和医院工作需要。

3. 医院信息系统是否能够准确、及时、完整地收集、分析和呈报有关资料。

4. 信息系统运行管理是否符合规范;信息安全管理是否符合有关要求;信息应急预案是否完善并定期演练。

5. 各子系统能否实现信息共享;医院信息系统与外部系统能否实现信息交换。

6. 医院图书馆和信息服务制度是否健全;能否提供医学文献检索服务和图书服务。

(五)科研教学管理(可选)

因为不是所有的医院都承担科研和教学的任务,因此,本节所列内容只适用于那些承担科研和教学任务的医院。

1. 科教管理人员岗位职责是否明确;科教规划是否列入了医院年度计划和中长期发展规划。

2. 是否定期召开了教学工作会议,讨论了医学教育工作;承担理论教学任务的医师资质是否符合有关规定。

3. 是否按照教学大纲要求撰写了相应教案;教学查房和教学病例讨论是否符合有关要求;是否对教学及学生反馈进行了评价,并开展了持续改进。

(六)财务、收费和审计管理

1. 财务人员配置和资质是否符合有关规定;财务管理制度是否健全并及时更新;医院财务是否统一管理,是否有"小金库";会计部门与医院其他部门是否有详细的月度账目核对记录。

2. 重大经济事项是否建立了规范的集体决策制度;重大经济事项的立项论证报告是否完善,是否按规定程序报批;重大经济事项有无跟踪记录和成本效益分析,并向职代会报告。

3. 成本核算工作制度、实施方案和流程是否健全;是否设置专人负责成本核算工作;能否及时、准确地完成成本核算月报表和定期的专题分析报告;医院资产负债率等指标是否控制在合理的范围内。

4. 内部收入分配是否以综合绩效考核为依据;个人分配是否与业务收入直接挂钩。

5. 是否正确执行了政府有关医药价格管理政策;是否开展了内部价格自查工作并及时纠正了不规范的收费行为。

6. 药品、高值耗材采购制度和流程是否符合有关规定。

7. 医院内部审计制度是否健全;审计部门是否独立参与了重大工程、设备购置等审计工作。

8. 预算管理制度是否完善;预算编制是否科学合理,符合卫生行政部门的要求;预算编制和调整是否符合有关要求;预算执行率是否符合要求。

（七）后勤保障管理

1. 后勤管理组织机构是否健全,规章制度和岗位职责是否完善、明确;人员配置是否合理,各类技术人员是否具有相关资质。

2. 水电气操作规程是否符合相关要求;相关设备设施台账是否清晰;有无有效的节能降耗方案和实例;物资采购是否符合相关要求;仓库管理和物资领用制度和记录是否健全。

3. 各项食品卫生安全管理制度和岗位职责是否健全;原料采购与存储、加工过程及场地是否符合有关要求;是否执行了食品留样制度;是否有完善的食品中毒应急预案。

4. 医疗废物和污水处理制度是否完善;人员配置和安全防护是否符合要求;医疗废物处置和污水处理的设施设备是否符合相关规定。

5. 安全保卫组织是否健全,制度是否完善;人员配备和资质是否符合相关要求;设施设备是否充分、完好。

6. 特种设备和危险品管理是否符合相关规定,相关人员是否具备资质;消防设施是否齐备,全院职工是否知晓消防知识和技能。

7. 环境卫生是否符合相关要求。

（八）医学装备管理

1. 医学装备管理组织和相关制度是否健全;人员配置是否合理;岗位职责和工作流程是否明确;大型设备购置程序是否规范,并实行单机成本核算。

2. 医疗设备、高值耗材和一次性用品的采购制度是否完善。

3. 设备保养、维修与更新制度是否完善;是否有医疗设备意外事件的紧急替代程序。

4. 医疗器械临床使用安全控制与风险管理制度和流程是否完善,并得到了落实;植入物与介入类医疗器械是否可追溯;国家强检目录和高风险医疗设备使用前是否通过计量检测。

5. 医学装备管理部门能否为临床提供适当的技术支持与咨询服务;能否适时组织相关培训。

（九）精神文明建设

1. 是否有精神文明建设年度计划及总结;是否有完善的考核及奖惩制度。

2. 医德医风管理体系是否健全。

3. 是否制订并落实了病人满意度测评制度;是否邀请了第三方进行社会评价;是否根据评价结果进行了持续改进。

（十）院务公开管理

1. 院务公开领导体制是否健全;院务公开目录是否完整。

2. 职代会的作用是否得到充分发挥;医院是否采用了多种形式进行院务公开。

八、定量评价指标

前述内容主要是围绕质量、安全、服务、管理、公益性、依法执业等方面进行定性评价。根据现代评价理论,仅仅依靠定性评价是不充分的,还需要结合定量评价指标。

传统上,定量评价指标主要围绕"结构和结果"两个层面,而在现代医院评价实践中,"过程"指标得到了越来越多的重视。

根据卫生部有关标准和国际上通行的医疗质量评价指标,医院综合评价的定量评价指标涵盖以下方面:

(一)医院运行基本数据

主要包括资源配置、工作负荷、常规治疗质量指标、工作效率、医疗费用、资产运营、科研能力等方面。

(二)住院患者医疗质量指标

主要包括重点疾病的死亡率和再住院率、重点手术的死亡率与术后非预期重返手术室率、重点手术并发症与患者安全指标等。

(三)单病种过程质量指标

主要包括选定病种的过程质量指标,包括急性心肌梗死、心理衰竭、肺炎、脑梗死、膝髋关节置换术和冠状动脉旁路。

(四)急诊与重症医学质量指标

包括 ICU 重点院内感染事件发生率、主要安全事件发生率、死亡率和非预期重返 ICU 率;急诊留观患者平均留观时间、高危患者收入住院比例和绿色通道停留时间等指标。

(五)合理使用抗菌药质量指标

主要从抗菌药处方比例、抗菌药费用比例、预防性抗菌药物使用等方面进行监测。

(六)医院感染监控指标

主要监测全院重点院内感染事件发生率,包括呼吸机相关肺炎、留置导尿管所致泌尿系感染、血管导管所致血行感染、手术部位感染等。

九、技术水平

对医院技术水平的评价主要考察医院各个科室能否开展与其功能和任务相适应的诊疗技术,并评价其实际水平。

由于医院临床医技科室多达数十个,所涉及的疾病和诊疗技术非常多,因此,对临床医技科室的所有覆盖疾病和诊疗技术进行评价是不现实的。一般的做法是组织专家确定不同级别、不同类别的医院的各个科室应能诊治的疾病、应能开展的技术目录,并从中选择最具代表性的作为技术水平的评价标准,并据此对医院的技术水平进行评价。

一般来说,医院的各个科室的技术水平并不均衡,一些科室技术水平比较强,一些相对要弱一些。因此,在实际工作中,一般不会对医院所有科室进行评价,而是允许选择部分科室作为重点科室、选择部分科室作为一般科室来进行技术水平的评价。作为重点科室进行评价的,其对应的技术水平标准比较高;作为一般科室进行评价的,对应的技术水平标准则比较低。

卫生部曾经制订过重点科室和一般科室的技术水平评价标准(1997),这份标准也是后来我国各地开展医院技术水平评价的基础参考资料。

技术水平的评价主要是通过阅读病史资料来进行,必要时也可以到现场观察和进行技能考核。

第三节　医院综合评价的方法

医院综合评价方法有定量方法和定性方法两种。

一、定性方法

定性方法主要在现场评价过程中使用,又可以分为信息采集方法和打分方法两个方面。

(一)信息采集方法

1. 追踪方法(TracingMethodology)

追踪方法是目前国际上医院评价实践中较新采用的一种方法,这种方法从选定病人的任务——医疗干预出发,前瞻性或回顾性地调查该病人所接受的所有服务,或者考察医院药物使用管理和院内感染预防和控制方面的工作,查找是否存在问题。

2. 访谈

评价专家在追踪过程和现场观察过程中,可能会询问所碰到的医务人员和病人,问题可以覆盖各个方面。

此外,评价专家也可能会对一些医院管理的关键人物进行专门的访谈,借此考察医院质量、安全、病人服务等方面的工作和管理体系。

3. 观察

评价专家在评价过程中,可能会到医院各个科室、各个部门进行观察,观察设施设备的完好情况、诊疗秩序、医院环境、服务态度等方面。

4. 资料查阅

评价专家在评价过程中,可能需要评阅病史、翻阅台账、查看文件和制度等,也可能需要查看工作记录、会议记录、培训记录等。

5. 实践操作考核

评价专家在评价过程中,可能需要考核护士、医师、后勤专业技术人员等的实践操作技能。

(二)评分方法

对所采集到的信息,需要与标准相对照,并进行评分,目前主要有两种评分方法。

1. 倒扣分法

倒扣分法是以往医院评价中最常用的评分方法。其打分方式是首先确认某项标准的分值,然后根据该项标准的若干主要环节和要素,确定"某条不符扣某分"的形式。

这种评分方法的优点是简单易行,容易操作。缺点是由于按要素赋值,较难区分基本开展和开展较好之间的分值。

按照这种方式评分,最后可以计算医院评价标准的总得分。

2. 等级分类法

等级分类法是目前国际医院评价实践中较多采用的方法,其一般理念是某项标准"有或者开展"即得"C",如果"比较好"即得"B",如果有"持续改进"则得"A"。

这种评分方法的优点是能够体现持续改进的理念,缺点是需要专家对标准的掌握非常熟悉。

按照这种方法评分,最后无法计算医院评价标准的总得分,可代之以获得各个等级的百分比。

二、定量方法

定量方法主要通过医院上报相关定量指标来对医院基本运行情况、医疗质量、安全等进行监测和评价。

一般来说,如果要对定量指标,尤其是医疗质量和安全方面的指标进行排名和赋值,那么医院就不大愿意提供真实数据,而评价组织核实数据真实性的成本过高,不具有现实可行性。

因此,对医院上报的定量指标,可通过向医院提供平均值、最高值、最低值等信息,协助医院认清自身状况,从而改进其工作。

未来随着医院信息系统的进一步推进,上述定量指标可能都可以通过信息系统实时产生和上报,那时或可对这些指标进行赋值和排名,从而真正地纳入整个评价分值体系。

第四节 医院综合评价的实施

医院综合评价的实施涉及组织体系建立、标准拟定、表单制作、专家遴选和培训、医院自评、资料预审、现场评审、结果反馈等各个方面。

一、评价组织

医院固然可以自行对照标准进行自我评价,但这种方式对于医院改进自身工作是有益的,却缺乏公信力。因此,医院综合评价需要由医院以外的部分或组织来组织实施。

我国传统上由卫生行政部门来组织医院综合评价工作,而国际上的主流方式则是由第三方机构来组织医院综合评价工作。随着我国"政事分开"的进一步推进,将来我国医院综合评价可能也会逐渐转向由第三方机构来评价。

第三方评价机构一般依托一个或多个专业协会组建,主要可依托医院协会。但由于我国长期以来没有行业自治的文化和传统,因此,可在卫生行政部门的主导下,由第三方评价机构独立开展医院综合评价工作。

评价机构应该组建专职工作人员队伍,负责医院综合评价的组织和日常工作。评价机构应建立健全相关工作制度、纪律和工作流程,还应发布评价工作指南。

此外,医院也可选择一些国际性的医院评价机构来开展医院综合评价工作,如美国的JC,ISO 认证组织等。

二、评价标准拟定

评价标准拟定和选择是医院综合评价中最基础也是最重要的工作。在评价标准的拟定过程中,标准内容选择、标准水平高低必须反映某个地区、某个国家医院发展的总体情况。如由于医院的硬件建设和基础设施不足,因此我国第一次医院等级评审标准比较强调基础性和结构性的要素。美国最早的医院评价标准只有一页纸,其后逐渐增加,而随着医院管理工作越来越规范化,现在的医院评价标准又逐渐"变薄",这种变化体现了事物发展的客观规律。

评价标准确定后,还应进一步确定标准的评价要点和具体的评价方法(包括分值或等级划分方法)。评价标准需要通过组织专家进行制订,并进行反复、充分的讨论,征求各个方面的意见,包括卫生行政部门、医院、专业协会、质控组织、医保部分、卫监部门等。

在评价标准中,需要确定一些与病人安全、医疗质量和其他重要领域最密切相关的内容作为"核心标准"。医院必须全部通过核心标准的评价,并且应获得较好的成绩。

定稿的评价标准需要下发给拟参加综合评价的医院,供医院开展自我评价和"以评促建"的工作。

三、制作评价表单

在评价工作实践中,需要把所有的评价标准项目按照不同专家的分工、评价工作的流程进行重新组织。为了帮助专家更好的掌握标准,可能需要对标准的内涵进行解释,并更详细地说明如何进行检查、评判和评分,这就需要根据标准来制作评价表单。

并不是评价标准中的所有内容都需要制作成表单。标准中的一些内容可以通过静态资料审查的方式解决;一些内容并不一定需要评价,而是可以"默认"(如一些制度和台账等标准,如果已经反复观察到医院确实做到了,就不一定需要查阅制度和台账)。

四、专家遴选和培训

专家遴选和培训工作也是医院综合评价工作中一个非常重要的环节。因为评价工作最终由专家执行,因此,专家对标准的精确掌握,专家是否能始终保持客观公正,都将影响医院综合评价的结果。

根据标准内容涵盖范围,需要遴选不同的专家进入专家库,包括医院管理专家、医疗管理专家、护理管理专家、医学专家等。专家遴选需要事先确定相关标准,主要从相关工作经历、职称、学历、职位、行业口碑等方面进行遴选。

对初次入选的专家,需要就评价标准和检查方法等进行充分的培训和考核,合格后方可正式入选专家库。

五、医院自评

评价标准下发后,应给予医院充分的时间,便于医院根据标准进行自我评价和自我改进。

拟参加综合评价的医院,应在规定期限内上交自评报告、相关材料和定量指标的信息。上交材料应确保其真实性。

六、资料预审

评价机构在规定期限内对医院上交材料进行预审,主要审查内容是否完备,并汇总医院自评所发现的问题,作为现场评审的重点内容。

七、现场评审

评价机构在资料预审的基础上,可组织专家进行现场评审。

现场评审专家组的构成需要强调回避原则。可由卫生行政部门派遣人员或邀请社会人士作为观察员,考察现场评审工作秩序和纪律。评价机构应派遣联络员,负责协调安全评价工作。

现场评审应尽量避免对医院工作的干扰。被评医院不应干扰专家的现场评审工作。

评审专家应客观公正地完成现场评审工作,完整填写评价表单,并签名密封后交给联络员。评审专家不应泄露评价结果信息。

评审专家还应提交一份书面意见,说明医院在所评价内容中的两点和存在的主要问题。

八、数据处理和结果反馈

评价机构组织人员进行数据录入，以双人独立录入后核对的方式来控制录入质量。

评价机构需要撰写最终评价报告，并向医院进行反馈。

评价机构应对所有信息严格保密，不擅自泄露信息。

九、日常监管和飞行检查

医院综合评价是周期性的、一过性的工作。为了防止评价后医院工作滑坡，并充分发挥各类专业组织和质控组织的作用，在医院综合评价工作结束后，可不定期开展飞行检查工作，并把各类专业组织和质控组织的日常监管工作也纳入到医院综合评价的范畴中。

（应向华 郭永谨）

第九章

国外医院经营概况

第二次世界大战结束后,战争使人们对国家的认同和依赖、国民对共同命运及平等有了新的认识,为了获得在雇佣、收入、住房及医疗保健方面的平等权利,西欧的一些国家进行了国家医疗服务提供系统的改革。所有的西欧国家都建立了卫生服务系统,在此系统中医疗服务是由独立的医生来提供的,通过医学会组织来管理医生。他们的收入是由私人和国家管理的疾病基金来支付,所有公民都必须参加疾病保险基金。在考虑公立医院系统的共同性方面,不同国家在资源的可利用范围、政治和社会政策的文化决定性等方面有很大的不同。经济衰退和政治动乱使许多发展中国家的公立现代医院的经营处于窘境之中。独立的中欧和东欧国家在医院的公共筹资方面同样出现了巨大的滑坡。欧盟国家由于人口学的改变、技术革新和期望不断升高,公立医院也长期陷于投资不足和基金投入不足的状态。

第一节　现代医院经营与改革趋势

一、医院近代发展特征

以工业现代化、科学技术现代化为基础,医院自 20 世纪 70 年代以来步入了现代化发展阶段。随着社会的发展和生活方式的变革,促进了现代医院模式的转化,不仅对医疗,而且对预防和保健工作都提出了更高的要求,不断适应社会发展和人类健康的要求而逐步变为医疗、教学、科研、预防、康复及指导基层卫生保健的中心的时代特点。专业分科化、管理制度化和医疗普及化是医院近代发展阶段的主要特征。

1. 时代特征。现代医院给人们的印象是规模大,设备新、分科细、技术精、结合好(医疗、教学、科研)、出人才、出成果。与传统的医院相比,具有更明显的时代特征:①医学技术的现代化:主要表现在现代高水平、高质量的检查技术、诊断技术、保健技术和康复技术。医院拥有先进的医学理论、技术和方法,能适应知识更新和医学技术进步的步伐。②医院专业的综合化:即在专业分工基础上的综合协作,既有精度又有广度,充分发挥现代医疗的功能。③经营管理的高效率、中心化:即主动适应医疗市场的竞争,实现高效率的运转和好的经济技术效果。④社会医疗保健中心化:医院功能由医疗性转变为医疗、预防、保健、康复型,运用预防医学和社会医学发挥社会医疗保健的功能。⑤医院管理的现代化:运用系统工程的理论、技术、方法和现代医院管理的原理和观念,对医院系统和医院内外环境相联系的各个方面实行科学管理。⑥医院信息管理的自动化、计算机化:现代医院已普遍借助 20 世纪 90 年代国际上迅猛发展的微机局部网路技术,建立将医院门诊、急诊的挂号、收费、药房、财务和医院管理等信息有机联系在一起的医院信息系统(hospital information system,HIS),从而大大提高了医院的信息处理能力和管理水平。

2. 专业分科化。多学科专业化协作重视协作和医院整体功能的发展,具体表现是医疗组织结构的分科化。内科、外科都按照系统或病种细分为多种临床科室;在辅助医技部门,不仅形成了各自的独立学科,也分出了许多专业,特别是检验科、病理科、放射科、药剂科、理疗科、核医学科等部门,都已成为构成医院业务系统的重要组织部分。

3. 管理制度化。医院的正规化主要表现在医疗业务和各项管理的制度化。各级各类人员和病床之间构成一定的比例关系;各级各类人员有了明确的分工;在各项医疗业务活动中,根据客观规律和医学技术的特点,逐步建立了操作规程和工作制度;医院的建筑设施、后勤供应、卫生学管理方面也形成了一些规范;建立了业务指挥系统和管理制度。

4. 医疗普及化。集约化医疗活动方式从 19 世纪以前辅助的、非主要的转化为占主要地位的医疗方式。从 19 世纪下半期,欧美国家医生大量增加,进入 20 世纪以后,医生与人口之比已经近于 1∶1000(美国为 1∶735,英国为 1∶850)。到 1965 年,美国已有医院 7123 所,病床 170 万张。新中国成立后,我国医院进入了全面普及阶段。1978 年,全国城乡医院已有 64421 所,病床 204 万张,专业技术人员 310 多万人。截至 2008 年,全国城乡医疗机构共计 269375 所,其中医院 19712 所;病床 404 万张,其中医院病床 288 万张;专业技术人员 616 多万人。

二、政府有不可推卸的职责和义务

在公立医院的所有权、资金供给、政府参与的形式和水平等方面,不同的国家间存在着很大的差异。然而没有一个国家可以避免在医院运转的过程中政府的参与、义务和责任。作为国民医疗卫生体系的一部分,医院已经成为国家意志中的一个重要组成部分,在许多国家,它的排位仅次于国家安全和经济繁荣。只有当国家政府确保人们对公立医院的要求能够实现时,这样的政府才是可以信赖的。这就涉及立法和规章、激励和执行、政策环境,还有足够的资金。更为重要的是要实现可利用的资源(人力、物资和资金)和对医院所提供服务的数量和质量(政治的和公共的)期望间的平衡。长期资金供给不足和管理欠缺带来的问题是根深蒂固的,政府必须尽最大努力作出迅速的改革。

政府需要清楚地了解对公立医院的期望并提供与期望相匹配的资源。政府号召公立医院为自己的工作负责,在经营决策上给予医院足够的专业上和管理上的自由,这样医院才能够真正地为自己的工作负责。因此,政府从对医院部门的直接管理转向间接的经营和控制,保证医疗机构更加富有弹性地适应和克服既定的目标和日常工作带来的挑战。

必须把医院看做是国家医疗卫生保健提供网络中的一部分。每一个医院都有自己独特的定位,承担了其他地方机构所不能承担的特定的技术任务。然而医院不能脱离环境,独自运行。医院需要通过多种形式与地方和国家卫生系统联系在一起。它们需要通过分享信息和参与社区的卫生和社会保健工作,维持人群的整体健康状况。即使在一些拥有大量私营医院和床位的国家,政府也不能摆脱作为公正进入医院和医疗服务领域的最终仲裁者和管理者的角色。因此,政府通过立法行为和其他直接干预保持与医疗服务市场的密切联系。

三、私立医院的角色

国家卫生和医疗服务政策的整体大环境中必须包括私立非营利性医院和私立营利性医院。没有一个国家的医院系统是属于完全的公立医院系统或属于完全的私立医院系统。在许多国家私立医院虽然很小但在不断地发展，部分原因是由于政府看到了提供医疗服务方式多样性的优越性，一些富裕的人经常愿意支付公立医院所不提供的服务。只有认识到公立与私立医院互补性的本质，并在它们所构成的共同环境中为公立医院制订行动计划才是明智的政策手段。然而，没有一个国家能够真正做到了这一点。目前的情况往往是忽略私立部门或者是把两者看做是分离的、独立共存的两个部门。

四、服务报酬以外的筹资和补偿系统的影响

最常见的医院筹资和补偿系统是基于上年度的预算（公立医院）或基于按服务项目计算的费用（尤其是私立医院和私人开业者），两者都不能令人满意。预算主要是基于过去，没有对效用、效率或改进提供刺激。按服务项目收费虽然提供了足够的激励机制，同时也刺激了过度的供给和不适当的服务。

五、医院的安全性、有效性和经济性

医院是一个具有危险的地方。医院内感染是非常普遍的现象，其他意外伤害也可能在医院中发生。安全的治疗常常依赖于人的判断和技能，尤其是当人们疲劳和缺乏训练的时候，差错的发生是难以避免的。医疗差错通常是可能导致不良后果的一连串事件上的最后一个环节。避免和预防医疗事故需要不断地注意和遵守必要的纪律。而不幸的是，在医院中收入低和缺乏动力的那部分员工组成了医院中最薄弱的环节，他们所在的部门发生危险的可能性要比其他部门要高。加强医院内部、外部的管理是减少危险最基本的解决途径，其中包括医疗和护理的检查、其他多种专业的检查、财务的审计等等。许多国家的医院都开始采用评估医疗质量保证的应对措施，以确保医疗机构的安全性、有效性和经济性。自愿参与医疗质量评估是目前很流行的。方法是医院提交一系列按照设置标准为基础的，医院内部评审和外部调查结果，其结果就是形成一些同行认同。自愿鉴定通常是免费的，也给医院一定的压力。评估能提高医院的安全性、有效性和经济性，这一点已经被很多研究证实。

第二节　香港公立医院管理体制的演变

一、概况

香港医院分为公立医院和私立医院两类。公立医院由香港医院管理局（Hospital Authority，简称 HA）管辖，HA 属于非政府部门公营机构；私立医院由卫生署管辖，两者统一接受香港特别行政区卫生福利局的管理。香港公立医院的医疗服务是政府为市民提供的一项公共福利，其资源庞大、市场份额占整个医疗服务市场的95%以上，私立医院的比例非常小。香港医院分为第一、二、三层次，第一层是基层医疗服务，卫生署负责基层医疗仅占15%，私人开业医生承担70%，其他医疗单位承担12%。HA 下属医院基本属于第二层及第三层医疗服务，即为专科和住院服务。

截至 2005 年 12 月 31 日,HA 下属共有 40 家公立医院(27700 张床,占全港总床位的 89%),47 家专科门诊和 74 家普通门诊,雇佣员工 52,526 人,其中医护人员占 36.78%,直接为病人服务的人员占 68.8%。2005～2006 年度经立法会通过而获得的政府拨款为 275 亿港元。住院以及日间手术病人出院总人次为 113 万,急诊服务人次 205 万,专科门诊总就医人次 811 万,普通门诊总就医人次 521 万。

二、香港医院管理体制的改革

1988 年之前,香港的公立医院分为两类,第一类属政府公共机构,由卫生署直接领导,医院经费由政府直接拨付;第二类由 10 多个不同的宗教、慈善团体举办。由于当时公立医院有着不同的管理架构,产生了一系列问题,引起了当时香港政府的高度关注,一是医疗资源无法有效配置,服务协调和运作效率难以得到有效发挥;二是医院管理缺乏专业化,对病人服务不善;三是医院的服务成本不断上升,但是却无法实现通过医院间的资源共享来降低成本;市民对医疗服务的期望不断提高。

香港政府委托澳洲的顾问公司,咨询改善公立医院的运行环境。1985 年发表了顾问报告,主要有两点建议:一是所有公立医院必须遵行政府政策方向统一管理,由政府给予财政拨款;二是建立独立于政府之外的法定医院管理机构,减少层级管理侧重于权力下放,广泛推行管理培训,加强医院管理层的知识及能力,真正按医疗机构自身运行规律办事,以增强医院活力。经过公众咨询,政府采纳了顾问公司的建议,1988 年香港组建了"临时医院管理局",1989 年立法局通过了《医院管理局条例》。经过 1 年多的试行和筹备工作,1990 年 12 月 1 日正式成立医院管理局,于 1991 年 12 月 1 日接管了香港所有公立医院和医疗机构,实行统一管理。

三、医院管理架构

1. 香港卫生福利及食物环境局。负责香港医护服务的政策制定和资源分配工作,同时监察各项政策的推行,以保障和促进市民的健康,为每位市民提供全面的终身医护服务,并确保市民不会因缺乏金钱而无法获得适当的医疗服务。

2. 香港卫生署。作为香港特区政府的卫生顾问是公众卫生事务的监管机构,负责管理公共及港口卫生和基层医疗。该署致力于推行促进健康、预防疾病、医疗及康复等服务,保障市民的健康。

3. 香港医院管理局(HA)。HA 于 1990 年根据《医院管理局条例》成立,属法定非政府部门的公营机构,通过卫生福利及食物环境局向政府负责,主要管理香港所有公立医院。HA 的成立统一和强化了整个公立医院体系的管理,是提高医疗资源使用效率的一项重要策略。

HA 的组织架构主要由 HA 大会、总裁和总办事处的有关部门组成。另设有 9 个功能委员会和 3 个区域咨询委员会为 HA 本部决策提供指导和咨询。根据《医院管理局条例》,HA 大会职责是加强对 HA 的监管,力求 HA 在工作表现、问责和道德操守方面达到最高标准。目前大会主要由 24 名企业家、立法会议员、专业人士、社区代表和公职人员组成。

HA 总部由总裁领导,下设总办事处。总办事处作为在总体策划方面的枢纽,设有专业事务及运作(部)总监、专业事务及医疗发展(部)总监、财务(部)总监、专业事务及设施管理(部)副总监、人力资源(部)主管、中央事务(部)主管、机构传讯(部)主管。职责是在策略规划、整体管理、制定政策和订立标准、医疗资源配置和共享以及专业人员培训等方面为下属医院提供支持。

9 个功能委员会包括职员、人力资源、财务、医疗服务发展、支援服务发展、审计、中央投保、公众投诉、职员上诉和只在紧急情况下启动的紧急应变对策指导委员会。

3 个区域(香港区域、九龙区域、新界区域)咨询委员会,由 HA 成员(如执行总监)、卫生署署长代表、区内医院代表以及参与社区工作的人士组成,主要职责是就各区内的医疗需求向 HA 提出建议和意见。

四、公立医院管理模式

HA 对所属的医院范围内实行统一的行政管理制度,使整个机构奉行共同的服务宗旨和发展路径,并且要求医院采用相同的财务管理制度、规章制度和模式。HA 规定每所医院的行政机构设置、员工薪资标准、财务预算报告、计算机联网等均统一。HA 的各部门经常对每所医院进行指导,有统一的报表要求,初步形成了统一的管理规范。这些措施保证了病人到所就医的任何一个公立医院中均获得公平的医疗服务。HA 对所属公立医院的管理措施主要包括以下几个方面:

1. 医院联网制度。自 2002 年 HA 按地区和人口的需要划分 7 个地区,把 HA 下属 42 所医院以联网的方式推行 7 个医院联网制度运作。可以通过互联网整合医院的人力资源和财务等,产生协同的效应。每一网络内的医院按照其服务性质分为急诊医院和康复医院,在每一所急诊医院的附近都有 1～2 所康复医院与之配套。在 7 个联网的区域网内医院互相转诊,并在全港形成专科互补协作的网络。合理地利用人力、设备等各种资源,有效地控制资源增长,不要求每家医院都全面发展。联网医院设置病人服务中心可以在各医院之间调整病人以缩短等待时间,各医院的大型医疗设备可以共同使用,在 HA 管辖范围内确实提高了社会成本效益,提高了管理水平和服务水平。网络化管理,是资源统筹合理使用,实施包括如医疗设备、药品等医用物资的统一集中采购、建立信息科技平台、所有医院以及总办事处都使用统一的信息平台和数据定义等。

2. 推行风险管理。为了确保服务质量而推行有关的风险管理,成立一个 HA 成员及海外专家组成的医疗风险专职委员会,监察 HA 下属医院推行临床医疗风险管理的进展;向 HA 大会提交有关降低临床医疗风险的意见和建议。

3. 注重战略规划和绩效管理。通过开展战略规划、年度工作计划、制定全面财务预算等工作,来加强对所属医院的管理,并且在规划、预算和年度计划的制定中,重视科学的决策程序、专业的评估过程、具体可行的实际操作及严格、细致的效果评价,使管理趋于专业化。同时,实施医院绩效管理,体现在通过制定系统、规范和详细的评估标准,强化对有关人员的绩效考核。

五、改革面临的挑战

自 2000 年以来,香港 HA 连续几年出项了大额财政赤字,主要原因是居民到公立医院就医,政府给予高比例的补贴(门诊服务为 80%,住院服务为 98%,急诊 100%)。目前公立医院的医疗开支占香港财政支出的 10%～14%。据统计,HA 下属公立医院的服务占有率(主要是住院服务)从原来的 85% 增至 94%,而财务支出从 10 年前的 145 亿港元增加到 278 亿港元。

医疗服务体系受到冲击,由于公立医院福利较好,使较为富裕、有负担能力的病人也不愿意到私立医院就医,导致私人医疗服务市场相应萎缩。这不仅冲击了医疗服务体系,而且压制了体制外的社会资金流入医疗服务的信心,进一步加重了公立医院的负担。公立医院的工作量加重,医院服务、专科和急诊室服务供不应求,等候时间延长,如病人门诊等候时间大多在2小时以上。公立医院整体服务效率和水平有所下降,甚至导致了医务人员的抱怨。不同层次的医疗机构管理体系不同,导致互相间沟通、协调的障碍,使连贯性的转诊医疗服务难以形成,难以促使资源进一步的有效利用。

六、进一步改革措施

香港医院新改革计划主要环绕医护制度的三大环节,即服务提供、质量保证和长远融资安排。①对公立医院和私立医院的服务重新定位,通过加强公私合作,把部分基层医疗服务让渡给私营医疗机构提供。②推进医疗融资改革,通过引入强制性个人储蓄计划(健康保障户口计划)制度,要求部分年龄组的市民必须把1%的收入存入个人账户,用以支付本人和配偶将来的医疗开支,在储蓄期间,个人账户的存款会用作投资,以赚取回报。③改革医疗收费,为集中资源资助市民自己难以支付的昂贵治疗,调整市民过度使用公共医疗服务的行为和倾向,政府应鼓励有能力支付较高医疗费用者使用私立医疗机构的服务。改革医疗收费,进一步提高部分昂贵或者新的治疗、检查和药物费用的个人自付比例。④改革财务拨款方式,将资金以人口数位计算拨款模式向联网医院拨款,以消除医院之间不必要的竞争,鼓励医院以日间医护及社区服务替代成本高昂的住院服务,发挥社区服务的导向作用,分流在医院和专科门诊的病人。⑤开发新的保险商品,政府有必要与私营机构合作开发新的保险品种。由政府财政承担为市民提供高经济风险疾病的保障责任,而私营融资则负责一般风险的保证责任。

第三节　台湾医院成本控制方法

一、概论

台湾地区近50年来因教育普及,国民收入的提高,使得医疗保健体系的建设有了长足的发展。目前台湾地区的医院数(不含私人诊所)已达750家,每万人口的西医数为11.84人,病床数达55.9张,医疗保健支出也达到GNP的5.29%。台湾的医院按办医主体划分,可分为公立医院与私立医院两大类。公立医院包括署隶医院(卫生署下属医院)、市立医院、军方医院、公立医学院附属医院及荣民系统医院等,共90家,床位4.39万张;私立医院包括财团法人医院、宗教财团法人医院及医师私人成立的独立经营医院,共500家,床位8.38万张。就规模而言,台湾执行多年的医院评鉴制度,针对医院的硬件规模、医疗及教学能力,分为医学中心、区域医院、地区教学医院及地区医院四级。

二、台湾卫生行政管理体制

行政卫生署是台湾的卫生行政管理部门,下设有健保局、疾病管制局、国民健康局、中医药委员会、管制药品管理局等分支机构。其中,健保局负责制定全民健保政策和健保基金的筹集、支付管理;疾病管制局负责各类疾病的防疫;国民健康局负责健康宣教、疾病干预项目的具体实施。成立于1999年的策进会是台湾医院管理的另一个重要部门。它是由卫生署、医师公会、医师协会、私立医疗所协会共同出资建立的财团法人机构。其职能主要包括三个方面：一是卫生署授权，负责医院评鉴（等级评审）；二是推进医院的医疗质量管理、辅导医院经营管理；三是开展医务人员的培训。

就经营的状况而言，台湾医院仍以关闭式的医务制度（Close Staff System）为主，医院聘用专任医师从事医疗工作，不允许院外开业医师使用院内设备。医院的门诊量很大，住院病人的来源大多来自本院的门急诊，只有少数的转入病人。医院与医师之间的关系不仅是雇佣关系，而且是近于合伙人的关系，所以医院经营管理的效率就显得更为重要。

台湾地区从1995年开始实施全民健康保险制度，政府担任唯一的保险机构角色，加强对医疗费用与质量的审查，严格控制医疗服务的各项给付标准。如何有效地控制成本，成为台湾医院管理的重要课题，医院管理的重要性在台湾受到了重视与发展。

三、台湾医院经营管理模式

台湾在激烈的经营竞争中，对管理与信息的投入发展相对较重视与成熟。其中与大陆医院的差别可以体现在下列两个观点："管结果不如管源头"、"控制比核算更重要"。台湾医院经营对于成本管理更多倾向于计算合理成本，并采取预算成本的管控方式落实责任中心制度，建立一套从标准、发生、评估、改善的循环管理机制。

医院经营的具体方式：①组织预算成本中心，落实责任中心制度；②采用单项成本、药品（材料）收支差异的成本管理；③设计医师费（PF）；④管理工作量绩效；⑤设立临床专科经营助理（职业管理人制度）；⑥建立质量管理——医疗质量审议委员会，以病人为中心全面质量管理；⑦通过互联网（Internet）——挂号，提供员工教育、员工管理、健康教育知识；⑧建设信息化医院（E-Hospital），实现医疗运行无纸化；⑨采用专题报道、传播医学信息等营销模式。

台湾医院管理的精髓是所谓"开源节流"，强调内部管理在于追求合理化，外部发展要深化具有前瞻性的两大原则。除了落实以工作量计算各类职务人员贡献与价值外，同时配合在节流手段上，将医院单一中心分解成数十到数百个不等的责任中心，建立各类合理的成本标准，细化成本责任，将成本控制的责任同时落实到科、组、人。医院实施责任中心的目的不外乎在于促使各科室收支责任划分及明确归属、呈现临床科室实际经营状况以供决策之参考，便于了解医院经营现况与彻底实施成本控制等方向。一般常分为内部成本中心与利润中心两大类。其中成本中心泛指以对医院内部单位提供服务为主要功能，无任何收入来源的部门。此类部门的管理以控制费用为手段，至于利润中心则指部门对医院内、外单位或人员提供服务，各项服务可由服务对象依据院外支付标准或内部转拨价来计算部门收入。此类部门的管理以增加收入与控制成本双管齐下为主。

四、医院成本管控方法

在台湾医院飞快发展的20年间，此管理模式也经历了不断的调整与完善，同时也印证了此管理模式非常有效。医院成本管理范畴包括成本、工资与奖金、购置费、材料费、检验检查成本和手术成本等，而其中药品成本，材料成本，员工奖金，维修费用是医院变动成本的主要构成部分；工资和购置费是医院固定成本的主要构成部分。因此对于医院而言，只要针对科室的药品、材料、维修等的成本进行有效控制，整个医院的成本自然就会获得满意的效果。

（一）药品成本具体管控方法

1. 实际收支消耗控管，即医院根据实际收支，给予一定损耗允许值后，依据实际消耗进行采购。

2. 实施源头管控手段，有效降低药品滥用。如减少开药日数、门诊医嘱预设开药日数、各科门诊无法开其他科的药品处方。

3. 实施信息监控。以单张处方费用进行比较检查、不同科医师重复开药给予权限管控，管控单张处方最高药品的品项数、公费医疗病患的药品费用上限的限制等。

4. 降低药品单价。如增加复方药，以减少药品项数，水剂药品改成小罐装进货等。

（二）工资奖金具体管控办法

1. 将全成本奖金核算制度更改为以工作量为基础的核算制度，让收入与奖金比例成平行曲线。

2. 实施医、护、技全面分离，全面分析医生、护士、医技的每个行为，根据行为的工作强度，风险性和投入成本（科室可控成本），变简单的收入减去支出（收减支）为更加合理细化的行为奖金考核。

3. 确认和区分医技人员的工作，从而明确界定其奖金绩效的设立标准，避免奖金只体现设备与仪器价值，不能客观反映人员劳务的贡献。

（三）维修费具体管控办法

1. 预算管控法：通过设备年限、使用率，以同期的年限递减维修费用的 85% ~90% 作为年度的目标值，加以管控。

2. 维修管控法：计算设备产值与设备残值，当维修预算高于产值或产值低于残值时，则不必发生维修成本费。

（四）材料费具体管控办法

1. 针对器械，医疗耗材，后勤物资分类系统（低值、高值）、收费分类（收费、不收费）、分项（可计量、不可计量）管制。

2. 计价不计量：材料可向病人收费，但每次使用的精确数量不易统计。如：涤纶编织线，手术线，缝合线，尼龙线等。此类需采用标准用量管制。建立常见或主要治疗（手术）项目，材料标准用量（可改变型号规格，不可变动数量）。以包括盘活数量管制，将材料转以同计价计量管控手段。

3. 不计价计量：材料部向病人收费（通常包含在其他收费项目中），但材料每次可以精确计数。如 X 光球管，CT 球管，检验试剂等。此类一般采用设定使用标准次数管控。

4. 不计价不计量：材料部向病人收费，且材料每次使用的精确数不易统计。如棉花等低值易耗材料，办公耗材，采用支出预算比例管控。

总之，台湾医院经营管理经验相对于大陆医院的差异不外乎下列几点：从粗放式管理走向精细化管理；从全院管理扩展到科室管理，甚至项目管理；从经验式预算管理走向数字化实务管理；从结果管理走向预算管理与绩效关键指标（KPI）管理；从传统"收减支"财务会计管理，走向"收支两条线分离"的管理会计；从单一院区管理走向部门责任中心管理。

具体而言，医疗机构的管理制度主要还是必须根据环境的变化与机构的发展目标而定。台湾对于大陆而言虽是一个小岛，但其医院管理制度的发展，却是在深刻具有市场竞争的实战经验下不断演进改善，其主要精神乃在于通过责任中心制度的建立，结合目标管理、绩效奖励等三套制度同时实施，达成机构效益最大化的目的。台湾医疗市场的生态，医疗政策虽然与大陆不尽相同,但两岸不论是在语言、生活、就医上却都又具有高度的相同文化与习惯。因此仍然可以找到许多足以借鉴的成功与失败的经验,而这些经验是可以互相比较学习的。

第四节 日本国立医疗机构向法人化转制

日本医疗服务机构的资金来源主要依靠社会医疗保险的公共基金,在医疗服务的提供方面国立大学的附属医院发挥着极为重要的作用。随着人口老龄化的进展,日本的医疗服务供应体制也面临着严峻的挑战。早在20世纪80年代中期日本政府开始酝酿医疗体制的改革。经过长达7年的酝酿、讨论、计划和法律的准备等过程,2004年4月1日作为日本国立医疗机构向法人制转变的转折点,独立行政法人国立医院机构正式成立并开始运作。本文将对医疗法人制度的变迁;《独立行政法人国立医院机构法案》的内容;国立医疗机构转制的目标;转制前后国立医疗机构经营指标的比较等方面进行探讨,为我国正在进行的公立医院改革提供借鉴与参考。

一、医疗法人制度的变迁

20世纪中叶日本战败之后,医疗资源严重不足,根据当时日本的医疗法(1948年),准备建立以国立和公立的医疗机构为中心的医疗提供体制,私立医疗机构作为补充为辅的体系。1950年创设了(私立)医疗法人制度,由于医疗经营的资金容易筹集,保证了医疗经营的持续性,在此期间以私立医院为主的医疗法人机构和病床数量持续增加。1955年之后日本经济高速发展,建立了全民社会医疗保险制度,医疗需求大幅度得到改善,医院规模不断扩大。普通医院的病床数从平均48.6床(1955年),发展到74.7床(1965年)、99.8床(1975年)、126.7床(1985年)。1985年医疗法修改了医疗法人化的对象从以前的3名医生以上(1955年),修改为2名以下或一人医师的医疗法人制度,开创了小规模医疗诊所法人化的途径。由国家、地方自治体、公共团体等,以及个体医师、牙科医师等构成国立、公立、民营和私人的医疗服务体系,实现了医疗服务主体多元化。

20世纪80年代初,日本拥有国立医疗机构约240所。1986年提出的转制计划,设想将约240所的国立医疗机构通过合并(40所)和转让(34所),削减74所,使国立医疗机构的总数减少到165所。1999年政府对这项转制计划作进一步修改时,又削减了13所,其中8所合并,5所转让(这些机构不包括13家麻风病疗养所)。形成了152家独立行政法人化国立医疗机构的计划。根据2002年12月时所作的进一步的修改方案,国立医疗机构数将进一步缩减到144家。

2004年4月1日实施的"国立医院、疗养所独立行政法人化"改革是行政改革的组成部分,国立医院改革成功与否对整个日本医疗体制的改革将产生极为重要和深远的影响,国立医疗机构改制后将由一个新成立的机构——"独立行政法人国立医院机构"统一管理。与此同时,由厚生劳动省主管的"国立高度专门医疗研究中心"(即:国家医学研究中心)的机构改制成独立行政法人机构(行政事业单位),施行"高度专业化相关研究的独立行政法人相关法律"。

二、独立行政法人国立医院机构法案出台

20世纪90年代初,日本即开始策划面向21世纪高龄化社会的医疗改革计划。这项

改革计划主要包括四大部分,①医疗供应体制的改革:对医院病床进行急救病床、慢性病病床的分类管理,引进护理保险;②医疗质量的改革:对医院实施功能评价,对医务人员的初期培训进行制度化管理,引进临床路径模式(Clinical Path Method)和循证医学法,实行信息公开;③信息技术的引进:运用电子病历技术,实行医疗网络化管理,实现远程医疗等;④改变保险支付方式:引入患者自我负担机制,按病种或按人头付费(DRG/PPS)的方式。

日本现有的国立医疗机构主要由国立大学的附属医院组成,所以这项改革也是日本国立大学向法人化转制改革的一个环节。日本国会于2002年专门为这一机构制定了一部名为《独立行政法人国立医院机构法案》(平成14法律第191号),对这一机构的名称、目的、业务等进行了如下的规定:

1. 法人名称:"独立行政法人国立医院机构"(以下简称"机构")。

2. 法人目的及业务:通过实施医疗服务的提供,有关医疗的调查研究,以及医务技术人员的研修等业务,谋求提高医疗水平,以承担起对国民健康具有重大影响的疾病的医疗,以及实施国家医疗政策的机构的职责,并对提高与加强公共卫生作出贡献。

3. 理事会成员和职员身份:给予(特定独立行政法人)国家公务员身份。

4. 资本金等:制定有关机构的资本金及其他所需的规定。

5. 管理人员:设理事长1人,监事2人,副理事长、理事5人以内,非常勤理事8人以内。

6. 每一所医院的财务明晰化:为了使财务明晰以供业绩评估,每一所医院都必须做好财务报表,与整个法人的总决算一起,听取评估委员会的意见,并予以公布。

7. 长期贷款等:机构为了医院建设等目的,可以进行长期贷款或发行债券,政府可以在预算范围内予以债务保证。

8. 紧急状态时厚生劳动大臣的要求:在发生灾害及其他紧急事态情况下,厚生劳动大臣可以要求机构执行必要的业务。

9. 转制过程中的措施:A. 关于国立医院特别会计资产和债务,除了国立高度专门医疗中心的资产与债务以外(以现行特别会计改组后的特别会计入账),都由机构继承;B. 机构同时还继承国立医院改组业务。

10. 实施日期:2003年10月1日开始(法人的成立日期预定为2004年4月1日)。

改制后的国立医院不能阻碍国家医疗机构之间的紧密合作(见图9-1),其中10家医院在向独立行政法人转制后由机构实施。

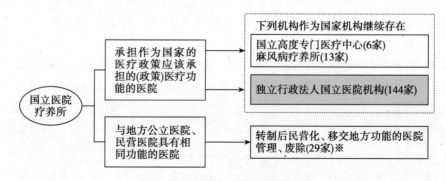

图9-1　改制后的国立医院结构

三、国立医疗机构转制的目标

国立医疗机构转制的改革目标是对国立、公立和私立医疗机构提供的医疗服务功能进行一次大清理。明确界定各类医院机构医疗服务的功能与专业。独立行政法人化的国立医疗机构将主要承担更大区域内的高难度专门医疗以及国家医疗政策。普通的基本医疗将由地方公立和私立的医疗机构提供。国立医疗机构所实施的政策医疗被限定在对如下 19 个领域的疾病实施先进的医疗和对疑难杂症的诊断：癌症、循环系统疾病、精神病、神经·筋络疾病、生育医疗、肾病、重症身心障碍、骨·运动关节疾病、呼吸器官疾病（包括结核病）、免疫异常、内分泌·代谢性疾病、感觉器官疾病、血液·造血器官疾病、肝病、艾滋病、长寿医疗、灾害医疗、国际医疗合作、国际性传染病。结核病原则上在都道府县各设 1 家的医院内治疗。

（一）明确国立医疗机构承担的职责与功能

转制后的国立医疗机构将主要承担四项功能：①针对癌症、循环系统等疾病实施先进的高难度的医疗；②由于历史和社会的因素，地方公立医院和民间医疗机构难以应对的艾滋病、麻风病、结核等传染性疾病的收治；③承担应对国际性传染的、波及广泛区域的灾害等流行疾病，以及国家的危机管理和国际援助医疗的贡献；④进行有关诊疗报酬支付方式的试点等，对国家极为重要的医疗政策的实践。

明确规定每一家医院所应承担的政策医疗领域，并将国立高度专门医疗中心、基础医疗设施、专门医疗设施等进行进一步的功能分类。国立高度专门医疗研究中心（即：国家医学研究中心）是国立癌症研究所、国立心血管研究中心、国立神经学和精神病学研究中心、国立国际医学研究中心、国立儿童健康与发育研究中心、国立长寿科学研究中心等 6 所机构的总称。每个独立行政法人机构与国民的医疗保健与公共健康产生重大影响，其宗旨是调查研究并技术开发，提供某些与疾病密切相关的医疗服务，培训技术人员为目的。在每一个政策医疗领域，建设以国立高度专门医疗中心为顶级机构的，集诊疗、临床研究、教育研修、信息发布等功能于一体的全国性的政策医疗网络。

（二）建立全国性医疗网络

建立政策性医疗网络，明确每一所医院的功能，并将其功能归类，从而建立起全国性医疗网络，明确政策医疗的范围：①诊疗：通过普及新型诊断法与治疗法，以及诊疗支援（远程诊疗等），达到能够向任何地区提供最新医疗技术的目的；②临床研究：根据从全国各地收集到的丰富的病例建立诊疗数据库，并据此开发新的诊断法和治疗法，进行药品的临床试验；③教育研修：针对高难度医疗、疑难杂症患者的需求，实施临床研修和专科医疗人才的培养，并将专科人才进行全国性的配置；④信息发布：使研究成果、最新医疗和标准医疗等的信息得以共享。通过制定每一个政策医疗领域推动实施政策医疗的基本计划和网络形成的具体方案；定期召开政策医疗网络协议会；进行包括组织层面的体制建设等措施推进政策医疗的网络的建设。

四、转制前后国立医疗机构经营指标的比较

医院转制后不仅要继续将经营管理指标运用于经营分析（见表9-1），同时还引进企业会计的观点，据此设定中期计划的目标。

表 9-1 转制前后的国立医疗机构的经营管理变化

评价内容	转制前医院经营管理指标	转制后医院经营管理指标
财务安定性		流动比率、自有资本比率
收支	经常收支率、医务收支率	医务收支率、固定长期适合率（按企业会计计算）
收益	入院患者每人日均诊疗收益、每百床/年入院诊疗收益	总资本周转率
成本	人头费率、材料费率、每 100 张床/人头费	支付利息率、折旧
生产率	医生人均入院诊疗收益、药品使用效率	附加价值率、工种劳动生产率
医疗资源利用	病床利用率、平均住院天数、医疗器械使用效率	新入院患者数、逆向转诊率

（一）综合性经营改善的比较

国立医疗机构首先通过提高每一位员工的经营意识来实现改善经营。国立医疗机构转制后，相关的业务将有所改变：制定独立的会计标准，通过签署复数年份的合同以降低合同价格，并继续按政府的有关协定筹措资金（政府有关资金筹措的协定在国立医疗机构转制后依然具有约束力）；集中采购医疗器械以减少成本；对同种同效药品进行整理，促进对新开发药品的利用；促进对同规格材料进行的整理；全面收集合同信息；通过引进院外的 SPD 系统，进行完善的库存管理；灵活运用经营改善事例、经营指导、审计指导等概况指南；重新审视并扩大业务委托往来的对象；改革（提高）员工的（经营）意识。对于国立医疗机构改制后进行的一系列经营改善方面的努力，医疗机构还将通过按部门实行的原价计算和各种统计进行包括财务分析在内的系统的经营分析，并通过引进第三方评估制度进行转制后的经营效果评估。

（二）医院设施改善的比较

国立医院的基础设施建设的基本构想是根据医院设施折旧的标准在预算的范围内有计划的建设。在政策和功能上按照国立医院重组计划综合性建设，按照设施的老化（折旧）程度顺序逐步进行设备与设施的更新替代建设。转制后医院基本设施的建设将以功能与效率并重，秉承以病人为本的基本思想，将进一步重视每一家医院的偿还能力。原则上，新项目的建设将圈定在医院的偿还能力范围内。实施医院设施建设计划的几项措施：

1. 按政府规定的"医院综合建设标准面积及单价"提出建设计划面积及概算额的报价单；预定价格的报价通常按公共建设工程报价研究会的报价基本标准进行，也部分采用市场单价方式。在医院需要全面重建的情况下，主要在原地轮换进行工程建设。原地重建的工期从改制前的 10 年左右缩短至 5 年左右。设施建设不在原地的情况下，则按等价交换或购入不动产的方法获得所需土地。

2. 采取合同（订单）的方法，将整个建设工期设定为最长 2 年为 1 个单位，分别下订单，分别签约（由于预算的原因，至今为止一直按 2 年期的国库债务负担行为设定的），以后将根据合同随时下订单。

3. 政府招标公告：根据政府筹措资金的有关协定，采取公正、透明的招标手续，对于超过 6.6 亿日元以上的建设项目，改善招标手续，采用电子招标、混合招标等方法，进一步扩大一般竞争者的参加资格,国内外的业者都可以参与竞标;灵活运用重新招标的次数。因此,招标公告或中标状况都会刊登在政府公报中。

4. 工程项目合同合法化:在合同中明确记载对不正当行为解除合同并赔偿;为了防止不正当行为,大规模工程的设计和招标事务主要集中到厚生劳动省签约,并公布中标结果,防止暗箱操作,使业务公开透明。

转制后医院采取缩减建设成本,合理签约的措施。根据"医院综合建设标准面积及单价",在不降低功能的前提下,根据医院的具体状况重新设计适当的规格和面积;精确检查必要的建设面积,并考虑医院建设的偿还可行性。对于按市场实际状况设定的预定价格,精确计算以报价基准为基础的规格,并进一步引进市场单价方式,进行适当的报价。改善签约(下订单)的方法,对整个工程量实施一揽子合同和集中下订单的方法,以提高效率;在政府公告(公正、透明的招标等手续)等方面,继续适用政府筹措资金的相关协定。全面贯彻工程合同的合法化(防止暗箱操作对策),继续推动工程合同的合法化。

(三)转制后的会计制度

转制之前,日本国立医院实行的医院特别会计制度,转制后独立行政法人会计制度引入企业会计的原则进行财务处理。转制后现收现付制的单式记账式改为权责发生制的复式记账式,区分了损益交易与资本交易,对结余资金和财务报表等进行了修改(见表9-2)。

表9-2　转制前后会计制度比较

	国立医院特别会计	企业会计原则	独立行政法人会计标准
对象	国立医院·国立疗养所	株式会社等营利企业	独立行政法人
会计处理方法	现收现付制、单式记账	权责发生制、复式记账	
权责发生制	不适用	适用(折旧费、未支付费用等入账)	
预算·决算	以预算为主	以决算为主	重视预算(中期计划·年度计划)和决算
损益交易与资本交易的区别	不分	区分损益交易与资本交易	
利益(结余资金)的处置	作为准备金积累,转入下下个年度的收入	分配给股东的红利 法定准备金积累 可根据企业判断处置	由法人的经营努力带来的利益可作为目的准备金用于中期计划
财务报表	(1)决定收入支出的 (2)计算书 (3)资产负债表 (4)损益计算书 (5)财产目录 (6)准备金明细表 (7)关于债务的计算书	(1)资产负债表 (2)损益计算书 (3)现金流量计算书 (4)关于利益处置 (5)损失处理的文件 (6)附属明细书	(1)资产负债表 (2)损益计算书 (3)现金流量计算书 (4)关于利益处置 (5)损失处理的文件 (6)附属明细书 (7)行政服务实施成本 (8)计算书

(四)医院人事调配独立自主

原来的国立医院,由于预算、编制的缘故,医院组织趋于僵化,每一家医院并不能充分发挥其功能,院长很少有发言权,院长的治院方针也很难贯彻。编制问题在推动重组的过程中将占据重要的位置。转制后,医院院长将承担起更大的医院运营的责任,自主决定医院的经营方针,院长可根据所制定的中期计划,自主编制规划组织和员工人数,对人才进行适当的配置以达到培养人才的目的,推动政策医疗的实施,建立一个充分发挥医院功能的体制,立足于长期发展的运营都将成为可能。此外,对院长本人的业绩评估也可以反映到人事管理中去。为了使员工对医院的经营具有积极性和责任意识,每位员工在医院任职的期限将可以延长。

(五)转制后的工资制度

转制后的工资制度与职务的内容和责任相对称,综合考虑国家公务员的工资、法人自主决定工资制度、民营企业职工的工资,以及法人的业务绩效工资支付标准(见表9-3)。

表9-3 转制前后工资制度变化

	现行工资制度	转制后工资制度*
工资	按工龄决定 1个职务等级设有若干职务	按职务内容与责任给予相应的基本工资 • 对院长引进年薪制 • 1个职务1个等级 • 工资拉开差距
津贴	并不充分反映业绩的年终奖 并不充分对称的职务津贴	反映业绩的津贴与反映职责的津贴相结合 • 如实反映业绩的业绩津贴 • 与员工的职责相对称的职务津贴 • 为确保医生而灵活实施的医师津贴
工作评定	评价制度由上司评定,本人不参加 评价结果反映不到工资中去	高度公正与透明的评价制度 • 通过面试进行评价的制度 • 评价结果反馈给本人 • 评价结果反映到工资中去

* 研究中的方案,根据通则法57条,以民营医院的案例作参考,提出的一般性项目。

(六)转制后的资金筹措

原来的国立医院在资金筹措方面是按照国立医院特别会计设施建设费的名义制定预算,资金主要来源于财政融资资金的贷款和自有资金(出售土地费、积累金)。用于医院设施和设备的基础建设,包括住院大楼等的建设,5千万日元以上的医疗机器的购买等,即与诊疗收入相关项目的建设都被列入此对象范围。还包括与直接的诊疗收入无关的一般建设项目,主要包括研究部门等的建设,其资金来源主要是从一般会计转入的资金。转制后,医院在资金筹措时将考虑通过筹资渠道的多样化来分散风险,在资金的合理使用上将考虑建设规模等因素,并在充分把握医院的偿还能力基础上去筹措。

转制后,与诊疗收入相关的项目建设费用,将根据建设内容、建设规模等因素,通过多种方法筹集资金。一是从财政融资资金处贷款(长期);二是发行由政府担保的债券。根据《国立医院机构法》第17条的规定,国立医院机构可以发行"财政投资机构债(国立医院机构债)";三是根据《国立医院机构法》第16条的规定,从地方金融机构贷款(短期);四是机构自有资金,如积累金、出售土地费用等。对于医疗器械等设备的添置,将按偿还年数、添置规模等使用资金。与直接诊疗收入无关的项目的建设可以动用设施建设补助金。

五、国立医疗机构转制对医疗体制可能产生的影响

2004 年 4 月 1 日,独立行政法人国立医院机构正式成立并运营,国立医疗机构的关停并转的重组过程早已开始,医院功能的分化、强化、医院设施的建设等环节已经基本结束。国立医院作为区域的主干医院,已开始提供急救医疗服务。并通过财政收据的公开化、与区域医疗的合作等措施,开始显示出其在区域医疗中的独立的存在价值。与公立医院和民营医院相比,国立医院在财务方面的改善显而易见是落在其后的,国立医疗机构在财务方面有望得到较大的改善,提高国立医院经营效率,必将对其周边的医疗机构的诊疗活动和经营产生多方面的影响,提高地方区域性政策医疗的建立及其网络化,提高各类医院的竞争力。

第五节　新加坡国有医疗机构重组

新加坡国土面积为 685 平方公里,人口 420 万。新加坡有较好的医疗保健水平,医疗费支出却低于 GDP 的 4%,是美国的 1/3,日本的 1/2,甚至低于中国。医疗保健服务分为公共体系和私立体系。新加坡卫生部对卫生行业提出了明确的任务——促进健康、减少疾病;确保国人能获得符合需求又负担得起的优质保健服务;追求卓越的医疗服务。新加坡成功地实现了国有医疗资源的重组,并建立了医院集团,即国立健保服务团和新加坡保健服务团。集团各有高级医院、专科医院、区域医院、国家专科中心和综合诊所。国立健保集团(NHG)拥有 18 家医院和诊所。私立医院占医院总数的 20%,私立诊所(1900 间)占诊所总数的80%。通过国有资产的私人化经营,将国有医院推向了市场,让国有医院在市场中不断提高和完善,实现资产的保值增值。政府在划分集团时,考虑了区域布局和配置,以整体的角度来处理病人的治疗和护理,协调医院和初级保健的工作,避免出现医疗接口断层。国立医院经营要求收支平衡,建设发展由政府负责,医院要做的是搞好管理、技术和服务。

一、新加坡医疗机构改革的历程

新加坡国有医疗机构改制过程经历了几个重要阶段,1987 年 9 月建立新加坡保健企业私人公司,首先对新加坡最大的医院——中央医院和全国皮肤病中心进行公司化改组。但是,政府医院的私营化引起了人民对医疗服务价格变化的强烈不满。许多研究者提出,医疗服务不宜全盘私营化,医院必须有二级控制。1989 年,新加坡在卫生部属下成立了新加坡保健公司,并对包括中央医院和皮肤医院在内的部门医院进行了重组,使之成为新加坡保健公司的子公司。1990 年又对竹脚医院、大巴窑医院、全国眼科中心三家医院进行了重组。1992年以后陆续对陈笃生医院、宏茂桥社区医院等进行了重组。其操作方式是首先使医院改组为医院公司,实行公司化运营,然后在较短的时间内(半年至一年)实行重组加入新加坡保健公司,成为其子公司。目前,新加坡保健公司有 11 个子公司。这个过程并不意味着国家医院的私有化,这些医院仍是公立医院,仍在国家卫生方针政策指导下从事医疗服务,但是它们的经营管理方式发生了变化,医院在公司法的规定下进行私营运作,即以国有民营的方式进行管理。

新加坡的医院改革通过改制过程,把过去的政府和私人两类医院改制为国有民营的公立医院、政府医院和私人医院三类。在新加坡的医院改制中,不是把过去的政府医院和慈善医院私有化,而是将这两类医院全部所有权都归政府,同时把医院组建成相对独立的公司,

并通称为公立医院。1987 年 9 月建立新加坡保健企业,政府对保健企业拥有 100% 的股权。保健企业的使命是通过下属医院的医疗设施和一整套高效的管理方式,以最节省成本的方法为病人提供最优良的医疗与保健服务。

2000 年 3 月,新加坡卫生部组建了东、西部两大医院集团,形成公平有序的竞争。两个集团的医务人员占到新加坡全部医务人员的 80% 左右。医院管理职能从政府卫生部转移到私人有限公司,以对医院实行更灵活的管理,更好地满足病人的需要。政府下放医院管理自主权给私人有限公司管理政府医院,由董事会指定医院的发展规划、方针政策、管理基建项目经费的使用等。董事会委任医院院长全面管理医院。院长管理的好坏与医院的生存和效益息息相关,医疗护理事故和差错是不能发生的。医院的管理和医疗质量根据病人和社会的意见进行评估,不达标者,董事会将免去其院长的职务。

二、医院非营利方式运作

改制后的医院以非营利方式运作,政府以补贴病人的医疗服务消费的方式长年拨款补贴医院,政府对价格、床位以及昂贵仪器设备等有控制权力,采用商业审计法对医院财务进行监督,保健企业从医院绩效和审计两方面对改制医院进行管理。另外,医院管理层对董事会负责,拥有人事权和制定薪金的权力,医院有权改变自身的运作和服务。政府对改制医院的基本要求是:立足于基本的、非昂贵的、非高科技的保健服务;并确保医疗服务水平是国家和人民所能够负担得起的。

三、卫生部对医院有管理控制权

卫生部对医院有管理控制权,具体表现为以下方面:规定各级别病房的医药服务、环境和服务态度所应达到的水平;按照病房级别规定医院所能执行的最高收费标准;为各改制医院规定医院所能执行的最高收费标准;为各改制医院规定病床总数和不同级的病床数量;控制各专科部门的发展和新医药科技的引进;根据病人的门诊就诊和使用不同级别的病房,按不同的津贴把资金直接拨付给医院。同时,卫生部对保健企业进行直接监督管理。主要方面是:公司的多样化经营活动、修改公司的组织章程、发行新股票和贷款、发行股票、有关合并方面的建议、出售或转让公司的资产、开设新的子公司、公司的终止和解散、医疗收费的调整、委托公司董事、公司首席执行官的聘用等。

四、政府对公立医院和初级卫生保健实行津贴制度

新加坡政府在医疗保障上实行"政府津贴、个人储蓄、健保双全、健保基金"四位一体的医疗保障制度。政府对公立医院实行政府津贴制度,同时对门诊初级卫生保健服务实行津贴制度。65 岁以上或 18 岁以下的新加坡国民以及所有在校学生的医疗费用可以享受到 75% 的政府津贴,其他国民享受 50% 的政府津贴。首先,政府实行强制性个人储蓄计划。这是一个低筹资率的重病保障计划,以帮助国民承担个人储蓄难以支付的大病、慢性病的医疗费用,年龄在 75 岁以下的个人储蓄账户持有者可自愿参加。其次,延续建立于 1993 年 4 月的健保基金。由政府每年在财政盈余时注入资金。此基金是政府设立的一项信托基金,旨在协助贫困的国人交纳医药费。资助的金额视病人的经济状况和医药账单的款项而定。先由病人提出申请,医院的职员就会安排医药社会工作者进行调查,报医院保健基金委员会批准。

第六节 英国政府促进公立医院自治和竞争

一、概况

英国是西方第一个向全体免费提供卫生保健服务的国家。英国国家卫生服务体制（National Health Services, NHS）被认为是世界上最公平的卫生保健系统之一。NHS 自 1946 年创建以来，始终强调卫生服务的"公平性"，即"有相同卫生服务需要的人可得到相同的卫生服务"。在英国，公立医院为 95%，NHS 经费主要来源于国家税收，全体国民享有免费的医疗保健服务。由于中央政府严格控制年度医疗费用预算总额，英国在卫生方面的支出一直比其他发达国家滞后。自 1960 年以来，经济合作与发展组织（OECD）成员国人均卫生费用年均真实增长率为 5.5%，而英国只有 3.6%。20 世纪 70 年代的石油危机动摇了英国国家卫生服务制度的筹资基础，撒切尔政府运用总额预算法将卫生支出的比例冻结在 GDP 的 6% 左右，并对 NHS 固定支出项目进行了大幅度削减。1979～1997 年之间，政府的卫生投入人均增长率最低只有 2.9%。政府为满足民众多层次的医疗卫生服务需求，鼓励私人医疗保险改革，推行私人筹资方案（Private Fiance Initiative, PFI）。1999 年末，英国每千人口执业医师数为 1.8 人，而欧盟国家每千人口执业医师数平均 3.1 人；基本设施维修经费缺口高达 31 亿英镑；卫生信息化建设速度慢且零散。NHS 服务能力的限制，病人候诊时间长，医院人员过于忙碌，医院建筑设施的运转效率下降。NHS 面临着不断上涨的医疗卫生费用、人口老龄化、公众健康期望不断提高等问题的挑战。

二、英国的医疗服务内部市场

所谓的"内部市场"，是将卫生服务的购买者与提供者分离，使以前的医疗管理机构与服务机构（即医院）之间的责任关系变成了买方与供方之间的合同关系。其中主要的买方与供方各有三家：买方是地区卫生局、家庭卫生服务局和全科医生基金持有者，供方是公立医院、私立医院和全科医生。买方与供方之间的合同包括了 NHS 内部合同（地区卫生局与本地区以外的医院、全科医生与医院之间的合同）、管理预算合同（地区卫生局与所属医院之间的合同）和地区卫生局与私立医院的合同三种形式。这样，公立医院之间、公立医院与私立医院之间、私立医院之间为了取得合同自然会互相竞争，从而有利于服务质量的提高。可见，尽管英国实行的是政府导向型的卫生体制，但这并不妨碍它们在卫生服务的提供者之间实行市场化的竞争。

1994 年开始医疗服务内部市场改革。改革的重点为：①促进医院自治和竞争。政府从医院的出资者转变为医疗服务的购买者，将市场机制引进了卫生服务领域。②卫生行政部门职能的转化。政府由包揽一切的行政领导变换为"游戏规则"制定者，不再涉足医院的具体运营决策。③建立了医院托拉斯（Trust）。为了加强竞争力，将分散的医院组织起来，形成医院托拉斯。在医院托拉斯里，最高管理机构是董事会，政府卫生管理部门委托代表参与医院托拉斯董事会的工作，并规定董事会必须有相关利益的代表，从组织上保证医院托拉斯的决策能够体现政府的导向作用，反映社会公众的利益。医院托拉斯的建立将医院和其他卫生服务提供者的管理权从卫生行政部门中分离出来，卫生行政部门集中精力关注居民的健康状况，医院托拉斯提高了卫生服务提供者的效率。

1. 公立医院管理体制。改革使英国公立医院实行的是董事会领导、院长和职能机构组成决策和领导的体系。负责医院托拉斯的监督管理工作和非政治化的经营决策等,医院在服务内容、人事管理、设备投入、资金筹措等方面拥有了更大的自主权。其特点是管理体制健全,领导分工明确,职责与权力具体,重视管理人员的培养和提高,注重质量管理的科学性和可行性,注重工作效率,注重医院同社会的联系。

董事会直接管理医院中的医师组织,医院管理者只领导医师以外的组织。医院的经营与管理问题通常是由医师组织的代表和管理者共同协商解决。英国对于改做管理工作的医师,在其从事管理工作前,必须接受正规的医院管理训练,按对象和要求不同,训练半年到3年不等,非医师背景做院长的大多数都毕业于经济、法律、工程技术等专业。

2. 改变政府财政支出方式。英国政府为促进医院自治和竞争,采取的方式是改变政府财政支出方式。政府不再直接向医院分配医疗服务经费,而是变成为社会公众购买医疗服务的购买者。英国政府鼓励医院之间重组为规模更大的组织,即医院托拉斯,使其有更大的自治管理权力和竞争优势。目前,全英国约有300个医院托拉斯。英国医院托拉斯的成立,实现了英国政府对医院管办职能的分离。政府不再干预医院的具体经营,而专注于对政策的研究、制度的制定,对医院的评价。英国医院托拉斯接受政府监管。其监管部门不是地区卫生局,而是隶属于卫生部的大区办公室。

三、英国公立医院改革的启示

(一)改革卫生服务体系的管理方式,更好地实现政府职能

英国公立医院改革的主要含义是在使公立医院仍维持公有制的前提下,把公立医院逐渐从政府公共部门中分离出来,转化为更加独立的经营实体,获得更加独立的社会地位,在兼顾社会利益的同时追求自身生存和发展的目标,并对自己的运行绩效负责。公立医院改革意味着政府在公立卫生组织中引进私立部门的组织结构、经营理念和管理方式,强化竞争、激励、监督和制约机制,提升公立医院的管理水平和运行效率。英国"内部市场"的建立和公立医院改革使政府由"办医院"转变为"管医院",由提供服务转变为购买服务,使政府部门能够有更多的财力和精力追求医疗服务的社会公平性和可及性,并有利于政府部门对所有类型医院的公平监督和严格执法。

(二)改革公立医院管理模式,提高公立医院自主地位

英国卫生服务体制"内部市场"的建立和政府职能的转变,使公立医院的外部环境发生了很大的变化,而自主权是使公立医院生存于市场环境的主要手段。缺乏自主权,即使医院的外部环境允许医院取得更好的绩效,但医院自身也缺乏提高绩效的手段。公立医院成为独立的经营实体的标志是医院自主权的确立,医院拥有自主权的程度是公立医院改革的第一要素,也是英国卫生服务体制改革是否成功的关键。

(三)"放权"与"监管"结合,落实公立医院的责任

英国公立医院改革后,随着医院托拉斯自主权的加强,政府通过各级卫生管理部门对医院托拉斯的直接监管能力逐渐被削弱。但随着卫生服务体制改革的深入,出现了许多新的间接监督管理手段,如医院托拉斯的董事会、与地区卫生局和通科医生之间的服务合同、政府立法监督和监察法规的执行等。改革使政府对公立医院的单方面监管变为所有医疗活动

参与者(患者、通科医生、地区卫生局、公立医院董事会和卫生执法者)对公立医院的共同监管。

(四)公立医院的法人治理结构

英国公立医院的改革实现了所有权和法人财产权的分离,并建立了相应的法人治理结构,完善了政府与医院的监督与被监督关系。需要指出的是,医院托拉斯并不是完整意义上的法人,而是不同于企业法人的公法人(医院所有权归国家所有),其治理结构与公司制企业的治理结构不同,董事会成员不是医院的所有者,也不存在股东大会对董事会的监督。公法人的特征决定了对医院管理层的监督约束机制不健全,为了弥补医院托拉斯治理结构的缺陷,除了对医院托拉斯董事会的组成作出特殊安排外(如至少包括2名执行董事来自地方社区,代表社区利益),还需要政府对改革后的公立医院实行外部监管,以保证社会功能目标的实现。

(五)投资方和医院的利益一致

在 NHS 经费不足的情况下,英国政府引入了私人资金启动计划(Private Finance Initiative,PFI),私人资本既可以建立新的诊所、医院,也可以投资于现有的公立、私立医院,购买医院的服务。鼓励社会资金投资于卫生服务领域,建立并完善医疗机构及相关资源的市场准入制度。在英国公立医院改革中,PFI 项目在具体做法上采取捆绑式,将投资方和医院的利益始终紧紧捆绑在一起。一是在医院规划设计过程中,投资方和医院都始终将建成后的运营成本放在第一位加以考虑;二是投资方除了建造医院外还负责维护保养,与医院经营状况紧密联系在一起。这两个"捆绑",从机制上克服了传统公共投资普遍存在的超预算、工程逾期、机制不灵活等弊端,使医院的建造成本、运营成本和维护保养成本得到有效控制,建筑质量得到保障。这对于我们在投资建设医院中,如何提高投资效率、如何在设计规划时充分考虑运营成本,以控制建造成本、提高工程质量等都有借鉴意义。

(六)宏观上把握适度比例,微观上强调项目精算

英国在实施 PFI 过程中宏观上把握适度比例,微观上强调项目精算。主要体现在两个方面:在新建的 100 所公立医院中,经过严密测算出约 75 所医院实施 PFI 项目,并且规定项目建成后公立医院承担的公共职能维持不变。每个 PFI 项目的建造成本、医院年支付费用、支付年限均严格测算,做到既吸引私人投资者又保证医院不吃亏。

(七)大力促进相关中介组织的建设与发展

在医生与护士管理方面,英国相应的医师协会和护理人员协会负责他们的资格准入、考核和继续教育等问题,政府或保险机构提供一定的资金支持。而医院与医生、护士的关系是雇佣和被雇佣的关系。通过中介组织的力量,规范了卫生人力资源的管理,同时在全国卫生服务领域内建立了可以自由流动的卫生人力市场。在医院服务质量的监督评价方面,英国政府也成立了独立的中介组织,既保证了目标的实现,减轻了政府的负担,又在组织结构上保证了评价结果的公平性。

(八)建立医疗机构运行绩效信息的定期发布制度

英国政府实行了对医院的星级评审制度,把评审结果在新闻媒体上公布,对不同级别的医院给予不同的自主权和资金补助政策。这种方法既保证了病人的知情权,使他们可以有比较、有依据地选择就诊机构,也使各医院普遍感受到了提高服务质量和效率的压力。

第七节 德国公立医院集团化改革

一、概况

德国是目前世界上医疗技术水平比较高、医疗保障制度比较完善的国家之一。德国有医院2000余家，术后康复医院1000多家，护理医院9000多家，门诊护理站10000多个，每万人拥有床位约70张，医生近50人，形成了非常完善的医疗服务网络。在各类医院中，1/3属公立医院，是由政府、公共团体、社会保险机构提供资金创办，病床数约占全国总病床数的52%；1/3是由宗教慈善团体或各种基金会捐款创办的非营利性医院，病床数约占全国医院总床位数的35%；1/3是由私人独资或合资创办的营利性医院，病床数约占全国医院总床位数的12%。在三类医院中，公立医院所占比重最大，在国家医疗服务中发挥着主导作用。

严格控制医疗费用的增长，降低医疗开支是各国卫生服务改革的主要目标之一。德国控制医疗费用的措施包括制定药品参考价格、控制药品的使用、改革报销方法、限制医生数量、实现预算封顶等。1988年通过的改革法主要内容就是制定药品参考价格制度，疾病基金会按固定价格支付药品费用，以参考价格为费用补偿的上限，超过部分由病人自付。他们还改革了费用报销办法，增加了病人自付费用的范围，限制了医院和门诊医生在治疗、用药和康复等方面的费用支出。1993年，德国开始对医疗卫生部门实行全面的预算封顶，规定所有医疗卫生费用，包括住院治疗费用、门诊治疗费用以及疾病基金会的管理费用等，其上升幅度不得超过疾病基金会所收的保险金总额，同时严格限制门诊医生的处方费用，规定超额部分从医生的工资收入中扣除。另外还限制开业医师的数量，调整医生的数量结构，保证卫生资源的高效利用。

值得注意的是，德国在控制医疗自费范围的同时也规定了个人支付的上限。例如尽管所有的保健服务都要交纳10%的费用，并且不能低于5欧元，但最高不能超过10欧元；每位加入疾病基金会的会员支付的年度费用不能超过其总收入的2%，慢性病患者的支付上限是其总收入的1%。这样患者基本上不存在就医负担过重的问题。

二、公立医院集团化改革

在公立医院集团化改革方面，德国柏林市的探索值得关注。柏林市政府做了大量细致的准备工作，充分与医院的相关管理人员和雇员合作，开展了一系列专题研究并多次召开研讨会，内容主要涉及新公司适用的会计税收政策、法律法规以及首席执行官（CEO）产生的办法等。在具体实施过程中，市政府成立了5个专题研究小组，分别负责成本与行为分析、战略决策、人力资源管理与发展、医院功能和管理系统等方面的研究，同时成立了一个协调小组负责对这5个研究小组进行指导。

专题研究小组和协调小组共有180名成员，均是来自于不同领域的专家或医院的股东。在整个研究过程中，专题研究小组共完成了450份建议书、草案或研究报告，还多次召开股东会议并经常向医院雇员通报有关情况。与此同时，政府也召开了一系列政策吹风会或联席会议，促成市议会有关会议的召开，为政府的最后决策做准备。2000年初，柏林市议会通过了"医院公司化法"，为10所公立医院的合并转制奠定了基础。此后，新的有限责任公司成立，同时成立了临时董事会，与医院原有雇员签订了人事合同。2000年年底，正式的董事会成立,其成员一半由政府提名的雇主代表组成,另外一半由医院雇员提名的代表组成,雇主代表主要来自卫生部和财政部。董事会主席在雇主代表中产生,在发生争议时,享有最终决定权。政府为新公司提供了 5000 万欧元的捐赠基金,并签订了资产和土地转让合同。2001 年起,公司所属的 10 家医院开始执行统一的联合会计账目。经过表决,这些医院中1.6 万名雇员同意将所在医院合并并转制为一家有限责任公司,只有 19 人表示反对。新机构引进了集权制的管理框架,由董事会任命一名首席执行官全权负责公司的运营。而董事会任命首席执行官,正式行使职权,标志着 10 家公立医院转制在程序上圆满画上了句号。

三、医院集团的性质

柏林 10 家公立医院合并转制后的公司属于有限责任公司,不在证券市场上交易。根据德国法律,有限责任公司应是合作制的,必须至少有 2 个合伙人,并且公司名义上的资产不得少于 5 万马克。有限责任公司内部实际上是一种合作伙伴关系,各组成部分没有独立的法人地位。总体来说,公司是非营利性的,因此不用缴纳公司所得税,但其所有盈余不能分配,必须重新投入到公司建设和运营上。另外,为了分担运营风险,该公司还成立了一些营利性的附属子公司,这些公司必须照章纳税。

政府或医院经营者一般局限于支持开办费用以及大型仪器设备的购置,医院日常的运行维持费用则来源于医疗保险机构。医院规模的扩大或大型设备的购置有严格的审批制度,医院经营者在这方面只有建议权,没有最终决策权。医保机构根据与医院上一年度达成的协议,拨付各医院经费,拨付的多少主要根据医院诊治病人所发生的实际费用。医保公司是非营利性的政府公益性机构,其宗旨是保证投保对象得到良好的医疗保健服务,因此经常会要求医院开展新的服务项目,比如自然疗法、健身美体等项目,以满足病人需要。德国医院的生存有充分的保障,只要医院正常运转,就不会出现入不敷出的局面。但是,德国医院内部的成本核算比较严格,对医院员工的精减,管理程序的优化,管理成本的控制等方面均按企业经济管理的方式进行,并且有专门的从事企业管理的工作人员。

四、集团化管理方式

医院集团化管理方式的特点借鉴了私立企业的管理方式,公立医院按照公司的组织结构进行组建,成为一个独立的法人实体。公立医院按照《私有企业法》建立医院公司,并且遵守竞争法和其他适用私有企业的商业法律。医院内行政、医疗、护理三方面各成体系,实行院、科二级管理。医院领导(即院长)实行专业化管理。行政院长大多是大学经济系或法律系毕业的管理专家,医疗院长由各科主任、医学专家担任,护理院长由具有丰富实践经验或高等教育水平的高年资护士担任。院长一般 4~5 年改选 1 次,也可连任。

德国医院行政管理机构都比较简单,没有过多层次。一般情况下医院都没有董事会,院长下面主要设 4 个部门:人力资源管理、财务管理、信息管理、训练管理。这 4 个部门各自独立,直接受院长领导。职业化的管理体制能使院长全身心投入到管理工作中去,有利于医院管理工作的规范化、科学化。

医院行政管理与医疗业务管理相对独立。通常科主任在业务建设和科室管理上有较大的权力。医院的管理人员都是专业从事管理的人员,不会去干涉科主任的业务工作。他们互相配合,各自有工作侧重点,医院管理井然有序。

五、医院集团筹资

在成本补偿方面,与其他医院一样,集团化公立医院长期投入成本(如建筑、设备等)可从政府那里得到补偿,其中一半来自联邦政府,一半来自州政府,经常性运营成本由疾病基金会补偿。另外,由于政府已经把土地、资产的产权转让给公司化公立医院,所以它能够以此作为抵押去争取银行贷款。此外,公立医院同时属于州医院协会的成员,在联邦水平上由德国医院协会代表它同疾病基金会就医疗服务提供的相关问题进行谈判,作为独立的个体与疾病基金会签订服务提供及资金补偿合同。在医疗服务价格上,德国通常由医院协会和疾病基金会谈判确定,这意味着公立医院的医疗服务价格在全国是统一的。

(周虹　张启新)

参考文献

1. 曹建文,刘越泽.医院管理学.上海:复旦大学出版社,2010

2. 曹荣桂.医院管理学概论.北京:人民卫生出版社,2003

3. 陈洁,李宏为,沈运灵.医院管理学 医院经营管理分册.北京:人民卫生出版社,2002

4. 陈洁.医院管理学.北京:人民卫生出版社,2005

5. 陈凌芹.绩效管理.北京:中国纺织出版社,2004

6. 陈志兴,孟垂祥,周曾同.医院领导.上海:上海科学技术出版社,2002

7. 丁涵章,马骏,陈洁.现代医院管理全书.杭州:杭州出版社,1999

8. 董恒进.医院管理学.上海:上海医科大学出版社,2000

9. 方鹏赛.现代医院管理教程.北京:科学出版社,2009

10. 郭子恒.医院管理学.北京:人民卫生出版社,1990

11. 李文静.绩效管理.大连:东北财经大学出版社,2008

12. 林皓.我国医疗体制改革的经济学分析.杭州:浙江大学经济学院,2007

13. 石金涛.绩效管理.北京:北京师范大学出版社,2006

14. 史自强,马永祥,胡浩波,等.医院管理学.上海:上海远东出版社,1995

15. 王东进.回顾与前瞻.北京:中国社会科学出版社,2008

16. 王吉鹏.绩效管理——激励员工的全面解决方案.北京:中国劳动和社会保障出版社,2005

17. 卫生部医政司.中国医疗管理法律法规实用全书.北京:研究出版社,2009

18. 薛迪.医院管理理论与方法.上海:复旦大学出版社,2010

19. 姚阿庆,戴震球,王希明,等.医院管理大全.北京:科学技术文献出版社,1996

20. 邹东涛.发展和改革蓝皮书——中国改革开放30年(1978—2008).北京:中国社会科学文献出版社;2008

21. 陈诺夫,谭祖春,冉剑波,等.区域卫生资源合理利用方式探讨.解放军医院管理杂志,2009,16(3):273-274

22. 陈卫平,周健,毛建勇,等.整合资源优化配置努力构建医疗保健服务新体系——无锡市卫生资源整合发展战略的实践.中国医院,2003,7(10):14-16

23. 陈英耀,曹建文,唐智柳,等.美国非营利和营利医院的发展特征.中国医院管理,2001,21

(12):62-64

24. 陈钰,张璐璐,吴凤等.从医学生的角度谈医学与公共卫生的整合.中国预防医学杂志,2005,6(5):432-444

25. 代涛,何平,王小万,等.我国卫生服务资源的互动与整合.卫生经济研究,2008.8:3-4

26. 杜治政.医学整合:推进医疗公正的新探索.中国医学伦理学,2009,22(1):7-10

27. 封进,余央央.医疗卫生体制改革中的政府责任.中国改革,2008,3:61-63

28. 付晨,张钢.台湾地区医疗卫生管理体制的启示和借鉴.中国卫生资源,2007,10(1):24-26

29. 高卫益,赵列宾,袁克俭.区域卫生资源纵向整合的实践与思考.中国医院,2008,12(3):73-74

30. 顾英奇.发展横向联合,推进卫生改革——在全国医疗协作联合体经验交流会上的总结讲话.中国医院管理,1986,9:5-8

31. 韩洪迅.德国、英国、新加坡公立医院改革解读.中国医药指南,2007(8):10-14

32. 洪清福.台湾医院的管理经验.中国医院管理,2000,3:58-59

33. 胡爱平.整体性制度安排与医疗服务市场.卫生政策,2005(6):43-45

34. 焦雅辉,孙杨,张佳慧,等.基于PEST模式的非营利性医院筹资宏观环境分析.中国医院管理,2010,30(3):19-21

35. 李宏为.医院集团的构建及成效研究.中国医院,2001,5(3):38-42

36. 李铭.美国医院体制分类、管理模式及其特点.国际医药卫生导报,2005,11

37. 李维进.台湾医院经营管理的重点与借鉴系列之一:台湾医院的成本控制手段.中国医院,2008,12(2):70-72

38. 李星明,黄建始.健康管理和社区卫生整合对慢性病防治的意义与服务模式探讨.疾病控制杂志,2008,12(1):53-57

39. 刘莉.单病种成本核算刍议.财会通讯,2008,9:100-101

40. 刘琪.北京西城区架构"整合型"区域医疗.中国信息化,2009,5(5):38-40

41. 陆栋定,吴雁鸣,徐德志,等.临床路径的历史与现状.中国医院管理,2003,23(264):17-19

42. 陆宇,薛彩霞.SWOT分析法在医院管理中的应用.解放军医院管理杂志,2000,7(1):66-67

43. 马骏.医院经营管理简明教程.中国医院管理,1996,16(1):61-63

44. 马骏.医院经营管理简明教程.中国医院管理,1997,17(3):61-63

45. 庞肖梦,冷益民,金兰莱.公立医院补偿机制探讨.中华现代医院管理杂志,2007,5(10):27-29

46. 齐德广,秦银河,李书章,等.临床路径在医疗质量管理中的应用.中国医院管理,2002,22(10):11-12

47. 石海明,颜璇,王锦兰.新加坡医院管理文化对我军医院发展的借鉴.东南国防医药,2007,9:61-62

48. 孙统达,陈健尔,许复贞,等.公共卫生和临床医学整合机制的研究.中国医院,2006,10

（4）:23-24.

49. 唐圣春,乐虹,郝敏.中美医疗机构分类管理的比较研究.卫生经济研究,2005,11

50. 王虎峰.国际非营利医疗机构发展概述.国外社会科学.2009,2

51. 王俊,昌忠泽,刘宏.中国居民卫生医疗需求行为研究.经济研究,2008,7:106-117

52. 王杉.整合型医疗卫生服务体系研究与实践——医疗卫生服务共同体(X+X)试运营两年.医学与哲学(人文社会医学版),2009,30(12):3-5

53. 吴迎春.参加新加坡高级医院管理培训和参观新加坡公立医院的心得体会.现代经济,200,8:149-151

54. 吴瑞华,李鲁,王红妹.英国卫生体制改革及其启示.卫生经济研究,2010,7:21-24

55. 吴袁,剑云,李庆功.临床路径:医院的生存与发展策略.中国卫生政策.2002(8):13-17

56. 解亚红,西方国家医疗卫生改革的五大趋势——以英国、美国、德国为例,CPA中国行政管理,2006,5:109-112

57. 杨蔚本,王凤梧,李国臣,等.城市医疗服务的新形式——介绍哈尔滨医大一院医疗联合体.中国医院管理,1985,4:19-20

58. 姚宏.健全覆盖全民的医疗保障体系,中国医疗保险杂志,2011.1(28):18-19

59. 赵丹丹.香港公立医院管理体制的演变.中国医院院长,2007(5):43-45

60. 赵列宾,邱力萍,黄波.医院集团构建初期人力资源配置的研究.中国医院,2002,6(1):28-30

61. 张丽芳,朱耿鸾.关于临床路径的几点认识.中国民康医学.2007,19(12):1116

62. 编委会.新型农村合作医疗管理指南(2007年版).卫生部农村卫生管理司,2007,3

63. 财政部.《关于企业补充医疗保险有关问题的通知》财社〔2002〕18号,2002.5

64. 财政部.《关于印发〈农村医疗救助基金管理试行办法〉的通知》财社〔2004〕1号,2004.1

65. 财政部.《关于中央财政对城镇居民基本医疗保险补助资金申请拨付有关问题的通知》财社〔2007〕163号,2007.10

66. 国家发改委就制定国家基本药物零售指导价答问.2009年10月2日

67. 国务院.《关于建立城镇职工基本医疗保险制度的决定》国发〔1998〕44号,1998.12

68. 国务院.《关于开展城镇居民基本医疗保险试点的指导意见》国发〔2007〕20号,2007.7

69. 国务院.《关于印发医药卫生体制改革近期重点实施方案(2009-2011年)的通知》国发〔2009〕12号,2009.3

70. 国务院.《社会保险费征缴暂行条例》国务院令第259号,1999.1

71. 国务院.《关于进一步鼓励和引导社会资本举办医疗机构的意见的通知》国办发〔2010〕58号,2010

72. 国务院.《关于医药卫生体制改革近期重点实施方案(2009-2011年)的通知》国发〔2009〕12号,2009

73. 国务院.《医疗机构管理条例》国务院令第149号,1994

74. 国务院办公厅.《关于将大学生纳入城镇居民基本医疗保险试点范围的指导意见》国办发〔2008〕119号,2008.10

75. 国务院办公厅.《关于印发医药卫生体制五项重点改革2009年工作安排的通知》国办函

〔2009〕75 号,2009.7

76. 国务院办公厅转发《劳动保障部 财政部 关于实行国家公务员医疗补助意见的通知》国办发〔2000〕37 号,2000.4

77. 国务院办公厅转发民政部等.《关于建立城市医疗救助制度试点工作意见的通知》国办发〔2005〕10 号,2005.3

78. 国务院办公厅转发《卫生部等部门关于建立新型农村合作医疗制度的意见的通知》国办发〔2003〕3 号,2003.1

79. 国务院城镇居民基本医疗保险试点评估专家组.《2008 年城镇居民基本医疗保险制度评估报告》,2009.3

80. 国务院体改办等.《关于城镇医药卫生体制改革的指导意见》(国办发〔2000〕16 号),2000

81. 基本药物制度:理论与实践.中国药学会"基本药物制度研究"课题组.2008 年 10 月

82. 劳动和社会保障部办公厅.《关于城镇灵活就业人员参加基本医疗保险的指导意见》劳社厅发〔2003〕10 号,2003.5

83. 劳动和社会保障部.《关于印发城镇居民基本医疗保险经办管理服务工作意见的通知》劳社部发〔2007〕34 号,2007.9

84. 劳动和社会保障部.《关于印发城镇职工基本医疗保险定点医疗机构和定点零售药店服务协议文本的通知》劳社部函〔2000〕3 号,2000.1

85. 劳动和社会保障部.《关于印发城镇职工基本医疗保险业务管理规定的通知》劳社部函〔2000〕4 号,2000.1

86. 劳动和社会保障部办公厅.《关于开展农民工参加医疗保险专项行动的通知》劳社厅发〔2006〕11 号,2006.5

87. 劳动和社会保障部办公厅.《关于推进混合所有制企业和非公有制经济组织从业人员参加医疗保险的意见》劳社厅发〔2004〕5 号,2004.5

88. 劳动和社会保障部办公厅.《关于印发城镇职工基本医疗保险管理信息系统建设指导意见的通知》劳社厅函〔2000〕30 号,2000.3

89. 劳动和社会保障部.《关于城镇居民基本医疗保险医疗服务管理的意见》劳社部发〔2007〕40 号,2009.10

90. 劳动和社会保障部.《关于加强社会保障基金监督管理工作的通知》劳社部发〔2002〕12 号,2002.7

91. 劳动和社会保障部.《关于印发城镇职工基本医疗保险定点零售药店管理暂行办法的通知》劳社部发〔1999〕16 号,1999.4

92. 劳动和社会保障部.《关于印发城镇职工基本医疗保险定点医疗机构管理暂行办法的通知》劳社部发〔1999〕14 号,1999.5

93. 劳动和社会保障部.《关于印发城镇职工基本医疗保险用药范围管理暂行办法的通知》劳社部发〔1999〕15 号,1999.5

94. 劳动和社会保障部.《关于印发城镇职工基本医疗保险诊疗项目管理、医疗服务设施范围和支付标准意见的通知》劳社部发〔1999〕22 号,1999.6

95. 劳动和社会保障部.《关于印发加强城镇职工基本医疗保险费用结算管理意见的通知》劳社部发〔1999〕23号,1999.6

96. 民政部.《关于进一步完善城乡医疗救助制度的意见》民发〔2009〕81号,2009.6

97. 民政部.《关于实施农村医疗救助的意见》民发〔2003〕158号,2003.11

98. 民政部.《关于做好城镇困难居民参加城镇居民基本医疗保险有关工作的通知》民发〔2007〕156号,2007.10

99. 卫生部,国家发改委,等.《关于建立国家基本药物制度的实施意见》卫药政发〔2009〕78号

100. 卫生部,国家发改委,等.《国家基本药物目录管理办法(暂行)》卫药政发〔2009〕79号

101. 卫生部,国家中医药管理局,财政部,国家计委.《关于城镇医疗机构分类管理的实施意见》卫医发〔2000〕233号,2000

102. 卫生部,中央编办,国家发展改革委,财政部,人力资源和社会保障部.《关于公立医院改革试点的指导意见》2010

103. 卫生部.《关于修订医疗机构管理条例实施细则》第三条有关内容的通知.卫医发〔2006〕432号,2006

104. 卫生部.《医疗机构管理条例实施细则》卫生部令第35号,1994

105. 卫生部.新型农村合作医疗信息统计手册(2003-2004).卫生部农村卫生管理司

106. 卫生部.新型农村合作医疗信息统计手册(2006).卫生部农村卫生管理司

107. 卫生部.新型农村合作医疗信息统计手册(2009).卫生部农村卫生管理司

108. 卫生部统计信息中心.2009年中国卫生统计提要.2009

109. 卫生部统计信息中心.2010年中国卫生统计提要.2010

110. 卫生部新闻办公室.第四次国家卫生服务调查主要结果,2009.2

111. 中共中央,国务院.《关于深化医药卫生体制改革的意见》2009.3

112. 中共中央,国务院.《关于深化医药卫生体制改革的意见》中发〔2009〕6号,2009

113. 中共中央,国务院.《关于进一步加强农村卫生工作的决定》中发〔2002〕13号,2002,10

114. 中共中央,国务院.《关于深化医药卫生体制改革的意见》中发〔2009〕6号,2009,3

115. Busse R, Riesberg A. Health Care Systems in Transition: Germany. Copenhagen: WHO Regional Office for Europe on behalf of the European Observatory on Health Systems and Policies. 2004

116. Charns MP. Organization design of integrated delivery systems. Hosp Health Serv Adm,1997, 42(3):411-432

117. Griffith JR. The well-managed community hospital. Second edition. Ann Arbor:AUPHA Press, 1992

118. Hagland MM, Cerne F. Fast forward into the future. Hospital,1993,20; 67(6):26-28

119. Healy J, Sharman E, Lokuge B. Australia:Health system review. Health Systems in Transition 2006; 8(5):1-158

120. Liebin Zhao, Christian A. Gericke. 2008. Strategies for better care coordination and service integration between hospitals and community health services in China: inspiration from other

countries. Research paper, Adelaide University, Australia, 2008

121. Marsteller JA, Bowbjerg RR, Nichols LM. Nonprofit conversion: theory, evidence, and state policy option. Health Serv Res, 1998, 33(5, part Ⅱ): 1495-1535

122. Penna PM. Pharmacy factors that influence the success of integrated health care systems. Am J Health Syst Pharm, 1996, 53(4 Suppl 1): S7-10

123. Robinson, R, Dixon, A. Health Care Systems in Transition: United Kingdom. European Observatory on Health Care Systems. 1999

124. Sahney VK. Integrated health care systems: current status and future outlook. Am J Health Syst Pharm, 1996, 53(4 Suppl 1): S4-7

125. Wan TT, Lin BY, Ma A. Integration mechanisms and hospital efficiency in integrated health care delivery systems. J Med Syst, 2002, 26(2): 127-143

126. Wolper LF. Health care administration: Principles, practices, structures, and delivery. Second edition. Gaithersburg: AN ASPEN Publication, 1995